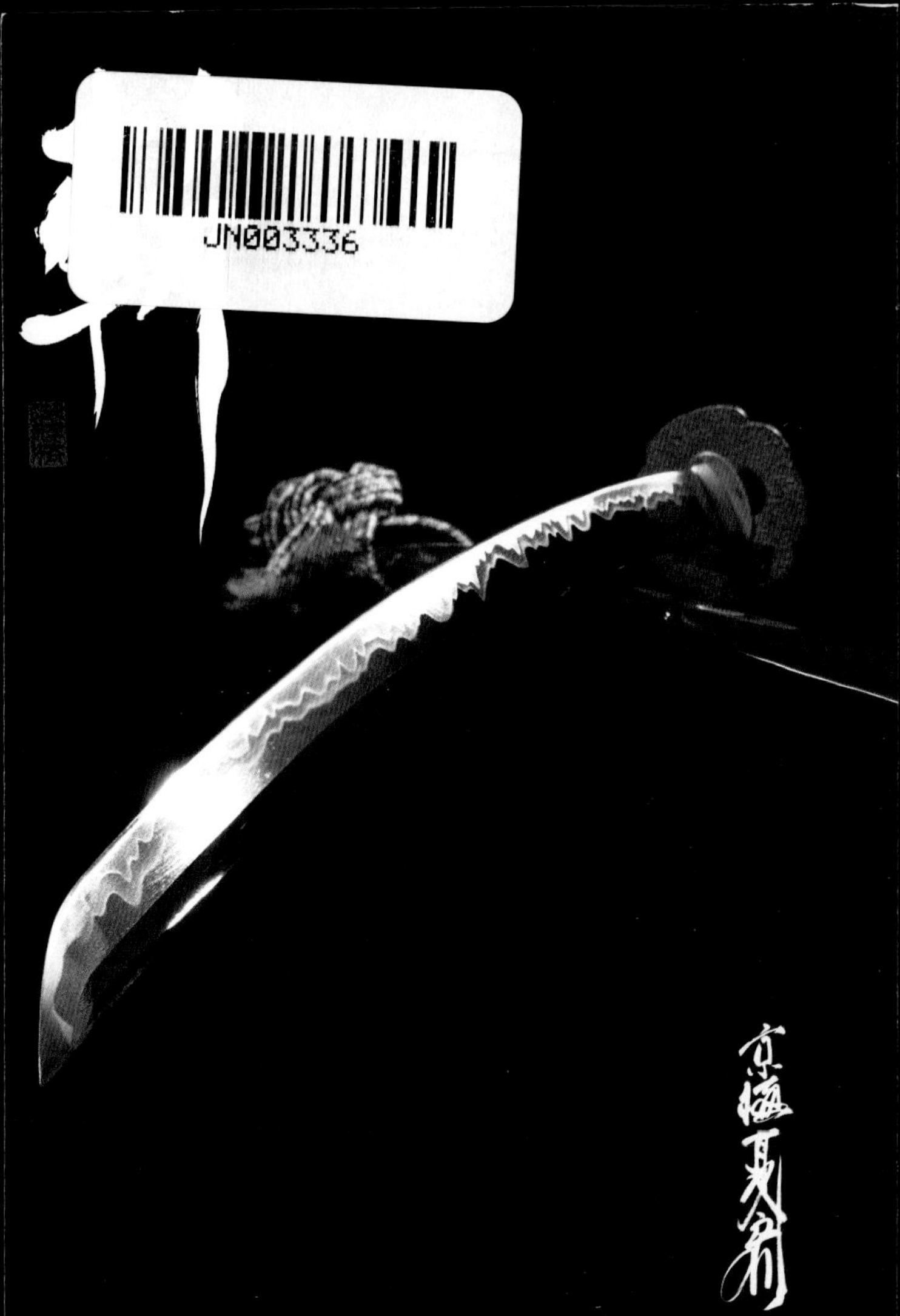
京極夏彦

新潮文庫

文庫版

ヒトごろし

下巻

京極夏彦著

新潮社版

11349

文庫版

ヒトごろし

下巻

6

饐《す》えた匂いに満ちていた。

土蔵の中は気が凝《こご》る。涎《よだれ》と汗と小便と、そして血と、人の肉体《からだ》を流れるありと凡百《あらゆる》汚らしいものが悉《ことごと》く溢《こぼ》れ出て、土間に染み込んでいる。その穢《きたな》いものが折からの暑気を受けて昇り立ち、蔵の中は爛《ただ》れた気で充満し、蒸れている。

薄汚い。

微暝《うすぐら》い。

気分が悪い。

汚いのは大嫌いだ。

その薄汚い土蔵の中に、もっと薄汚い溝鼠《どぶねずみ》の背中が見えた。

喜んでいる。

顔を見ずとも判る。

「おい」

思い切り不機嫌に声を掛ける。振り向いた沖田《おきた》は、案の定にや付いていた。

「てめえ何してる」

「暗いので明るくしてますよ」

沖田は手燭《てしょく》を持っていた。

手燭の火燈《ほあかり》の先には、重なるようにして百目蠟燭《ろうそく》の炎がゆらめいている。その下には——。

足がある。

荒縄で幾重にも縛られた男が梁《はり》から逆さ吊りになっているのだ。足の甲には、多分八寸からある釘が突き立てられているのであった。その釘は足を貫通し、土踏まずにまで抜けている。

その先に沖田は蠟燭を立て、火を灯したのだ。

「だから何してやがる」

「いやだなあ。見れば判るでしょうに土方《ひじかた》さん」

愉《たの》しんでいる。

好きでやっているだけだ。

だって殺しちゃいけないんでしょうと沖田は言った。

「動かなくなっちゃったから気付けですよ」

逆さになった男の顔は浮腫《むく》み、処処《ところどころ》が腫れ上がっており、青痣《あおあざ》と傷と血糊で彩られて、もう人相が判らなくなっている。剝《む》かれた白目は充血して汚く濁り半開きの口の端からは泡が噴き出ていて、血の混じった涎が糸を引いて地べたに垂れている。

「どけよ」

「何故です」

「これじゃあ喋れねえよ」

「殺しませんよ」

下ろせよと歳三《としぞう》は怒鳴った。

「こいつはてめえの玩具《おもちゃ》じゃァねえんだよ小僧。いつまでも遊んでるんじゃねえよ」

「拷問ですよ」

「遊んでるんだよてめえは」

胸糞が悪い。

だから沖田は嫌いだ。

こんなことをして何が愉しいのだろう。歳三は、こうして人や生き物を甚振《いたぶ》ることに対しては嫌悪しか覚えない。

命を奪うことに対しては何も感じないというのに。

汚いのは嫌いなのだ。

「吊るしたな誰だよ」

「武田《たけだ》さんですよ」

――武田観柳斎《かんりゅうさい》か。

今回の捕縛を指揮した、坊主頭のいかさま隊士である。

誰が連れて来たのか歳三は知らないが、武田は甲州《こうしゅう》長沼流《ながぬまりゅう》の軍学者で、剣は神道《しんとう》無念流《むねんりゅう》という触れ込みであった。これが幇間《たいこもち》のように能《よ》く喋る。全く信用出来ない男だ。そもそも出雲《いずも》の出だというのに、幾ら甲州流を学んだからといって武田姓を名乗るなど、笑わせる。しかし無学な近藤《こんどう》は大いに気に入り、軍学指南として重用している。要は揉み手で局長に取り入っただけである。

「捕まえた奴を逆さ吊りにすんのが甲州流軍学の作法なのかよ」

歳三がそういうと、逆さにさせたのは私ですと沖田は答えた。

「その方が苦しいかなと」

「苦しきゃ白状するのかよ」

するでしょうと沖田は笑う。

返す言葉がない。

「で——てめえはそれからずっと独りで責め立ててたのかよ」

「拷問なんて大勢ですることでもないでしょう」

莫迦《ばか》野郎である。

局長もご承知のことですよと沖田は答えた。

「まあ、副長が来るまでの間ということだったんですけど」

そう言って、沖田は男を突《つ》いて揺らした。

炎が尾を引いて往復する。

「それにしても酷《ひで》え有り様じゃねえか。未《ま》だ午前《ひるめえ》だぞ」

朝早かったんですよと言って、沖田は揺れている男を摑《つか》んで止《と》めた。

「土方さん遅いから」

歳三は佐々木《ささき》只三郎《たださぶろう》と会っていたのだ。内密に——である。佐々木は卯月《うづき》に幕府の旗本と御家人のみで編制された京都《きょうと》見《み》廻組《まわりぐみ》の与頭《くみがしら》となっていた。

歳三は嫌嫌《いやいや》揺れる男を抱えた。

「縄ァ切れ」

「白状させなくていいんですか」

「足に釘打って蠟燭垂らせば吐《は》くのかよ。いい加減にしろ。気を失ってるじゃねえかよ。口が利けねえもん苛《いじ》めたって始まらねえだろうが。早く切れよ」

　重いですよと言って、沖田は縄を切った。ずしりと重みが掛かる。大した高さではないが、頭でも打たれては元も子もない。ぐっと抱きしめて静かに下ろす。

　嫌な匂いがした。

　襟元から袴《はかま》から、何かべとべとしたものが付着した。

「てめえの所為《せい》で汚れちまったじゃねえか。さっさと出てけ」

「殺すんですか」

「殺さねえよ莫迦野郎。口を割らせるんだと何度言ったら解るんだ。てめえには人の言葉が通じねえのかよ。いいから出てけ」

　歳三は横に置いてあった手桶を手にし、水を沖田に掛けた。酷《ひど》いなあと言い乍《なが》ら沖田は土蔵の扉に手を添えた。

「殺しちゃ駄目ですよ」

　ずぶ濡れになった沖田は、にやにやと鄙俗《いやら》しく笑い乍ら出て行った。

「閉めて行け」

沖田は手の先だけを覗かせて、ひらひらと振った。

歳三は一度土間を蹴って、それから乱暴に重い戸を閉めた。

一層に暗くなった。

歳三は茶箱のようなものに腰掛ける。

男は動く気配すらない。地べたに下ろしたとはいうものの、荒縄で巻かれたままなのだから動きようもないのだが。それ以前に、気絶しているのだろう。

桝屋《ますや》喜《き》右衛《え》門《もん》。

河原町《かわらまち》四条《しじょう》で馬具屋を営む男である。ただの馬具屋ではない。長藩《ちょうはん》の倒幕派どもと深い関わりを持つ男であることは間違いない。

山崎丞《やまざきすすむ》の内偵である。

信用出来る。

芹沢鴨《せりざわかも》の葬儀の後、山崎は正式に新選組《しんせんぐみ》に入隊した。役目は本人の申告通り、監察である。

山崎自身が喧伝していた通り、鍼《はり》医者の倅《せがれ》の仕事は正確だった。

ほぼ百発百中で探り当てる。

入隊前に言っていた三人の間者の件も真実だった。少し突《つつ》いただけですぐに襤褸《ぼろ》を出し、妙な動きをした上で逃走をしようとしたので——。

全員殺した。

永倉《ながくら》と斎藤《さいとう》が斬った。

監察は要る。

新選組は嫌われているのだ。

そもそも、京の町衆は他所者《よそもの》を嫌う。会津《あいづ》藩士などもアイツアイツと見下されている。そのアイツの配下であり、諸国の喰い詰め浪士の寄せ集めでしかない新選組などは、最初から論外なのであろう。

勿論《もちろん》芹沢の乱行の影も未《ま》だ後を引いている。

そんな鼻抓《はなつま》みが群を成し、珍妙な恰好で見回ったとて誰も歓迎はしない。芹沢が公務の際に着用すると決めたあの世にも恥ずかしい段段《だんだら》羽織は、大和屋《やまとや》襲撃で着用して以降は恥辱の象徴でしかなくなっており、もう着る者はいない。それでも巷《ちまた》での扱いは変わらなかった。暴動の時の印象が余程強く残ったのだろう。

名乗らなければ不逞浪士と間違えられ、名乗れば名乗ったで段段だ壬生浪《みぼろ》だと疎ましがられ塩を撒《ま》かれる。話を聞かせてもくれない。

潜伏する浮浪どもを摘発するには、山崎のような探索方を活用するよりない。その方がずっと効率が良いのである。考えるまでもないことだった。

結局、局内に諸士取調役兼監察を置いた。

監察は歳三が選んだ。

臆病者と不器用な者を選《よ》り出したというだけであったのだが。

山崎のような技能を持った人材は隊の中にはいないし、縦《よし》んばいたところで、あんな男は何人も必要ないだろう。

山崎丞の如き巫山戯《ふざけ》た男は、便利な反面、危険でもあるのだ。奸智に長《た》けた人物は一人いれば充分である。後の者は奴の指図に従って黙黙と働けば良い。嘘も吐《つ》けず機転も利かず、ただ令《いいつけ》だけは守る。それで良い。

例えば。

昨年入隊した隊士の中に島田《しまだ》魁《かい》という男がいる。慥《たし》か夏前の入隊だったと思う。

永倉が一時師範代を務めていた坪内《つぼうち》道場の門人で、汁粉ばかり喰っている大男である。この島田は、相撲取りにも引けを取らぬ大力で剣術も強い。実戦向きの腕自慢でもあったのだが、朴訥《ぼくとつ》で、人懐こい。凡《およ》そ間諜に向く人物ではないだろう。

だが、歳三はこの島田も監察に据えた。

島田は歳三より五つ六つ齢上《としうえ》だったが、どういう訳か歳三のことをいたく買っており、歳三の言うことは何でも聞く。慕って来る。

迷惑な話だった。

隊士の殆《ほとん》どは歳三を恐れ、遠避けている。

当たり前である。歳三は連中を人扱いしていない。そもそも歳三は、自分も人とは思っていないのだ。人外《にんがい》なのだから当然である。新選組は人の入る組ではないのだ。歳三は――否《いや》、新選組は、幕府が手にした刀である。凶器である。新選組は幕臣ではなく単なる道具なのだ。隊士も皆、道具だ。つまり、本来は人外である歳三のような者にしか務まらぬ役目なのである。そんな嫌われ者の新選組に望んで入隊したのであれば、従って貰《もら》うよりない。それが厭《いや》なら最初から別の道を行くべきだ。不平を聞く耳はない。だが、隊は不平で満ちている。歳三は特に厭《いと》われていた。

今年になってから入隊した者などは特に怖がっているようだ。新選組がどれだけ非道な集団なのか連中は判っていない。それ以前に組全体の綱紀が緩んでいた。歳三はそういう馴れ合うような関係が耐えられない。近藤道場に通っていた時もそうだった。家族だとか友達だとか、そういう間柄は不得手だ。

だから歳三は京くんだりまでやって来て、苦労してこんな仕組みを作ったのだ。

人殺しのために。

新選組は人殺し以外に何の役にも立たない、本来はあるべきでない集団なのだ。わざわざそういうものを作ったのだ。

そこが判っていない。

当然歳三は厳しくなる。だから嫌われる。

嫌われるのは全然構わない。寧《むし》ろ好ましい。

その中で島田だけは別だった。島田は歳三を嫌わない。弁《わきま》えているのか、鈍いだけなのか、歳三には見極められなかった。

ただ、何故か歳三はそんな島田を嫌うことが出来なかった。

理由はそれとなく判る。島田は色色な意味で沖田と正反対なのだ。小賢《こざか》しいところがまるでない。溝鼠ではなく、牛のような男なのである。

そして、もう一つ。

その鈍重な佇まいは、どことなく若い頃の近藤勇《いさみ》——勝太《かった》を彷彿とさせた。

その所為《せい》もあるだろう。

だから。

近くに置くのは憚られた。

そこで山崎に付けることにしたのだ。

結論から言えばこれは正解だった。島田は能《よ》く働いた。

監察を置いてから潜伏している浮浪の動静はかなり摑《つか》めるようになった。

とはいうものの芹沢粛清以降、新選組はろくな仕事をしていない。花街《かがい》で暴れている武州《ぶしゅう》人を捕まえて国に送り返したりした程度である。

そんなことは莫迦でも出来る。

近藤や藤堂《とうどう》などは、将軍の警護などというくだらない仕事にだけご執心で、将軍が動く度に請願までして随行した。鮒《ふな》の糞になるのが好きなのだろう。

京を離れている間にも、監察は市中で動いていた。

今年の正月の将軍上洛に際しても警護と称して組は下坂、入京に伴って京に戻ったので、半月あまりも市中見廻りは疎《おろそ》かになっていた。

その間のことである。

桝屋が怪しいという話は、島田が嗅ぎ付けたのだ。島田の報告を受けた山崎はすぐに探索を始めた。

だが、桝屋は用心深く、中中《なかなか》尻尾を出さなかった。そこで山崎は奇手に出た。

桝屋の表戸に皇国鋭民の名で幕政批判の貼り紙をしたのである。

摘発した訳ではない。摘発文であれば、この屋の者倒幕の意志ある不逞者と記すべきである。だがそうではないのだ。貼られた紙に書かれていたのは、幕府を糾弾する内容の文であったのだ。

しかし、もしも桝屋が本当に倒幕浮浪と関わりを持つ者であるのならば、絶対に自分でそんなものは貼らぬ筈《はず》である。自ら主義主張を喧伝しても始まらぬ。高札に掲げるなら兎《と》も角《かく》、自分の店の軒先に貼る訳もない。

実際、その時分、会津や新選組を誹謗中傷《ひぼうちゅうしょう》する文書は都の各所に貼られていたのである。

いずれにしてもこんな理に適わぬ張り紙はないだろう。

理に適わぬことをして桝屋がどう動くのか——それを見極めるために山崎が施した奇策であった。収穫はあったと聞いている。

監察の探索は地味に、しかし念入りに行われた。

時間が掛かるのは仕方がない。掛けるべきなのだ。

山崎はそうやって、人を追い込むのが好きなのである。

島田を始めとした監察方一同も言われるままに隊務を遂行した。

こうしてみると、今年に入ってからまともに働いていたのは監察だけのような気もする。

他の隊士達は皆だらけていたのだ。町中をうろ付いていただけである。花見やら宴会やら、そんなことばかりしていたのでは、芹沢と変わりはない。そのうち男色に耽《ふけ》るものまで出始めた。隊の中で色恋沙汰が起きるとは、歳三も考えなかった。

やることがないのだ。

幹部達も漫《そぞ》ろであった。会津公が京都守護職を辞する運びになったこともあり、近藤も落ち着かなかったのだろう。結局、紆余《うよ》曲折《きょくせつ》の末に容保《かたもり》公は守護職に復職したのだが、一時期新選組は新しい守護職を誅殺《ちゅうさつ》する企みを持っていたという噂までまことしやかに流れた。

近藤が容保公に対して強い思い入れを持っていることは間違いないだろう。謁見する機会も増え、双方に信頼関係が生まれていたことも確実である。ただ、歳三の見る限り、容保公の方はそれでも百姓上りの俄《にわか》武士に若干辟易《へきえき》していたように思うのだが。また、新選組は京都守護職配下ではなく会津公御預《おんあずかり》であり、それは転役となっても変わらぬ筈《はず》也という内容の嘆願書を出したりしたことも事実である。嘆願は、詮議の上呑まれている。筋は通している。

仮令《たとい》幕府の決定に不服を持ったとしても、要職にある幕臣を殺害したりする訳がない。殺害しようとしたところで出来る訳もない。気に入らぬ相手は誰彼構わず平気で殺してしまうというのであれば、それは取り締まるべき不逞浪士どもよりもずっと質《たち》の悪い一団ということになるだろう。しかしその益体《やくたい》もない風聞は、新選組がそれ程までに無法で無頼の集団だと思われていた——という証左ではあるのだ。

事実、そうだったのだが。

だからこそ歳三は、隊士に厳しい鍛練を求めたのだ。

だが、それもまた裏目に出た。

脱走者が後を絶たず、仕方なく出奔者は追討すると決めた。切腹ではなく、追い掛けて見付け次第殺す、ということである。

沖田は喜んだ。自分が殺すと、はしゃいだ。

天然理《てんねんり》心流《しんりゅう》の門人が武州から入隊を希望してやって来たりもしたのだが、あまりに隊規が乱れているため歳三が追い返した。

逃げ出して沖田に殺されるのが落ちである。

しかし桜が散った頃から監察の仕事は徐徐に成果を見せ始めた。山崎の仕掛けが功を奏したのだろう。

初夏を迎える前。

契機《きっかけ》は木屋町《きやまち》の火事だった。

五軒を焼く大火事だったが、その際、見廻り中の斎藤他数名が不審な侍二名を捕縛した。明らかに挙動が不審であったため、見咎《みとが》めて呼び止《と》めると、一目散に逃げ出したのだそうだ。

逃げたから追って捕まえた。

斎藤は火付けの下手人かと思ったのだそうだが、捕えてみれば二名とも倒幕派の浪士だった。正に瓢箪《ひょうたん》から駒《こま》というような話なのだが、それは勿論《もちろん》――偶然ではないのだ。

斎藤は何も知らなかったのだろうが、歳三の思うに、多分――火を付けたのは山崎だ。桝屋への貼り紙で揺さぶりを掛けた後、丹念に炙《あぶ》り出し、尻尾を出した者を追い込み追い詰めて、そして。

捕まえさせた。

そのために放火したのだ。火が出たところに偶々《たまたま》斎藤達が行き遭わせた訳ではないのだ。斎藤達の動きに合わせて火を付けたのである。

そうとしか思えない。

居所が摑《つか》めていたとしても、確証もなく町家に乗り込むことは出来ない。町家を改めるのは奉行所の仕事だ。証《あか》しなく突入することは近藤も、守護職も許しはしないだろう。無理に乗り込んでも逃げられてしまえばお終《しま》いである。捕まえるのは殺すよりもずっと、難しい。

山崎は、兎《と》に角《かく》捕まえさせたかったのだ。そうに違いない。

遣り方は酷《ひど》いが、効は充分にあった。

捕縛した二名の自白により、都に潜伏中の倒幕派浪士は二百五十名を超えることが判明したのである。

守護職はこれを受け、市中に回状を出し、町家の者にも警戒をより厳しくし、不審な者を見掛けた場合は新選組屯所へ報《しら》せる旨を徹底した。

それでも――。

組の綱紀は緩んだままだった。

元来ろくでもない集団なのであるから、ろくな隊士が集まらないのも最初《はな》から承知のことである。武士でない者も多い。志願はして来るものの何をするのか何をしたらいいのか、まるで判っていない。監察と勘定方以外は、己の役目が何なのか自覚さえしていないのである。

脱走者は殺すと定めてみたが、それでも大きく変わるものではなかった。

ただ追討役を買って出た沖田を喜ばせただけである。

歳三が推し量るに、この纏《まと》まりのなさは何よりも先《ま》ず、局長である近藤自身の弛《たる》みが影響したものなのだ。頂《いただき》が緩めば裾野もまた緩むものだ。

近藤は、遣る気を失っている。

理由は――幾つもある。

最初に挙げられるのは、容保公の体調不良だろう。一度は職を解かれたものの、再び京都守護職に就いた会津中将《ちゅうじょう》は、しかし就任するなり病の床に臥《ふ》してしまったのだ。再び職を退《しりぞ》くやもしれぬと思うと、近藤は気が気でないのだろう。

それから――守護職配下として新しく京都見廻組が編制されたことが近藤の遣る気を殺《そ》ぐ一因となっていることも、間違いないだろう。京都見廻組は、寄せ集めの新選組と違い、旗本と御家人のみで編成されている。二百人の組が二組、総勢四百名程の大所帯であるという。

京都見廻組は、その名の通り京を見廻るのがお役目である。つまり新選組と同じ職分なのである。だが、歳三達の職分が町家のみを見廻ることに限定されているのに対し、見廻組は主に御所周辺の警護に当たることになっている。

これは、所司代と奉行所の関係に近い。

そう――町の治安を維持するという意味では、京には奉行所もあるのだ。

つまり、新たに見廻組が出来たことにより、新選組は単に町中をぞろぞろ警邏《けいら》するだけの集団になってしまったことになる。地回りか、自身番の夜回りのようなものである。田舎侠客《きょうかく》や町役人と変わりがない。

箍《たが》も緩むというものである。

近藤は、そもそも市中見廻りに関しては熱心になれずにいたようだ。

百姓でも偉くなれるということを知った近藤は、重職に就くため武勲を立てることにしか興味を示さなくなっているのだ。近藤は、田舎侠客のするような仕事はしたくないのである。将軍警護こそが自分達のすべきことと考えているらしい。

更に。

近藤は江戸の道場のことも気に懸けていたようである。隠居した先代周斎《しゅうさい》は中風が悪化し、既に起き上がることも儘《まま》ならないらしい。

先のことを思ったのか、近藤は隊士の一人谷三十郎《たにさんじゅうろう》の弟、昌武《まさたけ》を養子に迎えた。

天然理心流を絶やさぬための配慮なのだろうが、無駄なことだと歳三は思う。

いずれにしても――。

この半年余り、近藤勇は全く新選組に気を注《そそ》いでいなかったということになる。

一時は解散まで口にしていた程である。

永倉や原田《はらだ》はそんな近藤にかなり反発を感じている。

解散云々よりも、解散の動機が近藤自身の栄達のためだったからだろう。

常に考えなしの原田は兎《と》も角《かく》、永倉は近藤に子分扱いされることを極端に嫌っているのだ。永倉にとって局長は君主でも殿様でもない。どんな肩書きが付こうとも、永倉新八《しんぱち》にとって近藤は同志でしかないのだ。

歳三も、同じだ。ただ同志とは思わない。

局長は、偉い訳でも強い訳でもない。ただの役割に過ぎない。だから近藤にはその役割をきちんと果たして貰わなければ困る。そう思うだけである。

そのために担いだのだ。

幾ら業物《わざもの》でも柄《え》がなければ刀は使えぬ。鞘《さや》がなければ腰にも差せぬ。だからといって柄や鞘が偉い訳ではない。柄や鞘だけでは何の役にも立たぬ。鞘は鞘、柄は柄の職分を果たせと思う。

今の近藤は、全く役を果たせていない。

それなのにその柄に言い寄り柄を持ち上げる莫迦もいる。

武田観柳斎や、谷三十郎である。

武田は、近藤を持ち上げ、要らぬ入れ知恵をし、今や腰巾着《こしぎんちゃく》の如くになっている。谷に至っては、弟が近藤と養子縁組みしたというだけで自らが偉くなったかのように振る舞っている。元は板倉周防《いたくらすおう》の家臣だったらしいが、どんな出自であろうと関係はないだろう。

山南《さんなん》や藤堂はそんな連中を、そしてそんな連中を重用する近藤を、快く思っていない。持ち上げられて増長し、旗本気取りになっている近藤に対し、大いなる懸念を抱いているようだ。

幹部からしてガタガタなのだ。溝は深まる一方である。元よりただの寄せ集め、絆も情もない烏合《うごう》の衆《しゅう》なのだから、それも当たり前のことなのだが。そんな状態で隊士に綱紀粛正を望むのは無理というものだろう。

——どうでもいいか。

こんな組など、別にどうなっても構わない。壊れても歪《ゆが》んでも一向に構わない。隊士が何人死んだって構わない。殺してやってもいい。

ただ、なくなってしまっては困る。

それでは意味がない。

——人殺しが。

出来なくなるから。

誰が死んでも殺されてもいい。近藤さえいれば、組がなくなることはない。

だから。

——此奴《こいつ》だ。

歳三は襤褸屑《ぼろくず》のようになった桝屋を眺める。

暗がりで微かに脈打っている。

生きてはいるのだ。

——此奴が餌になるか。

近藤の遺る気を引き出すには功を挙げさせるよりない。しかも警邏や警護ではなく幕府の刀である新選組としての武功こそが望ましい。山崎はそうした経緯も、歳三の腹の裡《うち》も見透かしていた。

厭《いや》な男である。

だが役には立つ。信用もしていないし頼りにしてもいないが、歳三は使えるうちは使ってやろうと考えている。得体の知れぬ男ではあるから、切り捨て時だけは見極めねばならぬとも思っているのだが。

三日前。

監察の報告を受けた歳三は一人の男を捕縛させた。

その男は堺町御門《さかいまちごもん》の戦で七卿と共に都落ちした肥後《ひご》の宮部鼎蔵《みやべていぞう》の下僕であった。

宮部が京に舞い戻り、倒幕工作をしていることを山崎が摑《つか》んでいたためである。縛り付けて詰問したが中中しぶとく、何も吐《は》かなかった。

しかし、その男の線を手繰《たぐ》って行き着いた二人の中間《ちゅうげん》は、捕まえて嚇《おど》すとすぐに吐《は》いた。

中間の言を信じるなら、長藩の浪士は既に京に四十名、伏見《ふしみ》に百人余、大坂には五百人からが潜伏しており、焼き打ちなどの謀反を企み、粛粛《しゅくしゅく》と準備をしているということになる。

話半分としても大ごとである。

歳三は山崎、島田等《ら》監察に対し、より詳細な調査を命じ、近藤に対しては守護職へ内内に報告することを勧めた。

謀反を未然に防ぐことが叶えば新選組の武功は成る。

潜伏する不逞浪士の摘発も、一人二人ではなく何十人からとなれば、これは大手柄ということになるだろう。

これは、所司代にも奉行所にも探り出せぬことである。

御所周辺だけを警護している見廻組にも出来ぬことだ。

新選組でなければ知ることも防ぐことも出来ぬことなのである。

ただ、例えば百人を超える不逞浪士を相手にするとなると、新選組だけでは手が足りない。何しろ隊士は腑《ふ》抜けと莫迦ばかりなのである。

勝てぬ戦をするのは愚かだ。

従って、ことと次第に依《よ》っては増員を願い出ることになる。そうしなければ武功どころか恥を曝《さら》すことにもなり兼ねない。新選組単独で行動して失敗《しくじ》ればただでは済むまいし、下手をすれば全滅である。

しかし、奉行所や見廻組を巻き込むのは得策ではないだろう。

大きく動けば警戒されるし、一度警戒されれば遂行は難しくなる。奉行所の同心あたりに一軒一軒探り歩いたりされたのでは、元も子もない。

そうでなくとも、手柄を横盗りされてしまうやもしれぬ。

手を借りるなら会津の兵隊を出して貰うしかないと歳三は考えた。例えば見廻組を動かすにしても、直接交渉するのではなく守護職に動かして貰う方が良い。

そのために根回しをしておくことは無駄なことではない。

いつ動くかは敵の動き方次第である。証拠固めが了《おわ》る時期もまるで読めない。敵の動きが速ければ、或《ある》いは監察の仕事が速ければ、すぐにでも動かねばならぬ。だからこそ早急かつ内内に報告せよと勧めたのである。

近藤は半信半疑だった。

慥《たし》かに、捕まえた二名が嘘を吐《つ》いていると考えることも出来た。攪乱《かくらん》のための与太でないとは言い切れない。

一方で真実であったなら、報せておくに越したことはない。

歳三はある程度は信用出来ると考えた。人数は正確ではあるまい。高が末端の雑魚《ざこ》が全体の数を把握している訳がない。百人だ五百人だという数は印象に過ぎないのだろう。

だが、それまでの監察の仕事と照らし合わせる限り、大きな矛盾はないように思えた。山崎はさて置き、愚直な島田は間違うことはあっても騙《だま》したり誤魔化《ごまか》したり出来る男ではない。

近藤は熟慮の末――歳三の言葉に従った。賢い訳でもないのだから考えるだけ無駄だと思ったが、従うのならばそれでいい。

そして。

山崎は二つばかり罠を仕掛けた。

一つは、最初に捕まえた宮部の下僕——忠蔵《ちゅうぞう》という名である——を逃がすことである。この忠蔵は口が堅い。歳三の見る限り、拷問しようが懐柔しようが何も言うまい。口を割らぬのなら別の形で使おうということであるらしい。

どうするのか問うと、わざと目立つ形で逃がすと山崎は言った。

どういう算段なのか計れなかったが、勝手にしろと歳三は言った。

山崎は、わざわざ肥後藩宿陣である南禅寺《なんぜんじ》の真ん前で忠蔵を晒《さら》し者にし、隊士に詰問させた。

そして、意図的に監視の目を途切れさせ、その隙に肥後藩出入りの料亭の娘に逃亡を幇助《ほうじょ》させた。

何と言って騙したのかは知らぬ。その娘は多分、己が山崎の術中にあるとは露知らず、自らの才覚で危険を掻い潜り縛られた知人を逃がした——と、思っていることだろう。

もうひとつ。

見当外れな処で騒ぎを起こして欲しいと山崎は言った。

そちこちで度が過ぎた浮浪の探索行為をし、悶着を起こせという指示だった。

要するに新選組は何も摑《つか》んでいない、のみならず功を急いで焦っていると世間に喧伝しておけ、ということだろう。

それは容易《たやす》いことである。

新選組は嫌われている。京の鼻抓《はなつま》みである。少しでも粗暴なことをすれば簡単に騒ぎになる。隊士は莫迦ばかりだから、やれといったことをやる。真意を報せる必要はない。何処其処《どこそこ》が怪しいから徹底的に探れと命じればそれで済むことだ。何をしようとこれ以上評判が悪くなることはないのだし、ならば遣り放題である。

泳がせる。

目を逸《そ》らす。

そして動かす。

動けば追えるし追い込むことも出来る。

そういうことだろう。山崎も、島田も、他の監察役も迅速且つ活発に仕事をした。

そして。

桝屋に至ったのだ。

昨夜。

確実だと山崎は言った。

――桝屋は、長州《ちょうしゅう》の間者ですえ。

山崎はそう言った。

――しかもかなりの大物や思いますわ。元締めかもしらん。

監察は口角を上げて笑った。

桝屋は独り身で奉公人も少ないが、家作は必要以上に広いという。それでいて熱心に商売をしている様子もないらしい。

店は倒幕派間者の溜まり場となっている可能性が高いようだった。

家業の馬具屋も表向きのことで、実際は謀反の際の武器調達が主な役目だろうと思われた。

更に。

今宵《こよい》桝屋の肝煎《きもいり》で会合が開かれているのだと山崎は言った。

歳三は山崎の話をすぐに呑み込んで、近藤に報せた。

幹部が集められた。

山南、永倉、原田、井上《いのうえ》、藤堂。

そして沖田、斎藤。

谷と武田も呼ばれた。

その会合とやらが事実開かれているのであれば、そこに斬り込むのが手っ取り早いということになる。当然、殆《ほとん》どの者がそうすべきだと述べた。

しかし、歳三は反対した。

準備が整っていない。敵の数も読めない。誰がいるのかも判らない。

桝屋は浪士ではなく間者なのである。間者としても大物のようではあるのだが、会合に集まる顔触れが不明である以上、軽挙妄動は慎むべきである。

肝心の潜伏浪士どもを逃がすことにもなり兼ねない。

結局、会合の方は放っておくことになった。色色な意味で間に合わないからだ。桝屋が店に戻るのを待って急襲し、喜右衛門一人を捕縛するが得策である。

踏み込むのは早朝。指揮をとるのは武田観柳斎と決まった。

甲州流軍学の腕の見せ処と武田ははしゃいだ。莫迦莫迦しい。浪士の群れに斬り込む訳ではない。寝ている町人一人を捕まえて来るだけだ。軍学も何も要らぬ。

夜明けを待って会津本陣にも使者を出した。ことの次第は告げておくべきである。

程なく武田は隊士七人を連れて屯所を出た。

そして歳三は、佐々木只三郎を訪ねることにしたのだ。

佐々木は見廻組与頭《くみがしら》である。だがただの与頭ではない。

京都見廻組を統べる見廻役は蒔田《まいた》相模守《さがみのかみ》と松平《まつだいら》出雲守《いずものかみ》の二名、それぞれが二百人からの配下を抱えている。只三郎は相模守組に配属されている。

とはいえ、只三郎は大勢の中の一人ではないのだ。

見廻組は屑の寄せ集めである新選組と違い、幕臣を中心に編制されている。つまり総員が武士だということだ。見廻役となる蒔田廣孝《ひろたか》は浅尾《あさお》藩主、松平康正《やすまさ》は交代寄合席であり、低い身分ではない。与頭や肝煎も基本は旗本である。だがその配下の組士《くみし》となると話は別で、幕臣と雖《いえど》も旗本の次男坊三男坊といった冷や飯喰らいばかりで構成されているようだ。

発足の際は、誰も志願しなかったと聞く。

喰い詰め浪士や侠客《きょうかく》は喰うためならなんでもするが、冷や飯であっても喰えている者が好んで危ない仕事など選びはしないだろう。

当たり前だと思う。

士分ではあっても寄せ集めではあるのだ。

そうでないのは、只三郎ただ一人である。只三郎は、この見廻組の結成自体に深く関わっているのではないかと歳三は睨《にら》んでいる。

京を去る時、只三郎は既に何かを画策していた。

勿論、只三郎一人が画策したことではないだろう。そういう意味では只三郎も駒の一つに過ぎないのだとは思う。だが只三郎が、その裏で糸を引いている連中——それが何者なのか歳三は知らないし、また興味もないのだが——と通じているということだけは間違いないのだろうと、歳三は踏んでいる。

只三郎は、そういう場所にいる男なのだ。

見廻組は、京都守護職配下ではあるのだが、会津藩の隷下《れいか》にある訳ではない。守護職を拝命しているのが会津藩主だというだけのことなのであって、見廻組はあくまで江戸で結成された、幕府直轄の組である。

一方新選組は違う。幕府が募った浪士組から分離し、会津藩御預となることで延命し、現在に至っているのだ。近藤が拘泥しているように、藩主容保公との繋がりも深い。勿論、会津藩は諸藩の中でも指折りの親幕藩である。そういう意味で新選組も幕臣の末席であることに変わりはない。

しかし、例えば再び容保公が京都守護職の座を退いた場合——。

見廻組は所司代や奉行所同様、次の守護職の配下となるだけである。

だが新選組は、前回の守護職交代の際に配下とされることを拒否する旨を幕府に示し、許諾されている。新選組は会津に従うと自ら表明しているのである。

京を護《まも》ることが一義ではなく、会津藩の指示の下《もと》で幕府の、大樹公《たいじゅこう》のために働くというのが近藤の掲げた大義名分なのだ。

佐々木只三郎は、会津藩の出だ。

実兄の手《て》代木《しろき》直《すぐ》右《え》衛門《もん》は容保公の懐刀である。手代木が表の調整役だとすれば、只三郎は裏の始末役である。自ら掃除屋と名乗っていたぐらいであるから、そうなのだろう。ことを巧く運ぶため手を汚すのがあの男の役目なのである。

ただの見廻組与頭である訳はない。

大きくことが動く際は、渡りを付けておいた方が良い。

歳三はそう考えたのだ。

平素御所近辺には行かぬから勝手も判らなかったし、見廻組の詰所や屯所が何処にあるのかも知らなかった。

しかし只三郎にはすぐ会えた。

動いておるの——。

掃除屋は開口一番そう言った。

土方、お前《めえ》、妙な手下《てか》を持ったものよな——。

ま、俺が見込んだだけあってお前等《めえら》は使えたな。侮《あなど》れねえ——。

油断がならないのはてめえの方だと歳三は思った。

既に山崎のことを嗅ぎ出している。

隠しても仕様がないので、桝屋に討ち入り主人を捕まえたと告げた。

その段階ではことの成否は知れていなかったのだが、失敗するとは思えなかった。

腰巾着の幇間《ほうかん》野郎でも、充分熟《こな》せる仕事である。

尻尾摑《つか》んだのか——。

只三郎は感心したような顔をし、あれは多分大物だぞと続けた。矢張《やは》り目を付けていたものと思われた。

掃除屋は少しだけ言葉を溜め、それから口を歪めて嗤《わら》った。

で、この後は大捕物になるかもしれねえと、そう言いに来たのかよ土方——。

真逆《まさか》、見廻組を動かせというのじゃねえだろうな——。

只三郎はそう言うと、今度は顔全体を歪ませた。

その逆だと言った。

動くな、動いたら止《と》めろと歳三は只三郎に告げた。

少なくとも守護職からの命があるまでは、見廻組に出られては困る。

只三郎は笑った。そして流石《さすが》だな土方、と言った。

心配しなくても見廻組ァ宮城の周りからぁ出ねえさ。と、いうかな、こっちも今のところ腰抜け揃いでちっとも役に立たねェのだ――。

世の中に使える奴ってなァ少ねえもんだよなあと言って只三郎は更に笑い、そして突然真顔になると、

ただ、老婆心乍《なが》ら言っておくが、会津藩も兵隊は出さねえぞ。近藤が助勢を頼んでも、口じゃあ出すと言うかもしれねぇが、兄貴はまず出さねえよ。藩が出兵すんな戦だけだ――。

と、言った。

そうなのだろう。只三郎は不敵な笑みを浮かべ、

殺《や》られるぞ――。

と結んだ。

上等である。

あんな虚《うつ》け者の隊士どもは皆死んでいい。いっそ全部死んでくれた方がいいかもしれぬ。手下《てか》がどれだけ死のうと近藤さえ生き残れば組は残る。隊士などまた募ればいいのだ。見廻組と違って身分は問わぬのだから、間抜けや莫迦は幾らでも寄って来るだろう。

歳三はそう思っている。とはいうものの。

味方は何人死んだって一向に構わないのだが、問題は敵が何を企んでいるのか、そして敵を何人殺せるかである。企みは大きい程良い。

そして沢山殺せた方が良い。

人殺しめと只三郎は言った。

同類に言われる筋合いはない。

立ち位置は違ってもこいつも歳三同様人殺しである。ただ、只三郎は殺すより殺させる方が好きなようである。清河八郎《きよかわはちろう》も、実際に殺害したのは同行した配下の者だったそうだ。

兎《と》に角《かく》。

見廻組は手出し無用と念を押して歳三は踵《きびす》を返したのだ。

そして――。

歳三はまた襤褸屑《ぼろくず》のような男に目を投じる。

歳三が只三郎と話をしている間に、こいつは捕まり、吊るされて――。

こんな有り様になった。

あの、幇間野郎と溝鼠《どぶねずみ》の所為《せい》である。

奴等《ら》には全く先が見えていない。

只三郎の言葉を借りるなら、使えない連中だ。

そもそも、近藤の腰が引けているのだ。無事に捕まえたことで安心してしまったのだろう。それにしても顔すら出さないというのはどういうことだ。どうせ観柳斎あたりが適当なことを言ったのだろう。

捕えたのだからじっくり聞き出せばいいとでも言ったか。浮浪どもが今夜にでも行動を起こすかもしれないと、何故考えないのか。何かあってからでは遅いのだ。火でもかけられてからちんたら出掛けて行っても何の意味もないだろう。新選組は火消ではない。それなのに。

沖田の莫迦めが。敵の手が御所に及んでしまったら、もう出る幕はない。

酷《ひど》い有り様である。調子に乗るにも程がある。死なないように急所は外しているようだが、これでは口も利けまい。

莫迦揃いだ。

——扠《さて》。

どうする。

こんな死に損ないから、某《なにがし》かを聞き出すことが出来るのだろうか。

歳三は汚らしいそれに近寄り、屈んだ。顔は水死体《どざえもん》のように浮腫《むく》んでいる。青痣《あおあざ》と血糊で彩られ、元の人相が判らない。しかも足の裏から百目蠟燭が生えている。燃えさしの芯からは、細い細い白煙が一本、天井に向けて立ち昇っていた。

滑稽《こっけい》だ。

歳三は先《ま》ず、指先で抓《つま》んで蠟燭を抜いた。

これはすぐに抜けた。

放る。

それから足の甲を貫いている釘を引き抜いた。これは抓んだ程度では抜けない。汚らしいので触るのは厭《いや》だったが、結局足を摑《つか》んで、先の方を足の裏に押し込むようにして頭を出し、そこを持って抜いた。

獣が唸《うな》るような声がした。

痛みが気付けになったか。

もう一方の足を摑む。途端に物凄い力で抵抗された。未《ま》だ拷問されている途中だと思っているのだろう。

——仕方がねえな。

身体を返し、跨《また》がって押さえ付けて、抜いた。

オウオウという絞り出すような声が、歳三の背中を駆け上がった。

釘も放った。

カランカランと音がした。

地べたが固い。

釘の抜けた孔《あな》から勢い良く血が噴き出した。しかしそれは一度噴き出ただけで、すぐに収まった。

頸《くび》を切ったのとは違う。

身体を離し、元の処に座った。

袴から何から、どろどろに汚れてしまった。

声とも何とも付かぬ、水を啜《すす》るような、犬猫が飯でも喫《く》うているような、やけに汚らしい音が聞こえた。それは、やがて言葉めいたものになったのだが、聴き取ることは出来なかった。

「何言ってんだか判らねえよ」

歳三はそう言った。

男はふがふがと溺れるような音を出した。

逆さ吊りにされていたので鼻に血でも入り込んだのか。

男はやがて咳《せ》き込むような嘔吐《えず》くような音を発し、口や鼻から何とも判らぬ液体を垂らして、やがて落ち着いた。それでもぜいぜいと全身で呼吸《いき》をしている。腹やら腿やらが幾度か痙攣した。

「――おうか」

「何だと」

「おう、おうする」

「どうもしねえよ」

歳三は腰を上げ、顔の前に立って男を見下ろした。

「痛《いて》えか」

男は腫れ上がって開かぬ眼で見上げる。

「い、いてえ」

「当たり前《めえ》だ。拷問されてたんだよてめえは。判ってンだろう」

あう、と男は応えて、それから静かになった。

歳三は顔を寄せた。

「あ――」

「何だ」

「あんた」

誰やと男は尋《き》いた。

「ふん。そりゃあこっちの台詞だぞ桝屋。てめえこそ誰だ」

「わ。わては。ま。ますや。ますやきえもん——」

「嘘を言え」

見据える。見詰める。屹度《きっと》睨《にら》み付ける。

「まあいいさ。てめえがただの町人だとして、じゃあここが何処《どこ》か判ってるのか。寝込みだか寝起きだか襲われて、何処に連れて来られたのか承知しているのかい」

歳三は、嚇《おど》すでもなく怒鳴るでもなく、極めて抑えた口調でそう問うた。

男は殆《ほとん》ど開かない瞼《まぶた》の中の瞳を左右に動かして、生臭い息を漏らし、幾度か口を開け閉めした。

「ここはな、奉行所じゃあねえ。勿論、所司代でもねえ。あのな、ここは京の者皆が忌み嫌っている、クソみてえな壬生浪《みぼろ》の屯所だ」

「はう」

男は息を吸う。

「新選組だよ」

「ひ」

男は口を横に広げ、ひ、ひ、と何度も言った。

「喋れねえなら無理に喋るなよ。ただお前はもう、家に帰《けえ》ることは出来ねえよ」

疑われたのが運の尽きだと歳三は言った。これは半ば本心である。こんな目に遭うぐらいなら斬り死にした方が何万倍もましだろう。

顔を離し立ち上ろうとすると男は大きく動いた。

「ひ、ひじかた」

「何」

「ひじかたとしぞう――か」

口を利いた。

「能《よ》く――判ったな」

歳三は立ち上るのを止《や》めて再び屈み、男を覗き込んだ。

「お、鬼の副長、土方歳三か」

「ふん」

歳三は鼻を鳴らした。

そうしたら何故か可笑《おか》しくなった。一度そう思うと堪《こら》え切れなくなって――。

歳三は思わず笑ってしまった。

一度笑うと止《と》まらなくなり、歳三は声を出して笑った。

何だか迚《とて》も可笑しかった。可笑しくて堪《たま》らなかった。京に来てから、笑ったことなどない。否、もっと前からだ。もっとずっと前から歳三は笑ったことなどない。それが、こんなに笑えるものなのか。

可笑しいだろう。

なる程鬼か。自分は鬼か。それなら此処《ここ》は地獄だ。一丁目はあるが二丁目はないという処《ところ》だ。其処《そこ》で鬼が。

　鬼が亡者を責めている。

「そうだ。俺は、鬼の副長だ。鬼は怖《こえ》えか」

　男は答えなかった。

　歳三は男の醜い眼を見る。

「幕府を——倒してえのか」

　多分、そうなのだろう。この男は何かそうした抗《あらが》いがたい大望のようなものを持っているのだろう。そうでなくては、こんな責め苦に耐えられるものではない。

ただの思い込みだと思う。

幕府を倒せば空の色が変わるとでもいうのか。そんなことはない。

何かをすれば凡《すべ》てが変わる、何もかも良くなると、そう思っているのだろうが、それは大きな間違いである。

何かを変えるため、良くするために何かをするというのは正しい。

しかし。何かをすれば変わるとか良くなるとか、そう考え始めるならば、それは大抵、間違いになる。

歳三は最近、少しだけ判るようになって来たのだ。

佐幕派も倒幕派も、実は大きな違いはないのである。

一介の薬売りにしてみれば、両者が争っているようにしか思えなかったし、実際に争ってもいるのだが、それは別に帝《みかど》と将軍が争っている訳ではないのだ。

佐幕派は、帝を邪魔にしている訳ではない。親幕を標榜する者どもの中に天皇を倒そうなどと考えている者は一人もいない。公武合体というのは、簡単に言えば両者をひとつにしてしまえということなのだろう。親幕の代表格である会津は公武合体を唱えている。

そうすることで国政が変わる、良くなると考えているのだろう。そうなのかもしれない。

倒幕派はもっと判り易い。鯔《とど》の詰まり、幕府が悪いからなくしてしまえというだけである。そうすれば国政は確実に変わる。人が入れ替わるのだから変わるだろう。ただ、良くなるのかどうかは、やってみなければ判るまい。

帝を奉り、幕府を変えるか。

幕府を排除して帝を奉るか。

実は大きく違わない。帝を奉るという点では一緒だ。佐幕派もまた尊王を建前にしているのである。それに、例えば攘夷《じょうい》というところだけを取り出すならば、佐幕も倒幕もないということになる。双方ともに攘夷を唱える者は根強く、また大勢いるのだ。つまり尊王攘夷という側面からのみ見るならば、違いは全くないことになる。争う意味はない。そして幕府内に開国論者がいるように、反幕府陣にも開国を推す者はいるのである。あまり目立った動きは見せないけれど、多くいるのだろう。だが、それらが手を携えることもない。

多分、問題はそんなところにはないのだ。駄目なことは間違いないから何かしなければいけないと、そこまでは誰にでも判るのだが、それは幕府を倒すとか帝を担ぐとか、そんな単純な選択で済むことではないのだろう。決めてどうなるようなことでもない。

こういう場合は判り易い方が勝つような気もする。

莫迦は簡単な方を好くものだ。どっちに転んでも大差ないなら、簡単な方が良い。

しかし、それでも遠からず国は開かれるだろう。異国と関わらずに国を維持して行くのは、まず無理なことだろうと思う。ならば攘夷派が滅ぶのかといえば、そんなこともないのだ。

いずれ簡単な方法で世の中は変えられぬ。いいや、人に、世の中を変えることは出来ない。

それは、勝手に変わるだけなのだ。世間というのは、そんな単純なものではないのである。狭い国の中で、百人が、千人が、万人が、それぞれ得手勝手に生きているのだ。海の外にはもっと大勢の人が蠢《うごめ》いている。

——海か。

海は大きい。

だから。

何かをすれば凡《すべ》てが変わり、何もかも巧く運ぶなんてことはない。金輪際ない。勝手にどんどん変わって行く世の中に合わせて、色色なことをし続けなくては、きっと失敗する。

幕府を倒せば世の中が良くなるなどと思い込めるのは、だから倖せな莫迦だ。幕府を守ることに大義があると思い込めるのも、同じくらいに莫迦だ。それは忠でも義でもなく、ただの意地である。

世の中のうねりというものは、どれだけ大勢が、どんなに侃侃諤諤《かんかんがくがく》騒ごうと、変えられるものではないのだ。

ただ。

歳三は思う。

世の中を動かすというのは、そういうことではないのだ。うねりを変えようとか、うねらせようとか、そんなことではないのだ。それは人には出来ないことだ。

世の中を動かすというのは、そのうねりに合わせた仕組みを作るということなのである。

世の中には必ず決まりが要る。どんな世の中になろうとも決まりなくしては世の中にはならない。そして決まりは最初からある訳ではないのだ。決まりは天が与えるものではなく、人が作るものである。

決まりは、必ず誰かが作るのだ。

人を殺してはいけない。

これは、決まりごとだ。

守らねば、罰せられる。

だが、実は殺してもいいという決まりもあるのだ。

遠いあの日、不義密通の妻を斬った侍も。罪人の首を刎《は》ねる首切り役人も。そして清河八郎を殺した佐々木只三郎も。芹沢を斬った——歳三も。

罰せられることはない。

そういう決まりだからだ。

決まりは人が作るのだ。どんな決まりも誰かが作ったものだ。

だから世の中には、決まりを作る者と、決まりに従う者しかいない。

成り上がるなら、決まりを作る者になるしかないのだ。

こいつ等《ら》は——。

そういう頭を持っていない。

幕府さえ倒せばどうにかなると思い込んでいる。強く激しく思い込んでいる。そうした思い込みがなければ、こんな仕打ちに耐えられる訳もないのだ。極めて——。

愚か者である。

多分、こいつ等《ら》の後ろに、決まりを作ろうとしている者はいる。そして歳三達の後ろにも、そうした者はいるのだろう。連中は決して争ってはいない筈だ。莫迦同士が争っているのを遠目で見乍《なが》ら、同じ目で時代を見極めているのだろう。

次の決まりを作るために。

こいつ等は捨て駒だ。

勿論、今のままでは歳三達も同じことである。只三郎がいつか言っていた通り、新選組自体が駒でしかないのだ。ただ歳三は捨て駒になるつもりはない。

駒だとしても、捨てられない駒でいようと思う。

この男は。

歳三は男の顎《あご》に指を当てて、顔を上に向けた。

「誰だか知らないけどな」

世の中はなるようにしかならねえぞと歳三は言った。

「何を企んでるのか知らねえが、それは無駄だ」

「む――だ」

「俺は、失敗すると言ってる訳じゃねえ。そんなことしなくたって、なるようになると言ってるんだよ」

「なん――だと」

「てめえ等が寝てたって、倒れる時が来りゃ幕府は倒れるだろう。同じくどんだけ騒いだって倒れねえものなら倒れねえよ」

男は無理に眼を剝《む》いた。

「だ、だが」

「俺はな、仕事でしてるだけだ。こういう荒ごとすンのがお役目なんだよ。雇い主は幕府だ。今は俸禄も貰っている。貰った分は働くぜ。てめえはどうなんだ。どっかから何か貰ってるのか」

ば、莫迦を言えと男は漸《ようよ》う言葉らしい言葉を吐《は》いた。

「そうかい。大義かい。忠心か。信念か。俺のとこにもそういう寝言をほざく莫迦がいるがな」

役立たずだぜと歳三は言った。

「打ち壊しだの人殺しだの、そんなこと繰り返したって、あんまり意味はねえよ。それは、尊王にも攘夷にもならねえさ。縦《よし》んばなったとしても、そんなことで」

天下は引っ繰り返らねえ。

「あ――あんたがそんなことを言うとは、い、意外だな」

「そうかい」

そんなことはない。

慥《たし》かに歳三は人を殺すし、殺させもする。でもそれは。

好きでしていることだ。

殺したいから殺すだけだ。

何かのためではない。寧《むし》ろ逆である。殺すために、何かを利用しているのだ。

「俺はな、斬りてえから斬る。それだけだよ。天下国家がどうなろうと、知ったことじゃあねえ」

「貴様――」

「てめえ、死ぬぞ」

歳三は耳許《みみもと》で言った。

「新選組の局長は頭が悪いんだ。他の連中も莫迦ばかりだ。残りは、てめえの足に釘打った沖田みてえな、狂人ばかりだよ。殺しちまっちゃ身も蓋もねえが、どうもそういう見境はねえ。黙っていれば、今日中に死ぬだろうな」

「構わん。それでも」

「だから」

無駄だと言っているだろうと歳三は言う。

「何をするのか知らねえが、何をしたって無駄だよ無駄。てめえがどうしても死にてえというなら別だが、ここで死んでも無駄死にだぞ」

俺は構わねえがなと言って歳三は立ち上った。

「てめえが膾《なます》にされようが釜茹《ゆ》でにされようが俺は痛くも痒くもねえからな。鬼は同情もしねえし目《め》溢《こぼ》しもしねえ。今でも地獄にいるんだからな。地獄堕《お》ちも平気だ。どうでもいいよ」

「こ、殺すなら」

「何だ。死ぬか。死にてえのなら早く言え。俺が殺してやる。俺は、さっきの沖田みてえな下《げ》衆《す》じゃあねえから、すぐに殺すぞ」

俺は人殺しが好きだ。

男は一層に眼を剝いた。

「だから、俺は死にたくねえ。死んだら人は殺せねえからな。死にてえと言う奴の気持ちも解らねえ。てめえが死ねば何とかなるとか、死ぬことで役に立つんだとか、そんな風に考えているなら、それも勘違いだぞ」

人が一人くらい死んだって。

何一つ変化はない。死は何も齎《もたら》さない。凡百《あらゆる》死は、押し並《な》べて皆、無駄死にだ。犠牲から生まれるものなど何一つない。

芹沢鴨が生きていたとしても。

別に大きく変わることはなかっただろう。大嫌いだったし、邪魔ではあったが、それだけのことだ。歳三が追い込まなければ、騒ぎも起こさなかったかもしれぬし、遠からず組を去っていたかもしれないのである。

小物だ。

決まりに従う者は、普《あまね》く小物だ。

死のうが生きようが、そんなことでは塵一つ動かせない。

「てめえが死んだって誰も喜ばねえし何の役にも立たねえよ」

歳三は抜いた。

切っ先を鼻先に翳《かざ》す。

「殺せと言うなら殺すぜ。ただ誰だか判らねえからな。弔《とむら》いはねえ」

「わ、わしは」

「桝屋喜右衛門が本名でねえことだけは確かだろ。まあその辺に埋《い》けてやらあ」

本当に。

殺す気になった。

「ま、待て」

男は浮腫《むく》んだ顔を歪めた。

「待て。わしは」

わしは。

古高俊太《ふるたかしゅんた》郎《ろう》だと男は言った。

「古高だと」

山崎から聞いたことがある。

安政《あんせい》の大獄の際に獄死した尊王攘夷の急先鋒である梅田《うめだ》雲浜《うんぴん》の薫陶を受けた古高某士《なにがし》という男がいる――ということを。

顔も居所も判らないが、肥後の宮部鼎蔵とも昵懇《じっこん》の間柄であり、宮家にも顔が利くため、名を変え身分素性を隠して京に潜伏し、倒幕派の浪士どもを束ね動かす元締めとなっているらしい――という話だった。

本当なら、それこそ大物である。

「そうかい。じゃ、長藩の間者なんかじゃねえってことだな」

歳三は刃先を古高の鼻に押し付けた。

「まあ、だから何だって話だよ。誰であろうと死ねば塵芥《ごみ》だ。骸《むくろ》になれば将軍も百姓もねえ」

「いや」

死にたくはないと古高は言った。

「ほう」

「土方さん」

あんた本当に鬼だなと古高は言った。

「さっきの、あの見窄《みすぼ》らしい小僧は眼が濁っていた。目がな、嘘臭いんや。まるで甚《いた》振《ぶ》るのが愉しいかのようやった」

愉しんでたんだよと歳三は言う。

「あんたの目は容赦がない。本気で殺す気やったか」

「ああ」

何も白状しないうちに殺すかと古高は尋《き》いた。

「そうだよ。何度も言うが、てめえから何か聞いたって、別にどうなるものでもねえさ。吐《は》かねえなら吐《は》かねえで生かしておく意味もねえ。俺は」

人殺しが好きなんだ。

「殺してえから殺す。それだけだ」

「鬼め」

古高は腫れた顔を歪めた。

笑ったのかもしれない。

「吐《は》けば、わしはどうなる」

「他へ身柄を移すことになるだろうな。ただの長州の雇われ者だったら始末することになったんだろうが、そうでねえなら、奉行所なり所司代なりも捨てておかねえだろう。新選組の一存では殺せねえことになる」

残念だったなと古高は言った。

かなり口が回るようになっているようである。

「まあ、名前は聞かなかったことにして殺してやってもいいがな」

「本気そうだな」

古高は歳三の眼を見詰めた。

「言うよ。刀引け」

「つまらねえな」

歳三は和泉守《いずみのかみ》を腰に収めた。

途端に古高は噎《む》せて、また何かを吐《は》き出した。俯《うつぶ》せになる体力もないのだろう、それは口の端から伝って垂れた。胃の腑《ふ》の汁だ。

「汚《きたね》えな」

「さっきの巫山戯《ふざけ》た小僧に言え」

嗄《しわが》れた声でそう言ってから古高はまた噎せた。芋虫のように全身をひくひくさせている。

殺意が引く。こんなものを斬っても面白くも何ともない。

歳三は顔を背け、また木箱に座った。

「で。何を吐《は》く。そんな汚えもの吐《は》かれたって誰も納得しねえよ。てめえが古高だということさえ信じねえだろうな」

証しはない。

「このままだと、またさっきの餓鬼が来て、てめえを苛めるぞ。曲がり形《なり》にも古高名乗った以上は、もっと酷《ひで》ェことをされるだろな。まあ、さっきの餓鬼は気が狂《ふ》れてるから」

多分甚振り殺すだろう。

「急《せ》くなよ土方」

「急かすさ。俺は」

鬼だから。

「火」

火を付けると古高は言った。

「何処に」

「御所や」

「ほう。玉《ぎょく》を焼き殺すかい」

冗談やないと古高はやや声高に言った。

「こんな有り様でそんな冗談が言えるんやったら捕まったりはしておらぬ。尊王を説きその思想に殉ずる者が、畏れ多くも帝を害し奉るなど、有り得る筈もなかろう。風の強い日を選び風向きを見て火ィを放てば、都は火ィの海になるで」

「火事か」

それは少し見てみたい。

この京の町も、あの日野《ひの》の宿場のように燃えるのだろうか。

「同志は、速やかに日光御里坊《にっこうおんさとぼう》にて尹宮《いんのみや》様を——幽閉し奉る」

「それは——中川宮《なかがわのみや》か」

「そうや。公武合体論を唱えられている、宮家の中でも一番の親幕派公卿や。同時に在京中の佐幕派大名どもを」

「殺すか」

「殺す。悪いが、松平容保公は必ず殺害するで」

「悪かねえよ」

京都を攻めるのだ。京都守護職をいの一番に取るだろう。

「将軍後見にも死んで戴く」

「一橋慶喜《ひとつばしけいき》か。聞けばしち面倒《めんど》臭《くせ》え男のようだからな」

貴様が言うかと古高は言う。

「それから」

「それから——帝をお連れして京を出る」

「行き先は」

「長州や」

「嘘臭《くせ》えな」

「本当やて」

「相当兵隊が要ると思うがな。足りるのか」

「足りる。京を追われた長州藩士は大坂を始め、近在近郷に多数控えておる」

「まあ、そうか」

中間の白状したところだと近隣に潜伏する長藩浪士は五百名を超すということだから、足りるといえば足りるのか。

だとしても――。

「聞いている分には大層な話だが成功するとは思えねえな」

やってみなけりゃ判らんやろと古高は言った。

「凡《すべ》てが巧く運ぶとは誰も思うてない。だが準備はしておる。月内には決行すると決めた」

昨夕の集まりでかと問うた。

「知っておったのか」

古高はやや驚いたようだった。

「壬生《みぶ》浪士、所詮《しょせん》は喰い詰め、頭《おつむり》の弱い無頼ばかりと舐《な》めておったのやが――そうでもなかったようやな」

それで合ってるよと歳三は投げ遣りに言った。

そうでもないのは監察――否、山崎丞だけだ。

後は駄目だ。莫迦は莫迦同士の内輪揉めしかしない。

内輪で席次を争っても内輪で主義主張を戦わせても何の意味もない。終《しま》いには内輪で殺し合うことになるだろう。

それにしても。

「風の強い日——なあ」

歳三は日野宿の火災を思い出す。

街道は風が通る。強い風が吹き抜けて宿場は見る見る焔《ほのお》に包まれた。燃え盛る紅蓮《ぐれん》の舌は、何もかもを嘗め尽くしたのだ。

その中で。

歳三は人を殺した。

吹かねえかもしれねえぞと歳三は言う。

「帝強奪の筋書きが天気任せってなあ、少少お粗末じゃねえのか」

「ああ。ぎりぎり待って、祇《ぎ》園御《おんご》霊会《りょうえ》の前を狙うんや。人出も多いいからな」

「あのもたもたした祭りか」

歳三には面白くも何ともない。

信じたかと古高は言った。

「信じろ土方」

「どうかな」

「まあ――わしが捕まってしもうたから実行は早まるかもしれんし、延期するかもしれん。いずれ語った通りには運ばないのやろうがな。貴様の言う通り、そんなことせずともなるようになるのやろうが――だとしたら、わしが喋っても同じことやろ。貴様等《ら》には止《と》められまいよ」

「それも――どうかな」

どうだ山崎と歳三は呼んだ。

重い蔵の戸が開いて、そこに山崎烝が立っていた。

心底厭《いや》な男だ。

「聞いてたんだろ」

歳三が問うと山崎は低い声でへえと答えた。そのまま一歩踏み込む。

外がやけに白い。

蔵の中が暝《くら》いだけで、外は未《ま》だ昼日中である。

暗がりには昔が潜んでいる。歳三は蔵に籠ることでその想い出ともいえない昔の滓《かす》に、少しだけ侵蝕されていたようだ。

「あんたはんが——古高はんやった、ちゅうことでっか。こら迂闊《うかつ》やったなあ。お見逸れしましたわ」

山崎は歳三の横に立った。

「こらまた酷《むご》い有り様やな」

古高は山崎を見上げる。

「お、お前さんは——」

多分、見えてはいない。逆光で山崎の顔は黒く潰れていることだろう。町人の姿だということぐらいしか判るまい。声で判断しているか。

「お前さんは慥《たし》か——」

「へえ。毎度ご贔屓《ひいき》さんで。商売《あきない》さして貰《もろ》てますわ。おおきに」

「し、新選組の犬やったか」

「新選組の犬違いますわ。わては新選組の隊士だす。つまりこの、土方副長の——犬や」

迂闊なのはこっちやったなと古高は言った。

「まあ、そやね。あんた等《ら》が迂闊やったゆうことはほんまやけども、よう、踏ん張らはったのと違いますか。わてもあんたが古高とは、よもや思いまへんでしたで」

なる程古高らしき人物が出入りしてへん筈やと山崎は言った。

「本人やった」

「おい」

世間話してるンじゃねえと歳三は言った。

「聞いてたんなら、することがあんだろうが。犬っころにはよ」

「へえ。鬼に四の五の言われたら敵《かな》いまへんよって、もう動かしてますわ。まあ、あの蛸《たこ》入道が余計なことしよったから、あんまり細かい動きが出来んようになってしまいましたけどな」

「蛸だと」

武田観柳斎か。

武田は剃髪している。だから余計に幇間《ほうかん》染みて見えるのである。

「何をした」

「家捜しですわ。桝屋の。甲冑やら鉄砲やら、ようけ見付けたようですわ。別に、馬具屋に陣笠があったかて怪訝《おかし》いことない思いますけど、蛸入道は手柄顔ですわ。何やらかにやら大八に載せて、そら上機嫌でご帰還や。阿呆《あほ》ちゃうか」

慥かに余計なことだ。

手の内を敵に晒して間抜け面しはるのが甲州流軍学の教えなんやろか――と、山崎は言った。

「武田《たけだ》信玄《しんげん》が敵前で笑《わろ》たゆう話は聞きまへんけどな。いずれにしても新選組が桝屋を襲撃したことは、もう世間様にも敵方にも知られてますわ。せやから、こっちも急いで――」

急いだかてもう遅いぞと古高が言った。

「あんた、あんたも多分気付いておらんやろ。桝屋の別棟に住まわせておるあの具足商な、あれは――大高又次郎《おおたかまたじろう》や」

「大高やて」

あれは捕まえたんかと古高は問うた。

「わしの覚えでは、踏み込まれて直《す》ぐに逃げたと思うがな」

それは誰だと歳三が問うと、そいつも梅田雲浜の弟子ですわと山崎は答えた。

「赤穂《あこう》浪士の末裔ですわ。なる程なあ。そやったんか。義弟《おとうと》の忠兵衛《ちゅうべえ》の方は押さえといたんやけどな」

だからもう同志には知れ渡っておると古高は言った。

「こら急がなあかんな」

「ならさっさと行け。序《つい》でに山南を呼べ」

「あの人をでっか」

「こいつの調書《しらべがき》を作らせる。そういう役回りだ——あの男は」

心配するなさっきの餓鬼じゃあねえよと歳三は古高に言った。

とっとと行けと山崎を押し遣ると、背後から歳さん歳さんという間の抜けた声音が聞こえて来た。本当に——。

駄目だ。

多少なりとも張り詰めているのなら、こんな呼び方はしないだろう。

振り向きたくない。

山崎と入れ替わりに近藤が這入《はい》って来た。

「大変だ。一大事だ。武田君の大手柄だよ」

——これだ。

「桝屋から押収した書き付けに豪《えら》いことが書いてあった。量が多いので未《ま》だ一部しか読んでいないが、その桝屋は矢張り徒者《ただもの》ではないぞ。きっとかなり名の知れた」

「こいつは」

こいつは古高俊太郎だよと歳三は近藤を見ずに言った。

「は――吐《は》いたのか」

「ああ」

近藤は山崎が今まで立っていた場所に立ち、大きな口をへの字に曲げて絶句した。

「ひ、酷《ひで》えな、おい」

「汚《きたね》えよな」

「これは――まあ、ここまでやられたら吐《は》くだろう。しかし古高といえば――名の知れた倒幕派の――」

近藤は歳三に角張った顔を向けた。

「どうする」

「どうするだと」

「すぐにでも容保公に」

「おい」

歳三は近藤の胸倉を摑《つか》んでぐいと押した。

「な、何をする歳さ」

「歳歳言うなよ。おい近藤さん。あんた何勘違いしてるんだよ。いい加減にしろよ」

そのまま押す。

近藤は押されるままに後退し、木箱に行き当たってそのまま座った。

歳三は見下ろす。

「あんた何なんだ。そんなに道場の老い耄《ぼ》れやら妻子やらが気になるンなら、最初からこんな京くんだりまで出て来るンじゃねえよ」

「ど、どうしたんだ」

「どうしたじゃねえだろよ。おい。てめえは——偉くなるのじゃなかったのか。強くなるんじゃなかったのかよ、勝太」

近藤は歳三を見上げて、睨《にら》んだ。

「あのな、あんたみてえな無学の凡夫《ぼんぷ》が、どんだけ建白書を書こうが幕閣に親書を送ろうが、紙と墨の無駄だぞ。あんたなんかが出世出来る訳《わき》ゃねえだろ。そんなことも判らないのかよ」

「いや、しかし。ちゃんと」

「そら読むよ。どんだけ身ィ入れて読むのかァ知らねえが、読みゃするよ。何たって会津の肝煎だ。無視はしねえだろうさ。でも、考えてもみろよ。あんた、百姓だろうが。百姓上りが将軍様の動向に意見出来る道理はねえんだよ」

「容《い》れて貰ったことも多い」

「あんたが考え付くようなことはもう誰かが考えてるよ。あんたなんかより頭の良い奴は、そこいら中にごろごろ居るんだ。武田の幇間《たいこ》に持ち上げられたのか、谷の間抜けに煽《おだ》てられたのか知らねえが、あんたは上石原《かみいしわら》の百姓の倅《せがれ》じゃねえか」

「歳三――」

「副長だよ」

歳三は近藤の襟を放し、身を起こして見下ろした。

「俺に政《まつりごと》は出来ねえ。だからあんたを担いだんだ。なら偉くなって貰わねえと困る」

「いや、だから」

間違ってると言ってるだろうと歳三は言った。

「偉くなるってなァ、ちやほやされるってことじゃあねえんだぞ。上には上がいるように、下には下がいるんだ。屑ァ幾らでもいるんだよ。下ァ見りゃ切りがねえぞ。てめえより下の連中ばかり集めて、それで取り巻きの数増やしたって、そりゃ偉くなった訳じゃあねえんだよ。そんなもんは幾人《いくたり》集めたって同じことだぞ。てめえはチィとも上ってねえよ。目の前耳許で直《じか》に褒められりゃあ、そりゃあ嬉しいかもしれねえがな。それで喜んでるような奴は、餓鬼だ。救いようのねえ莫迦だ。見えるもの聞こえるものしか信じられねえ愚か者だ」

てめえのことだよ勝太——と、歳三は怒鳴った。

「いいかい。あんたが偉くなる道は一本しかねえ」

「一本——だと」

「頭が悪いのに難しいこと考えるなよ。身分が低いのに威張るなよ。威張るなら威張れるところだけで威張れ」

「いや、しかし」

歳三は鞘ごと差し料を抜いて近藤の前に翳《かざ》した。

「こりゃなんだよ」

「それは」

「てめえの腰に下がってるなあ何だよ。重しか。その虎徹《こてつ》は——」

偽物なのだが——。

「その虎徹は何のためにある。飾りにしちゃ重いぞ。銘刀ぶら下げてんならそれに相応しい者になれ」

「だから、儂《わし》は」

「銘のある刀はな、切れるだろ。切れるから名刀と謂《い》われんだよ。でもな、銘があるから切れるんじゃねえ、切れるからこそ銘が上るんだ。銘より切れるが先だぜ」

「承知している」

「そうかい。じゃあ、その切れる刀は、何を切るんだよ」

近藤は両の拳《こぶし》を握り締めた。

「決まってるじゃねえか。人――だよ」

俺達は人斬りじゃねえかと歳三は言った。

「気取っても偉振《えらぶ》っても始まらねえんだよ。俺達は刀なんだよ。柄《つか》握ってるのは幕府だ。新選組は幕府の刀じゃねえのかよ」

近藤は歳三から視軸を下ろし、正面を見た。

「刀が持主に意見するか。刀の分際で、あっちに行けとかこれを止《や》めろとか物申すかよ。そんな薄気味の悪い刀は捨てられるんだ。刀がてめえの身の振り方で迷うか。刀を辞めて庖丁になりてえとか言うのか。そんなものは使えねえよ」

今のあんたは使えねえ。

新選組も使えねえよ。

「捨てられるぜ」

近藤は口を一文字に結んで、眉根を寄せた。

歳三は見下す。

「捨てられたくねえのなら、道は一本だよ。能《よ》く切れる、使える名刀、銘のある刀になるしかねえ。違うか」

近藤は何も答えなかった。

「いいか。虎徹だから切れるのじゃねえんだよ。切れる刀だから虎徹の名は上がったんだ。だから虎徹は銘刀になった。新選組も銘刀にならなきゃいけねえのじゃねえのか」

刀にとって出世するとは、銘刀となることに他ならない。そのためには先《ま》ず切れなくてはならない。切れない刀は使えない。刀ですらない。重たいだけの鉄の棒だ。

切れることを示すには——斬らなくてはならない。

「そう——だな」

近藤は——何かを吹っ切ったようだ。顔付きが変わっている。

だが、未《ま》だ歳三はこの男を信用していない。一度怒鳴ったくらいでそう簡単に変節はしないだろう。近藤の目の前に垂らされた蜜は、甘い。

人は諫言《かんげん》より甘言の方を好む。

「この男と、その書き付け。それをどう使うのが新選組という刀の切れ味を天下に示すことになるのか、それを諮《はか》るのが——あんたの役目だろう。局長」

「使い道――か」

「こいつ等《ら》はな、京を火の海にして親幕派の公家を拉致し、幕府方の大名を皆殺しにして帝を長州に連れて行くんだそうだぞ」

「何だと」

近藤は小さな眼を剝く。

そう。この眼だ。

やけに簡単に纏めてくれたな土方と古高が言った。

「そうなんだろ」

「まあ――な」

「松平容保公も――害し奉るそうだぞ」

「何ッ」

近藤は顔を古高に向けた。

「まあ――あんた等《ら》が花見をしたり酔っ払いを捕まえたりしている間に、そういうことになってたようだ。俺達はとんだ――」なまくらだったなあと歳三は言った。

「そんなことはさせられん」

「当たり前《めえ》だよ」

「ど——」

どうするか諮るのが儂の仕事かと近藤は言った。

「もう監察は動いてるよ。武田の莫迦がぬかった所為《せい》で、こいつの捕縛は都中に知れ渡ってるからな。敵の動きは速《はえ》えぞ」

「そうか」

近藤は立った。

そこに山南が駆け付けた。

「局長。土方さん。これは——」

山南は一度息を呑み、手で鼻と口を覆った。

「一体何をした。これは幾ら何でも酷《ひど》いじゃないか。土方さん、これはあんたがやったのか」

そうだよと歳三は言った。どうでもいいことである。

「近藤さん。あんたも承知のことですか」

そんなことはどうでもいいと近藤は声を荒《あら》らげた。山南は驚いたように近藤の方を向いた。驚くのも当然だ。ここ半年、こんな様子の近藤は見たことがない。

「土方君が聞き出した。この男は古高俊太郎だ」

「古高——ですか」

「同時に、都の焼き打ち、会津公他諸侯の暗殺、帝の奪取という謀反の企ても明らかになった」

「焼き打ち——」

「新選組は全力でこれを阻止する」

「それは——」

歳三は山南の肩に手を遣った。

「ここはあんたに任せる」

「私に——か。何を」

綿密な調書《しらべがき》を作ってくれと歳三は言った。

「調書——を」

「この野郎、白状はしたが、本当かどうかは判らないだろう。騙《かた》りかもしれねえ。だから、詳しく念入りに訊き出してくれないか。これは血の気の多い藤堂やおつむの弱い原田には務まらねえ役目だ」

あんたにしか出来ないことだよ山南さんと歳三は肩に置いた手に力を入れた。

「嘘かもしれねえが、看過は出来ねえ。事実だったら喫緊《きっきん》の対応が必要になる。俺達はその対応をする。あんたは確認し、精査してくれ」

山南は汚れ物でも見るような目で歳三を見ていた。

多分、さっき歳三が古高を眺めた時も、こんな目をしていたのだろうと思う。

「どうなんだ」

「あ、相判った」

「判ったらさっさとやってくれ。序《つい》でに――傷の手当てもしてやってくれねえか」

「ああ」

承知したと言って、山南は屯所の方に駆けた。あの男のことだから筆と紙だけではなく、書き物机やら燭台やら一式を持って来るつもりなのだろう。

「古高よ」

歳三は振り向く。

「あいつは乱暴しねえから、安心しろ」

古高は苦しそうにゆっくり歳三に顔を向けて、

「乱暴されるより――鬼の方が怖いわ」

と言った。

歳三は近藤を促して蔵の外に出ると、扉を閉めた。あの有り様で遁《に》げられるとは思えないが、山南が戻るまではここにいるべきだろう。

歳三は空を見た。

「今日も降るか」

暫《しばら》く雨続きである。激しく降る訳ではないが、酷《ひど》く鬱陶《うっとう》しい。

そして。

風がな――と近藤が言う。

「風がある。一昨日などは烈風だった。容保公も、随分火事を心配されていた。病身であられるが故、風の音さえ不安にお感じになるのかと思い、ご心配なくとお慰めしたが、あれは強《あなが》ち杞《き》憂《ゆう》でもなかったことになるな。火事ばかりの江戸と違って、京はそんなに燃えたことがねえ」

そう。

この雨が止《や》み、風が収まらなければ。

「直《す》ぐにも実行されるかもしれんのだな」

「まあ、だからといって、だ。幾ら市中見廻りがお役とはいえ、拍子木持って火の用心と廻る訳にはいかねえだろうぜ」

「だが」

「小せえ企てたぁ違うぜ。一人二人でやる訳じゃねえ。大勢が動く。だがな、手足が勝手に動いてもことは成らねえよ、近藤さん。百を超す手足があるなら、頭も幾つもあるだろう。なら必ずその頭が寄って」

「会合が――あるか」

「そうだな。しかも、早急に行われる筈だ」

寄り合いは間違いなく開かれるだろう。昨夜の寄り合いでどこまで話が詰められたのかは判らぬことだが、その肝煎役である古高が捕縛された以上、速やかに企ての立て直しが行われる筈である。

「普通なら日延べするのが順当だろうが、こっちの出方次第じゃ直ぐにも動くかもしれねえな」

「直ぐ――か」

近藤は白く濁る虚空を見上げた。

「儂等《わしら》で防げるか」

「弱気だな」

どうせ、奴等の思い通りにはなるまい。

手足の数が足りていたとしても頭が足りているとは思えないからである。訓練した五十人でも思い通りには動かないのだ。新選組がいい例である。鍛えても使えないものは使えない。使えぬ者を使おうとするなら、頭を置いて組にするよりない。組として動くなら、役割分担と命令系統の徹底は必須である。

加えて敵は長州人だけで構成されている訳ではない。また長藩自体も一枚岩ではない。五百人からの面識のない者共に統率のとれた動きが出来る訳がない。結局は隊を分けざるを得なくなるだろう。そうなれば頭も複数要るだろう。頭が増えれば思惑も増える。頭同士が密に通じていなければ、思い通りにことは運ばぬ。

つまりは寄り合い次第ということになるのだろう。

頭潰せばいいんだよと歳三は言った。

「だから、五百人だか千人だか知らねえが、そんな数を相手にする必要はねえってことだ」

「つまり——暴動を鎮圧するのではなく、凶行を未然に防ぐ手立てを考える、ということか」

「暴徒を収めるのは俺達の役目じゃあねえからな。それに、そんな謀《はかりごと》は——巧く行かねえよ」

まず無理だと歳三は思う。

火付けくらいなら幾らでも出来るだろうが、どれだけ風が強くとも都中を焼くことは難しいだろう。

祭礼に重なれば被害は大きくなるだろうが、それでも死ぬのは町人だ。町人をどれだけ殺しても幕府を倒すことなど出来ないことは、幾ら莫迦でも判るだろう。焼き打ちは手段であって目的ではないのだ。それは謂《い》わば目《め》眩《くらま》しである。

奉行所や町火消は忙しくなるだろうが、それだけのことである。巧く火が回ったとしても、そこまでだ。

そもそも所司代や見廻組は町人を護るためにあるのではない。そのために職分は定められているのだ。暴動が起きれば御所や陣屋の警護はより厳しくなるだろう。運良く中川宮を押さえられたとしても、諸大名の暗殺は無理だ。帝を連れ出すことも難しいだろう。

もし——ことが成就したとするならば、それは都に風が吹いたからではなく、連中に時代の風が吹いたからということになるのだろう。

儂等は刀だなと近藤は言った。

刀だよと歳三は答える。

「そうなると——矢張り会合を押さえるしか策はないな」

近藤は左右を見る。

「じゃあ早速、指示をせんと」

指図なんかしねえでも山崎のことだからもう動いてるだろうよと歳三は答えた。

「山崎君か。あれは——歳さんが大丈夫だと言うから迷いなく入隊させたが——あの男は一体何者なんだ」

「知らねえよ」

巫山戯《ふざけ》た野郎であることは間違いない。

「信用出来るのかい」

「さあな。信用出来るかどうかなんざ関係ねえ。他の莫迦連中よりは使えるってだけだ。それにな、俺は誰も信用してねえよ」

あんたもなと歳三は言った。近藤は眼を細めた。

「人の性根は百年経っても変わらねえがな、近藤さん。心情ってな目先のことですぐに変わるものだぜ」

「歳さんは——変わらねえがな」

「俺は」

心情がない。

人外《にんがい》だから。否、鬼だからか。

鬼だそうだぞと歳三は言った。

近藤は何故か屯所の方を眺めて有り難《がと》うよと小声で言った。

「俺を叱ってくれるのはその鬼だけだ。いや、何だかなあ、遠くが見えておらんのだよ、儂は」

莫迦なのだから。

考えることはない。

「遠くなんてのはな、顔を上げりゃ誰にだって見えるもんだろ。見えねえなら遠過ぎるのよ」

「そうか」

「いいか、山を目指すのに、山ァ見てちゃ転ぶ。道も間違うぜ。だから俺は足許しか見ねえ。見えて精精《せいぜい》一歩先だよ」

「一歩先か」

「そうだよ。石がありゃ避《よ》けるし穴がありゃ止《と》まる。進めねえなら戻るだけだ。目の前の道が岐《わか》れてりゃ考えもするが、一本道なら——進むだけじゃねえかよ」

「うむ」

歳三も屯所の方を見た。

案の定、山南と隊士数名が机やら何やらを持って出て来た。

「局長」

山南は歳三には一瞥《いちべつ》もくれずに近藤に駆け寄ると蔵の扉を開け、机を中に運び込むよう隊士に命じた。

「この二名を警護に使います。何か判りましたら報せますが」

屯所にいると近藤は答えた。

屯所の床には筵《むしろ》が敷かれ、武具や武器などが所狭しと置かれていた。桝屋から押収したものだろう。その横にはしたり顔の武田が控えていた。

武田は歳三を認めると意気揚揚と立ち上った。

「ご覧下さい副長。これ全て桝屋にあったものですぞ。これだけ押収すれば、倒幕浪士どもも」

「煩瑣《うるせ》え」

斬り殺したくなる。

武田は坊主頭を撫でて、今度は近藤に向き直り、揉み手で言った。

「今の山南殿の慌て振りといい、尋常ではないご様子ですが、扠《さて》、矢張りこの書き付けの内容が重大でしたかな。今、丹念に読み込んで」

「それどころではないッ」

近藤も大声を出した。

「で、では、読む必要はないと」

「そうではない。読むのならさっさと読め。刻《とき》がないのだ」

近藤の声を聞き付けて、奥から藤堂、原田、井上が出て来た。

「土方さんッ」

藤堂が跫《あしおと》を立てて近付く。

「い、今、山南さんから聞きましたが——今朝方武田さんが勾引《しょっぴ》いて来た男が、古高だったというのは本当ですか、土方さん」

鼻息が荒い。実に鬱陶しい。

相変わらず飢えた猿のような若造である。武田はぽかんと口を開けている。古高が誰だか知らないのだろう。

莫迦揃いで厭《いや》になる。

「古高だとしたら一大事ですよ土方さんッ」

「知らねえよ」

歳三は蠅《はえ》でも追うように莫迦を手で払う。

知らないってどういうことですと藤堂は喰い下がる。

「それを今、山南君が確かめようとしておるのだ」

近藤はそう言うと、井上に向かい主たる者を至急集めよと命じた。

「斎藤と永倉は見廻りだが」

「呼び戻せ。隊士も総員待機だ。討ち入り支度をさせておけ」

承知と言って井上は腰を上げた。

原田は懐から右手を出して顎を掻いている。

「どういうことじゃ。戦でも始めるちゅう勢いじゃが」

そんなものだよと答えた。

原田は使い易い。己が考えのない男だと自覚している。斬れと言えば何でも斬るだろうし、逃げろと言えば逃げる。そういう意味で、藤堂はまるで使えない。義だの忠だの囂《かまびす》しいが、結局何の役にも立たない。理屈だけは捏《こ》ねるが己を何ひとつ弁《わきま》えていない。

近藤が取り敢えず上座に腰を下ろしたその時、永倉が戻った。

未《ま》だ出立したばかりだったのだろう。永倉は落ち着く前に言った。

「近藤さん。今、門前に血相変えた町役人が来ておるが」

「町役人だと。何だ」

「今朝踏み込んだ桝屋の土蔵が破られて、武具が盗まれたとか――」

土蔵ォ、と武田が声を上げた。

「土蔵とな」

土蔵は改めなかったのか武田君と近藤が問うた。

「いや。蔵は出入りを止《と》めて、封印を」

武田はまた坊主頭を拭《ぬぐ》った。

「おい、武田君ッ」

済んだことはいいよと歳三は言った。

「そんなもの幾ら押収したって何にもならねえよ。その気になりゃ武器は集められるし、いざとなりゃ拵《こしら》えなんざ要らねえ。丸腰だって火は付けられるんだ」

「火ィ――」

武田は顔中に汗をかいている。

「永倉よ。その町役人から詳しく話を聞いてくれねえか。局長」

敵は焦ってるぜと歳三は言った。

「うむ」

詳しく教えて下さいと昂揚した藤堂が言う。近藤は無視した。

「先《ま》ず会津に報せた方が良いか」

「ああ」

報せぬ訳には行くまい。しかし只三郎の言う通りなら、こうなったところで会津は兵を出さないだろう。だが出す振りだけはする筈だ。幕府に話も通すだろう。

それは——通っていた方が良い。

話は大きくなった方が良いのだ。

「陣屋に出向いて説明している暇はねえ。急ぎの使者を出して、会津藩の公用方に来て貰え」

ぼやぼやしてるなよ藤堂と歳三は怒鳴った。

「使者を出せと言ってるんだよ」

「わ——」

判りましたと言って藤堂はすっ飛んで奥に消えた。

それから歳三は穏やかな声音で、

「武田さんよ。どうだい」

と尋《き》いた。

「どうだいとは」

「読んでるんだろ書き付けを。何か収穫はねえのか」

ひいと声を上げた後、武田は血判状がありましたと言った。

近藤が顔を向ける。

「そいつぁ——重要だな」

「ああ。流石《さすが》は新選組の文学指南役だ。文書を読むのはお手の物のようだな。武田さん。だがそういう大事なことは——」

早く言えよと厳しく言って、歳三は床を叩いた。

「大体てめえ一人じゃどうしようもねえだろう。その紙の束の中にもっと大事なことが書いてあるかもしれねえだろうが。いいか、焼き打ちはな、今夜にでもあるかもしれねえんだよ。刻《とき》がねえと聞いたら直ぐ手を打てよこの鈍間《のろま》野郎がッ」

歳三は差し料の鐺《こじり》で床を打った。

畏まりましたと裏返った声で言って、武田も奥に引っ込もうとした。

何もかも持って行って奥でやれよと歳三は怒鳴った。

「ここはてめえの物置じゃねえ」

　武田は書状を掻き集めてよたよたと消えた。

「どうだ局長。あれでも弛《たる》んでると思わねえか」

「ああ」

　近藤は苦虫を噛み潰したような顔になった。

気にしなければどうということもない。だが、改めて見直してみるならば何もかも
　駄目だ。

　祭はいつだ左之助《さのすけ》——と歳三は聞いた。

「祭ちゅうのは、祇園の御霊会のことかなもし。それだったら、もう始まっておるぞな。明日は宵山《よいやま》、明後日が山鉾《やまぼこ》の巡行ぞな——」

　何じゃ祭を焼き打ちしようゆう話かいと言って左之助は口を開けた。

　勿怪《もっけ》顔である。

「そうなったら大ごとだ——てえ話だよ。振る舞い酒飲んで浮かれちゃいられねえだろ。それ以前に、先《ま》ず此処が襲われるかもしれねえぞ」

「古高——奪還か」

　近藤が言った。

それはあり得ることである。雑魚なら兎《と》も角《かく》、古高は大物だ。ただ。

「ここを先に襲っちまったら焼き打ちはねえ。やるなら一度にだ」

私もそう思う――と入り口から声が聞こえた。

斎藤が井上共ども到着したのだ。

「捕虜が真《まこと》に古高俊太郎なら敵は取り戻そうとするかもしれぬ。だが、するなら焼き打ちが先だろう。古高が自白したことまでは知るまいしな」

町の様子はどうだと問うと、変わりはないと斎藤は答えた。

「平素より浮付いてはいるようだが、それは祭の所為《せい》だろう。つまり、不逞の輩《やから》が紛れるのも簡単だということだ」

そこに永倉が戻った。

「桝屋の土蔵の中に何があったのかは、町役人には判らぬそうだ。それこそ武田は確認していないのか」

してねえよと歳三は言う。

永倉は顔を顰《しか》めた。何か拙《まず》いものでもあったのかと近藤が問うた。

「いやいや、馬具屋の蔵じゃろ。なら馬具じゃないんかのう」

「馬具屋の蔵ではない左之助。長藩に手を貸す倒幕派の蔵だ」

「鉄砲でもあったか」

「鉄砲はなかったようだ。ただ、もしかしたら」

火薬はあったかもしれんと永倉は言った。

「床に痕跡があったそうだ」

「厄介——だな」

同じことだ。

やがて松原忠司《まつばらちゅうじ》と谷三十郎が馳せ参じ、諸事通達を終わらせた藤堂が戻り、どこをふら付いていたものか知らぬが、沖田が帰って来た。

松原は大坂で柔術指南をしていた豪快な男である。上背はないが肉厚で、武田同様剃髪している。武田は薄くなった頭を誤魔化しているのだろうが、松原の方は好きで剃っている。いつも青青とした坊主頭に鉄を織り込んだ白鉢巻《はちま》きを締めており、如何《いか》にも入道といった体《てい》の男である。常に泰然自若《たいぜんじじゃく》とした素振りを崩さず、時に詩吟だか何だかを唸っているが——小心者だと歳三は踏んでいる。

取り調べをしている山南と書き付けを調べている武田を除いて、役付きは揃ったことになる。

谷が座るなり、山崎が戻った。

「お揃いですな」

相変わらず印象の薄い、表情に乏しい顔である。山崎は一礼するとするすると摺り足で進んで近藤の横に付けた。

「どうした山崎君」

「へえ。長州藩邸の人の出入りが異常に増えております。目を付けていた、浮浪、間者、長藩以外の者の姿も確認致しました。中中出ては参りませんので、邸内では評定が行われているのやと思います」

「藩邸でか――」

それは気にすることはないだろうと歳三は言った。

何故ですかと藤堂が咬《か》み付いた。

「絶好の機会じゃないですか。そんな不逞浪士が――」

「無闇に藩邸に踏み込む訳には行かぬでしょう」

斎藤が割って出た。藤堂は口を尖《とが》らせる。

「何故です。だって無闇じゃないですよ。目を付けていた倒幕浪士が」

「目を付けていただけだろう」

藤堂の発言を近藤が遮《さえぎ》る。

「確証があれば既に捕まえている」

へい、と山崎が応えた。

「証しが出てれば即刻お伝えしてます。放ってはおきまへん」

「でも――」

「でもじゃねえよ若造。藩を離脱した浮浪なら兎《と》も角《かく》、藩そのものが都の焼き打ちなどするか。そりゃもう戦だろうが。浮浪が何を言おうと、認める訳も見過ごす訳もねえよ。長州藩が兵隊揃えて戦構えしてる訳じゃあねえのだろ」

「それはありまへん」

なら藩は止《と》める方だろうよと、歳三は言った。

「止める訳ないじゃないですか。浮浪の多くは長州ですよ」

少しは黙れ平助《へいすけ》と永倉が止めた。

「じゃあ焼き打ちは中止になると見るか、土方さん」

それもねえだろう――と、歳三は言った。

「今の長州藩が藩兵を出せるとは思えねえよ。なら抑止する力はねえ」

表向きは止めるだろう。

しかし肚《はら》の底では煽《あお》りたいのだろうから、対応は半端になると歳三は思う。

そんな軸の揺れた収め方で収まる程、浪士どもは弁《わきま》えてはいない。緩い抑止は背中を押すのと変わりない。

古高捕縛で頭に血が上ってもいるだろうから結局何かはする。

何かするためには打ち合わせは必須である。

「正直なところを言うぜ」

歳三は一同を見渡した後、近藤に向けて言った。

「焼き打ちは失敗する。要人の暗殺も、帝の連れ出しも、奴等《ら》にはまず出来ねえだろう。そもそも、あの土蔵の男の口三味線《くちじゃみせん》かもしれねえ。だから、そこは案ずることたあねえ」

火薬が持ち出されていてもかと永倉が言った。

「ないとは限らんぞ土方さん」

「いいや。火薬は危ねえが、それだけのことだ。いいか、この場に火薬の扱いに長けた者はいるか。火を付けりゃ破裂するぐれえのことしか知らねえのじゃねえか」

敵も同じだよと歳三は言った。

「扱えやしねえ。刻《とき》は——僅《わず》かしかねえんだよ」

それは土方さんの言う通りだと思うと斎藤が言った。

「もし煙硝《えんしょう》があったのだとして、蔵から運び出されて未《ま》だ何刻と経っていない。使う気なら適量を小分けにし、適所に仕掛けるなりして、一斉に火を付けるということになるのだろうが、それは簡単ではない。地の利を熟知した者が図面を引かねば悪手となり兼ねんし、天候も読まねばなるまい。扱いに慣れた者も複数必要になる。煙硝は貴重品だし、花火師くらいしか使い慣れた者はおらぬ」

　大砲《おおづつ》でもあれば別だがと斎藤は付け加えた。

　そういうことよと歳三は言った。

「では土方さん、このまま放っておけとでもいうんですかッ」

　藤堂が片膝を立てた。

「莫迦かてめえは」

「何ですって」

「いいか。俺はな、敵は大掛かりな戦を仕掛けることとなんざ出来ねえと言ってるんだよ。武器があろうと頭数が揃っていようと、その程度じゃあ無理だ。敵の中にもてめえみてえな莫迦は大勢いるンだろうから、焼き打ちだの暗殺だのほざく奴もいるのだろうよ。だが——」

　口だけだと歳三は言った。

「敵にも賢い奴はいるからな、そんな簡単じゃねえことぐれえ判っているよ。ただ莫迦はやらずにいられねえんだろう。でも一二軒火を付けた程度で天下国家は引っ繰り返らねえよ。だから安心しろ藤堂。で——」

歳三は座り直す。

「そうだとして、だ」

歳三は近藤の眼を見詰めた。

「会津には——そうは言うな」

「何だと」

「なるたけ大袈裟に報せろと言っている。五百人を超す潜伏浪士による祭の夜を狙った大規模な御所の焼き打ちと公家の監禁、幕府方要人の暗殺と帝の奪取——ありったけ大袈裟に言った方がいい。それを防ぐために、会津藩のみならず、幕府そのものに協力を要請しろ」

「用心のため、ということか」

「用心する必要はねえと言っているんだがな」

「では」

「新選組のため、だよ」

幕府の刀であるために。

銘を刻むのだ。

「それだけ大袈裟に言えば何もしねえということはねえさ。藩主の命が狙われてるとなれば、藩兵の用意くらいはするだろう」

「手を借りるのか」

借りねえよと歳三は言った。

「見廻組も所司代も奉行所も、てめえの仕事をして貰う。御所の警護や要人警護、町家の警護は俺達の仕事じゃあねえだろう。やることはやって貰うんだよ」

我我は浮浪の一掃をするということかと永倉が言った。

「そういう地味な仕事を幕府方にして貰うために、大袈裟に言えと言ってるんだよ」

掃除は、箒や塵取りの仕事だ。

刀のすることではない。

「まあ、これから進言しても相手はお役所だ。評定やら何やら重ねることになるだろうから、兵隊出すにしてもすぐには無理だ。親幕派の藩が藩兵を出すとして、どんなに早くても、明日だろうな」

「明日――か」

そんなものだろう。

佐々木只三郎は口だけで兵は出さぬと言ったが、これだけ話を大きくすれば口だけという訳にもいかないだろう。ただ対応は遅い筈である。

「土方さん」

話が見えないと永倉が言った。

「じゃあ我我は何をする」

「簡単だ。幕府が兵隊出す前に、敵の頭潰すんだ」

「頭――とは」

「長州が渋りゃ浮浪どもは勝手に動く。焼き打ちの実行は兎《と》も角《かく》、古高を取り戻そうとはするだろう。なら今日中にも寄り合いをする。でも五百人が一堂に集まる訳はねえし、集まったって仕方がねえだろう。捕まるだけだ。俺達がこうして雁首《がんくび》揃えているように、敵も」

「主たる者が寄る――か」

「火付けを止《よ》したとして、だ。この屯所を襲うにしても、祭の紛乱《ごたごた》に乗じるってのは常套《じょうとう》だろう。なら寄り合いは」

今夜でしょうと山崎が言った。

近藤は山崎を見る。

「調べが付いたのか」

「店は未《ま》だ絞り込めてまへん。今、島田と川島《かわしま》が当たってますわ。しかし今宵《こよい》会合があることだけは、間違いないと思いますで」

こいつが言うならそうなのだろうと歳三は確信する。

「なら――それを叩く」

「いや、待て」

井上がのろりと手を上げた。

「そりゃどうか。人がおらん」

おらんとはどういうことだと近藤が問う。

「支度して総員待機と言っただろう」

「待機はしとるんだが――足りん。最前《さいぜん》も二名程脱走した」

「何だと」

誰だと近藤が尋《き》いた。

馬詰《まづめ》親子じゃと井上は言った。

あの腰抜けかと左之助が言う。

「書家の親父と色男の息子ぞな。しかし親父は刀の差し方も知らん、息子は女に手を出してばかりの腰抜けじゃ。皆に揶《からか》われてばかりおったから居づらくなったかの。あんなもんは——おっても役に立たんぞな」

「そうだがなあ。いや、さっき局長に言われたんで隊士に召集をかけての、屯所の横に全部集めて、戦支度をさせておったのだが——気が付けばおらん。そのまま、遁《に》げてしまいよった」

井上は眉尻を下げた。

「遁げる処を見たので、追い掛けて二人とも殺そうとしたのに、呼び戻されてしまいましたよ」

沖田がそっぽを向いて言った。

「息子は斬りましたけど」

沖田がわざと遁がしたのかもしれないと歳三は思った。殺すために。

歳三は沖田を眺める。相変わらず薄笑いを浮かべているが、何処か陰鬱な様子に見えた。

「まあ——そういう訳で、今、新選組は監察や勘定方含めて四十八人しかおらん。いいですかな局長、勘定方を入れて、ですぞ」

「四十八人もいりゃ充分だよ」

歳三は言う。

「赤穂浪士よりも一人多いじゃねえか」

「だがなあ、歳よ」

井上は完全に腰が引けている。

「だが何だよ。本当に五百人以上の浮浪がいるとして、だ。一人が十人束ねていたとして、頭になるのは五十人弱じゃねえか。こっちと数ァ変わらねえよ」

「だが、腕がのう」

莫迦者、と近藤が怒鳴った。

「儂等《わしら》は何のためにおるのだ。こういう時に働かずしてどうするというのだ。そのためにあるのだ、新選組は。隊士は皆、それを承知で入隊したのだ。腕が悪いなら死ぬだけのことだ」

「能《よ》く言った局長。いや近藤さん」

永倉が言う。

「土方さんの言うことも諒解した。慥《たし》かに尾を切ろうが胴を刺そうが蛇は死なぬものだが、頭を潰せばどんな大蛇《うわばみ》でも殺せる。勝ち目は充分にある、ということだな」

勝ち目——か。

そういう問題ではない。

最低限の仕事で最大の効果を狙った策である。

歳三は勝ち負けで物ごとを計っている訳ではない。

「勝つからやる、負けるからやらねえという話でもねえがな」

そう言うと、斎藤がその通りですよと続けた。

「どれだけ大義があろうと信条があろうと、仮令《たとい》嘘であろうとも、町家の者を巻き込んだ謀反など許せるものではありません。それは倒幕ではない。ただの狼藉だ。どんな理屈を翳《かざ》そうとも、そんな企てをすることそれ自体が、正しい行いではない。阻止すべきでしょう」

歳三は横を向いた。

斎藤は結局正義を重んじる。

そんなものこそ、歳三にはどうでもいい。歳三は——。

殺したいだけだ。

誰に咎《とが》められることもなく。

——殺す。

谷を観る。

怯《おび》えている。

この間抜けは本当に殺し合いに参加させられるとは思っていなかったのだろう。

これが合戦なら、何とかなる。

人が多い。守りに徹することも出来る。自分で考えずとも済む。

雑兵《ぞうひょう》は命令通りに動くだけだ。大将は安全なところで采配を振るえば良い。

谷は、その大将の横で、安全な本陣の奥で、ただ立っていることを望んでいたのだろう。

松原も口数が少ない。平素から今弁慶を気取って豪胆に振る舞っているが、この男も殺し合いまでは考えていなかったのだ。

そんなものだ。

突然、戸が開いた。

山南が立っていた。何か判ったかと近藤が問う。

「はい。あの男は古高俊太郎本人に間違いないと思われます」

「そうか」

ただ、と山南は続ける。

「焼き打ちや暗殺に関しては眉唾《まゆつば》だと推察します。如何《いか》にもそれらしいことを語りますが、どうも傍証に乏しい。有効な準備を進めていたとも思えない。昨夜の寄り合いでも、与太話としてそういう話くらいは出ていたのかもしれませんが、本気で計画していたとは思えません」

「矢《や》ッ張《ぱ》りな――」

近藤がそう言うと山南は察していらっしゃいましたか局長と言った。

「そういうことです副長」

「察したのは副長だよ」

近藤はそう言った。山南は厭《いや》な顔をした。

「それで、その昨夜の寄り合いでは何を決めたんだ」

「そこは――口を割りません。ただ焼き打ちが虚言らしいという件は早急にお報せしておいたほうが良いかと存じましたので――」

山南は何処か憾《うら》みがましい目付きで歳三を睨《ね》め付けた。

「――功を焦っての軽挙妄動は」

「そんなこたあしねえよ」

歳三はそう言った。

山南が何か言葉を継ごうとしたその時、奥から武田が顔を出した。

「判りましたよ。昨夜の会合の覚書がありました。企みが、か、書いてあります」

ならさっさと言えと左之助が言った。

「驚かないで下さいよ。的《まと》は——此処《ここ》です」

「此処って何ぞな」

「だから、奴等《やつら》はこの新選組の屯所を襲う気なんです。最初からそのつもりだったんだ。だから、我等の目先を逸らすためにですな、市中の焼き打ちなんて嘘を」

そこで武田は言葉を切った。

多分、皆が驚き、動揺すると思っていたのだろう。

「もしや——ご承知ですか」

まあなと左之助が答えた。

「幕府方の中で、此処が一番襲い易いわい。人数も少ない腕も悪い。それでいて、悪名だけは高い。俺達殺しても京の町衆は喜ぶだけぞな」

どうすると永倉が問う。

「どうもこうもねえ。こっちの方針は変わらねえ。何もかも織り込み済みのことだろう。それでいいな、局長」

歳三が問う。近藤は首肯《うなず》いた。

「なら――決め事をする。隊士は」

全員外に詰めておるよと井上が答えた。

「三十人もおらんがな。一応、戦の支度は済んでおる。細かいことは何も伝えておらんが」

勘定方も出せと近藤が言った。

「勘定方って、河合《かわい》なんぞは刀持ったこともないと思うが」

「関係ない。同じ新選組だ。見張りくらいにはなる」

近藤は先程までとは目の色が違っている。こうあるべきだ。

使い易い。

いつまで保《も》つかは判らぬが。

「山崎」

歳三は呼ぶ。

「絞り込めてねえとは聞いたが、当たりは付いているということか」

「へえ」

山崎は身を低くした。

「幾つか。実は最前——長州の桂《かつら》小五郎《こごろう》らしき男を見付けましてな」

「桂をか」

「三条《さんじょう》木屋町通ですわ。残念乍《なが》ら見《み》失《うしの》うてしまいましたが——その辺りの宿屋や料亭は、怪しい処がようけありますのや」

「何軒くらいある」

「そやなあ。軽く——四十《しじゅう》」

そりゃ多いなと左之助が言う。

「莫迦。三条に絞らなきゃもっと多いぞ。木屋町の辺りというのは間違いないのか」

「それは——間違いおまへんな」

山崎は、断言した。

「まあ長州藩邸からも近いといえば近いからな」

特に怪しい処というのはないのかと近藤は重ねて問うた。

「まあ前前から目ェ付けてた処は幾つかおますけど」

「例えば何処だ」

「池田屋《いけだや》——だす」

近藤は顎を擦《さす》った。山崎が本当に目星を付けているかどうか疑ったのだろう。

「池田屋——なあ」

「どうも浮浪が自由に出入りしておるようやし、もしや定宿《じょうやど》にでもなっとるのやないかと、探りを入れ始めた処やったですわ」

「そこで間違いないと思うか」

それは断言出来まへん、と山崎は決然《きっぱり》と言った。

「四国屋《しこくや》十兵衛《じゅうべえ》方も、これ充分に怪しおます。ま、あそこは土佐《とさ》の御用が多いようやけど」

調べろと歳三は言った。

「隊士は、武装していることを気取《けど》られぬように平服を装って、三三五五ここから出させ、時を決めて祇園会所に集合させる。そこで支度を整えて、討ち入る」

「おい、此処は空にしてもいいんかい。寄り合いなんかせんで、逆上《のぼ》せた莫迦どもが討ち入って来るかもしれんぞな」

「来たって空じゃ仕様がねえさ」

「けどな」

「山南さんよ」

歳三に呼ばれて、山南は眉根を寄せた。

「あんた残ってくれ。このまま古高の調べを続けてくれないか。見張り役は付ける」

「それは構わんが――」

大丈夫、此処には来ねえよと歳三は言った。

山南は不安そうな顔になる。

思うに何も起きはしないだろう。だがもし何かが起きた時、この男は侍としてどう振る舞うのか。歳三は、それが知りたい。

「私もこの屯所に詰めますわ」

山崎がそう言った。

「何でじゃ。探索は」

「あちこち探索させとる密偵が皆さんの処に出入りしたらあかんでしょう。此処で受けて、すぐに報せますわ。それに屯所が留守いうのは却って妙な具合や。留守番します。それに」

襲われても隊士には見えまへんと山崎は言った。慥《たし》かに町人にしか見えない。

後は――。

会津か。

「武田」

歳三が呼ぶと、武田観柳斎は答えずに背筋だけを伸ばした。

「血判状とか言ってたな」

「け、血盟書ですかな。尤《もっと》も、昨夜の申し合わせに関するものではなくて、書かれたのは何箇月も前のことらしく――」

「署名は。誰の名前がある」

「そりゃまあ沢山――」

誰だよと歳三は怒鳴る。

「いや、一度読んだだけですからな、その」

少しは覚えてるだろと言った。見覚えのない雑魚の名などはどうでもいいのだ。

武田は汗を拭き拭きたどたどしく述べた。

「ひ、いや、ええと、そうだ、肥後の宮部鼎蔵、長州は吉田《よしだ》稔麿《としまろ》、それから、多田《ただ》荘蔵《しょうぞう》、大高――何だったかな。ああ、そうだそうだ、桂小五郎――」

「それを持って来い」

「ええと、後は」

いいから持って来いと歳三は大声を出した。本当に斬り殺したくなる男だ。

どうすると近藤が問う。

「会津に見せるんだよ。今聞いたような名前が並んでりゃ、深刻に受け止めるだろうぜ」

「そうだな」

今回の件に関わっている訳ではないのだとしても、それだけ通りの良い名前が並んでいれば捨ててはおけまい。

程なくして会津から公用方が到着した。近藤は奥に通せと伝えて、立ち上った。

「儂《わし》が話す」

「大袈裟に言っていいぞ局長。嘘でもはったりでも、古高は容保公暗殺をほのめかしてるんだからな。ただ――」

「ただ何だ」

「所司代や見廻組がガタガタ騒がないように釘を刺しておいてくれ。職分を越えて大袈裟に動かれたりすると敵が警戒するだけだしな。護りを固めるのは良いが――軽挙妄動は迷惑だ。そうだったよな」

山南さん――と歳三は言った。

山南は無言だった。

永倉が土方さんと呼んだ。

「所司代見廻組は兎《と》も角《かく》、奉行所の手だけは借りた方が良いのではないかな。町家のことだ。一刻も早く会合場所を突き止《と》めるなら――」

「そうだな」

「どうせ先般より不逞浪士の取り締まりは厳しくなっておるのだし、同じことではないか」

私もそう思うと斎藤が言う。

「奴等《ら》も、奉行所の宿改めくらいは当然あるものと想定しているでしょうからね」

「しかし余り大袈裟にやられると警戒されたりは――しやせんかの」

「奉行所の同心や手下《てか》の地回りは、余程のことがなければ家裡《いえうち》には踏み込まないですよ。奴等もそれは知っている。縄張りの中なら地回りも店の者と顔見知りですし。だから――様子を見るには良いかもしれない」

――要るか。

要らない気もする。

歳三は山崎の手配りだけで充分だと思う。奉行所を咬《か》ませるとなると指示の系統《すじ》が複雑になるし、話も錯綜しかねない。余計なことまで拾って来られると、現場での判断が鈍る。しかしここで我を張っても仕方がない気もした。

そうするかと歳三は言った。

「近藤さん、じゃあその旨も伝えてくれ。奉行所には三条木屋町辺りの警戒を強めて貰うよう要請するが、勝手に動かれるとこっちも遣りづらい。あからさまな動きをされると怪しまれる。こちらの手の内を知られたくもねえしな。同心小者《こもの》に至るまでなるたけ平素《いつも》通りを装うよう徹底して貰った方がいい。それから何か掴《つか》んだら即座にこちらに話を通して貰いてえな。この件の」

頭はあんただと歳三は言った。

見上げる。

近藤は首肯《うなず》いた。

「判った。我等《ら》が陣を敷くのは祇園会所だな」

刻限はどうすると近藤が問うた。

「集合の刻限を決めねばな」

五つ出陣でええ思いますと山崎が言った。

「早過ぎても敵の顔触れが揃いまへん」

「なら——六つ半に集合だ」

承知したと言って、近藤は武田の持って来た血盟書を手に、奥へと消えた。

山南は浮かぬ顔のまま土蔵へと引き返した。

「じゃあ用意しろ。敵さんは俺達を狙ってるんだ。なら俺達こそ動きを気取《けど》られねえようにしなくちゃならねえぞ。それぞれ祭見物でも装え。胴は隠せるが、鉢金《はちがね》なんか巻いて行くんじゃねえぞ。向こうで付けろ」

それで平時を装うようなことを言うておったんかいと、左之助が今更言った。

「抜き身提げた壬生浪《みぼろ》がうろ付いてたりしたら敵も用心するだろうが。てめえも槍はなしだ」

心得たと言って、左之助が腰を上げる。

それを契機にそれぞれが立ち上った。

「源《げん》さんよ」

歳三が呼び止《と》めると井上は何じゃいと言って振り向いた。この男は昔から常にこの調子であるから、取り分け弛《たる》んでいる訳ではない。

「あの、うすらみっともねえ羽織は未《ま》だ残ってるのか」

「羽織——ああ、鴨が作らせた麻の羽織か。捨てちゃいねえがの。あんなもんは二度と着ぬと思うたからのう。黴《かび》が生えとるかもしれん」

「あるだけ持ってってくれねえか」

源三郎《げんざぶろう》は唇を歪めた。

「あんな下手物《げてもの》羽織、一体何に使う。雑巾《ぞうきん》にもならんわい。真逆《まさか》着る訳じゃあるめえな。儂は厭《いや》だぞ。こっ恥《ぱ》ずかしい。それにあんな目立つもの着て歩いたら、それこそ敵が警戒しようが」

「だから着て行くのじゃねえよ。会所で隊士に着せるんだよ」

目印かと斎藤が言った。

「おう。斬り合いに馴れてねえ連中は敵も味方も区別がねえ。味方の目印に着せるんだ。あれなら夜目にも判るだろ」

俺は着ねえがなと歳三は言った。

「それじゃあ副長、間違えて新米に斬られるぞな」

「あんなもの着るぐれえなら斬られた方がましだよ」

歳三はそう言った後、藤堂に向けて、張り切り過ぎるなよと言った。

どうも頭に血が昇っている。

藤堂は相当興奮しているらしく聴き取り難い返事をして、忙《せわ》しなく出て行った。

大丈夫かのうと左之助が言う。私は外の隊士に指示をして来ますと言って、斎藤も出て行った。

近藤に血盟書を手渡した後、所在なくしていた武田は、拙者は書き付けの続きを読みますると言った。

「莫迦。そんなものは後でいいだろうよ」

「そ、そうですか。しかし」

「もうこれからのことは決めただろうがよ。今更それに何が書いてあったって今はもう関係ねえだろうが。済んでから読め。それより早く斬り込みの支度をしろと言ってるだろうが」

武田、谷、松原の三人は、神妙な顔をしてそそくさと退席した。

「あいつ等《ら》は使えるのか」

歳三が誰にともなく呟《つぶや》くと、連中の背中を眺めていた永倉が耳聡《みみさと》くそれを捉え、土方さんが苛《いら》付くのも解ると小声で言った。

「松原は使えぬことはない。谷と武田は――」

永倉は少し溜めてから、憎憎しく使えないなと言い切った。

嫌いなのだろう。

「あんな奴等を重用するのはどうかと思う。重職に就けるのなら、尾関《おぜき》や尾形《おがた》の方がずっと良いよ」

尾関雅次《まさじ》郎《ろう》と尾形俊太《しゅんた》郎《ろう》か。

尾形は監察方である。

「山崎よ。尾形は残す。そう——尾関も山南に付けよう」

「何故だ——土方さん。連中は使えると言っている。わざわざ使える者を残すというのは、解らぬが」

使える奴に死なれちゃ勿体《もったい》ねえだろうよと歳三は言った。

それは本心である。

永倉はやや不審な顔で、まあそうだなと言った。

それから、

「死なれちゃ困るような隊士ばかりで——ありたいものだ」

と結んだ。

それは——どうか。

道具は使えなければすぐ捨てられる。使えなくなってもやがて捨てられる。どうせ捨てられるのなら、最初から使えぬ方が未《ま》だいいのかもしれぬ。その方が楽だ。

死なれて困るような者は別の道を行くべきである。

「ほたらわても諸事根回しして来ますわ」

それまで幹部連中の動向を厭《いや》な目付きで観察していた山崎は、一度出かけて足を止《と》めた。

沖田を見咎《みとが》めたようだ。

沖田は隅に未《ま》だ座っていた。別に用意もないのだろう。この小僧は平素から蟻《あり》でも踏むように平気で人を殺すのだ。殺人術には長けているから、もしかしたら防具を着ける気もないのか。

山崎が視軸を寄越したので歳三は気付かぬ振りを装って永倉を追い越し表に出た。

蒸し暑い。

曇ってはいるが、雨の降る様子はない。

隊士達は斎藤の指導の下《もと》、各々《おのおの》竹胴を着けたり刀身の手入れをしたりしている。尾関がいたので、残って山南と共に古高を護れと伝えた。

通りに出て八木《やぎ》家の門の処に立つなり、背後から土方はんと山崎の声がした。

「何の用だよ」

「沖田はんのことやけど」

聞きたくねえなと言うと、あれは病でっせと山崎は続けた。

「人斬りの病だろ。知ってるよ」

「そやない。それやったら――」

あんたも同じやろと監察は笑い乍《なが》ら言った。

「わての家業は鍼医でっせ。医術かて一通り学んでますわ」

「だから何だよ」

「さっき、脱走した馬詰親子ですけどな、あれは大した腕やない。いいや、剣の方はまるきりの素人《しろと》ですわ。息子の柳太郎《りゅうたろう》は佩刀《はいとう》してはったけど、親父の信十郎《しんじゅうろう》の方は丸腰やった。沖田はんは先《ま》ず息子を斬った。しかし親父の方はあれ――」

斬り損ねたんやと山崎は言った。

「斬り損ねただと。沖田がか」

それは信じ難い。褒める気はないが沖田の剣捌《さば》きは速い。遁《に》げる犬猫でも逃《のが》さずに一太刀で斬る。特に突きは速い。丸腰の男を仕損じるとは思えない。

「一撃で息子を斬った後、返す刀で親父も斬るか――と思うたんですけどな」

「てめえ、観てたのか」

どこまでも油断のならぬ男だ。

「息子が斬られて親父は気ィが違《ちご》たみたいに暴れはりましてな。何や無我夢中いうんか、遁げるどころか向こうて行った。沖田はん、斬るや思たら――」

切っ先がぶれた。

「ぶれた――」

「その後、咳しはった。堪《こら》えてたんや思います」

「咳か」

歳三の母も咳をして死んだ。隔離されていた歳三は、母の声といえば咳しか知らぬ程である。顔も見たことのない父も同じ病で死んだという。

癆痎《ろうがい》や思いますと山崎は言った。

「なら死ぬか」

「養生したら保《も》ちますやろ。治らん訳やない」

「治すこたあねえよ」

「しかし土方はん」

「死ぬ時ゃ死ぬ。他人の知ったことじゃねえよ。勝手にさせる」

「そらええけど、今日の斬り込みに支障は出まへんか。沖田はんの腕が鈍っておったら」

「関係ねえ」

あんな奴は――寧《むし》ろ斬られた方がいいと思う。当てにしている訳でもない。

蟬《せみ》が鳴いている。

沖田は死ぬだろうな。

そう思った。

ただ、斬られて死ぬことはないだろうと、歳三は何故かそう確信していた。

いや――。

――あんな野郎に。

斬り死には贅沢だ。

苦しんで、弱って死ね。

てめえが心配することじゃねえと告げた。

「それより場所を特定しろ」

「へえ――」

山崎が消えてすぐ、会津の使いが血相を変えて駆け出して来た。

尋常な様子ではない。近藤は意外に芝居気があるから、余程大袈裟に話したのだろう。尤《もっと》も藩主が狙われていると聞かされたなら、それだけで落ち着いていられる訳もないのだが。

後は――時を待つだけだ。

風が出て来た。

屯所の広間に戻ると沖田はいなくなっており、代わりに近藤がいた。

会津はどうだったと問うとかなり慌てておったと近藤は答えた。

「今すぐにでも挙兵するような勢いだったがな」

「それはねえよ。あの公用方は下っ端だ。何聞かされたって慌てるだろし、裁量すんな上だよ。それに今大騒ぎしたら敵は動かねえ。それぐらいのこと偉《えれ》え奴等《ら》は承知してるよ」

「五つに打って出ると伝えてある」

「五つに来りゃ上等だ」

近藤は幾分心細そうに見えた。

「会津に頼るな。序《つい》でに隊士にも頼るなよ近藤さん。あんな連中信用するな。てめえの身はてめえで護れ」

近藤は顔を向けた。

「隊士は全力であんたを護るだろうがな。本当に護る気ならあんたは出さねえ。あんたを護るために斬り込むのじゃねえ。敵を斬るためにあんたも乗り込んだ。間違うなよ」

「斬られに行くんじゃないぐらいのことは承知してるよ歳さん。儂が考えておるのは、寧《むし》ろ相手を生かして捕えずとも良いのか、ということだよ。先のことを考えるなら、首謀者は捕縛すべきではないのか」

——いや。

「この度は——緊急だ。あくまで眼目は暴動を防ぐことにある。形勢が有利になるまでは捕えようなどと思うな」

そう。

殺すためのお膳立てだ。

「心配ねえよ歳」

虎徹は切れるよと近藤は言った。

汚れた装束を着替え、腰の之定《のさだ》を十一代兼定《かねさだ》に取り換えて、胴を着けた。

歳三の胴は赤い。

いつか見た女の血の色である。

一旦着けてはみたが汗ばむので外し、鉢金《はちがね》と共に持って行くことにした。

木刀に結んで担ぎ、歳三は祇園に向けてのろのろと歩き出す。

五《ご》条通《じょうどおり》を進み、鴨川縁《かもがわべり》まで出てから四条に向かう。

ふら付くのは久し振りである。

以前は歩き廻ってばかりいた。

斎藤の報告通り、慥《たし》かに町は平素より浮き足立っているようだった。どうやら京の祭というのはひと月もの間だらだらと続くものらしい。左之助も言っていたが、もう始まっているのだ。

河原町が近付くと人出も多くなる。路地には大きな山車《だし》が停められている。色色と飾られているが、歳三にはそれが何だか判らない。近付いて観る気もしなかった。

京に来て随分経つような気もするし、来たばかりのような気もする。

うろ付いていなかったからか。

景色を観た覚えもない。

川面《かわも》を眺める。

川風が心地良い。

未《ま》だ七つにもならぬ。

結局、行く先もすることも思い付かず、歳三は祇園会所に向かった。

こうしている間にも、倒幕浪士どもはこそこそと動き回っているのだろう。会津でも侃侃諤諤《かんかんがくがく》評定が行われているに違いない。

動くだけ動け。

――俺は斬るだけだ。

人が多い。

風に乗って要らぬ言の葉が耳に入って来る。楽しいのか哀しいのか嬉しいのか苦しいのか、言の葉には人の想いが乗っている。そんなものは知りたくない。

息遣いも衣擦れの音も耳障りだ。

耳を削ぎ落としたくなる。

路地裏にまで人がいる。

――居場所がねえ。

足を止《と》める。

「誰だ」

「相変わらずじゃないか」

振り向くと、涼《りょう》が立っていた。

「捜したよゥ」

女声《にょせい》の江戸弁は久し振りに聞いた。

顔を向けずに横目で見遣る。この女はこの街には似合わない。

涼は右から前に出て、まるで童女のような動きで跳ねるようにして歳三の左側に付けると、腕にしがみ付いた。

振り払おうとしたが。止《や》めた。

女連れの方が都合が良い。

祭なのだ。

「最初は人違いかと思ったのサ。ほら、こんな立派な侍拵《さむらいごしら》えだからね。江戸にいた頃は、あんた——漁師みたいな恰好だったからサ」

「それでも相変わらずなんだろ」

「相変わらずサ。だって」

い、い、ひとごろしだろと涼は耳許で言った。

「どうだい、あんたは侍になったんだろ。腰に、ちゃんと人斬り庖丁差してるじゃないか。もう、あの頃とは違うんだ」

殺してくれるかいと涼は言った。

「さあ。約束サ」

「残念だが今日は斬れねえよ」

「何故だい。あんたの——」

女の言葉を遮り、これはお前の呉《く》れた刀じゃあねえよ――と、歳三は言った。

涼は辛《つら》そうな顔をした。

「あの刀ァ能《よ》く切れるぜ。だが、今日は――使わねえんだよ」

女は濡れた眼を細める。

「てめえは、てめえの親ァ斬った刀で斬られて綺麗に死にてえのじゃなかったか。なら日を改めろよ」

涼は一転して不機嫌そうにそっぽを向き、斬り込みかいと言った。

「旅籠《はたご》で斬り合うにゃ、あれは長いてェことなんだろ」

歳三は涼の肩に手を掛け強く引き寄せる。抱き寄せたように――見えるか。

「てめえ何を知っている」

「オヤ。今更何だえ。妾《あたし》はね」

山崎の旦那の密偵だよと涼は言った。

「何だと」

「あんたにゃ黙っておくれと頼んだのだけど、本当に黙っていたのかえ。あの狐野郎が約束守るとは思ってなかったけどねェ――」

涼は倩兮《けらけら》と嗤《わら》って、笑い終えると撓垂《しなだ》れて来た。

「止《よ》しな。今日は——多いよ。行ったら死ぬよ」

「いいだろ」

「そこさ」

芸妓を連れた浮かれた男が通り過ぎる。笑い声。太鼓だか鉦《かね》だかが聞こえる。大きな音ではない。だから余計に騒がしい。

「あんたはさァ」

涼は、まるで寝物語のような口調で語る。

「あんたは強いサ。強いけど、その強さはね——死んでもいいてェ強さだよ。普通は死にたくないから強くなるのさね。あんたは違う」

「俺も死にたくはねえよ」

生きたいとも思ってないじゃないかと涼は言った。

「妾を殺してくれるまで、あんたに死なれちゃ困るんだ。だから今日は止《よ》しな」

「知るか」

歳三は涼を突き放した。

祇園町会所はすぐそこである。

もう、邪魔だ。

涼は、犬矢来《いぬやらい》に足を取られて転んだ。何すんだいと怒鳴る。

「繰り言聞いてる暇ァねえ」

涼は屹度《きっと》歳三を見上げる。

「行くなら——生きて戻りな」

「だから死ぬつもりはねえ」

本当に、そんなつもりはない。

「俺はてめえたあ違うよ。死にてえと思ったら直《す》ぐに死ぬよ。そう思わねえから生きてるんだ」

生きて。

人を殺す。

涼の眼の縁が紅く染まる。

意思《きもち》の読めぬ女だ。

「行くんだね」

いいよ行きなよと言って涼は身体を起こす。睫《まつげ》に涙が溜まっている。

「四国屋だよ」

涼は地べたに手を突いたままそう言った。

「四国屋だ」

「煩瑣《うるせ》えよ」

歳三は胴と鉢金《はちがね》を結び付けた木刀を翳《かざ》す。

涼は睨《にら》み付けて、すごすごと立ち上がる。

多分痴話喧嘩《ちわげんか》に見えることだろう。

往《い》ねと言う。涼はあんたも約束は守りなと捨て台詞を残して去った。

その姿が見えなくなる前に、お安くねえなあという、妙に気安い声が聞こえた。

左之助であった。

「佳《い》い女ぞね。足蹴にするな、いかんぞな」

左之助は涼の背を目で追う。

「うちの副長は馴染みの芸妓も居ねえし遊廓にも上がらんし、衆道の気もねえしと思うておったが、町娘に手ェ出しておったかの」

「莫迦」

ありゃ監察方の密偵だ、と歳三は言った。左之助はへえと声を出す。

「それにな、ありゃてめえも知った女だよ。覚えてねえのか」

左之助はハテと首を傾《かし》げる。

「まあ、そうか。それで四国屋と言うておったか」

「声がでけえよ。てめえにしてもあの女にしても、道《みち》ッ端《ぱた》で大声上げやがって。斬るぞ」

すまんすまんと言い乍《なが》ら左之助は顔を近付け、矢張り四国屋なんか、と小声で尋《き》いた。知らねえよと答えた。

多分――嘘だ。

一向に意は汲めないが、それでも嘘か否《いな》かくらいはすぐに知れる。あの物言いを聞いて、そうか四国屋かと思う莫迦はいないだろう。

ならば――池田屋か。

そういうことだろう。

じゃあ四国屋なのかのう、と左之助は言う。そう思ったらしい。こいつは、莫迦なのだ。

町会所の中は何だか生臭かった。

蒸している上に、人が多いのだ。

屯所に残して来た者以外の全員が狭い場所で打ち込みの支度をしているのであるから、これは仕方がないだろう。

しかし——物物しい雰囲気ではなかった。閑寂《しん》として、まるで通夜の席の如くである。殆《ほとん》どの者は腰が引けているのだ。

役立たずを尻目に上座の近藤の処に進む。

「どうだ」

近藤は首を振った。

未《ま》だ山崎は何も言って来ないと永倉が言う。

「奉行所からもろくな報告は上がって来ない。会津からは連絡があったがな」

「そうか」

「出陣の刻限までには藩兵を出すという話だ。会津のみならず一橋や桑名《くわな》姫路《ひめじ》とかなりの数だ」

来ねえよと言った。

「しかし——」

「いいや、会津は必ず兵を出す」

近藤はそう言った。

「場所の特定が出来ぬ場合は、我等《ら》は四《し》条通《じょうどおり》より北上し、会津は二条より下って御用改めをするという取り決めをした」

それは止《よ》せと歳三は言った。

「何故だ」

「そんな割り振りして、会津方に中《あ》てられたらどうする。中たりでしたよとご注進が来るのか」

それはない。

そんな時間《とき》はない。

中たりなら即座に踏み込むしかないだろう。応援を待っている暇などはない。探索じゃねえ打ち込みなんだよと歳三は言った。

「御用改めして、怪しいです、此処におりました――なんて報告に来るのは、監察の役目だろうよ。未《ま》だ判らねえかよ。俺達の役目は、捜すことじゃねえ」

殺すことだ。

「中たりなら即踏み込んで斬る。それだけじゃねえか」

「だが」

どんな取り決めをしたところで会津の動きは遅い筈だ。じっくり様子見をして、こちらが中たりを引いたならそれから重い腰を上げる――そんなところだろう。

見廻組も動くまい。

「兎《と》に角《かく》」

当てにしねえことだと言って、歳三は身拵《みごしら》えを始める。

そして——考える。

池田屋であれ、四国屋であれ、それ以外であれ——。

寄り合いが行われるのは貸座敷旅籠の類ではあるのだろう。

そうだとして。ならば別に間口が広い訳ではない。打って入ったとしても、真逆《まさか》玄関先で会合をしている訳もないのだから、二階なり奥座敷なり、裡《なか》を移動せねばなるまい。

ならば。

——あり得ねえ。

総勢で斬り込むのは——論外だ。

涼が言っていた通り、相手もそれなりの人数は居るのだろう。三四十人はいるか。

そこに打ち込めば、斬り合いは必至である。狭い座敷に三十人からが傾《なだ》れ込んで大人数で斬り合うが得策とは、到底思えない。

打ち込むのは精精《せいぜい》十人。見張りを立て、残りに周りを取り囲ませたとして——。

——いや。

そうなれば、近藤を先陣切って打ち込ませる訳には行くまい。大将が最初に斬り込むなど、あり得ない。露払いに使えるのは——。

斎藤か永倉か。いや。違うだろう。

どんなに腕が立ったとしても、その場で臨機応変に人を動かせるとは思えない。

原田の莫迦は勿論、沖田の小僧も使えない。見境なく斬るだけだ。

それ以外は凡《すべ》て捨て駒である。

と——すると。

歳三が先陣を切るしかないか。

いや——。

それは、面白くない。

山崎は未《ま》だ場所を見極められぬのかと近藤が言った。

多少苛《いら》付いている。

落ち着けと言った。

「この刻限で未《ま》だ報告がねえということは——監察方ではもう絞り込めねえと考えた方がいいだろう。出陣の刻限まで半刻もない」

「では——どうする」

「会津なんか待つ必要はねえ。早めに出た方がいいだろうな」

「出て——どうする」

歳三は会所の中を見渡した。

「これで全部か」

全部だと井上が言う。

「結局、三十三人だよ」

だらしのない話である。

「組を分けるか」

何でじゃと左之助が問う。

「ただでさえ少ないのにか」

少ない——からだ。

「多けりゃいいというもんじゃねえだろ。場所が決められねえってのに、ぞろぞろ打ち揃って町中行進するのかよ」

本命は池田屋だ。ならば。

近藤をそちらに差し向けるが得策か。局長に中《あ》たり籤《くじ》を引かせるしかないだろう。

ただ、池田屋でない場合も考慮するならば——。

「二手、いや三つに分けるか」

一組十人強。

相手が四十人いたとして。

打ち込みは五人程度か。

当然——敵《かな》うまい。

近藤は——誰かに護らせるしかあるまい。近藤さえ生き残れば良い。

残りは死んでいい。

武田か谷、藤堂あたりと、後は雑魚を付ければいいだろう。

主力は分けるしかない。

永倉と沖田を近藤に付ける。

もう一派は——斎藤と原田か。

歳三は井上を呼び付けて、役に立たねえのを十人ばかり選べと小声で言った。

「そんなものどうする」

「俺が連れてく」

「本当に役に立たんぞ」

井上は眼を円《まる》くした。

歳三は主たる者を集め、人員を割り振った。近藤隊十名、土方隊十二名、そして井上隊十一名の三つに分け、場所の分担を決めた。

そうすれば、御用改めを申し出るのは各隊の長ということになる。当然、乗り込むのも局長ということだ。近藤が中《あ》たりを引けば、凡《すべ》ては近藤の手柄になる。

永倉に局長を護るよう指示し、更に沖田と藤堂、武田を付けた。上辺だけは精鋭である。井上隊には斎藤と原田を入れた。井上は弱い。

歳三の隊は、勘定方の河合耆三郎《きさぶろう》や、近藤の養子となった谷の弟など、本当に屑ばかりを集めた。一応役付きの松原は入れたが、役には立つまい。犬猫の方が未《ま》だ使い道がある。

「決め手はねえとはいうものの、三条木屋町近辺という監察方の話は信用していいだろう。だから、莫迦正直に一軒一軒潰すことはねえだろう。道道様子を見つつ、山崎が怪しいと言っていた四十軒を改めればいい」

歳三は島田を呼んだ。

几帳面な大男は、監察が目を付けていた店の凡《すべ》てを記憶していた。

地図を見る。

「局長、あんたは——」

予定通り四条から北に上がってくれと言った。

近藤隊が真っ先に池田屋に行き着けるよう配慮したのである。

「井上隊は二条から木屋町通を中心に下れ」

そうすれば、もし四国屋であったとしても、井上達が行き着くことになるだろう。いずれ、その二軒はそう離れている訳ではないのである。池田屋は四国屋の眼と鼻の先だ。どちらであっても大差はない。

「俺は――鴨川のこっち側、そうだな、縄手《なわて》通《どおり》から木屋町の方に向けて改める」

多分、外《はず》れだ。

それでいい。

どうせ、どちらが中《あ》たりでも手は足りぬのだ。

使える隊士はそれぞれ二三人しかいないのである。五人が斬り込み五人が出入り口を固めたとしても、到底敵う訳がない。大勢の敵が逃げ出すだろう。ならば後から駆け付けて。

抜け出して来た者を――。

斬る。

斬れるのは歳三だけだ。

土方隊は使い物にならない者ばかりなのだから。

その方がいい。

「行くなら早《はえ》え方がいい。いいか近藤さん。宿改めをする前に、隣家で改める店の間取りを詳しく聞いておくことだ。忘れるな」

そんな悠長なことをしてられんのかいと原田が言う。

いやそこは肝要ですよと斎藤が言った。

「踏み込んだ途端に裏から逃げられたりしたのじゃ意味がない。逃走経路を固めておかねば、何もかも無駄になるでしょう」

そう。肝要だ。

だが、幾ら固めても高が腰抜け数名で逃走を防ぐことなど出来はしないだろうと思う。見張りは、まず斬られる。

その頃に到着すればいいのだ。

そうだ忘れておったと言って、地図を見ていた井上が顔を上げた。

「あれ、着せるのか」

「着せろ」

芹沢が作らせたみっともない羽織である。

改めて目にすると思った以上に酷《ひど》い。古びた分、余計に駄目な感じになっている。

余程の恥知らずでない限り、頼まれても着ないだろう。

歳三は立ち上がり大声で言った。

「いいか。このうすらみっともねえ羽織はな、貴様等《ら》が弱いという証拠だ。明りは少ねえが、これなら区別が付くだろう。こんなもん着るような恥知らずは然《そ》うはいねえからな。判ったな。この段染は、味方だ。絶対に斬るな。斬られたくなきゃ着てろ」

近藤さんあんたもだと歳三は言った。

「大将が味方に斬られちゃお笑い種《ぐさ》だ」

「歳さんは」

井上が差し出す。

「だから俺は着ねえよ。俺に斬りかかる莫迦野郎は、敵だろうが味方だろうがみんな斬り殺すから心配はねえよ」

歳三は全員を見渡した。

弱い。

役に立たない。

多分、全員使えない。

「まあ、経緯《いきさつ》を鑑《かんが》みるに斬り合いになることは必定かとも思うが、捕縛するという線は考えなくていいのか土方さん」

斎藤が問うた。

「首謀者は生かしたまま捕えた方が後後役に立ちはしまいか」

どうかなと近藤が言う。

「会津は詮議をしたがるだろうが」

心配ねえよと歳三は言う。

「心配ないとは」

「見ろよ。こいつ等に、相手を皆殺しに出来るような腕があるかよ。誰一人、人斬ったことなんかねえだろう」

歳三はわざと大声で言った。

「生け捕りにしようなんて考えてたら、捕まえるより先に殺《や》られるだろうぜ。あんたもだ」

歳三は近藤を見据え、再び全員を見渡した。

「いいか。手加減ってのは強い者のすることだ。貴様等の腕じゃ、全力で掛かったたって相手を殺せやしねえから安心しろ。殺す気で掛かって殺せりゃ上等だ」

——人は。

死にたくないから強くなる、か。

そうなのかもしれない。

「能《よ》く聞け。死ぬ気で掛かれなんてことは言わねえ。どれ程死にたくなくたって、斬られりゃ死ぬんだよ。武士だろうが町人だろうが、忠臣だろうが不逞だろうが、死ぬ時は死ぬぜ。だから、最初から死んだ気で掛かるなんてなあ」

莫迦のすることだ——と、歳三は言った。

「命を棄《す》てろなんて寝言はな、腰抜けの侍が恰好付けて言ってるだけのことだぞ。死にたくねえなら、勝つことだ。生き残った方が勝ちだ。腕一本落とされたら、相手の腕も一本取れ。脛《すね》でも臀《しり》でも一太刀だけでも浴びせろ。それで充分だ。ただ、これだけは言っておくがな」

死にたくなけりゃ遁《に》げるな。

「度胸がどうの、臆病がどうのという話じゃねえ。斬り合いで背中見せたら、斬られるぞ。てめえの背中はな、素人には護れねえからな」

遁げることがいけないという訳ではないのだ。生きるためには、遁げるべき時もある。だから退却は、常に戦術としてなくてはならないのだ。

怖いから遁げるというのは、多分最悪の選択なのである。

遁げるなら、勝つためだ。

勝つために遁げるのだ。

だから——安全な退路は常に用意しておくべきなのである。

だが。

——こいつ等《ら》には無理だ。

状況を広く細かく見極めることも瞬時に判断することも出来ないだろう。それが叶わなければ退路は作れない。逃げ道のない局面で遁げようとするのは殺してくれというようなものである。

何人生き残るか——。

「仲間を助けようとも思うな。てめえの身はてめえで護れ。誰かに頼れば——すぐに死ぬ。助けようとした者も死ぬだろう」

てめえ等が護らなきゃいけねえのは局長だけだと歳三は言った。

「看板は護れ」

案ずるなと近藤が言う。

「儂《わし》は負けんよ」

――そう。

安心させるか。

不安にさせるか。

いずれが、役立たずどもを役に立てる薬になるか。

――いずれも無駄か。

「永倉よ」

「何だ」

歳三は永倉に顔を向ける。

永倉は何かを察してすぐ傍まで来た。耳許に顔を寄せる。

「あんたは、近藤勇の家来じゃあねえ。だから不本意なのかもしれねえが――」

歳三は小声で言う。

「この度は――局長だけは生きてて貰わなくちゃならねえ。これで終りじゃあねえからな」

承知していると永倉は矢張り小声で答えた。

「立場は弁《わきま》えている。主従関係になくとも我等《ら》は組。ことを成すための筋道は見えている。それに近藤さんは、友であり師であり、同志だ」

俺は同志は護ると永倉は言った。

「そこの連中とは違う」

「そうだな。こん中で――余裕のあるな、あんたぐらいだろうしな」

沖田を見る。

溝鼠《どぶねずみ》は落ち着きがない。へらへら笑ってもいない。山崎が言っていた通り、体調が良くないのかもしれない。ならば。

――斬られるか。

この小僧の強さは、人を人と思わぬ残虐さに由来するものだ。だから、こいつは速い。躊躇《ちゅうちょ》しないからだ。抜いたら斬るだけなのだ。目の前にいるのが親でも幼子でも、多分こいつに迷いはない。それ故の速さなのである。戦うことより、否、斬ること自体よりも、目の前の相手をどうにかすることにしか興味がないのだ。動いている者は動きを封じる。動けない者はどこまでも甚振《いたぶ》る。命の重さなど――微塵《みじん》も感じていない。

――そこは。

自分と同じかと歳三は思う。

しかし。

その速さが鈍ったら。

この小僧は、ただの薄汚い痴《し》れ者に過ぎない。もしかするとこいつは、己の体調の悪さにさえ気付いていないのかもしれぬ。脱走者を斬れなかったことで、この鼠は動揺しているだけか。

「行くぞ」

歳三は松原を促す。

先に出るぜと言った。腰抜けと役立たずの群れであるから、誰かが先陣を切らねば徒《いたずら》に刻《とき》が過ぎるだけだ。

人通りはそれなりに多い。既に陽は落ちて久しいが、それ程暗くは感じない。其処《そこ》此処《ここ》に提燈《ちょうちん》が掲げられているからだろう。祇園神社にも燈《あかり》が点っている。

四条通を足早に進む。

暫《しばら》く行くと近藤隊、続いて井上隊が追い越して行った。

歳三の隊は橋を渡る前に北上する。

揃いの羽織は矢張り巫山戯《ふざけ》ているようにしか見えない。

振り向くと、茹《ゆ》で蛸《だこ》のような松原を先頭に、同じくみっともない羽織を着た莫迦どもが連なって、歳三を追い掛けて来るのが見えた。

――猿回しかよ。

島田魁が教えてくれた四十数軒のうち、歳三の隊の分担は十二軒程であった。

先《ま》ず、池田屋から一番離れた茶屋に向かった。

未《ま》だ五つにもなってはいない。

歳三の予測では、近藤が池田屋に至るのは早くて五つ半。池田屋が中《あ》たりだったとしても。

半刻で決着が付くとは思えない。

四つには行くか。

松原は神妙な顔付きである。

「どうしたよ今弁慶。いつも通り詩吟の一つも唸ったらどうだよ」

松原は恨めしそうな目付きで歳三を見た。

「副長、その」

「御用改めはお前がしろ」

祭である。未《ま》だ暖簾を仕舞っている店はない。茶屋などは人の出入りも多い。正面切って改めるまでもなく、様子を窺っていれば判るような気もする。

否。

山崎は、涼のような密偵を各所に放っている筈だ。

多分、今も様子を窺っているのだろう。

――尋《き》くまでもねえのか。

そもそもこんな珍妙な連中が顔を出せば、誰でも慌てる。それでなくとも新選組は嫌われている。何も疚《やま》しいところがなかったとしても、まともに相手はしてくれないだろう。

「何だ。平素《いつも》してることだろ」

「はあ」

「怖《こえ》えのか」

「そうではない。そう――ではないが、用心をですな――それに」

背後を気にしている。

役立たずだけ選んだのだから心細いのも解らないではない。

外れだよと歳三は言った。

松原は額に皺《しわ》を寄せた。地鉄《じがね》の入った鉢巻《はちま》きがずれた。

「監察の言う通り、木屋町だろう。なら――ここは違う」

「な、ならば急いで向かうべきではないですか」

「それは出来ねえ。違うと判っていても万が一ということはある。確認はしなくちゃならねえだろう。このまま戻って、万が一そこの茶屋が中《あ》たりだったら――てめえ責任取れるか」

「いや――」

責任取るのは副長の俺だよと歳三は言った。

「てめえが責めを負うことはねえよ松原。安心しろ。それに、何かあった時に戦うのも俺だ。だから――とっとと済ませろ」

松原は小走りで暖簾を潜《くぐ》る。

阿呆面の猿どもはただ突っ立っているだけだ。かなり目立つが、町に満ちた祭気分に紛れているのか、それ程奇異には見えなかった。

祇園をうろ付き北上し、三条大橋まで至る。橋を渡れば三条木屋町である。

――いい刻限か。

「副長、その――」

「何もなかったろう」

「ですから」

「何刻《なんどき》だ」

四つは――過ぎたか。

「四つを四《し》半刻《はんとき》過ぎたくらいです」

――頃合いは丁度良い。

「よし。持ち場は凡《すべ》て確認した。先《ま》ずは四国屋へ向かう」

四国屋の方が近い。

池田屋で何か起きていたなら、四国屋からでも判る。

橋を渡る。

鴨川の水面《みなも》にも提燈《ちょうちん》の明りが点点と滲んでいた。

「駆けるぞ」

今までわざとだらだらしていたのであるから、役立たずどもにも走るくらいの体力は温存されている筈である。

四国屋の前には井上隊がいた。

「歳さんよ」

源三郎が呼ぶ。

「ここは――違う」

「承知してる。池田屋だ」

歳三は先頭を駆ける。
耳を澄ます。
闘っている。
声。剣戟《けんげき》の音。聞こえる。
左之助が並んだ。
「あの女、嘘吐《つ》きじゃったな」
「今度遭ったらてめえが殺せ」
池田屋が見えた。
既に。
入り口に味方が斃《たお》れている。
咆哮《ほうこう》を上げた浪士が一人躍り出て来た。
一緒に転げ出たのは。
——藤堂か。
歳三は足を止《と》めずそのまま刀を抜いて突っ込み、浪士を逆袈裟に斬り倒した。
真っ黒い飛沫《しぶき》が上がった。
「平助っ」

源三郎が駆け寄る。

藤堂は額を割られている。流血は多いが命に別状はないようだった。

だがこの若造は既に戦意を喪失している。大望だの小理屈だのは、血の気の多い考えなしの身を護ってはくれなかったようである。

藤堂は目を泳がせて放心している。

「ぐずぐずしてねえで状況を説明しろ若造ッ」

歳三は怒鳴る。

「こ、ここでした」

「そんなことは見りゃ判るんだよこの間抜けッ」

「は、はい。局長と永倉さん、沖田と私で突入して、残りは」

見張りは六人か。

全部殺《や》られたと考えていいだろうか。そうか。

――読み通りだ。

「人数は」

「三人は斬りました」

「総勢を尋《き》いてるんだよ莫迦野郎」

「四十人くらいは」

「斎藤、原田、行け。そして追い出せ。出て来た奴は」

全部斬る。

斎藤は相解ったと言って戸を潜った。原田が続く。

残った井上隊は——。

「そいつ等《ら》連れて裏口に回れ。裏口の見張りも死んでるだろう。なら遁《に》げ放題だ。ただ、斬り合うな。戸口締めて出られねえようにしろ」

「畏まった」

「藤堂。沖田は」

源三郎が駆ける。

「わ、わかりません。最初の一人を斬ったのは沖田だったが、それからどうなったのか」

「いいよ。どいてろ」

歳三は松原を呼ぶ。

「いいか松原。残った屑どもで道塞げ。木屋町通にも河原町通にも出られねえようにしろ」

「わ、解りました——が」

「そっちにゃ行かねえよ。俺が」

全部斬る。

松原は顎を引いた。その後ろには未《ま》だ間抜けが並んでいる。

「早くしろッ」

と言い様に——歳三は戸を潜って出て来た男の頭を唐竹割《からたけわり》にした。先に斬った浪士に覆い被さるようにして、男は沈んだ。

間抜けどもは眺めている。

間抜けな羽織を着た莫迦どもが並んで、顔面蒼白になり眼を円く見開いて歳三を眺めている。

歳三が人を殺すところを莫迦どもが見物している。

こんな、衆人の見る中で人を殺しても——。

咎《とが》められることはないのだ。

間抜けどもは一様に魂が抜けたような貌《かお》をしていた。人を斬ったことがないだけでなく、人が斬られるところを見るのも初めてなのだ。そう。

人はこうして死ぬ。

人は、こうやって殺す。

何か。

気の乱れを感じた。

裡《なか》からではない。邪魔だ。

「ぼおっとしてんじゃねえッ」

早く道を塞げと歳三は大声で言った。

松原は隊を半分に分けると、道の両側に並べた。

配置が変わっただけでぼおっと見ていることに変わりはない。案山子《かかし》のようなものである。

歳三は入り口に斃れている隊士の骸の襟を掴《つか》んで引き摺り、脇に寄せた。

――未《ま》だ息があるか。

骸ではない。斬られてはいるが、死んではいないようだった。屍《しかばね》なら踏もうが蹴ろうが構わぬのだが、息があるならそうもいかぬ。いざという時に足場に動かれると太刀筋が乱れ兼ねないからである。止《と》めを刺す訳にもいかぬ。仕方がないので軒下まで動かした。

踏み込んで、戸口の前で構える。

——来い。

五感を研ぎ澄ます。

来い。

出て来い。

殺してやる。

呼吸。跫《あしおと》。何だ。

大勢の乱れた息。煩瑣《うるさ》い。

煩瑣い煩瑣いうるさい。

何だ何が来る。

何かが。

「ふ、副長ォ」

松原が裏返った声を上げた。

「お、お味方が到着。到着致しましたぞォ」

あの声は——武田観柳斎か。

「あ、会津のお味方が——」

「何だとォ」

余計なことをする。

助勢を頼みに行っていたのかあの幇間《ほうかん》は。

目を遣る。

藩兵だ。

かなりの数である。

「通すんじゃねえ松原ッ」

歳三は怒鳴った。

松原はおたおたしている。

武田も顔を引き攣《つ》らせている。

歳三は駆け、藩兵達の前に出た。

両手を拡げる。

「ご助勢感謝する。しかしこの場は一切の御手出し無用ッ」

御手出し無用に願いますると歳三は叫んだ。

「し、しかし副長」

「てめえには言ってねえ武田。会津の――方方か」

「会津藩、桑名藩の者にござる」

「繰り返す。ご助勢は忝《かたじけな》く、御礼申し上げる。ただ、この狭い裡《なか》に大人数は這入《はい》れ申さぬ。一方で脱走した不逞を追うだけの人数は我が方にはあらず。叶うならば、この周囲一帯、虱潰《しらみつぶ》しに捜索され、この場より遁走した不逞浪士の討伐捕縛にご協力戴きたい」

「だが」

「脱走した浪士は容保様の御命を狙う不届き者。方方が第一に考えるべきは、藩主の御命ではないのか」

——来た。

戸口に駆け戻る。

多分斎藤に追い詰められ、背中を向けたまま躙《にじ》り出て来た男を、歳三は一瞥《いちべつ》もくれずに——斬り殺した。

血飛沫《ちしぶき》が上がる。

顔が真っ赤に染まる。

だが、隠す必要はない。

堂堂と——殺せる。観客は更に増えている。

「そ、其許《そこもと》は」

歳三は多分血塗れの顔を向ける。

新選組副長――。

「土方歳三だ」

歳三はそう答えた。

7

右手の指が喉に喰い込んだ。
微熱でもあるものか、指先がやや熱く感じられる。
喉仏が動く。生唾《なまつば》でも飲み込んだのだろう。
——俺が冷えているのか。
歳三《としぞう》はそう思う。
部屋は寒い。
人払いをしてあるから、室内には二人きりである。余計に寒寒しい。
山南敬助《さんなんけいすけ》の眼は充血していた。
歳三は睨《にら》み付ける。
指先に力を籠める。

随分と昔――。

女郎の頸《くび》を絞めた時のことを突然思い出して、歳三は山南の頸から手を放した。

山南は噎《む》せた。

「な、何故」

山南は切れ切れに言う。

「何故」

何故連れ戻したのかと山南は漸《ようよ》う言った。

「他の隊士と同じように、斬れば良かったではないですか」

目が曇ってるな山南さんと歳三は言う。

「何だと」

「体調が良くねえんだろ。軽い怪我が随分長引いてるようだがな」

「気を遣ってくれたというのか。そうじゃないでしょう。私が――新選組総長だから体面を気にしたのではないのか。壬生《みぶ》浪士結成前からの参加者である私が脱走となれば、あなたの言う綱紀粛正に影響が及ぶ」

「もう及んでるよ。あんたが遁《に》げたことはみんな知ってる。今更戻っても示しはつかねえ」

「なら何だ。江戸以来の同志だから情けを懸けたのか」

「同志なんかじゃねえだろ」

歳三がそう言うと、山南は恨みがましいような表情になった。

「俺とあんたが志を同じくしたことなんかは、これまでただの一度もねえだろ」

偶々《たまたま》利害が一致しただけである。

「あんたが此処《ここ》に来た理由と、俺が此処にいる理由は、多分全く違うもんだぞ山南さん。それにな、俺は人に懸ける情けなんざ――」

一片《ひとかけら》も持ち合わせちゃねえと歳三は言った。

それは真実である。

人の外にある者に情などない。

「それでは」

「あのな、山南さんよ」

歳三は顔を近付ける。

「あんたこそ、どうしてあの小僧を斬らなかったんだ。折角大津《おおつ》まで遁《に》げ遂《おお》せたんだろ。追手は沖田《おきた》一人。斬りゃあそのまま――逐電《ちくでん》も出来た筈《はず》だがな」

「沖田君は斬れん」

そうだろう。

こいつは人を斬らない。否《いや》、斬っても殺さない。

——殺せない、か。

斬る理由がないと山南は言った。

「脱走したのは私だ。脱走者は捕まれば殺される決まりです。それはあなたが決めたことでしょう、土方《ひじかた》さん」

「そうだよ」

「それに——」

沖田君は強いと山南は言った。

「そうかな。あんただって腕は立つじゃねえか。北辰一刀流《ほくしんいっとうりゅう》と小野派《おのは》一刀流《いっとうりゅう》——実にあんたらしい、如何《いか》にも正統じゃねえかよ。沖田はな、色色と齧《かじ》ってはいるが、所詮《しょせん》は我流だぜ。天然理心流《てんねんりしんりゅう》なんてのは、あってねえようなものよ。あれは、型を破ってるだけだよ」

そして、容赦のない速さか。

その速さがなくなっている。

体力が落ちているのだろう。

　今立ち合えば、必ず山南が勝つだろう。

　山南の体調は決して良くはなかった筈だ。鍛練もずっと怠っている。何よりも気が引けている。脱走したくらいなのだから気は萎《な》えていた筈だ。しかし、それでも立ち合いに持ち込めば山南は強い。この男に勝とうとするなら余程の不意打ちぐらいしか手はないのだろうし、それこそが沖田の得意とするところなのだろうが——。

躊躇《ためら》ったか。少しでも躊躇いがあったのなら、沖田は山南には勝てない。

沖田は自分自身で、そうした己の状態を見切っていたのか。

だからこそ、山南を斬ろうとしなかったのだ。

——負けると思ったか。

怯懦《きょうだ》な野郎だ。

　そして。

　それを見抜けなかった山南の目もまた、節穴ということだ。

　山南は歳三を睨《ね》め付けた。

「私には——仲間は斬れない」

　あなたとは違うと山南は吐《は》き捨てるように言う。

　それは当然違うだろう。

「仲間——かい」

歳三は振り返った。

隊旗が懸けてある。

誠、と染め抜かれている。

この一文字を決めたのは山南だ。

誠。

山南は元より、江戸の近藤《こんどう》道場に掲げられている扁額《へんがく》に記されていた下手糞《へたくそ》で読めない二文字を、誠衛だと主張していたのだ。

先代の周斎《しゅうさい》は読めぬと言っていたし、他の者は皆、試衛と解していた。道場を試《し》衛館《えいかん》と呼ぶ者までいた程である。だが、試すに衛《まも》るを組み合わせてみても、それらしい意味を成すものではない。そんな名の道場はないだろう。扁額が道場の号なのかどうかは知る由《よし》もないが、そうでなくともそんな無意味な言葉をわざわざ扁額に記すとは思えない。

慥《たし》かに誠《まこと》を衛るとした方が通りは良い。

誠が正解なのだろう。

——誠か。

芹沢《せりざわ》の遺した恥ずかしい羽織は池田屋《いけだや》騒動で凡《すべ》て駄目になった。

麻の生地は気を通すから夏場には良いのだが、それだけである。決して動き易いとはいえないし、皺《しわ》になる。おまけに黴《か》びていた。

あの騒動で汚れ、破れたので一着残らず捨てた。

そもそも、浅葱《あさぎ》色《いろ》無紋というのは切腹の際に身に着ける裃《かみしも》と同じである。常に死を覚悟して行動するということですよと、藤堂《とうどう》あたりはほざいていたが、誂《あつら》えた時の経緯に鑑《かんが》みれば、そんな深奥《しんおう》な意味があったとは思えない。芹沢は莫《ば》迦《か》なのである。考えなしだったのだろう。

考えようによっては縁起でもない代物だったのだ。

だから池田屋の武功に対して下賜《かし》された恩賞金で隊服を新調した。

動き易さを考慮し、且つ夜陰に紛れられるよう、黒の小袖に黒袴《くろばかま》とした。

だが、敵に見え難《にく》いということは即ち味方にも見え難《にく》いということである。騒動の後、隊士の数はやや増えたが、相変わらず使えない連中ばかりではあったのだ。同士打ちは必至である。

そこで、目印に袖章を付けさせることにした。

三寸ばかりの布を袖に縫い付けるのである。

ただ、黒地に白い布は目立つが、それだけでは目印になり難《にく》い。しかも見間違え易い。そこで、文字を一文字入れることにした。

その際に。

山南が誠が良いと提案したのである。

近藤道場の扁額を持ち出されたので近藤も納得した。そうはいっても、真逆《まさか》、試と記す訳にも行くまい。それではまるで試し斬りの的《まと》のようである。

天然理心流でも誠は重んじるのだと近藤は取って付けたようなことを言った。

文字の色は朱《しゅ》。

これは歳三が決めた。

子供の頃見た、血飛沫《ちしぶき》の色だ。

布の端には、同色で山型の段段《だんだら》を遇《あしら》った。

捨てた羽織の袖口に合わせた恰好になるが、この段段筋は本来近藤の好みなのである。赤穂《あこう》義士の討ち入り装束に因んだもので、芹沢の考案ではない。

これが味方の目印だと隊士に徹底した。

だが、ぼんくら揃いであるから安心は出来ない。

そこで、旗を作った。

四六時中目にしていれば莫迦でも覚えるだろうという判断である。

下方に段段筋《だんだら》、中央に誠の一文字を染め抜いた――朱《あか》い旗である。

派手で、目立つ。

携行するものでも身に着けるものでもないから、目立っても構わないと思った。

――誠、な。

「誠ってのは――一体何だい、山南さんよ」

「誠は」

誠は天の道だと山南は答えた。

「天の道かい。そりゃ、人の道じゃねえな」

「何だと」

「天ってのが何なのか俺は知らねえが、そんな道は人には歩けねえだろう。それとも何か、天の道ってのは、そんな情だの仲間だのってもののことか」

「誠とは天然自然の理《ことわり》、真理のことですよ。偽りもなく、不変だ」

「なら――」

「ああ。人心は移ろうし、人は往往にして過ちを犯す。だから、慥《たし》かに誠は人の道ではない。誠を思うこと、誠に従おうと心掛けることこそが人の道だ」

「そうかい」

ならば歳三は、矢張《やは》り人の道からも外《はず》れているのだろう。

「あんたは――じゃあその、誠とやらを思って脱走したのか。それとも」

「それは――」

山南は顔を歪《ゆが》めた。

「伊東《いとう》に感化されたか」

伊東大蔵《だいぞう》は昨年の秋に入隊した男である。藤堂が通っていた北辰一刀流道場の同門であり、婿入りしてその道場を継いでいる。腕も立つが弁も立つ。学もある。

気に入らない男だ。

藤堂が引き入れたというところも気に入らぬ要因となっている。

藤堂は池田屋に討ち入った際、気を抜いて鉢金《はちがね》を外し、額を割られている。

偉そうなことばかり言う若造は、気負うばかりで実《じつ》が伴わない男なのである。

命の遣り取りをしている最中に気を抜くなど、間抜けもいいところだと思う。そもそも抜き身を提げた敵が周りにうようよいるという状況で、どうやったら気が抜けるのか教えて貰《もら》いたい程である。

屁《へ》理屈を捏《こ》ねる分、ただの莫迦より始末に悪い。

藤堂自慢の差し料であった上総介兼重《かずさのすけかねしげ》も、刃毀《はこぼ》れの上に鍔元《つばもと》が割れ、使い物にならなくなっていた。闇雲に振り回したのだろう。そうでなくては、あそこまで酷《むご》い様にはならない。柱だの梁《はり》だのばかり斬っていたとしか思えない。

もう直すことすら出来ぬ有様であった。

本当に役に立たない男なのだ。

しかし間抜け過ぎる失態であったにも拘《かかわ》らず、藤堂の受けた額の傷はそれなりに深く、通常の隊務は暫《しばら》く無理なものと思われた。

池田屋の一件で新選組が名を上げたことだけは確かだった。

だが、だからといって、有事の際に新選組が役立たずの集団に過ぎぬということもまた明白になったのであった。

池田屋襲撃では長州人《ちょうしゅうじん》も幾人か命を落としている。その所為《せい》で、弥《いや》が上にも緊張は高まっていた。いつ何が起きてもおかしくはなかった。それなのに。

人数が少ない上に屑《くず》しかいない。

戦争の役に立つとは思えない。

怪我人は只管《ひたすら》に邪魔だった。

だから――。

近藤は、藤堂を江戸に送った。

療養を兼ね、江戸で隊士を募るのが役目であった。

使えない男には使えない人脈しかないだろうと歳三は思ったものである。

案の定、藤堂が口を利き、後に東下した近藤達が引き連れて来た連中は、藤堂同様理屈ばかりを捏《こ》ねる頭でっかちばかりだった。その筆頭が伊東なのである。現在は上洛した年に因んで甲子太郎《かしたろう》と名乗っている。

くだらない改名だ。

伊東は、実弟の三木《みき》三郎《さぶろう》を始めとした一党を束ねていた。伊東は入隊する前から閥《ばつ》を成していたことになる。このような場合、歳三や山南同様に副長格となるのが順当なのだが、何故か伊東には参謀という破格の肩書きが与えられた。

だからという訳ではないのだろうが、伊東は近藤に諂《へつら》うこともなければ胡麻《ごま》も擂《す》らない。

武田《たけだ》や谷《たに》とは器が違う。それだけは間違いなかった。

近藤は、その伊東の学識の高さを高く買い、武田同様文学師範にも任命した。しかし揉み手をし乍《なが》ら黴《かび》の生えた軍学をちらつかせるだけの武田と違い、伊東の知見は新しく、広く、また説得力があった。

頭が良いのだろう。

だが伊東は——違う。

少なくとも新選組に必要な人物ではない。

本来、藤堂平助《へいすけ》は山南が連れて来た男である。その藤堂が心酔している伊東と山南もまた、相性は良いようだった。伊東の講釈にまともに付いて行けるのは、隊の中では山南ただ一人だったと言って良い。

天下国家を論じる際も、山南だけが伊東とまともに渡り合えていたようだ。他の者は意見を述べるどころか理解することも儘《まま》ならず、ただ煙に巻かれて感心していただけなのだ。

伊東さんに感化されてなどいないよと山南は言った。

「元元近い考えは持っている。だがそれだけのことだ。目指すところは違うし、その所為《せい》で脱走した訳ではないよ」

「そうか」

山南は自らの頸《くび》を擦《さす》った。

「土方さん」

山南は静かに歳三を呼んだ。

「君が私に肚《はら》を立てる、その気持ちは判る。そもそも、浪士召し寄せの口火を切ったのは私のようなものだし、清河《きよかわ》の策から逃れ、残留分隊する際も私は積極的に後押しした。新選組を作ったのは、近藤さんであり君であり、そして私だ。そういう自覚はあるよ。君は同志ではなかったと言うが、私は皆を同志だと思っていた」

「もう——思ってねえか」

「脱走したんだからな。私は裏切り者だ」

「裏切ったつもりはねえだろ」

「それは——」

「例えばあんたが長州に寝返ったなら、そりゃ裏切りだろう。でも違うだろ。あんたは、ただ俺達を見限っただけだ。そうじゃねえのか山南さん」

「そうならどうだ」

山南は声を荒《あら》らげた。

「そうだとしたって、君達から見れば裏切りだろう。君だって、そうして口では違うと言うものの、私のことを同志と思っていた筈だ。仲間だと考えていたんだろう。だから」

山南は頸を押さえる。

「君は」

──そうか。

山南は、歳三が怒っているのだと考えているのだ。信じていた仲間に裏切られ、激昂《げきこう》して頸に手を掛けたのだと、そう受け取ったのだろう。

普通はそうだろう。人は、いきなり人の首など絞めない。

だが歳三は人外《にんがい》なのだ。別に怒って手を伸ばした訳ではない。

殺そうと──しただけである。

山南に、侍らしく切腹をさせるのはどうしても嫌だったのだ。

それは最初に行き遭った時から思っていたことである。山南は、最初から武士として出来上がっていた。

だから縊《くび》り殺してみようかと、そう考えただけだ。

だが。

絞殺は穢《きたな》い。

だから、止《や》めた。

どうでもいいことだが。

山南は肩を落とし、頬を攣《つ》らせた。

「伊東さんは、勤王の思想を持った人だ。元来、佐幕を唱える会津《あいづ》藩お抱えである新選組に馴染む人ではないかもしれない。ただ、伊東さんは倒幕派じゃない。その考えは公武合体に近いものだし、ならば会津藩の方針とそう大きく違うものではないだろう。それに、攘夷《じょうい》という点に於いては一緒だ。だから、縦《よし》んばどんなに感化されたとしても、それで隊を離脱しようなどとは思わないよ。問題は」

問題は近藤局長だよと山南は言った。

「近藤さんが気に入らねえか」

慥《たし》かに。

現在、新選組に於ける近藤勇《いさみ》の評判はあまり良いものではない。

伊東達が入隊する前にも、近藤に対する不平不満を綴った建白書が松平容保《まつだいらかたもり》に宛て提出されている。

建白書提出の首謀者は永倉《ながくら》であった。

他に原田《はらだ》、斎藤《さいとう》、島田《しまだ》、それに旗役の尾関雅次郎《おぜきまさじろう》、伍長の葛山武八郎《かずらやまたけはちろう》の六人が名を連ねていた。

池田屋以降、近藤が増長していると永倉等《ら》は訴えたのだ。

切腹覚悟の陳情であったらしい。

歳三は読んでこそいないのだが、聞いたところに依《よ》ればその建白書には、局長近藤勇の我が儘《まま》勝手、その非行目に余り、このままでは組の瓦解は明らか也——と書かれていたという。

元より永倉は、自分は近藤の家臣ではないと言い続けている。ならば、慥《たし》かに不満も募ったことだろう。他の者はその永倉の意見に同調したものと思われる。

歳三の目から見れば、近藤は何ひとつ変わっていない。

池田屋騒動が起きるまでは腑《ふ》抜けていたが、それは近藤に限ったことではなかったのだし、騒動後は後始末や更なる探索、そして長州藩との戦など、大事が矢継ぎ早に起きていたから、近藤も対応に追われていた。采配に不備はなかったし、態度も堂堂としていて、歳三の目には寧《むし》ろ頼もしく映った程だ。

しかし、その頼もしさこそが、永倉あたりにとっては鼻に付く態度に見えてしまった、ということだったのかもしれない。

「あんたは——建白書に名前を連ねていなかったと思うがな」

永倉君達とは違うと山南は言う。

「近藤先生が慢心しているとは思わないよ」

山南は何故か一度振り返った。

「近藤先生は驕慢《きょうまん》になられるようなお方ではない。ただ、そう――見えるだけだ」

「見えるかい」

ああと山南は小声で答えた。

陰鬱《いんうつ》である。

当然だろう。

山南は脱走し、連れ戻された身なのである。

脱走は万死に値する重大な規律違反だ。追討か切腹か――死ぬか殺されるか、いずれにしても死を以て償わねばならぬ。それが決まりである。

しかも山南は、歳三と並ぶ副長格、総長なのだ。

総長が脱走したとあっては、示しが付かぬ。

それ故の面談、それ故の人払いである。

山南は佩刀《はいとう》もしていない。丸腰だ。

大小は歳三が預かっている。

そう見える者には見えるだろうと山南は言う。

「そう見えるンなら、局長にも非はあるってことだな」

「いや、近藤先生は能《よ》くやられていると思うよ」

山南は襖障子《ふすましょうじ》に顔を向け、その先を視るような遠い目になる。

「あの人は以前道場で立ち合って戴いた頃と、何も変わってはおらぬさ。要領が良いとは言えまいが、実直だし、真っ直ぐだ。至らぬところもあるが、非を非と認めれば改められる。出来ることは懸命にやられる。そういう人だ。ただ——そう、永倉君はやや極端だが、他の者は皆、印象で判断しているだけなのだ。取り巻きがいけないのだろうと私は思う」

「取り巻きな」

武田観柳斎《かんりゅうさい》や谷三十郎《さんじゅうろう》のことを指しているのだろう。

ろくな族《やから》ではない。

元元使えないというだけでなく、連中は根っこのところで何か大きく間違えているのだ。生き様が歪んでいる。歳三にはそうとしか思えない。

池田屋襲撃の際も、殆《ほとん》ど役に立っていない。

斬り込んだ近藤隊は、殆どが負傷した。

額を割られた藤堂の他、歳三が死んでいると勘違いした伍長の奥沢栄助《おくざわえいすけ》は、手当ての甲斐もなく、屯所に戻って間もなく死んだ。

副長助勤の安藤早太郎《あんどうはやたろう》と平隊士の新田革左衛門《にったかくざえもん》もかなりの深手を負っていた。

両名は一月《ひとつき》経っても傷が癒えず、動けぬのを苦にして、翌月自刃した。

監察方の浅野《あさの》藤太郎《とうたろう》も斬られた。ただ、浅野は致命傷を負う前に身を隠したために助かっている。これは卑怯な振る舞いなどではなく、正しい判断である。弱い上に傷を負った者は戦闘の邪魔にしかならない。浅野は山崎《やまざき》の息の掛かった男であり、また医者でもあったから、己の傷の具合も諒解していたのだろう。


永倉も七箇所斬られた。


沖田も軽傷を負った。沖田は、倒れていたため戸板に載せて運ばれたのだが、あの溝鼠《どぶねずみ》は戸板の上でにや付いていたのだ。どうやらあの小僧は戦闘の最中に昏倒してしまったらしい。気を失って倒れていたから斬られなかったのだ。擦《かす》り傷である。

近藤は無事だったが、それでもあちこち斬られてはいた。

当たり前である。

後から斬り込んだ原田でさえも傷を負ったのだ。

池田屋内部で斬り合いをして無傷だったのは、斎藤ただ一人であった。それでも羽織は切られ、大量に返り血を浴びていたから、斎藤も凡《およ》そ無事には見えなかった。

近藤隊で無傷だったのは武田と谷だけである。

浅野の報告に依れば、その二人は闘いもせず、護《まも》りもしなかったようである。

武田は、遁《に》げたのだろう。

その途中で偶々《たまたま》会津の藩兵と搗《か》ち合ったので、戻って来ただけだ。恰《あたか》も自分が味方を喚《よ》んで来たというような口振りだったが、真っ赤な嘘である。

谷は何処《どこ》にいたのか判らない。

駆け付けた井上《いのうえ》隊の一部が裏手に回った時、其処《そこ》には新田が倒れていただけだったそうである。新田一人だけで出口を固められる筈がない。谷も裏口にいたのだ。新田がやられたのを見て何処かに隠れたか。最初から隠れていたのかもしれぬ。

何をしに行ったのか。

あの日――。

池田屋襲撃の日は、朝五つ半に引き揚げを開始したというのに、壬生に帰陣したのは午《ひる》を過ぎていたと思う。

しかし、騒動はそれで終わった訳ではなかった。逃走した浮浪の探索は会津を中心として夜を徹して続けられていたのである。

任せておく訳には行かない。

火を付けておいて火消をしないのでは話にならぬ。

新選組は休む間もなく出動せざるを得なかったのだ。

だが、捕縛した者も屯所に連行しているし、蔵には未《ま》だ古高俊太郎《ふるたかしゅんたろう》がいる。屯所を空にすることは出来なかった。市中への放火や要人暗殺の話は古高のかましたはったりなのだ。話を大きくするために、信じてやっただけである。

そもそも池田屋の集まりは、古高奪還――屯所襲撃のための会合だったのだ。そうなると、逃した連中が古高奪取のために乗り込んで来ないという保証はない。敵の総数は摑《つか》めていないのだ。圧倒的に人が足りなかった。

そこで歳三は、会津藩と連絡を取り、聴取、警護、そして警邏《けいら》捕縛を連携して行うことを取り決め、傷の浅い者を中心に隊士を編制し、その日のうちに市中探索に出した。

残党狩りと市中巡邏《じゅんら》の責任者は、武田か谷にするしかなかった。これは二人が全く無事だったからで、他に理由はない。選択肢はなかったのだ。無傷の者の多くは、役立たずばかりだったのである。

探索は念入りに、時間をかけて行われた。

その際にも武田は下手を打っている。

土佐《とさ》藩士を殺しかけたのだ。

潜伏中の長州人と、間違えてしまった――のだそうである。

実際に手を下したのは助勢として同行した会津藩士だったようだが、命令したのは武田であった。どう考えても武田が悪い。

慥《たし》かに、市中取り締まり中の戦闘に於いて無関係な者を傷付けたとしても罪には問わないという決まりごとはある。しかし、ただ人違いをしておいて殺しかけるというのは、お粗末過ぎる。

案の定、身内を殺されかけた土佐藩士達は激怒した。

土佐と会津の関係は、本来それ程悪いものではない。共に公武合体を唱えているのだから、そもそも衝突する謂《い》われはない。

しかし、土佐者の怒りはかなり激しかった。下級藩士を中心に、会津討つべし、新選組は潰すべしという檄《げき》が飛び交った。

後で聞いたことであるが、池田屋襲撃で死んだ倒幕派浪士には元土佐藩士が結構いたのだそうである。公武合体に異を唱える藩士は藩を脱《ぬ》けて長州と通じていたようなのだ。

土佐藩も一枚岩ではなかったということだろう。

上と下は違うのだ。

佐々木《ささき》只三郎《ただざぶろう》の話に依れば、この武田の失敗《しくじり》に対する火消はかなり大変だったと聞く。ことは新選組を飛び越して土佐会津の睨《にら》み合いになってしまったからである。両藩の間に入ったのは手代木《てしろき》直右衛門《すぐえもん》だったようだ。渉外調整役である手代木は、ことの次第を知るや否《いな》や即座に動いたようなのだが、激昂した土佐藩士達は中中《なかなか》収まらなかったらしい。

会津藩と土佐藩の関係は拗《こじ》れに拗れ、結局殺されかけた土佐藩士は切腹、手を下した会津藩士も自刃することになった。和解は不可能だった。痛み分けで決着を付けるしかなかったのだろう。

武田の勘違いで二人死んだ。

だが、元凶たる武田はそんなことは全く意に介していなかったのである。何が悪いのかさえ判っていなかったようだ。自刃した会津藩士の葬儀に際し、武田は歌まで詠んだ。

巫山戯《ふざけ》るなと思った。

歳三にとってはどうでもいいことだったのだが。

しかし、ただでさえ緊張を強《し》いられている時期に余計なことをしてくれたものである。新選組は、長州に加えて土佐の襲撃にも備えなくてはならなくなったのだ。

そんな為体《ていたらく》であっても、池田屋襲撃はそれなりに評価されている。

宮部《みやべ》鼎蔵《ていぞう》を始めとする十人以上が死亡、その後の巡邏に依って三十人からの倒幕派浪士を捕縛することになったのであるから、襲撃自体は成功だったということなのだろう。

会津からは五百両の恩賞金と、近藤に宛てた一振の刀が下賜された。

幕府からも恩賞金が出た。

斬り合いをした者は一人金十両、見張りは七両か五両。

打ち込んだ近藤隊には別段で更に十両の刀料が出された。

局長は十両の他に別段二十両。歳三も別段十三両を加えた二十三両を貰った。

大盤振る舞いである。

何もせず、遁《に》げた上にヘマを仕出かし、会津と土佐の間に修復不能の亀裂を入れた武田も——近藤隊配属というだけで二十両を貰ったことになる。戦闘に参加せず何処かに雲隠れしていた谷も同様である。二人とも泥棒のようなものだ。

人を殺して二十三両貰った歳三も大して変わりはないとも思うが。

歳三は結局八人斬った。内、四人は斬り殺した。自刃した者もいるから、当夜命を落とした倒幕浪士の半分近くを歳三が殺したことになる。

――人殺しの恩賞金か。

ろくなものではない。

武田と谷――。

「武田は――でも、建白書の騒動の折は永倉と局長の間に入って、自分が和解させたんだと吹いてやがったがな。何でも二条《にじょう》の河原《かわら》で刀投げ出して土下座して、何卒ご和解くださいと懇願したとか――」

そんなことはないよと山南は言った。

「関係修復に尽力されたのは容保公だと聞いている。武田君は寧《むし》ろ、波風を立てた方ではないのかな。自分で煽《あお》ったという自覚があるから、近藤先生と永倉君が手打ちをしたと聞き知って慌てて間に入り、意味のない謝罪でもしたのだろう」

山南は武田や谷のことを良く思っていないのだ。だが口には出さぬ。

歳三は膝を崩した。

こいつからもっと話を聞きたい。そう思ったのだ。

滑稽《こっけい》なことだと思う。さっきまで頸《くび》に手を掛けて殺そうとしていた男と差し向いで話し込んでいるのだ。傍目《はため》には打ち解けているように見えることだろう。心情に何も変化はないのだが。

山南は歳三に対しても多分良い感情を持っていない。それは歳三にも手に取るように判る。しかし、歳三の方は何とも思っていない。

――ただ。

いつか殺してやろうと思っていただけだ。

歳三の場合、それは好き嫌いや善し悪しの結果ではない。

感情も道理も関係ない。

取り立てて山南に対し思うところはない。

山南の方が意に介さぬというのであれば、歳三には蟠《わだかま》りなど何もない。

――それに。

歳三は思う。

今の歳三の、この人外《にんがい》の血肉の幾許《いくばく》かは、この山南が作ったものだ。

初めて遭った夜のことを、歳三ははっきりと覚えている。

――話をするなら。

今しかないだろう。

「あんたは、どう思ってる」

「土方さん。あんたこそどういうつもりだ。私は――」

「あんたは沖田に斬られるか、沖田を斬って遁《に》げ果《おお》せるか、どっちかだと思ってたからな。こうして話が出来るとは思ってなかったんだよ。あんたは、ただの隊士じゃねえ。脱走の理由ぐらいは聞いておきたい」

近藤さんの何が気に入らねえと歳三は問うた。

「あの男はあんたの言う通り、昔と変わってねえと俺も思う。ただ、あの人はそんなに賢くはねえ。持ち上げられれば素直に喜ぶ。そういう男だ。取り巻きにちやほやされてるのが厭《いや》だというなら、あんたも永倉達と変わりがねえことになるがな」

「武田君や谷君達のことは、あんただって良く思っちゃいないだろう土方さん。それに就いては私も同じだというだけだ」

近藤先生本人の人品骨柄とは関係ないと山南は言った。

「ただ、あの連中の振る舞いが近藤先生の一挙手一投足を歪めて見せてしまうことは間違いないだろう」

「歪める——か」

「例えば、そう——池田屋の一件では皆に恩賞が与えられたが、近藤先生には加えて与力上席で取り立てる旨の下知があっただろう」

「断ったがな」

「ああ。お断りになった」

「断ったから、未《ま》だ偉くなっちゃいねえぜ。ほいほい浮かれて受けてたら、それこそ永倉達に何を言われてたか知れたものじゃねえだろう」

「だが、あれとて、謙譲の姿勢からの辞退と受け取るのではなく、自分はもっと高い位でないと厭《いや》なのだという、傲慢さの顕《あらわ》れとして受け取った者も多いのだ」

「そうなのか。だが、それの何処が悪い」

　当たり前のことである。

　近藤が与力なら、その下にいる者は同心か小者《こもの》ということになる。のみならず、今後それより上はないということになってしまうのだ。どれだけ武勲を轟かせても、新選組にいる以上そこから上はない。昇ろうにも、なければ昇れない。天辺《てっぺん》が与力なのだ。

　だから、低い位なら貰わぬ方がましなのである。

　仮令《たとい》上席であっても与力ではお目見《めみえ》以下。禄高は兎《と》も角《かく》、藩兵の一人に過ぎない。

　しかし無階のままであれば話は違って来る。新選組は会津公御預《おんあずかり》。藩主直属の一団なのだから、その長である近藤の上は即、松平容保ということになる。

　その上は、将軍だ。

「高い身分を欲しがることの何処が悪いよ。謙虚さに欠けるということかい」

「そう——だな」

「近藤勇は看板だぞ」

「看板か」

「自分《てめえ》でも解ってるんだよ、近藤さんは。己《じぶん》は新選組全員の看板だ、だからこそ下手な肩書きは付けられねえと、そう心得てるんだよ。だから断ったんじゃねえかよ。看板に立派な肩書きを付けようってことだ。何が悪い」

山南は黙して首肯《うなず》く。

「あんたの言う通りだと思うよ。土方さん。私は——断ったことは正解だったと考えている」

「そうかい。山南さん、あんたはどう思ってるか知らないが——永倉の言うように局長と隊士が主従の関係にねえとするなら、俺達は皆横並びということになるな」

「そういうことになるだろうな」

「そうなら、近藤さんの位は俺達全員の位ということになるのじゃねえのか。なら高《たけ》え方がいいさ。そうは考えねえものか」

私はそう受け取ったよ——と山南は言った。

「だが、近藤先生の本心はどうであれ、受け取り方は人それぞれだ。悪く見ようとすれば悪く見えてしまうものだ」

「永倉も色眼鏡で見てた、ということか」

永倉は序列を付けることに最初から不満を持っていたのだ。組としての体裁を保ち速やかに職務を遂行するためには、そうした仕組みが必要不可欠だということは理解していたようだが、頭で解っていても気には入らなかったのだろう。

「永倉君だけではない。彼は信念を持っているようだが、多くの隊士は何も考えていない」

その通りだ。原田なんかは尻馬に乗ってみただけだろう。

「そういう連中が見れば、近藤先生がその横並びから一人だけ抜けようとしているように——見えてしまうのだ。まあ、武田君なんかは実際にそう言っていたのだから」

「言っていたな」

あの幇間《ほうかん》は、平素から近藤を殿様殿様と呼び習わしていたのだ。

取り立てるというなら旗本でなくてはならんでしょうなどと埒《らち》もないことを言い触らしていた程だ。近藤にしてみれば別に否定するようなことでもないし、否定するにしてもきつく叱るようなことではない。だから放っておいたようだ。

「あの人は――」

勘違いをしているよと山南は言った。その通りだろう。

この間も武田は、近藤に時代錯誤な鎧《よろい》を着せた。軍配まで持たせた。

どこで調達して来たものか、近藤はまるで古物屋の置物のようになってしまった。

座興ではない。実戦のために着せたのである。幾ら甲州流《こうしゅうりゅう》軍学指南と雖《いえど》も、あれはないだろう。いったい何百年前の合戦だというのだ。

先般の長州との戦の折である。

都を追われていた長州勢は、春の天狗《てんぐ》党《とう》の乱などの動きを受けて活性化し、池田屋襲撃を契機にして蜂起《ほうき》したのだ。

会津藩と新選組が、土佐藩とのくだらない軋轢《あつれき》に右往左往している間に――長州は都に攻め入ろうとしていたのである。

池田屋襲撃から一月余り後。

京都守護職松平容保の排除及び京に於ける権威回復のため集結した長州勢は、天王《てんのう》山《ざん》に本陣を構え、都に進攻した。不逞浪士を含めるなら、その数は二千を超えた。

対する幕府軍は一橋《ひとつばし》、会津、薩摩《さつま》、大垣《おおがき》、桑名《くわな》の総勢三千二百。

戦は、蛤御門《はまぐりごもん》で火蓋を切った。

そう、戦争《いくさ》だったのだ。

戦なら新選組の出る幕ではない。

それは、多分役回りが違う。器も違う。

新選組が相手に出来るのは人なのであって、軍ではない。

高高四十人の浪士相手でもぎりぎりだったのである。使える隊士が十人もいないのだから、それでも善戦した方だといえるだろう。

刀でどうにか出来るのは、人の命だけだ。

鉄砲だの大筒《おおづつ》だの、そうしたものは、もっと大きなものを殺すためにあるのだ。序《つい》でに人の命も取れる、取ってしまうというだけだ。

そもそも、池田屋襲撃の際でさえ、助勢に駆け付けた会津の藩兵は鉄砲を提げていたのではないか。都に進攻して来た敵は、千人を超えていたのだ。池田屋の比ではない。味方がその三倍居たとしても、そんなことは関係ない。何百何千という者が鉄砲で撃ち合いをするのである。戦争《いくさ》なのだ。腰抜け役立たず揃いの新選組が、そんな場面で役に立つ訳がない。

いてもいなくても戦局に影響はない。

それこそ序でに殺されるというのが関の山である。

況《まし》て古式床しい鎧《よろい》兜《かぶと》などお笑い種《ぐさ》でしかなかっただろう。

事実、無様《ぶざま》で滑稽でしかなかっただろう。

着せられた近藤も辟易《へきえき》していたようだった。暑い最中でもあったし、馬に乗る訳でもないから、単に重くて動き難《にく》いだけだったのである。あんな古物、鉄砲の弾を弾く訳でもない。それなら普段と同じ、胴と鉢金《はちがね》で充分だ。

ガタガタの戦だった。

「土方さんは——どう思った」

山南は問うた。

「何を。武田のことか」

「そうじゃない。この間の戦のことだよ。近藤先生の采配は、的確なものだったろうか」

「そんな訳ねえだろ」

歳三がそう言い放つと山南は意外そうな顔をした。

「しかし土方さん。あんたは局長の采配を全面的に支持していたじゃないか」

「局長だからな」

歳三はそう答えた。

「他の者は知らねえが、俺はあの男を担いでいる。神輿《みこし》に右に行けと言われれば、先が崖でも行くよ。それが、武士とやらの在り方なんじゃなかったか」

「それは――」

「大将の命令とあらば大罪である人殺しも厭《いと》わぬ、それが義だとか、慥《たし》かそういう話だったよな」

「いや」

山南は顔を曇らせた。

「近藤さんもな、上の命令聞いただけだよ。そもそも後手に回ったのだって、あれは陣割に従った結果だろうよ」

長州勢は三方から都を囲んでいたが、幕軍の長たる一橋慶喜《けいき》は攻撃を渋った。

新選組に割り振られた場所は九条《くじょう》河原《がわら》銭取橋《ぜにとりばし》であった。

伏見《ふしみ》から北上して来る一軍を食い止《と》めるための布陣である。

しかし、伏見方面の長州軍は結局九条に至ることはなかった。

伏見で烽火《ほうか》が上り、やがて会津からの応援要請を受けた新選組も九条から出陣したのだったが、到着した時に戦闘はもう済んでおり、長州軍は影も形もなかったのである。

近藤は追討を命じた。

ただ敵は既に敗走しているのであるし、追ったところで追い付くものではない。

そもそも敵の本陣は山崎《やまざき》天王山だったのである。

新選組は誰とも一刃も交えることなく、ただ疲弊した。

そこで、近藤は取って返して御所に向かうという判断をする。

山南は反対した。

伏見に留まり下知を待つべきだと山南は主張したのだ。

歳三は、近藤を支持した。

どうでも良かった。

この状態では御所に行ったところで使い物になる訳がなかった。

案の定、御所周辺の戦いは終盤に差し掛かっており、小競り合い程度はあったが、新選組は何もしなかった。

ただ、全員が疲労困憊していたことは確かである。

その後、唐御《からご》門《もん》前に陣を敷くよう命じられ、更に伏見に移動、それから漸《ようや》く新選組は天王山に向かった。

それも戦闘に向かった訳ではない。要するにまた追討である。

ここでも山南は近藤の采配に反対した。

近藤は、全員で山中に打ち込むと決断したのだが、山に攻め登ったところで残党が留まっているという保証もない。隊士は疲れ切っている。斥候《せっこう》を放つが先だと山南は主張した。

揉めた。

結局、近藤自身が会津藩大砲組と共に山に登った。

それで、ことが足りてしまった。新選組の出る幕もなく鎮圧は成し遂げられた。

長州軍は逃げる際に陣に火を放ったようだった。その際に爆発が起きたらしく、吹飛ばされたと思しき長州藩士がそここに転がっていた。幾人かは未《ま》だ生きていた。

息のある者は、沖田が止《とど》めを刺した。

放っておいても死ぬ者の首を落として何が楽しいのか。介錯と称していたが、要するに好きでやっただけなのである。その首を戦果として持ち帰るのだから呆れたものだと思う。

新選組がしたことといえば、実にそれだけだったのだ。

行ったり来たりしていただけで何も貢献していない。山南の言った通り、伏見に留まっていれば天王山を攻める際も先陣を切れていたかもしれない。

それは、歳三もそう思う。

「山南さん」

そういやあんたはいちいち反対してたなと歳三は言った。

山南は苦い顔をする。

「それはそうだ。あんな無茶な戦い方はない。いいや、戦いですらないよ。移動移動で結局は後手に回るばかり。策も略もない。ただ闇雲に歩かされるだけだ。お蔭で隊士は疲弊し――下手をすれば」

「当たり前《めえ》だろ」

歳三は遮《さえぎ》る。

「近藤勇は棒振りで、将棋指しじゃねえ。だから駒《こま》の動かし方なんか解るかよ」

「そんな、それでは――」

「それでは、じゃあねえよ。近藤さんはな、武勲なしじゃ面目が立たねえから、御所に行っただけだぜ。御所には天子様がいるんだからな。護るなら御所だろ。他に護るもんなんかねえじゃねえか。天王山だってそうだよ。敵の本陣には乗り込むもんだと思ってる。それだけだ」

「いや、そんなものは」

「策じゃあねえさ。近藤さんは看板だが莫迦だ。だからこそ賢い取り巻きが要るんだろう。武田なんてのはそのためにいるのじゃねえかよ。軍学者ってのは、そういうことを考える連中なのじゃねえのか」

「そうだ。だから私は」

「あんたの目筋は正しかったよ山南さん。だがな、だからって、あんた、どうして局長に反対した」

「それは」

「間違ってたからか」

そうだと山南は答えた。

「ふん。なら、その料簡《りょうけん》は気に入らねえな」

「何故だ。先程も言ったが、近藤さんは自らの非は認め改める度量を持った人だ。それが、あの時に限っては聞く耳を持ってくれなかった。頑なだった。だから」

「あのな、局長の間違いを正すのじゃなく、局長が間違わないようにするのが俺達の役目だ。反対するんじゃなくて、助言しろよ。看板に泥塗るんじゃねえよ」

「ああ——」

山南は何かを呑み込んだようだった。

「近藤さんが駄目に見えるのは、莫迦だからじゃあねえ。取り巻きが駄目に見せてるんだ。それは、さっきあんた自身が言ったことだろう。どうなんだよ。戦闘《いくさ》の真っ最中に、賢振《かしこぶ》ったあんたが、だ。大将捕まえて、兵隊の前で間違ってるの駄目だのと大声でほざくのは、それは筋が違うンじゃねえのか。ろくな助言もしねえで持ち上げるだけの武田も武田だが、隊士の前で落とすあんただって同じじゃねえか。大将が莫迦だと喧伝するようなもんだぜ」

「そうか。だからあんたは」

「そうだよ。だから俺は近藤さんを支持したんだよ。俺まで反対したのじゃ近藤勇は看板でいられなくなるだろうよ」

「そう――か。いや、しかし」

山南は苦虫を嚙んだような渋面を作る。

「もし、御所の戦闘が続いていたら隊士は皆、死んでいた。だから」

「あのな」

歳三は山南に顔を寄せる。

「君主が死ねと言ったら死ぬのが武士なんじゃなかったかい」

「え――」

山南は眼を見開く。

「俺はな、近藤さんが君主だと言ってる訳じゃあねえぞ。近藤は同志でいいよ。看板背負《しょ》ってるだけで、偉くも何ともねえ。でもな、御所には誰がいるんだよ。俺達は誰を護るんだ。自分達が死ぬことよりも、会津公やら天子様やらをお護りすることの方が大事なのじゃあねえのかよ。義だか忠だか知らねえが、武士ならそうするもんなんじゃねえのか」

歳三は拳《こぶし》で畳を叩いた。

「俺も近藤も百姓だ。侍じゃあねえのさ。だからこそ、近藤勇は、莫迦なりに懸命に侍になろうとしてるんじゃねえか。看板として、それに相応《ふさわ》しい武士になろうとしてるだけよ。元元侍のあんたが、その足引っ張ってどうすんだよ。命惜しみしてどうするってんだよ」

おい——と。

歳三は山南の胸倉を摑《つか》んだ。

「あんた、初めて俺と遭った日のこと覚えてるか」

「何を」

覚えてるかよと言って歳三は山南を揺すった。

「あんた、俺にこう言った。自分は武士だ、お役目ならば人も殺すとそう言った。それが武士なんだと言ったじゃねえか。そして、自分は士道だけは曲げねえと――言ったよな」

「ああ」

言ったよと山南は短く答えた。

歳三は山南を突き放す。

「俺は百姓の薬売りだ。だから士道なんてものは解らねえ。近藤さんと違って、解ろうとも思ってねえ。でもな、そういうもんなんだと教えてくれたのは――あんたなんだよ」

山南は下を向いていたが、顔を上げた。

「私は――」

「あのな、山南さんよ」

俺は戦に加わること自体反対だったんだよと歳三は言った。

山南は妙な顔をした。

「そう――なのか」

「当り前《めえ》だろ。俺達は、兵隊じゃあねえよ」

「だがあんたは、自分達は幕府の刀だと近藤先生に言ったそうじゃないか」

「ああ。刀だよ。刀は兵隊じゃねえだろうよ。兵隊は死ぬが、銘刀は死なねえだろうよ」

「そうだが」

「いいか、俺に言わせれば死なんてものは、全部無駄死にだ」

そう。無駄だ。

尊い死だの、有益な死だの、有り難い死だの、そんなものは、ない。人を、無意味に、無感動に、虫でも潰すように殺せる人外《にんがい》の歳三には能《よ》く解る。否、人外にしか解らぬことかもしれぬ。

立派な死などない。

死は、悉《ことごと》く無駄だ。

死にたくないと思う心が殺してはならぬという掟を作る。

それでも人は死ぬ。必ず死ぬ。だから、何だかんだと理屈を付けて死を美化しようとするのだ。

莫迦莫迦しい。

死は、ただの終りだ。

「兵隊ってのは、ただ死ねと言われてはいはいと従うだけのもんじゃねえか。それが士道とやらの本来なのじゃねえのかい」

「いや――」

「俺はそんなものになりたくはねえんだよ。人を斬れというのならな、これは何とかなるさ。どうにでもなる。どんな理由であろうとも、莫迦な大将の命令でも、それが間違っていても、相対した奴を殺しゃあいいんだ。どんなに相手が強くても、どんなに偉くても、手段を選ばなきゃ勝ち目は幾らでもあるだろうぜ。だが――戦争《いくさ》は別だよ。それこそ大将が莫迦で、命令が間違ってたら、死ぬだろ。大筒で撃たれたら死ぬさ。相手は一人じゃあねえんだ。千人からいるんだぜ。そうなったらもう、一人一人の技量なんざ関係ねえからな。兵隊なんてのは頭数だよ。違うか」

山南は答えなかった。

「そこに、高高三十人ばかりのへなちょこが加わってどうなる。何の役に立つよ。だから山南さん、反対するンならそこでしろ。俺達の役目は、市中の警邏、将軍の警護だ。こんな戦争に参加するのは役目のうちじゃねえと――参戦する前にそう近藤に言うべきだったのじゃねえのかよ。そうだったなら、俺はあんたに賛成してたぜ」

「そう――かもしれん」

「兵隊になりゃ、なって死ねば、それで攘夷や佐幕が成るのか。そんな童《ガキ》みてえなことほざくのは藤堂の間抜けくらいのもんじゃねえのかよ。遣り方なんざ幾らでもあるだろう。出来ることしか出来ねえにしても、それでも為すべきことは他にあるのじゃねえのか」

歳三は——そう思う。

正直、戦はつまらない。誰かの駒にされるのは好まない。

その通りかもしれぬ——と、山南は言った。

それから、間をおいて首を左右に、力なく振った。

「だが、この度の戦に関して言えば、参加しないという選択はなかったのではないだろうか」

山南は居住まいを正した。

「長藩《ちょうはん》には、先日の政変に於ける処分の雪冤《せつえん》という大義名分こそあったものの、直接の契機となったのは他ならぬ池田屋の一件なのだろう。だからこそ、責任者としての容保公を狙った。そして——実行者としての新選組も的《まと》の一つだったのだ」

「なる程な」

——そうだとしても。

「まあ、敵さんは先《ま》ず何を差し置いても俺達壬生浪《みぼろ》を潰したかったんだろうよ。だが本当にそうだったとしても、だ。そうなら敵方も間違ってるじゃねえか」

間違っているとはどういうことですかと山南は問うた。

「あのな、敵がどう思ってたのか知らねえが、俺達潰すのに戦なんか仕掛けんのはおかしいだろうぜ。あの時ゃあ三十人くらいしかいなかったんだ。どんなに強い奴がいたって、人数はそんなものなんだよ。おまけに――強くねえ。カスばかりだ」

歳三独りで全員殺せる。

手子摺《てこず》るとしても、斎藤くらいのものだろう。

「闇討ちでも何でも、幾らだって出来るじゃねえか。近藤勇の首級《しるし》を取れば、後は総崩れだ。使える者が数人しかいねえことは、あんたが一番能《よ》く知ってるだろう」

「そうだな」

「俺が長州なら――土佐を突《つつ》いて揉め事を大きくするがな。土佐と会津の間に今以上の亀裂が入れば、情勢は大きく変わる。後は薩摩辺りを焚き付けられりゃ――幕府方は崩れるだろう。そうなりゃ会津は俺達なんかに構っちゃいられねえ。新選組なんざ直《す》ぐに潰せるぜ。のみならず長州は自分の手を煩《わずら》わせることなく、倒幕の布石まで打てることになる」

「あんたは」

　恐ろしい男だなと山南は言った。

「鬼だからな」

「鬼か」

　鬼だが。

「そもそも俺は、戦をする意味というのが、どうしても解らねえ。大勢で闘って沢山殺して殺されて、一体何が変わるというんだ。それで天下が引っ繰り返るとは思えねえがな」

「いや、しかし」

「話し合いじゃ解決しねえものなのか。まあ、世の中莫迦が多いから話の通じねえ奴も大勢いるが、そうだとして、話して解らねえ相手は殺すのが侍の作法か。殺すにしても一人二人殺せば済むことなのじゃねえのか。百姓の俺にはさっぱり解らねえんだよ」

「いや――仮令《たとい》将軍御一人を害し奉ったとしても、政《まつりごと》の仕組みを変えねば世の中は変わらぬでしょう」

　山南はそう言った。

「沢山殺せば世の中の仕組みは変わるのか。千人か。万人か。もっとか。何人死ねば変わる。屍《しかばね》幾つで天下は引っ繰り返るんだ」

歳三は挑むように問うた。

何だか、本当に肚《はら》が立って来たのだ。

山南に対してではない。得体の知れない何かに対して、である。

「悪いがな、山南さんよ。人なんてもんは何人死んだって」

何も変わらねえよと歳三は言った。

「全部死に絶えりゃ変わるだろうけどな」

「土方さん――」

「だから戦ってのは莫迦のすることだと俺は思う。賢けりゃ実際に闘わなくとも勝つか負けるかくらいは解ることだろう。まあ、勝負は時の運と謂《い》うし、慥《たし》かに予測出来ねえこともあるだろよ。やってみるまでは判らねえ。でもな、なら余計そんなもんに何千もの命懸けるってなァ莫迦の所業だろ。義だか忠だか、命より重てえものを頭の上に載せてるような連中にゃあ、譲れねえものもあるのかもしれねえが、最後の一兵まで闘うとかほざいても、その一兵でももし勝ったとしたって――一人きりだぜ」

何もかも間尺に合わねえと歳三は言う。

「だから戦は好かねえ」

大筒で吹飛ばされれば十人でも二十人でもあっという間に死ぬ。鉄砲隊に撃たれればもっと死ぬ。一人一人の死など、もうどうでも良い。数の増減だけが問題なのだ。

それに。

――穢《きたな》い。

天王山で爆死していた長藩の連中は、惨《むご》たらしく、汚らしかった。沖田なら好むところなのかもしれないが、歳三はあんなものは見るのも厭《いや》だ。

腕が飛び、脚は千切れ、首は折れ曲がり、膚《はだ》は焦げ、泥に塗《まみ》れ、まるで塵芥《ごみ》のようだった。

もう、人の死骸ではない。

首吊りの方が未《ま》だ好いだろう。

――否。それは。

殺す方の理屈か。

歳三は思い直す。

殺される方にしてみれば、死に様などどうでも良いことだろう。

死ぬか、死なないか、それこそが肝要なのだ。死ねばそれまでである。

爆死だろうが斬り死にだろうが死ぬことに変わりはない。

殺される方にしてみれば、殺され方などどれも同じなのだ。穢いも綺麗もない。苦しまないだけ病死よりもましなのかもしれない。

怒りは萎《な》えた。

その憤りの多くが、歳三の中の人殺しの部分に因って生成されたものだったからである。

人を殺すのは、大罪だ。法も、情も、理《ことわり》も、神も仏も、それを赦《ゆる》しはしない。為《し》てはいけないことである。

その筈だ。

だからこそ、それを欲する歳三は人外《にんがい》なのだ。

そう自覚している。そうでなくてはなるまい。

戦は——。

大量に人を殺す。同じく人外の所業だ。

しかし、殺される者は数えきれない程にいるが、殺す者は——いないのだ。否、勿《もち》論《ろん》手を下す者はいる。実のところ誰かが誰かを殺していることに違いはない。

だが、彼等《ら》は人を殺しているのではなく、戦をしていると思っている。

大筒を撃つ者は人を殺したいと欲している訳ではないのだ。山南の言うように、世の中を変えようというような何か大きな志《こころざし》故の行い――それは藤堂のように多く思い込みに過ぎないのだろうが――か、或《ある》いは命じられたことを粛粛と遂行しているだけなのか、何も考えていないのか、いずれにしろ人を殺そうという動機でしてはいない。それだけは確かである。

それでも、結果人は死ぬ。

戦争は、莫迦が命じて莫迦が行う莫迦な行為である。

その結果、大量に人が死ぬ。

だから。

戦争は、人殺しというこの上ない禁忌を無効化してしまう行いに他ならないのだ。

直接触れ合うこともなく、顔すらも見ず、ただ手許《てもと》の火蓋を切るだけで、何処の誰とも知らぬ者が死ぬ。何人も死ぬ。

歳三は、そこが気に入らない。

人道的な立場からそう思うのではない。非人道の人外《にんがい》だからそう感じるのだ。

碧天に噴き上がる鮮血――。

あの甘美な死の景色は、そこにはないのだ。

あるのは、硝煙と腐臭と塵芥《ごみ》のような人の残骸だけだ。

歳三は山南から目を逸《そ》らせた。

土方さんと、山南はまた歳三を呼んだ。

「私は、あなたを誤解していたかもしれない」

山南はそう言った。

「誤解だと」

「あなたの言う通りです。戦は、戦をする君主は——愚かだ。どんなに已《や》むを得ぬ事情があったとしても、戦は最悪の選択でしょう」

「ああ」

多分、この男は違うことを胸に思い描いている。そう思う。

「攻められるから護る——それは尤《もっと》もな理屈なのだろうが、攻められることを防ぐのが政《まつりごと》というものだと、私も思う。どこからも攻められぬようにすることこそが、君主たる者の役目であり、それこそが治政ということでしょう」

「じゃあ侍の居場所はねえな」

歳三はそう言った。

山南は怯気《びく》りとした。

歳三は視軸を山南に戻す。

「上が阿呆《あほう》でも忠義を立てる。莫迦な令《いいつけ》でも命懸けで守る――」

人だって殺す。

「それが武門の道じゃあなかったのかい。いいや、武士ってのはそもそも、闘うためのものだったな」

山南は唇を噛む。

「その昔は――戦も小せえ。腕に自慢の武芸者が名乗りを上げて、十人二十人ぶっ殺してよ、それが武勲と褒め称えられ、獲った首の数で出世する――そんなのは、何百年も前のことだぜ。今の戦はな、名乗りなんか上げたって聞こえやしねえし、名乗ったら直《す》ぐにも撃たれるぜ。武勲を上げるなァ、闘わねえ大将だけだ。その他は全部が足軽、ただの駒だぞ」

「諒解《りょうかい》している。時代は――変わった。だからこそ、国の仕組みも変えねばならないのだ」

「殺し合いでか」

「あなたと――」

もっと早く話すべきだったと山南は言った。

「何だと」

「こうして膝を突き合わせて話したことなど、過去には一度もなかっただろう。繰り返すが、私はあなたを誤解していた。あなたは慥《たし》かに優れた武人だ。並外れた才覚もある。だが、それでも大局を視ることなく、目先のことにその才覚を費やしているように思っていた」

「目先のことか」

それは——合っている。

歳三は目の前のことにしか興味はない。

何をどうしたところで明日起きることなど判りはしない。

明日は見えない。見えぬものはどうにも出来ぬ。だが、見えるものなら予測は出来る。予測出来れば対処も出来る。それを地道に繰り返すこと以外に道はないのだ。そうしなければ、見えぬ明日を変えることなど叶わない。

「ああ。ただ戦いを好む人なのだと、そう思っていたのだよ」

「戦いか」

「ああそうだ。あなたの言う通り、武士とはそういうものだ。否、昔はそういうものだったのだろう」

「今は違うか」

「違うさ。徳川《とくせん》の世は長い。既に二百六十余年だ。百年以上変わらぬ仕組みなど、ない。その間に武士の在り方も変わった。大きく変わった。変わったのに変わらぬ振りをし続けている。いいや揺り戻している」

「揺り戻しだと」

「切腹など戦国乱世の作法ですよ。その後は形骸化した。実のところ、長いこと腹など誰も切っていなかったんだよ、土方さん。切るにしても突《つっ》く程度だ。扇子で代用することだってあったぐらいだ。だからこそ、介錯をする」

「それじゃあ——ただの打ち首じゃねえか」

「そうさ。ただの打ち首じゃあないと示すために、大袈裟な作法があるんですよ。あれは死罪ではなく自刃だと、殺されるのではなく死ぬのだと、百姓町人ではなく武士だと示すだけの作法なんだ。考えても見給え。腹なんか切ったって人は簡単には死なないじゃないか。自害するなら喉でも突くか、心の臓でも突いた方が良い。そもそもがそういうものなんだ。苦しみを短くするために首を落とすというなら、最初から首を打てばいいのだ」

それがどうです、と山南は語気を荒らげた。

「昨今は本当に腹を切る。切るのが武士だと、誰もがそう謂う。下級武士も、浪士でさえもそう思っている」

「そうだな」

そういうものなのだと、多分誰もが思っている。

「ああ。大罪を犯したり、大きな過ちの責任を取ったり――そういうことはあるだろう。だからといって即、死を選ぶ、死を強要するなど、これはおかしくないか。閉門だの蟄居《ちっきょ》だの減封《げんぽう》だの遠島《えんとう》だの、罰は幾らでもある。それが今はどうだ」

「俺も随分切らせたぜ」

実際は、殆《ほとん》ど沖田が首を刎《は》ねたようなものだったのだが。

それでも腹に刃物は突き立てている。

「斬り死にした隊士より、切腹した奴の方がずっと多いからな」

「そうですね。士道――不覚悟か」

その言葉を最初に使ったのは山南その人である。

「否、だからそれは、あんたが切らせたのじゃないんだよ土方さん。これは――そういう風潮なのだ」

「風潮――かい」

「そう。それこそが揺り戻しなんですよ。二百年以上かけて、武家の在り方も変わっているのですよ。それなのに武士は斯《かく》あるべしと謂うその武士は、二百年以上前の武士なのだ。池田屋襲撃の際は宮部鼎蔵も腹を切ったと聞きます。将軍に反旗を翻《ひるがえ》した者が、己こそ真の武士と誇示している。そのために既に形骸化している古《いにしえ》の作法を持ち出し、しかも実践しているんですよ。それは、何か履き違えているように思いませんか」

「百姓には解らねえよ。そういうもんだと言ってたのは、あんた達だろうよ」

「そうです。私も長らくそう思い込んでいた。疑ったことはなかった。だが――そんなことはなかったんですよ、本当はね。武士は潔く死ねなどという時代は、実はずっと前に終わっていたんだ。それがどうですか。先日、武田君が怪我を負わせた土佐藩士も、切腹したそうじゃないですか。あの土佐藩士に非は一切ない。悪いというなら斬り付けた会津藩士、いいや斬れと命じた武田君でしょう。何故、人違いされただけの者が腹を切るのです」

「それもあんたが言う、士道不覚悟だそうだぞ」

「そう。その士道が――」

「いけねえのか」

「いけないのではない。士道とはそんなものではないと、今にして私は思うのです」

「違う——ってのかい」

「その道もまた、時代に合わせて変わっているべきなのだと、そう思い直したというだけです。今の世の中に侍の居場所はないと、今さっきあんたは言ったが、そうじゃない。古臭い昔の侍はもう要らないというだけのことですよ。侍は、今様《いまよう》の士道を見極めるべきなんだ」

「だがな」

歳三は前屈みになる。

「忠だの義だのは——変わらねえもんじゃないのかい」

「それは」

それは変わらないでしょうと山南は明言した。

「だが、忠義の立て方は変わる。変わるべきなんだ。昔ながらの遣り方を続けるならば、愚将愚君を戴いた国は滅ぶ以外にないことになる」

「なる程な」

つまり。

「あんたは、考えを変えた——ということか」

「ああ。図らずもあんたを見てそう感じたのだよ土方さん。これでいいのかと、そう感じた。あんたも近藤先生も郷士だが――」

百姓だよと歳三は言った。

「ああ。何と呼んでも良い。いずれにしてもあんた達は武家の出ではない。だが、誰よりも武士たらんとしていた。武士でないが故に、武士になろうとしていた、それは能《よ》く判った。その結果が――殺戮《さつりく》だ。しかも同士討ちばかりだ」

「芹沢か」

「ああそうだ」

芹沢鴨《かも》――。

歳三が斬り殺した男。

「あんたは――あの時も気乗りしてなかったっけな。芹沢を誰より煙たく感じていたのは、あんただった筈だがな、山南さん」

「芹沢さんは駄目だ。武士としてどうかというより、人として赦《ゆる》せないと思っていたよ。否、正直に言えば嫌いだった。でも、だから殺すというのはどうかと、あの時はそう思ったし、それ以降ずっと」

煩悶《はんもん》していたと山南は言った。

「俺が――あいつを嫌いだから殺したんだと、あんたはそう思ってでもいたかい」

「そうは思わぬ。だが、邪魔だから排除したのだとは思った」

「邪魔――な」

邪魔だったことは間違いない。

しかし真実《ほんとう》のところは、邪魔なものに仕立て上げたというのが正しい。あんなものはただの破落戸《ごろつき》である。その気になれば排除することなど簡単だっただろう。

「嫌いだから殺していいというならな、俺は本庄宿《ほんじょうじゅく》であいつを斬ってたぜ。邪魔だというだけなら、浪士組から別れた時に殺してたよ」

「そうかもしれぬな。堪《こら》えて堪えて耐え切れなくなって殺した――という訳でもないのでしょうね」

「勿論だ。俺は、ただ下知を待っただけだ。命《めい》がなきゃ、未《ま》だ殺してねえだろう」

「そうですか」

「それも、あんたが教えてくれたことなんだぜ山南さん。人は殺すもんじゃねえし殺すなぁ大罪だが、武士は上から命令がありさえすれば人も殺していい、殺さなくちゃならねえ――と」

「ああ」

今、はっきりと解ったよと山南は言った。

「何がだ」

「私が、芹沢誅殺《ちゅうさつ》の際に感じた齟齬《そご》は——嫌悪や違和感は、あんたに対するものではなかったのだよ、土方さん。私が感じた不信は、士道そのものに対する不信だったのだ。あんたは、武士としては決して間違ってはいなかったんだ。武士の在り方そのものが——もう古いものになっているということなんだ」

「あっさりと転向するもんだな」

「あっさりとではない。私は、ずっと、ずっと考え、迷っていた」

「で、迷った揚げ句に——脱走したのか」

「ああ。見失った。自分達のしていることに、意味を見付けられなくなったのだ、私は」

「それはつまり、幕府を護ることに意味を見出せなくなったということなのか山南さん。思うに徳川《とくせん》は、あんたの言う古い士道とやらに疑問を持っちゃいねえ。寧《むし》ろその逆で、その古い士道とやらを利用して諸藩を縛り束ねようとしてるじゃねえか。そこに不信を抱くってことは、つまり——あんたは倒幕派に寝返ったということか」

それは断じて違うと山南は畳を叩いた。

「倒幕とか佐幕とか、そういう分け方がもう失効しているように思えたのだ。公武合体でも何でも良いのだが、仕組みを作り直すのに諍《いさか》いは要らぬ。仕組みを作るのに倒すの倒されるのというのはどうなのだ。だから」

あんたの言う通りなのだよ土方さん——と、山南は絞り出すような声で言った。

目が充血している。

「そうなんだ。戦など必要ない。殺し合いなど意味がない。そうしたものを振り翳《かざ》さなければ保てぬ武士の在り方など、もう古いのだ」

本当にもっと早くにあんたとこうして話すべきだったと思うよと、山南は繰り返した。

「俺は——そうは思わねえ」

歳三はそう言った。

「そうかな」

山南は訝《いぶか》しそうに歳三を見た。

「あんたは俺を、俺達の行状を見て迷い、俺と話をして考えを変えたのかもしれねえがな、山南さん。俺達は——少なくとも俺は、あんたを見てもどうも思わねえし、話をしても考えは変わらねえよ」

「いや、そんなことはない」

山南は乗り出した。

「私の曇った目がもう少し早く晴れていたなら——否、私がもっと前に考えを改められていたならば、新選組はこんなにはなっていなかった。いいや、私がそうはさせなかった」

「ふん」

歳三は引く。

そういう物言いは好まない。

「随分とご大層な言い方じゃあねえか。こんな、ってなあ何だよ」

身内で殺し合うような集団ですよと山南は言った。

「殺し合いか」

殺し合ってはいない。

敵も身内もない。歳三や沖田にしてみれば、殺しているだけ、ということになる。

近藤先生は勉強家ですよと山南は続けた。

「言いたくはないのだが、先生は郷士——あなたの言葉を借りるなら百姓だ。学問はない。だが天然理心流を嗣《つ》がれてからは、武士たらんとして学問も始められた」

「ありゃ、あんたの影響だよ」

近藤は山南の紹介で神田《かんだ》の塾に通い、漢学を学んでいる。

尤《もっと》も、師となった溝口誠斎《みぞぐちせいさい》という儒者は、何処の馬の骨とも知れない人物であったし、大して通わぬうちに京に上ってしまったのであるから、近藤がどれ程の教養を身に付けたのかは知る由もない。

ただ、読み書きが得手とは到底思えなかった鈍重な百姓の小倅《こせがれ》が、頼山陽《らいさんよう》くらいは読めるようになっていたことは確かである。近藤は『日本外史《にほんがいし》』を読み耽《ふけ》り、山陽の字を真似て漢詩を捻《ひね》った。

そういえば――いつだったか近藤は歳三が俳句を詠むのに感心していた。賢い偉い学があると褒めた。

歳三は盲《めしい》た兄、石翠《せきすい》の手を真似ただけであって、別に学などないし賢くもない。兄は、人外《にんがい》としての道に外れた欲動を抑えるために風流の境涯に至ったという。歳三はそれを真似てみただけなのだ。だが、近藤にしてみればそれは立派な学才に他ならなかったようだ。否、近藤は、ただ徒《いたずら》に無学であることを羞《は》じ、劣等の念を抱いているだけなのだ。山南や藤堂あたりを身近に置いたのもその所為《せい》なのだろう。

俄《にわか》学問だ身になっちゃねえと歳三は毒突いた。

その通りだと山南は言った。

「近藤先生が必死で学ばれていることは手に取るように判った。あの人は、そういう人だ。そこは素直に尊敬しています。だが、土方さんの言う通り、学問などというものは簡単に身に付くようなものではないだろう。それに——」

「何だ」

古いのだと山南は言う。

「皆、もっと先を見ている。近藤先生はお上に対して建白書なども書かれているのだが——」

「駄目だろ」

近藤はあちこちに何通も書状を認《したた》めているが、歳三はひとつも読んでいない。

「駄目ではないさ。間違ったことは書かれていない。迚《とて》も真っ当な意見書ばかりだったと思う。しかし如何《いか》に正しかろうとも——書かれているのは当たり前のことなのだよ。誰でも書けるようなことしか書いていないのだ」

「そらそうだろ。何度も言うがあの男はただの棒振りだ。器量はあるが賢くはねえ」

賢振《かしこぶ》っているだけだ。

「そういう局面では役に立たねえ」

「ああ。いや――それでも何か指針があれば、某《なにがし》かの成果はあったのかもしれぬ。だが、近藤先生が目指している武士の在り方というのは」

「もう古かった――ってことかい」

「そうだ」

そこに気付くべきだったのですと山南は言った。

「私は、それを近藤先生の、そしてあなたの資質だと受け取っていたのだ。だから私は、あなた方と徐徐に距離を置くようになったのです」

そう。山南は歳三を嫌っていた。あからさまに。

「その勘違いが、伊東さんの一派が加わったことでより明確になったのです。さっきも言ったことだが、私は伊東さんに影響を受けたのではない。伊東さんと近藤先生を比較して」

失望したのだと山南は言った。

「失望かい」

「ああ。伊東さんは――近藤先生には悪いのだが、先を見据えるだけの学がありますよ。知識が身に付いている。志も信条もある」

「そのようだな」

伊東大蔵は、実際頭がいいのだ。その上、伊東は弁が立つ。近藤は賢振ってはいるが、見栄を張る男ではない。背伸びして賢者と張り合うようなことはしないし、嫌うこともしない。敵《かな》わないと見切れば寧《むし》ろ敬意を表す。

劣等の念が強い分、伊東のような男には弱いのだ。

私は比べてしまったのだよと山南は言う。

「伊東さんは、倒幕浪士どものような極端なことこそ言わないのだが、幕府に対しても、ただ無批判に恭順を示すだけではない。これから先どうするかどうすべきか、そうした目筋をきちんと持っている。一方近藤先生は」

「精一杯踏ん張っても、古臭い、ありきたりの、しかも付け焼き刃の士道を無様に振り翳すだけだ——ってことか」

歯に衣着せぬ男だよあんたはと山南はほんの少しだけ笑った。

「その通りだよ」

「それで見切ったか」

「ああ。実のところ、私は最近の近藤先生の姿が、在りし日の芹沢に重なって見えたのですよ」

「鴨に——か」

「そう。武田君達腰巾着《こしぎんちゃく》を周りに侍《はべ》らせ、能もないのに偉振っている——そう思えてしまったのですよ。そうすると丁度、伊東さんの一派が、以前の我我のように思えて来ましてね。ならば、私達が芹沢を見たような目で彼らは近藤先生を見ているのではないかと——勿論、それは凡《すべ》て私の思い込みなのだろうが——ただ、一度そう思ってしまうと」

山南は今度は自嘲するように、本当に笑った。

「そうならば、次に粛清されるのは近藤勇、ということになりはしまいか。もし、そうなったら私は——一体どうすれば良い」

好きにすればいいだろうと歳三は言った。

「そうは行かない。私は、近藤先生を斬れない。いいや、仲間同士で殺し合うようなことは許せない。しかし、どちらかを選べと言われたなら、私は伊東さんを選ぶしかない。そういう——隘路《あいろ》に迷い込んでしまったんです」

「なる程な」

「そこに——屯所移転の話が持ち上がったんですよ」

そう。隊士を増やすなら、広い屯所が必要である。

歳三が目を付けたのは壬生から程近い本願寺《ほんがんじ》——お西さんであった。

西本願寺は古くより長州と縁の深い寺である。毛利《もうり》家とも繋がりがある。先の戦でも落ち延びた藩士を匿《かくま》ったり逃がしたりしたという噂もあった。

そこを敢えて選んだのは、長州藩士どもの溜まり場などにならぬようにという計らいもあったからである。

「あんたは反対だったな」

「今も反対ですよ。伊東さんも反対しているでしょう。この京で寺院と悶着を起こしたら、やっていけませんよ。それに――」

「それに何だ」

「私は、土方さん、あなたが戦争《いくさ》を好む性質だと思い込んでいたんです。人員を増強し、新選組を大きな戦にも耐える軍隊にするつもりなのかと――」

「莫迦言うなよ」

あり得ない。

「身を護るために、いずれ西洋式の軍事訓練はするつもりだ。どれだけ棒振ったって弾除けにはならねえからな。それに、腰抜けでも阿呆でも大砲は撃てる。役立たずを役に立てようと思うなら、それくらいは教えねえとな。でもな、山南さん」

判っていると山南は手を翳《かざ》す。

「言ったでしょう。私はあんたを誤解していたんですよ土方さん。冷静に考えてみれば、本願寺に移ったところで今より広くなるという程度のことでしかない。何百人も屯《たむろ》させられる訳ではないのです」

「仮令《たとい》場所があったって、そんなに隊士が集まるかよ。それにな、そもそも俺達はこの京じゃ忌み嫌われてるんだぜ。何をしたって、これ以上は嫌われめえよ」

「そうかもしれぬ。しかし、私には本願寺移転を話し合うあなた達の姿が、まるで八《や》木《ぎ》邸に看板を掲げた時の芹沢一派のように見えてしまったのです。他方、伊東一派は極めて冷静だった。このままでは遠からず組は割れる。そうなれば」

「殺されるのは近藤局長。そして——俺か」

「そ、そう思ったのだ。だが」

「そうはならねえだろ」

「ああ。あなたと話をして、私が大きな勘違いをしていたことが判った。芹沢の件にしても、暗殺や粛清ではなく、偏《ひとえ》にご下命を果たしただけ——と、いうことなんですね」

「そうだ」

そう差し向けた——のだが。

それでも無法な所業ではない。

腹癒《はらい》せでも恨みでもねえよと歳三は言った。

「そうなのですね。ただ、毎日のように隊士が腹を切り、いいや、詰め腹を切らされて死んで行く様を見ていた所為《せい》で、私の目は曇っていたんですよ。隊が割れれば抗争が起きるだろうし、その場合はいずれかが死ぬことになる――と。その場合、私は伊東さんに与《くみ》することになるのだろうけれども、近藤先生に弓引くことは出来ない。だから」

「遁《に》げたか」

「正に――士道不覚悟ですよ土方さん。だが、その士道こそが問題なのだと私は気付くべきだった。あなたは、あなた達は、否、私も含めたこの新選組は、ただ武家の仕組みの中にある――ということなのですね」

「そうしているつもりだがな」

「そう。そうなんだ。だから変えるなら、その古い仕組み自体を変えるべきなんですよ土方さん。士道の在り方自体を見直すべきなんだ。それこそが我等《ら》の為《す》べきことですよ。倒幕も佐幕もない。先《ま》ずはそこなんだ」

そう――なのか。

「新選組がこのようになってしまったのは、あなたの所為《せい》でも近藤先生の所為《せい》でもない。武士の在り方自体が、この時代と齟齬《そご》を来《きた》しているんですよ。そこに誰も気付いていないんです。だからこそ、もっと早くにこうして腹を割って話していれば良かったと言うのです。そうすれば私は気付いていたかもしれない。気付いていれば、近藤先生にもあなたにも助言が出来た。そうなら」

「思い上がるなよ」

歳三はそう言った。

「近藤さんは兎《と》も角《かく》、俺は世の中を変えようとか、仕組みを変えようとか、そんなことは少しも思っちゃいねえ」

「だが」

「だがも何もねえさ。今の世の中が腐っていようが捩《ねじ》れていようが、武士の在り方が古かろうが新しかろうが、そんなことは知ったことじゃあねえんだよ。世の中なんてものはいつだって腐ってるし捩れてるもんだろうぜ。その腐って捩れた世の中でどうやって生き抜くか、それを考えることしか俺には出来ねえ。そして俺は、あんたの言う古臭い士道とやらのお蔭で、今、こうして生きてる」

「士道のお蔭——とは」

山南の眼に疑念が宿る。

「俺はな、武士じゃあねえ。百姓町人が人を殺すのはご法度だ。殺せば必ず罰せられる。そういうもんだ。だが——士道とやらのお蔭で」

俺は人殺しが出来ると歳三は言った。

「で、出来る——というのはどういう意味ですか、土方さん」

「そのままの意味だ。俺は」

殺してるぜと歳三は言った。

「殺してるだろう。不逞浪士は斬り捨て御免。俺は——池田屋でも四人殺した。会津公からの密命で芹沢も斬った。でも、罰はねえ。恩賞金まで出たぜ」

山南は眼を細めた。

「この腐って捩れた世と、あんたの言う古臭い士道とやらのお蔭だよ」

山南の顔面から血の気が引く。

「あんたと初めて遭った日。俺は旗本を三人殺した。見逃してくれたのは、あんただぜ山南さん。そしてあんたは教えてくれたんだ。武士は——忠義のためなら」

人を殺してもいい——と。

「いや、だ、だからそれは」

「俺はな、山南さん。あの時、あんたを追い掛けていたんだ。追ってどうしようとも思っていなかったが、あんたの後を追っていた。そしてあの連中に出会《でくわ》した。因縁を付けられたことは事実だが、でもな」

俺は殺したいから殺した。

「俺はそういう、人でなしなんだよ山南さん。尊王も、攘夷もねえ、鬼畜生のような人外《にんがい》の」

ひとごろしだ。

「そんなものは人と解り合うことは出来ねえのさ。情も理屈もねえ。志も大望もねえよ。俺は人を殺すために、それだけのために近藤を担いで新選組を作ったんだ。だから、あんたのような真っ当な男には、絶対に——」

解らねえよと歳三は言った。

「人殺しして褒められるような世の中は間違ってる。だから、今の世の中は間違ってるだろう。それを正そうとするのは当たり前のことだ。何とかするべきだろうよ。でもな、その間違った世の中と、もう通用しねえ士道とやらのお蔭で、俺は、こうして人殺しが出来るんだよ」

歳三は姿勢を低く取った。

山南は肩を強張《こわば》らせる。

「し、しかしあんた、たった今その口で、戦は莫迦のすることだと言ったじゃないですか土方さん。あんたは、い、戦こそ人殺しの――」

「ああそうだ。戦は人の命を虫螻《むしけら》のように奪う。だが、殺し合いなんてものが出来るのは人外《にんがい》だぜ。人じゃねえ。莫迦に命じられて兵隊は人外になる。人を人外にさせるのが――戦争《いくさ》なんだよ。そんなものは要らねえ。俺は元元」

人じゃねえ。

「俺は外道《げどう》だ。鬼だよ。その鬼が生き易い世の中なんてものは駄目なんだろうぜ。間違ってらあ。あっちゃならねえ在《あ》り様《よう》だ。でも、それを正すために、みんなで人外になってどうするよ。闘って殺し合って何が変わるよ。そんなものじゃ何も変わらねえよ。俺はそう言っている」

「ならば」

「山南さん。あんたもそう思ったのだろう。そう気付いたのだろう。でもあんたの言う通り、気付くのが遅《おせ》えよ。それは本当にそう思うぜ。ただなあ、あんたなんかが気付いたところでどうしようもねえよ。もしかしたら世の中は変えられるのかもしれねえが――俺は」

変わらねえ。

歳三は脇に置いてあった山南の小刀を素早く抜いて、山南の腹に突き立てた。

「ひ——」

「あんたは俺を嫌ってたのかもしれねえが、俺はな、あんたのことをどうも思ってなかったぜ」

山南は眼を円《まる》くしている。

歳三は左手を山南の肩に掛けて抱き寄せるようにし、右手に力を籠めた。

刃がずぶずぶと腹にめり込む。

「ひ、じか、たさ」

「あんたは——人一倍立派な侍だったぜ山南さん。武士は死ぬのを怖がらねえらしいから、俺は今まであんたを殺せなかった。でもあんたは」

抉《えぐ》る。

山南は声にならぬ声を絞り出す。

「——士道を捨てた。ならもう武士じゃあねえ。だから、逆様《はんたい》に武士らしく殺してやるぜ」

歳三は右手に力を籠め、左手を山南の頸《くび》に掛けてぐいと引き寄せた。

「土方――さん、あ、あんた」

歳三は山南の左耳に口を付けるようにして囁《ささや》く。

「そう。あんたの思った通りだよ山南さん。士道なんてものは、もう本義からとっ外《ぱず》れてる道だよ。俺みてえな外道の生きる役にしか立たねえ糞の道だ。そんなこたァ先刻承知よ」

「だが、さ、侍は」

「もう今の世には要らねえものだろうぜ。その要らねえものが、要らねえもの同士で争ってるんだ。くだらねえ。世の中なんてもんは、莫迦が殺し合って変わるようなもんじゃあねえよ。俺はそれを承知で」

知ってて利用してるだけよと言って歳三はもう一度抉《えぐ》った。

「痛《いて》えかい。あんたが、今も出会った頃と同じ武士だったなら、この痛みも、死ぬことへの畏れもなかったんだろうがな。いいかい。士道なんてものは不覚悟で普通なんだよ。そんな覚悟が出来てる野郎は、人じゃあねえのさ。侍の道を行く奴ァ人じゃあねえ。俺は」

ひとごろしだ。

「人しか殺さねえ。だから――戦も好かねえのよ。俺はな」

あんたが。

「あんたが武士だったから、今の今まで殺さなかったんだ。死にたがる奴は——殺したくねえよ」

刹那《せつな》——。

涼《りょう》の顔が浮かんだ。

山南は、自《おの》が腹に突き立った小刀の柄《つか》を握り締めた。

どうすることも出来まいに。もう、遅い。

既に。

声も出ないか。

悪い時代に生れたな。

その時。

衣擦れ。跫《あしおと》。息遣い。後方と前方。身を引く。

歳三が身体《からだ》を離すのと襖《ふすま》が開くのはほぼ同時だった。

——沖田。

風のように飛び込んで来た沖田は山南の脇に立った。次の瞬間。

山南の首が落ちた。

正面にいた歳三は血飛沫《ちしぶき》を浴びた。

首は頭頂部を下にして畳の上に落ち、ごろりと横に倒れた。

山南の残骸は、歳三に顔を向けて止《と》まった。

首が止まる前に、沖田の背後の障子が開いた。血刀を提げた小僧の肩越しに伊東甲子太郎の顔が見えた。

数名を従えている。

動じている様子はなかった。

「何ごとです」

伊東の視界を塞ぐように立っていた沖田が除けた。

「これは——」

「総長がお腹を召されたので——介錯致しました」

沖田はそう言った。

飛び込んで来た割に身態《みなり》は乱れていない。血も浴びていない。

歳三は、多分血塗《ちまみ》れなのだが。

「山南君か——」

伊東はそこで漸《ようや》く絶句した。

後ろにいた数名が更に障子を開けて覗き込んだ。お供は伊東の実弟三木三郎と、入隊したばかりの伊東の朋輩、篠原泰之《しのはらたいの》進《しん》のようだった。篠原は伊東と共に上洛しているが、一人だけ入隊を遅らせている。理由は知らぬ。一番の新参であるが、伊東の腹心である。

お供の二人は動揺していた。

「山南さんッ」

叫んだのは三木三郎だった。

篠原は屈み込み、三木三郎は逡巡《しゅんじゅん》の揚げ句走り去った。誰にともなく報《しら》せに行ったのだろう。

伊東は汚物でも見るような目で山南の骸《むくろ》を眺めた。

「不作法な切腹ですな。着替えもしていない。杜撰《ずさん》ですね。これは、局長が切腹を命じたということですかな」

近藤さんは関係ねえと歳三は言った。

「そもそも局長は居ねえ。あんたも知ってるだろうよ。見廻組との悶着を。血の気の多い連中が飛び出して行ったから、収めに向かったよ」

事実である。

雑用をしている小者の小六《ころく》が見廻組に捕えられたのだ。

何をしたものかは知らぬ。ただ新選組縁故《ゆかり》の者であるならば身柄を引き渡したいから確認して欲しいという報せがあったのだ。

これを聞いて、小六を可愛がっていた左之助《さのすけ》が激怒した。

先方は身許確認が成れば引き渡すと言って来ているのに、左之助は抗議する謝罪させると息巻いた揚げ句、槍を手にして飛び出した。莫迦なのだ。すわ一戦交えるのかと、結構な数の莫迦が同行した。莫迦ばかりなのである。

近藤が出ずには収まるまい。

「しかし局長の留守中に——切腹しますかね」

「局長が戻りゃ、どうせすぐに切腹を命じるだろうよ」

歳三は顔の血を拭《ぬぐ》う。

脱走者は殺すのが決まり。引き返しても切腹は免《まぬか》れない。しかし、歳三は山南に武士らしく自刃させるのが——。

厭《いや》だったのだ。

近藤が外出したのは幸いだった。

沖田が言う。

「副長が事情を聞き、説得されていたのですが――決意は固かったようですね」

伊東は沖田を見た後、歳三に視軸をくれた。

「本当なんですか――副長」

歳三は答えなかった。

「二人がかりで――殺したようにも見えますがね」

「俺が殺したんだよ」

歳三はそう言った。事実である。

「ふうん。で、脱走の理由は」

士道不覚悟――とだけ言った。

「士道不覚悟の者が潔く腹を切りますかねえ」

「そうだな」

伊東は畳の上の首を見下ろす。

血溜まりが畳の目に染み込む。

「まあ――死んでしまったものは仕方がありません」

伊東は顔を顰《しか》めた。

「山南君は見込があった。新選組は惜しい人材を失いました」

「見込か」

何の見込だ。

「しかしねえ――」

「近藤さんには俺から言う。未《ま》だ何かあるのか」

「いえ――この座敷は畳替えをしなければいけないでしょうね。それから勘定方に葬儀の手配をさせましょう。後の始末もさせないと」

そう言うと伊東は横を向き、広間の方に去った。

篠原は最後まで口を利かなかった。

「どういうつもりだ」

歳三は沖田に問うた。

溝鼠《どぶねずみ》は頬を攣《つ》らせた。

「土方さんを助《す》けたつもりですが何か」

慥《たし》かに。

沖田が一瞬遅ければ。

歳三は山南から身を離した時、既に和泉守《いずみのかみ》を抜きかけていた。

腹など刺しても人は死なない。人は血を失くして死ぬのだ。腹を抉った程度では痛いだけである。痛みで気を失えば未《ま》だいいが、そうでなければ延延と苦しむ。山南が生きているうちに人が来たなら――。

歳三の行いが露見する。

別に構わない。歳三には脱走隊士を殺すだけの名分がある。だが、山南は曲がり形《なり》にも総長である。既に連れ戻している以上、切腹なら兎《と》も角《かく》殺したとなれば、後工程はやや面倒になる。

誰かが障子や襖《ふすま》を開ける前に、山南の首を打つ――。

そのつもりだった。

真逆《まさか》沖田が飛び込んで来るとは流石《さすが》の歳三も読み切れなかった。

「これでも機転を利かせたつもりですけどね。礼を言われてもいいくらいですよ。伊東さんはあれで中中鋭いですからね。拙《まず》いと思って――」

「そりゃどうかな」

沖田はにや付いた。

歳三は立ち上る。

血だらけなのだが、黒装束なのでそれ程目立ちはしない。

「てめえ――」

歳三は沖田の前に立つ。

「腹癒《はらい》せに首刎《は》ね飛ばしたな」

「何です――腹癒せって」

「てめえは、山南《こいつ》が斬れなかったんじゃねえのかよ」

沖田は薄ら笑いのままだった。ただ、眼だけは笑っていない。

「どうした。大津まで追ってって、息が切れてたか。動きが見切れなかったのか。小野派一刀流免許皆伝、千葉《ちば》周作直伝《しゅうさくじきでん》北辰一刀流に畏れを為しでもしたのか。笑わせるな。でもよ、山南《こいつ》の腕も相当鈍《にぶ》っていたと思うがな――」

見下ろす。

座したまま首のない身体が前傾している。

「芹沢殺してからこの二年、こいつは殆《ほとん》ど抜いてねえ。いいや、あン時だって抜いてねえんだこいつは。池田屋にも行ってねえし浮浪を斬ることもなかった。何かあった時ももた付いて、直《す》ぐに怪我してただろう。その度に療養が長引いてろくに稽古もしてねえ。怠《なま》ってたんだ。それが――てめえは斬れなかったかよ」

違いますよと沖田は言った。

「山南さんとは長いし、それに」

「そんなことをほざく玉かよてめえが。てめえは親の寝首だって平気で掻くような屑野郎じゃあねえか」

同じでしょと沖田は言った。

「あなたも」

「同じじゃあねえよ。俺はてめえみてえに、動けねえものを甚振《いたぶ》ったりしねえよ。いいや——てめえ、動くものがもう斬れなくなったのじゃねえのか」

「そんな——莫迦な」

沖田は顔を背けた。

「てめえ、江戸では犬ころだの猫だの斬ってただろうが。今でも斬れるのか」

歳三は取り分けけだものを好くようなことはない。

だが、けだものを殺すような残忍な行為には全く興味がない。だから一度として犬猫を斬ろうと思ったことはないし、斬ったこともないのだが——縦《よし》んば斬れと言われても、中中難しいだろうと思う。

遊びですよと沖田は言った。

「遊びでしてたことです」

「そうかよ。だが――てめえは暫《しばら》く動かねえものしか斬ってねえじゃねえかよ。こないだも天王山で焦げた死骸の首切っちゃ喜んでたな。その前に池田屋襲った日も、脱走浪士を逃がしてるだろ。あれだって斬り損ねただけなんじゃあねえのかよ」

「それは」

「縛られて吊るされた古高の足に釘は打てても、刀の差し方も知らねえような腰抜けは斬り損ねるのか」

　斬り損ねたんじゃない、と沖田は強く言った。

「そうかよ。池田屋でもてめえ、一人斬って息切らして、気ィ失ったんじゃなかったかよ。戸板で担ぎ出されて来てにや付いてんじゃねえよ」

「あれは」

「斬られてなかったじゃねえか。それに、この頃てめえは率先して隊士に稽古付けてるな。それも酷《ひで》え教え方だ。あれは気晴らしに――弱《よえ》え者を苛《いじ》めてるだけだろ」

「土方さんだって厳しくするじゃないですか」

「立ち合う相手に俺と見合う腕がねえだけだよ。てめえは立ち合いもしねえで怒鳴って叩くだろうが。ありゃあ、てめえが思うように動けねえもんだから、憂《う》さ晴らしでしてるんじゃねえのかよ」

血が付くから近寄らないで下さいと沖田は言う。

「ふん。声が震えて聞こえるな。どんなに強がったって、今もてめえの息は乱れてるぜ。沖田よ。てめえの剣は見切りと速さだ。吸って吐《は》くその間に三回突く、その速さこそがてめえの技量だろ。てめえの剣技支えてんのは、呼吸だよ。だがな、見てる限りてめえ、息を吸うと――」

吐く間に閊《つか》えるのじゃねえかと歳三は言った。

沖田は歳三を避《さ》けるようにして骸の方に回り込む。

「何を」

「肺腑《はいのふ》が傷んでるな。てめえ」

癆痎《ろうがい》だよと歳三は言った。

それは山崎が指摘したことだ。

「そのうち咳《せき》が出る。高が咳でも止《と》まらなきゃあ苦しいぞ。俺の親もそれでおっ死《ち》んだ。だから能《よ》く判るんだよ」

苦しいぞと歳三は言う。

「病はな、てめえじゃどうにもならねえぞ。しかもあれはな――治らねえ」

歳三は憎憎しげにそう言った。

「食が細って微熱が続く。身体が怠《だる》くなって、動きが鈍る。幾ら気張ったって長《なが》か保《も》たねえ。池田屋で倒れたんだって」

「だからあれは――」

てめえは死ぬよと歳三は言った。

「養生すりゃ多少は生きるかもしれねえが、このままだと遠からず死ぬ。斬られて死ぬ方がずっと楽だぜ」

私はそんな病気じゃないですよと言って、沖田はそこで漸《ようや》く刀を鞘《さや》に収めた。

「おい。血糊ぐれえは拭えよ。自慢の菊一文字《きくいちもんじ》が駄目になるぜ。まあいいのか。そういやあそれも――どっかから盗んで来たもんだったかな」

手入れしたってもう人は斬れねえかと歳三は言う。

「どうする。手慰みにその辺の童《ガキ》でも斬るかよ。てめえは」

ひとごろしだろ。

そこだけは――同じだ。

巫山戯《ふざけ》ないで下さいと沖田は誤魔化《ごまか》す。巫山戯てなどいない。

「まあいい。ただな、咳をし始めたなら、てめえは斬るぞ。他の隊士に肺病みが感染《うつ》るからな」

斬られたくなかったらどっかに消えろと歳三は言った。

「まあ、脱走者も殺すことになってるがな」

歳三は血濡れた手で沖田の袖をわざと掴《つか》んだ。

そこに、どやどやと人がやって来た。

先頭にいた勘定方の河合《かわい》が息を呑み、妙な声を発した。

「こ、これは」

「片付けろ。丁寧にな。着替えと寝棺と首桶を用意しろ。その畳も替えろよ。それから――山南には馴染みの女郎がいたな」

「じょ、女郎ではなく芸子です。島原の花妓でしたが、今は」

「何でも良いよ。報せてやんな」

歳三はそう言って廊下に出た。

廊下には十人程が屯《たむろ》していた。

ぐずぐずしてねえで早く片付けろと歳三は言った。

広間には武田観柳斎と斎藤一がいた。他の者は市中見廻りと、見廻組との紛乱《ごたごた》の始末に出ているのだろう。歳三に気付くと武田は意味なく半端に腰を浮かせた。背を向けていた斎藤は振り向いた。

「山南さんが」

斎藤はそれだけ言って黙った。血塗《ちまみ》れの歳三を見た所為《せい》である。

「ああ死んだ」

「そうですか」

斎藤は短くそう言った。武田は矢鱈《やたら》におろおろしていた。

「そ、その血は」

「俺は正面にいたんだよ。座敷は狭《せめ》え。介錯は沖田だ」

「しょ、正面に」

武田は渋面を作った。この幇間《ほうかん》は山南と大した付き合いはない。斎藤にしても、京で知り合ったのだから付き合いは二年に満たぬだろう。何処にいたものか、井上源三《げんざぶ》郎《ろう》が腰を屈めて広間に入って来た。源三郎は歳三を見ると寄って来て手拭いを差し出した。

「顔ぐらい洗え、歳。それから着替えいや。身内の血は沁みるぞ」

「ああ」

この、齢《とし》よりも老けて見える男はずっと変わらない。

強くもないし賢くもないが、要る男なのだろうと思う。

歳三は手拭いを受け取って庭に廻り、井戸端《いどばた》に立った。

身を切るような寒風が通った。桜も咲こうという時期なのに。

水を汲み、顔を洗っていると背後に人が立った。顔を向けずに山崎かと言うと、へえという低い返事が返って来た。

「てめえ、何か動いたのか」

「ま。そこはそれ」

――そういうことか。

「小六を捕まえさせたな、てめえだな。なら、左之助を焚き付けたのもてめえか」

「へえ。まあ、局長に留守して貰《もろ》てた方が都合ええんと違《ちゃ》うかと思いましてな。それと――沖田はんに座敷の様子が変やとゆうたのも、手前だす」

「何だと」

振り向く。

のっぺりとした心根の汲めぬ顔の男は、何ごともなかったかのように立っていた。

「余計なことばかりしやがるな」

「へえ伊東が動いたよって」

「関係ねえだろ」

「いや——そうでもおまへんで。あれはただのお調子者とは違《ちご》うてますわ。いずれは副長の行く手を塞ぐことになる御仁《ごじん》や。忘れたらあきまへんで。伊東は、あれ、勝海舟《かっかいしゅう》の周旋でっせ」

「勝——な」

従五位下、作事奉行次席軍艦奉行の幕臣、勝安房守《あわのかみ》である。

「あの三浦《みうら》も勝の肝煎《きもいり》だったな」

三浦啓之助《けいのすけ》こと佐久間《さくま》恪二郎《かくじろう》は木屋町《きやまち》で暗殺された佐久間象山《しょうざん》の嫡子《ちゃくし》である。父の敵を討つために客員として入隊した。

周旋したのは勝である。

三浦は親譲りの学者肌で、近藤もそこが気に入ったようだった。とはいうものの、歳三が見る限りは危なっかしいだけの若造でしかない。器が小さい。学はあっても芯がない。あの手合はすぐに裏切る。

「勝様への三浦入隊のご報告は、あれ慥《たし》か、副長がされたんやなかったですか」

「そんなことしねえよ。ありゃ武田に書かせたんだよ」

丁度その時、近藤は江戸に行っていて不在だったのだ。

その所為《せい》で肝煎役《きもいりやく》の勝への報告は歳三の役目となった。

しかし、会ったこともない大身に手紙など書ける筈もなかった。だから、幇間《ほうかん》野郎に一任したのである。何を書いたのか読みもしなかった。どう思われようと、生涯会うことなどないと思ったからだ。

勝ってのは面倒《めんど》臭《くせ》え男なのかと歳三が問うと、そらもう面倒でっしゃろなあと山崎は答えた。

「あのお方、幕臣には珍しい阿呆《あほ》ですわ」

「つまり頭が良いってことか」

「そうでんな。土佐の坂本《さかもと》やら、薩摩の西郷《さいごう》やらとも繋がりがあるようでっせ」

そりゃ誰だと歳三は言う。

「まあ、余計なことし兼ねんいけずやら、無駄に人望のある大人物やらですわ。勝本人も忙しく動いてるようやし、ま、我等《ら》が新選組に就いても坂東に流れる話以上のことを御存じやと思いますで。当然、悪評も耳にされてると思いますけどな」

「だから何だ」

構わない。

「知ってて、勝安房が手を打たん訳がないとゆうてますのや」

「どう手を打つよ。会津にでも働き掛けて新選組を潰すのかよ」

そんなことはしまへんやろと山崎は言った。

「も一度言いますで。勝ゆう男は阿呆や。一筋縄では行かん。そんな力ずくで物ごと運ぶようなことはせえへん」

「ならどうする」

利用する気ィやと思いますわと山崎は言った。

「何を」

「新選組を、ですわ。何やかや手を廻し、手駒にしていいように事を運ぶ。勝はそういう男や」

慥《たし》かに面倒《めんど》臭《くせ》え男だなと歳三は応えた。

「だが、幕臣じゃあねえか。軍艦奉行だろ。その、いいようにてえのが解らねえ。勝とかいう阿呆は何がしてえんだ。倒幕派に寝返ってる訳でもねえンだろ」

さてねえと山崎は恍《と》惚《ぼ》けた。

「幕府を潰す気ィはない思いますけども、潰れるかもしれんと予測してるとは思いますわ。潰れるんやったらそん時は上手に潰さんと、わやになりますやろ。その辺は考えてはりますで」

「なる程な。先が読める男ではある訳だ」

さっき山南が言っていた。

伊東は、ただ佐幕だ攘夷だと言うだけの男ではないらしい。幕府に対しても、ただ恭順の姿勢を示すだけではなく、時代に合わせある程度の変革を求める——そうした意見を持っているということなのだろう。

勝もまた、そういう人物ということか。

「敵を倒すのじゃなく幕府自体を変えてことを収める——そういう面倒《めんど》臭《くせ》ェことをする男か」

古い仕組みを見直す、士道の在り方そのものを変えるというのは、そういうことなのだろうと思う。ならば山南は、勝のような人物にこそ付くべき男だったということになる。

なら。

慥かに勝は邪魔かもしれぬ。

そして。

「伊東も勝の肝煎——か」

「へえ。伊東は江戸に残ってはった藤堂はんの縁故ではありますけども、東下した局長に接触したんは、勝ですわ」

「勝なあ」

歳三は繰り返した。

「つまり伊東は、この新選組を勝が思うように動かすために送り込まれた——勝の傀《かい》儡《らい》ということか」

どうする気だ。

「まあ、近藤は莫迦だから、懐柔することも簡単だろ。しかし、俺達を都合良く動かせたにしても、だ。俺にはその都合ってのが見えねえ」

それはわても同じだすと山崎は言う。

「阿呆の考えることなんぞ、よう読み通せまへんわ。それでも、何かするつもりやゆうことだけは判りますで。そして、何かをしょうとするならば、その時に一番邪魔になるんは」

副長やと山崎は言った。

「莫迦は阿呆の言いなりになるかもしれまへんけども、人でなしは阿呆の言うことなんぞ聞く耳持ちまへんやろ。いや、阿呆やと思たら」

殺しますやろと山崎は囁《ささや》いた。

「ただ、土方はん」

「何だ」

「伊東殺すな面倒でっせ。芹沢殺《や》った時よりも、うんとややこしい手順が要り用になりますで。平隊士斬るのとは訳が違う」

「そうか」

斬ること自体は簡単だ。

伊東は頭が良いだけでなくかなり強い。だが、殺せぬことはない。

剣術の強さと、人殺しは別だ。

山崎はのっぺりとした顔の眼を細めた。

「参謀殺《や》るんは、総長殺《や》るより手《て》筈《はず》の質《たち》が悪《わる》おますで。何しろ理ィが立ってますよって、何でもかんでも士道不覚悟、隊規違反で済ますことは出来まへんで」

そんなことは承知してるよと歳三は言った。

「つまり殺す気ィなんや」

厭《いや》な男だ。

ただ、歳三は山崎を沖田のように嫌いにはならない。性質が違うからだろう。

土方はんと山崎は呼ぶ。

この監察が副長と呼ばぬ時は、良からぬことを言う時なのである。

「伊東殺《や》るなら、取り巻き全部殺《や》らなあかん。伊東一派は芹沢一派よりもずっと多いし、隊の中でも伊東派は日日増えてますで。それに、伊東一派は、芹沢一派のように頭の悪い破落戸《ごろつき》どもと違《ちご》うて、皆賢いし、腕も立つ。その上に、勝という後ろ盾がありますのや。腐れ根っこがずるずると繋がっておるんや」

「また能《よ》く喋るなてめえは」

「へえ。最近、おもろい仕事が少《すく》のおますよって」

そうかもしれぬ。

この男も、多分歳三や沖田のような人外《にんがい》なのだ。

ただ、自分で手は下さない。

山崎は、手間を掛け網を張り人を操り、流れを読み謀《はかりごと》を凝らし、禁忌である人殺しが公然と行えるように仕掛けを施すだけである。

この人外は、その経過こそが楽しいのだろう。

同じ人でなしでも、歳三とは種類が違う。

新選組という仕組みを整えたことで、人殺しはかなり簡単に行えるようになった。

先《ま》ず倒幕派の不逞浪士、またその協力者と確定した者は、殺せる。捕えるべき相手であっても殺せぬことはない。殺しても罪には問われぬ。

そして、新選組の隊士もまた、殺せる。隊規を破れば死罪だ。脱走は勿論だが、士道不覚悟という、重大且つ極めて曖昧な基準の隊規違反もある。難癖を付けて殺すことも容易《たやす》い。これもまた罪には問われない。

殺せる。

だが、それは山崎にとっては面白くないことなのだろう。ことが簡単過ぎる。

思うに、山崎もまた戦争《いくさ》が一番面白くないのだろうと思う。

戦には山崎の出る幕がない。

昨今の戦は頭を使わないのである。軍略も何もない。兵隊の多さと軍備の質と、後は運で勝負するようなものだ。三百年前の戦とは違う。勿論、策を巡らせて勝機を呼び込むことは可能なのだが、そんなちゃんとした戦はない。歳三の観る限り、どれも地廻りの縄張り争いのようなものである。気に入らないから殴り込み、殺し合って生き残った方が勝つ——そうしたものだ。

間諜の出番は少ない。いや、それでも敵の内情を探ることは必要なのだ。しかし山崎のようにことを捩《ね》じ曲げて他人を恣《ほしいまま》に操るような工作は、殆《ほとん》ど必要とされないように思う。強いて言うなら、勝海舟のような男はそうしたことをしているのかもしれないのだが。

これはおもろいのかよと歳三は尋《き》いた。

「へえ。難儀なこと程おもろいでっせ。そら勝安房の鼻を明かすことが出来るんやったら、わても本望でおます」

「くだらねえ。何が本望だ。俺はな、てめえなんかを喜ばせるために何かするつもりはねえぞ」

「そんなん知ってますわ。逆や。わてが土方はんを喜ばせるゆう話やないですか」

喜ばねえよと言った。

別に——嬉しくはない。

「わてに考えが」

山崎は一歩前に出た。

「何だよ」

「土方はん、伊東と組みなはれ」

「何だと」

「せやから、伊東とは対立せんで、逆に近付いてくれ言うてますのや。あんたやったら簡単でっしゃろ。後のことは——追い追いわてがお膳立てしますわ」

「俺に芝居しろと言うのかよ」

「芝居せんでもええ。ただ蔑《ないがし》ろにしたり潰そうとしたり、況《まし》て仕掛けもせずに殺したり——そういうことはせんでくれと、そう頼んでるだけですわ。あんた、配慮のあるお方やから、それだけで充分」

伊東は土方はんを信用しますでと山崎は言った。

「時が来るまでは待っておくれやすと——わてはこう申し上げておりますのや」

急《せ》くつもりは最初からない。そもそも、歳三は未《ま》だ伊東をどうにかしようと具体的に考えていた訳ではないのである。

舐《な》めるなよと言った。

「すんまへん。まあ、土方はんさえ伊東に忤《さから》わんでいてくれたなら、組が割れるようなややこし事態は起きまへん。ま、そうなれば武田のおっさんあたりは浮く思いますけど——」

あの幇間《ほうかん》は却って始末し易うなりますわと山崎は北叟笑《ほくそえ》んだ。

「いちいち余計な野郎だな」

「余計なことするんは生まれ付きなんですわ。余計序《つい》でに言うておきますけど」

「未《ま》だ喋るのかよ」

早く着替えて風呂に入りたい。

「へえ。沖田はんでっけどな」

「聞きたくねえな」

今さっきまで面《つら》を突き合わせていたのだ。あの溝鼠《どぶねずみ》の所為《せい》で歳三は穢《きたな》らしく血で汚れてしまった。あの貧相な面は思い出したくない。

あれは死にますで、と山崎は言った。

「放っといたらまあ、後二三年ゆうとこやないですかな」

そんなに生きるのか。

「使えなくなればただのお荷物ですえ。使い道があるうちに使い倒して死期を早めるか——さもなきゃ」

てめえが指図することじゃねえよと歳三は言う。

沖田のような小僧は構えば構うだけいい気になるのだ。それに、さっき構ってやったばかりである。

「あんなものは気にしねえ方がいいんだよ。そのうち勝手に野垂れ死ぬだろ」

殺す価値もない。何処かで独り寂しく死ねばいいのである。歳三はそう思う。

自分もきっとそうなる。人外《にんがい》はその方がいいのだ。そうあるべきなのだ。

嫌《きろ》てますなあと山崎は言った。

「まあええわ。でな、土方はん。此度《こたび》の仕掛け——斎藤はんを使わせて貰いますで」

「斎藤だと」

意外な人選である。

それだけはご承知おきをと言って山崎は踵《きびす》を返した。

翌日、山南の葬式が行われた。

脱走の上の切腹なのであるから、表向き敵に襲われて死んだことになっている芹沢の時とは違い、慎ましくしめやかなものであった。

そもそも仙台藩士であった山南には、弔問に来るような親族も、旧知の人物も、この京界隈にいる訳もなかったのである。山南との付き合いが一番長いのは近藤や井上など、近藤道場にいた者達——ということになる。

ただ、どうした訳か壬生界隈の町人などが多く出て、山南を送った。

山南は体調不良ということもあって、見廻りや打ち込みなどにあまり参加していない。幹部ではあるが悪評が立つような目立つ動きをしていないのだ。また、屯所に詰めている時間が長かった所為《せい》で、地元の者との交流も多くあったのかもしれない。嫌われ者の壬生浪《みぼろ》の中に於《おい》ては珍しく親切温厚な人物として壬生界隈には知られていたようである。

前の屯所であった八木家の当主も山南を送った。

芹沢を送った際には神妙な顔をしていただけの八木源之《げんの》丞《じょう》は、泣いていた。

山南の馴染みだったという花妓もまた、格子戸に縋《すが》って泣いていた。

近藤が弔辞を読み、伊東も何やら歌を詠んだ。山桜が散ったとか何とか、そんな歌だった。

未《ま》だ桜など殆《ほとん》ど咲いていない。山の方などは寒寒としている。散るどころの話ではない。気に入らない。

歳三は矢張り尻の据わりが悪かったから、途中で脱けた。

寺の裏には早咲きの桜が綻《ほころ》んでいた。

伊東は目敏《めざと》くこれを認め、山南の山にかけて山桜とし、歌を詠んだのかもしれぬ。

そんなことを思った。

京に上って丁度二年である。

もう二年も経ったのかとも思うけれども、未《ま》だたった二年しか経っていないのかとも思う。

変わったようにも思うが、何も変わっていないとも思う。

あの頃も——。

　――待て。

　桜の幹の後ろに人がいる。

「誰だよ」

「相変わらず用心深《ぶけ》え男だわ」

　気が小せえのではないかと言い乍《なが》ら、男は顔を覗かせる。

　佐々木只三郎であった。

「そこまで敏《さと》いと気味が悪いぞ土方よ。その敏さァ、蚊か蠅《はえ》並みだ」

　佐々木は全身を顕《あらわ》にする。

「何処にでも出て来る野郎だな。あんたこそ何処にでも涌《わ》いて出るな。それじゃあ裏長屋の孑孑《ぼうふら》みてえなもんじゃねえか。それとも桜の下が好きなのかよ。そんなら毛虫だな」

　初めて会った時もこいつは桜の下にいたのだ。

　口の減らねえ奴よと佐々木は笑った。

「何してやがる。葬式行くなら表に行けよ。そもそも、あんたのとことは昨日揉めてるだろう」

　おう近藤さんまで来たわと佐々木は言った。

「だが、ありゃ茶番だろ。おめえの犬がしたことじゃねえのか」

「犬は勝手に吠えたり咬《か》んだりするもんだろ。犬の気持ちまでは判らねえよ」

そうかのうと佐々木は言う。

「山南殺したなぁ伊東への牽制ってことか土方」

「また伊東かよ」

伊東というのはどうにも纏《まつ》わり付く男だ。またとは何だと佐々木は問うた。

「見廻組にゃ関係ねえだろ」

「関係あるわ。で、どうなんだ、その伊東はよ」

「どうって」

「だからよ」

佐々木は身体を横に向け、値踏みでもするように横目で歳三を見た。

「どんな具合だ」

「何の具合だよ」

「察するのは速《はえ》えが口は堅《かて》えな。俺はな、土方。ちょっと薩摩の動きが気になってお
るんだわ」

俺は気にならねえよと歳三は応える。

「何だよ。薩摩芋が寝返って、裏で長州と組むとでも思ってるのかよ」

「おい」

佐々木は気色ばむ。

「土方よ。お前《めえ》はそれ、口から出任せに言ってるのかの。ない知恵ェ絞って考《かんげ》えた当てずっぽうかの。それとも何か摑《つか》んでるんか。その、勝手に吠える犬が何か嗅ぎ付けて来《く》ンのかい」

何も摑んじゃいねえよと歳三は答えた。

「取り敢《あ》えずてめえが困りそうなこと言ってみてるだけよ」

けッと言って、佐々木は地べたを蹴った。

「喰えねえよお前《めえ》は」

「てめえなんかに喰われねえよ。それより何の用なんだよ。葬式の最中だぞ」

春一番が吹いたような——。

風。

「能《よ》く聞け土方」

喉元に小太刀《こだち》が当てられていた。

「お前《めえ》達だって邪魔になりゃ消されるんだぜ」

「消されるんじゃなく、消すんだろう——てめえが」

「これでも忙しいからの。俺がやるとは限らねゾ。何をしたって構わねけども、人は慎重に見定めろ。伊東一派は紐付きだぞ」

「知ってるよ」

佐々木は半眼になって歳三を見た。歳三は見返す。

「紐の先は幕臣だろ。構わねえじゃねえかよ」

「そう単純なものじゃねえ。判れよ山犬」

「山猿に言われたくねえよ。それから何度も言うがな、殺す気がねえなら抜くんじゃねえ」

歳三は小太刀の三ツ《みつ》棟《むね》を軽く叩いた。

佐々木は刃を引いた。

「俺は会津の者だわ。縦《よし》んば幕府のためになっても会津のためにならねもんは潰す」

「ほう」

てめえは幕府から俸禄貰ってるんじゃねえのかと歳三は言う。

「慥《たし》か、てめえは忠だの義だので動く男じゃあねえ筈だな。見廻組も、仕事でしてることなんだろ。金方《きんかた》袖にするな、どうだよ」

「今は未《ま》だ利害が一《いっ》なんだわ。それだけのこンだ」

佐々木は小太刀を鞘に収めた。

つまり。何を考えているのかは量れぬまでも、勝海舟の思惑は必ずしも会津にとって都合の良い結果ばかりを齎《もたら》すものではない——ということか。

「近藤は容保様に忠誠を誓っておるようだが、伊東はそうではねえ。伊東が幅を利かせておめえ達が矛先変えれば——場合に依ってはおめえ達が邪魔にもなるってこったわ。今は使い勝手が良い連中だがの。使う前に寝返られては面倒だわ」

「使うなよ」

歳三は毒突く。

何だか胸糞が悪い。

「俺達はてめえの道具なんかじゃあねえんだよ。勿論、伊東の道具でもねえ。新選組は」

俺の道具だ。

そうかよと佐々木は言った。

「ま、おめえの犬に言っておけ。嗅ぎ回るのは良いが、俺達を咬《か》んだりすっと」

斬るぞ。

「此度《こたび》はな、伊東寄りの山南を始末しようてェ肚だと見当を付けたから、わざと乗ってやったがの。俺の目は節穴じゃねえど」

「てめえこそ、随分とうちの内情に通じていやがるな。そっちも犬っころを放してやがるんじゃねえのか。俺は、てめえンとこの飼い犬を懐で飼っとく程、情け深くはねえぞ佐々木」

「どうかの」

俺ンとこの犬は滅多《めった》に鳴かんぞと佐々木は言った。

「ふん。飼い主も犬野郎だから犬臭《くせ》えだろ。直《す》ぐに知れるよ。てめえの面に空いてるのが穴か目かは知らねえが、こっちは鼻が利くんだよ。狼ン中に犬っころが交じってりゃ判るだろよ」

「なら勝手にしろ」

「そんなに伊東が怖《こえ》えのかよ」

「怖かねえよ。目障りなだけだわ」

「ふうん」

なら。

少しは生かしておこう。

歳三はそう決めた。

昨日、山崎は暫《しばら》く伊東に手を出すことを控えろと言った。剰《あまつさ》え手を組めとまで言ったのだ。

だが歳三は、そんなには待てぬという——気になりかけていた。

山南への弔歌が気に入らなかったからだ。

上辺の形は出来ている。出来過ぎている。

だが伊東の胸の裡《うち》に山南の死を悼む気は本当にあるのか。

上辺を取り繕《つくろ》うためならば、未《ま》だ咲かぬ桜まで散らすか。

悲しいなら悲しい、悔しいなら悔しい、それはそれでいい。人外《にんがい》の歳三と違い、伊東にもそうした感情《おもい》はあるのだろう。ならばそう謳《うた》えば良い。

でも、違うのだ。

あの歌は、そういう形を作っているだけだ。

しかも無理矢理に——である。伊東は、他人が聞いてなる程と思うような歌を詠んでいるに過ぎない。己《じぶん》の感情《おもい》は、あの歌にはない。あるのはそうした表面を装おうという意思《きもち》と、小《こ》賢《ざか》しい技巧だけだ。

中は空洞である。

――同じか。

同じく、空洞の句を詠む歳三には判るのだ。

人外《にんがい》の歳三に、感情はない。

その空洞の胸の裡《うち》には、決して人が宿してはならぬ悍《おぞま》しい邪念が涌き満ちる。その邪念が外に溢れ出ぬよう言の葉で塗り固めたが――歳三の句なのである。

歳三同様人ならぬ想いを胸中に溜め込み、目が見えぬが故にその想いを遂げることが叶わぬという兄石翠は、酔狂風流《ふりゅう》に身を任せることでその妄念を遣り過ごす術《すべ》を身に付けたという。歳三も真似てみるのだが、一向に埒は明かぬ。歳三は目明きだ。そして今の歳三は――。

人を殺せる。

伊東の歌は、人外が人を装うためにするそれと変わりがないものであるように、歳三には受け取れた。

何だか気に入らなかった。

――人のくせに。

だから。

遠からず殺してやろうと――思いかけていた。

咲きかけの桜を眺め乍《なが》ら歳三は伊東の排除を心に決めつつあったのだ。

その思考《おもい》を、佐々木が邪魔したのである。気が散じた。

——伊東を殺すのは止《よ》すか。

いや、それは当面のことだ。

山南の、転げた首を見下ろした時の、あの伊東の眼。

あの眼は。生かしておけない。いいや。

——殺したい。

沖田は嫌いだ。でも、放っておいても死ぬ。この佐々木だって、ろくな死に方はしないだろう。こんな男は畳の上では死ねない。遠からず殺される。近藤も山崎も、隊士はみんな、歳三が手を下すまでもなく遠からず殺されるのだろう。

でも、伊東はきっと生き延びる。

伊東甲子太郎は賢いのだ。山南敬助が何年もかかって苦渋の果てに行き着いた境地に伊東は既に立っているのだ。そして、その高みから古い士道に搦《から》め捕られた莫迦どもを見下しているのである。幕府が倒れようとも、異国が攻めて来ようとも、伊東のような男は生き延びるのだろう。

ならば。

歳三は佐々木を押し退《の》け、それから桜に近寄って幹を蹴った。

咲いてもいない桜は花弁《はなびら》を散らすこともない。

散らせるためには咲かせねばならぬ。

咲かぬ花を散らすのは無理だ。

咲くまで——待つか。

「伊東はな、俺の獲物だ」

俺が散らす。

「時が満ちるまでは好き勝手にさせるぜ。いや——」

てめえの困るようなことさせてやるよと歳三は言った。

「仕方がねえ男だわ」

佐々木は笑った。

「そんなら——暫《しばら》くは静観さして貰うわ。お手並み拝見だ。けんどもな土方、お前《めえ》達が見兼ねる様《さま》になったなら」

容赦はしねえと言って、佐々木は表通りの方に向けて足早に去った。

——見兼ねる様か。

どんな様だ。

歳三は考える。

伊東を、伊東一派を、どこに追い込むか。どんな罠を仕掛けるが良いのか。

山崎なんかに。

——任せてはおけねえ。

歳三は桜を背にして歩き出す。

伊東一人を殺すのは容易《たやす》い。大義名分などなくとも構わない。闇討ちでも寝首を掻くのでも、殺すだけならいつでも殺せるだろう。

それでは駄目なのだ。

山崎が言うように、一党を根《ね》刮《こそ》ぎにしなければならない。

それ以前に——伊東は、伊東が見限っている古臭くて使い物にならぬ武士という枠組みの中で殺してやりたい。

そう思う。

——山南のようにか。

いや。

だが。

伊東は腹など切らぬだろう。

そもそも羞《はじ》だの不手際だの、その程度の瑣末《さまつ》なことでいとも簡単に死を与える、そしてそれを受け入れてしまう武家の在り方などというものは、伊東や山南の言う通りに間違っているのである。

それはその通りだと歳三も思う。

人殺しを容認するような、時に推奨し強要するような仕組みというのは、絶対におかしい。狂うているだろう。

だからこそその狂った仕組みの中に伊東を押し込めて、その狂った仕組みそのものが伊東を殺せと命じるような——。

そうでなくては。

五輪塔《ごりんとう》を遣り過ごす。

葬式は、終わっていた。

埋葬も済んだようである。

近藤など主立った者の姿は既になく、隊士達が後始末をしていた。

奥を覗いた。勘定方の河合と酒井《さかい》が金勘定をしている。真剣だ。河合は実に細かく正確に帳面を付けるので重宝している。商家の出だからそうだという訳ではなく、そうした性質《たち》なのだろう。武士ではないから剣術は出来ぬが、組には要る。

なる程、役割を果たすとはこういうことかと思う。

境内にはむさ苦しい連中が行き来している。一応、掃除をしているようだ。

鋤《すき》を持った島田魁《かい》が目に付いた。島田は巨漢であるから目立つのである。呼び付けて山崎の居場所を尋《き》いた。山崎は奥で住職と話をしているという。布施《ふせ》の額でも交渉しているのだろう。

行こうとすると喚《よ》んで来ますと言って島田は駆けて行った。

仕方がないので土饅頭を眺めていると、視軸に気付いた。

隊士が歳三を見ている。

大谷《おおたに》――だったか。三月ばかり前に入隊した、影の薄い男である。目立った功はないが、失敗《しくじり》もしない。歳三が顔を向けると、大谷は一礼し、姿を消した。

山崎が出て来た。

歳三は顎《あご》で示す。

島田に聞かせる話ではない。

そのまま門前に出た。やがて小走りに山崎がやって来た。

「おい犬」

「何でっか」

「何でっかじゃねえよ。佐々木がそう言ってたんだよ。犬が——煩瑣《うるせ》えとよ」

「佐々木——見廻組の佐々木只三郎でっか。あの人が何で」

「てめえが」

　ぬかったからじゃねえかと歳三は言う。

「わてが」

「てめえ、焼きが回ったンじゃねえか山崎。この間の小六の件は、何もかも見透かされてたぞ」

「何もかも——でっか」

　山崎の顔が曇った。

「いいか。俺でさえ、てめえの動きは摑んじゃいなかったんだ。てめえにゃ綱《つな》ァ付けてねえからな。勝手に動いてるだけじゃねえか。俺がそうと察したなあ、山南と二人になってからだよ。それがどうだよ。佐々木は筋書き丸ごと読んでたぜ」

　山崎は歳三の袖を引いて油土塀に引き寄せた。

「そら、ほんまでんな」

「寝惚《ねぼ》けてんのかよ。俺が冗談言う口を持ち合わせてねえこたあ、てめえが一番能《よ》く知ってるだろうが」

「すんまへん」

山崎は無表情のまま頭を下げ、歳三に顔を寄せた。

「それはつまり――隊の中に佐々木の間者がおるゆうことでんな。敵が探ってるのは伊東の動き――ゆうことですやろか」

判ってるならさっさと動けと言って歳三は山崎から身体を離した。

「いや――実のところもう当りは付けとるンですわ。すぐに裏ァ取って報せます」

行こうとする山崎の袖を今度は歳三が摑《つか》んだ。

「何だす」

「長州の間者じゃねえんだよ。なら表沙汰にしたってどうにもならねえだろうよ。知れたら俺に言え」

すぐに斬ると歳三は言った。

時を掛けたくない。

佐々木に手の内を知られるのは何に付けても遣り難《にく》い。

承知、と山崎は言った。

「それからな、犬よ」

「へえ」

「伊東を追い込むのに、薩摩ァ絡ませるこたぁ出来ねえか」

佐々木を翻弄してやる。

「どうせろくでもねえこと考えてやがったんだろ、てめえは。何か喰わすなら、薩摩芋喰わせてやれねえかという話よ」

「芋でっか」

「出来るか」

「薩摩――でっか」

「どうだ」

山崎は少しの間眉間《みけん》に皺を寄せて考え、そら良い線かもしれまへんと答えた。

「鰹《かつお》よりは、芋の方が扱い易う思います」

どうやらこの密偵は、伊東を土佐と繋ぐ気でいたらしい。

「ただ、芋やと多少、仕掛けが大きくなりますで。仕込みにも時が要るよって、少なく見積っても、年は跨《また》ぐことになる思いますけど――」

「そんなこたぁ構いやしねえよ」

歳三は既に腰を据えてかかるつもりでいる。殺せるのなら、一年でも二年でも待てる。

「じゃあやれ」

歳三はそう言うと山崎に一瞥《いちべつ》もくれずにその場を去り、屯所に戻るなり、当の伊東に面談を申込んだ。

屯所移転に就いての話し合いをするためである。

伊東は多分、山南と同じような誤解をしているに違いないからだ。

近藤も歳三も、新選組を西洋式の強大な軍隊に変えようとしている訳ではない。新選組の役目はあくまで市中見廻りであり、この度の屯所移転はそのためのものでしかない。

移転先を本願寺に定めた理由は幾つかある。

先《ま》ず、地の利である。本願寺はこの壬生からそう遠くない。しかし市中なら、何処に出動するにしても遥かに便が良くなる。

次に広さである。本願寺境内には現在使用していない塔頭《たっちゅう》や空き地が沢山ある。今よりはずっと広い。そもそも、以前の屯所である八木邸にしても、現在使っている前《まえ》川《かわ》邸にしても、いずれ借り物、人の屋敷なのである。この先ずっと借り続けることは出来ない。しかし、新しく屯所を設営することなどはどう考えても不可能である。

場所がない。資金もない。

在郷に移るというならば、何とかなるかもしれぬ。しかし、市中見廻役が山の中に屯所を構えても何の意味もないのだ。巡回のために毎日山からぞろぞろ隊士が降りて来る様など、お笑い種《ぐさ》でしかないだろう。有事の際にも間に合いはせぬ。とはいうものの、街中に新たに広い場所を確保することは難しいし、今より狭くなってしまうのでは意味がない。

今後の情勢に鑑みるに、人数を減らすことは出来ないし、隊士を分散させることは避《さ》けたい。いざという時に何の役にも立たないことになる。

加えて。

本願寺と倒幕派との間に何らかの繋がりがあるのであれば、それは是が非でも断っておくべきである。潜伏した倒幕派の拠点と化したりしてしまっては、市中警護の上で大きな障害となる。

寺は攻め難《にく》いのだ。

噛んで含めて、説明した。

あんな状況下にあった山南でさえ判ってくれたのだから、聡明な伊東に理解出来ない筈もない。

伊東は諒解した。

「そういうことであれば止《と》める理由はありませんが――副長。本願寺側が納得するとは私には思えない。この京で、寺社を敵に回すというのは己の首を絞めるようなものです」

寺との交渉は俺がすると、歳三は言った。

「あんたの言う通り、寺ァ敵に回したかあねえさ。だが、あそこの寺が長州に与《くみ》した時は、厭《いや》でも寺を攻めることになるぞ。その方が痛手は大きかねえか。あそこは、間違いなく長藩と繋がってるんだ。それは先の戦の際に確認済みだ」

「表向き門跡《もんぜき》は否定しています」

「否定しているうちに手を打たなくちゃ取り返しが付かなくなると言ってるんだ。それでなくとも俺達は嫌われている。仮令《たとい》不逞があそこを居城にしたとしても――お西《にし》さんに斬り込んだりしたら、もう身動きが取れなくなるぜ。衆怨は怖《こえ》えよ」

伊東は冷徹な眼差しで歳三を見返した。

「副長。貴方《あなた》は――思いの外、理性をお持ちだな」

「何だと」

私は貴方をやや見損ねていたのかもしれないと伊東は言った。

山南もそう言っていた。

「しかし、交渉は簡単ではないと思うが」

「平気だよ。それこそ、表向き倒幕を掲げている訳じゃねえのだし、頭ごなしに断るだけの大義名分は、今のところ先方にはねえさ」

「だが、移転した暁には教練なども境内ですることになるのだろう。時節柄、竹刀木刀を振るだけでは済まぬのだろうし、それは流石《さすが》に、寺院側として許せることではないのではないか」

「まあ——」

最初は下手《したて》に出ますよと、歳三は言った。

「勿論、屯所を移したなら、当然そこで教練することになるだろう。俺達はそれが仕事だ。それを拒むなら、代案を用意してくれと、そう交渉するつもりだ。納得出来る代案が示されるまでは、動かんと言うさ」

「そう——巧く行くかね」

「さあ。俺が失敗《しくじ》ったら、この件は流すよりない。仕切り直しになったら改めて参謀の知恵を借りてえ」

頭を下げる。

伊東は何なりと、と言った。

「それよりも伊東さん」

歳三は畳の目を見たまま言った。

「俺は山南と話して、幾つか考えを改めたことがある」

「ほう」

未《ま》だ頭は上げない。

「古臭い士道を掲げるだけじゃ、今の世の中は変えられねえ。俺は元元武家じゃあねえから、上に教えられた通りにして来たがな」

歳三は顔を上げた。

「このままじゃ駄目だな」

歳三は伊東の眼を強く見詰めた。

「そうだろ」

伊東は答えない。慎重な男だ。

「俺は、戦は好かねえ。百姓の出だからな。侍の恰好はしているが、それは恰好だけだ。戦で世の中が変わるとは思えねえ。頭に血が昇った連中が殺し合ったってどうにもならねえだろう。どうなんだ。幕府は、また長州を討てと言ってるそうだが」

あんたどう思うと、歳三は尋《き》いた。

「長州はこの間敗走して、今は温順《おとな》しくしてるぜ。それを討てというのは、こらあもう、尊王も攘夷も関係ねえ話だろう。長藩憎し、だから根絶やしにしろという、それだけの話のように思えるぜ。いずれ相手が何かする前に手を打とうという肚なんだろうが、打つ手なら未《ま》だ他に幾らでもあるんじゃねえか。征伐するとしても、だ。それはこの時期なのか。そりゃあ、ただ、寝た子を起こすようなことになるだけじゃねえのかい。それが有効な手だと俺には思えねえ。俺の読みが浅いだけか。幕府にはもっと深謀があるのかい。幕府は——」

間違っているよと、伊東は漸《ようや》く答えた。

「お察しのように幕閣の一部は長州征伐を断行しようと動いておるようだが、そう簡単には行くまい。今、無理に挙兵するのは悪手ですよ。長藩を攻めたりすれば、反感を買う。この先、幕府に従わぬ藩も出て来るだろう。否、現に出ておるのだ。どれだけ大樹公《たいじゅこう》が檄《げき》を飛ばされても——無駄です」

なる程。

——この男は。

幕閣の事情もある程度は掌握しているのだ。

子細は軍艦奉行から流れて来るのか。

「貴方の言う通り、それは有効な手ではないでしょう。もし何が何でも長州征伐を断行するとなれば——その結果国は二つに割れ、徳川はより厳しい立場に追い込まれることになり兼ねない」

いいやなると伊東は言い直した。

「そうなってしまえば、公武合体などという甘いことは言っていられなくなるでしょうね。戦争《いくさ》になります」

「防ぎてえところだな」

伊東は不審な目をした。

「土方さん。貴方、本気か」

「だから戦は嫌《きれ》えだと言ってる。俺達は、この新選組は、幕府から俸禄を貰っているが、天朝方を滅ぼそうなんて肚はねえ。俺達は尊王佐幕を掲げてるんだ。なら、この京の都も天子様も将軍も護らなくちゃいけねえのだろう。だったら、そんな国を割るような戦なんてものは、止《や》めさせるのが筋じゃねえのか」

幕府を騙《だま》してでもよ——と、歳三は声を低めて言った。

「ただ幕府の言いなりになって動いていたのじゃ、徳川は滅ぶぜ」

伊東は黙した。

「どうした伊東さん。こんなことを言う俺は不忠者なのかい。滅ぶなら一緒に滅ぶが義か。忠か」

いいや、と伊東は頭《かぶり》を振った。

「勝安房守様もそんなことを仰せになる。私もそう思う。貴方は違うのだと思っていたが――そうなのか」

思い直したのですか――と伊東は言った。

――信じたか。

「最初からそうだったと言えばそうだった。だが、俺も近藤も、鯔《とど》の詰まりは学がねえ。尊王攘夷を謳っても気取っても、ただお上《かみ》を敬いお上に従うしかねえのだと、そう思い込んでいただけだ。だが死を前にした山南と膝《ひざ》詰めて話して――ただ諾諾《だくだく》と従うだけがお上のためになる訳ではねえと、そう覚《さと》ったのよ」

歳三は目を逸らさぬ。

伊東の目に籠った疑念がやや薄らいだようだった。

当たり前である。

歳三は、伊東が言いそうなことを言ってやっているだけだ。

――もう一押しか。

「攘夷ってのは――夷狄《いてき》を撃ち払うてえことで間違いはねえな」

伊東は首肯《うなず》く。

「異国がいつ攻めて来るか判らねえてえのに――好んで内乱起こすのは得策じゃあねえと、学のねえ俺は思う。外から見りゃ同士討ちだろ。なら、どっちが勝とうが戦力は半減する。内向きに睨《にら》み合ってるような野郎は脇が甘くなるから、外からは攻め易い。危ねえ。それは、浅《あせ》え考えなのか」

浅くなどないと伊東は答える。

「正しい。世は複雑な相を成すものだが、世を動かす理《ことわり》というのは常に単純なものです。複雑な事情を汲み上げ忖度《そんたく》することは肝要だが、その単純な仕組みを見抜けなければ、先を見損ねることになる。土方さん、貴方はそうした目を持っている。帝《みかど》を奉り藩幕の体制を組み直し、一丸となって攘夷に備えることこそが急務です」

そうかいと歳三は言う。

「そうなら、だ。戦を避《さ》けるが国のためなら、新選組もそのために動くべきだろ。俺達の役目は、国体を護ることだ。なら無益な戦は止《や》めさせるのが筋だ。くだらねえ戦は、しねえのが、させねえのが、真の尽忠報国《じんちゅうほうこく》になるのじゃねえのかい」

――こんなところか。

「山南君は――心強い置き土産をして逝った訳だな」

伊東はそう言った。

――ふん。

歳三は肚の底で嗤《わら》う。

「ただな伊東さん。この新選組は近藤を含めて、山南が古臭《ふるくせ》えと切って捨てた黴《かび》の生えた士道に疑いを持たねえ野郎どもが、未《ま》だ未《ま》だ幅を利かせていやがるぞ。連中は血の気も多いぜ。原田にしろ永倉にしろ、戦うことこそお上のためと頭から信じていやがる。仮令《たとい》幕府のためになることだとしても、幕府を欺くようなことになるなら、賛同はしねえだろう」

「そのようですな」

上手《うま》くやるしかねえよ、と歳三は言った。

「そうだろ。それが」

「そう。それが国のためです。徳川家のためでもあるし、天子様のためにもなる。先《ま》ずはこの新選組を変革せねば。そして幕府の目を開くのです。倒すのではない。変えるんだ。そうなんです、土方さん」

――釣れた。

「国を護るためには国を変えなければいけないんだ。同じように新選組も変わるべきですよ。だからだね――」

演説を聞く気はない。

「伊東さん。あんたにはそれだけの才覚がある。知恵もある。人望もある。だから大局を見据えて策を立て、自由に動いてくれ。この国を変えるために働いてくれ。組内は俺が抑える。あんたの手足として動かせるように、俺が何とかする。局長も俺に任せてくれ。それで――何とか上手《うま》く運ぶしかねえだろう。表向きはぶつかることもあるだろうがな」

「土方さん」

「そのためにも俺とあんたは距離を取ってた方が得策だ。あんたの一派と、そうでねえ連中の両方を御すにはそれしかねえ。あんたと俺の接近は、あんたに心酔している連中に要らぬ疑団《ぎだん》を抱かせ兼ねねえ。一方で、俺があんたと同調したと知れれば、莫迦どもは俺が裏切ったと思うだろう。理屈の通じる連中じゃあねえから、そうなってから説得すんのは無理だぜ。だから屯所ォ移す件も、俺が強談判《こわだんぱん》したことにしといてくれ」

歳三は返事を聞かずに立ち上がり頼みますよ参謀、と言って部屋を出た。

廊下には篠原がいた。

歳三が突然障子を開けたのでかなり驚いたようだが、その驚きを気取《けど》られぬよう呑み込んだ、という様子である。平静を取り繕うために挨拶さえ忘れている。まるで木《で》偶《く》の坊《ぼう》である。

聞いていたのか。

いや、聞いてはいないだろう。

誰かが息を潜めて様子を窺っているとは思っていたのだが、立ち聞きするにしては離れ過ぎている。話の中味までは聴き取れまい。

いや——。

こいつは伊東の身を案じていただけなのだ。

歳三が立ち上がったのを察して近付いて来ただけだろう。

殺すとでも思っていたか。

——未《ま》だ先だよ。

歳三は敢えて乱暴に襖障子《ふすましょうじ》を閉めて、わざと不機嫌そうに篠原を睨《にら》むと、広間に進んだ。

広間には近藤一人が座っていた。

「歳さんよ」

角張った顎がぱくぱく動く。疲労が溜まっている。山南の死が——いや、古い朋輩の脱走という事実そのものが応えているのだろう。

近藤は訝《いぶか》しそうに眼を細めた。

「歳さん。あんたが——伊東さんと会うってのは、どういう料簡だい」

「料簡なんぞねえよ。屯所移す件を捻《ね》じ込んだだけよ」

おいおいと近藤は慌てる。

「山南君の葬儀が終わるや否《いな》や、その日のうちに直談判てえのは、あからさま過ぎるのじゃないか。山南君が屯所移転に反対していたことは伊東さんも能《よ》く知っているだろう。山南君は伊東さんに近かったから、伊東さんも気分を害したのじゃねえか」

「そのようだったな」

嘘だ。

伊東は、気分を害すどころか上機嫌になったのだ。

伊東は山南を精精《せいぜい》使い勝手の良い道具として見ていただけだ。そこに情などない。

そして歳三は、自分は山南よりも使える道具だと、自ら示したのである。

「なら余計に意固地になったろう」

「心配ねえよ。揉めちゃいねえ。伊東も不承不承に承諾したよ」

「そうなのか」

近藤は小さな眼を円くした。

「伊東が承知したんなら他の連中に諮《はか》るまでもねえだろ。俺は明日にでも本願寺に行くぜ」

大丈夫かと近藤は尋《き》く。

「伊東さんが納得してくれたのならばそれはそれで良かったが、お西さんは簡単には受け入れまいよ。儂《わし》が出た方が良くはないか」

「あんたみてえな怖《こえ》え面《つら》が前に出たら、坊主どもが怖がってお加持《かじ》始めるぜ」

「いや、そうではなくて」

抜かねえよと歳三は言った。

「坊さんなんか斬るもんかよ。そうだな――島田と尾形《おがた》、それから、河合を連れて行く。金勘定も必要だ」

「勘定方の河合君は判るが――何故に島田と尾形なんだ。二人とも監察方じゃないのか。尾形君は兎《と》も角《かく》、島田君は交渉ごとに向くとは凡《およ》そ思えぬがな。それに、その人数で良いのか」

「いいんだよ」

島田魁には前の戦の後に本願寺を調べさせている。

不器用だが馬鹿正直で朴訥《ぼくとつ》な島田は、かなり丹念に内情を調べている。あれは巨漢だが、人当たりは良い。

尾形俊太郎《しゅんたろう》は、莫迦揃いの隊士の中ではかなり使える男である。

池田屋襲撃の際は――だから敢えて外して屯所に残したくらいだ。また尾形は前の戦の経験からか、西洋式の軍学教練に興味を持っているようなのである。使えない連中を使えるようにするためには、剣術を教えるよりも洋式の教練をした方がずっと早い。境内でそれが出来るか、下見をさせるのだ。

長州藩は英国式の軍事教練をしているという。幕府も仏蘭西《ふらんす》式の軍営を採用し、講《こう》武《ぶ》所《しょ》でも教え始めているらしい。どんな剣豪であろうとも、どんな銘刀を持っていようとも、鉄砲の弾に当れば死ぬ。逆に、腰抜けでも間抜けでも被弾しなければ勝機は残る。

翌日、歳三は三人を連れて西の本願寺を訪れた。

本願寺側は予想通りかなりの難色を示したのだが、歳三があくまで低姿勢で接したこともあってか、一蹴するような極端な反応は見せなかった。

――これは。

当たり前なのだ。歳三には駆け引きに当って勝算があったのである。

伊東の言っていたように、本願寺側は表向き倒幕浪士との関わりを否定している。

しかし、長州兵乱の折りに、本願寺が逃げ遅れた長州兵数名を本堂縁の下に匿っていたことは事実なのである。

誰あらん、島田が見付けたのだ。

内内に報せを受けた会津は大いに怒り、寺を焼き払うと主張した。止《と》めたのは新選組、止《や》めさせたのは歳三だった。

伊東はそれを知らない。

だが本願寺門跡はその辺りの子細をある程度は心得ている。頭越しに守護職に直訴しようと、当の守護職は会津藩主に他ならないのだ。己の立場の弱いことは承知している。いいや、話を蒸し返すことにもなり兼ねない。焼き打ちされるよりは間貸しの方がずっとましである。

だからこそ島田を連れて行ったのだ。

初回の申し入れに際し、そのことに就いて歳三は一切触れなかったのだが、島田の顔を見れば寺側は自ずと本意を悟ったことだろう。

そう踏んだ。

それでも寺は困惑し、一応守護職に相談したらしい。

だが寺の望むような回答は得られなかったようである。

以降、歳三は井上源三郎や永倉新八《しんぱち》など、日替わりで使者を立てては本願寺と交渉した。

山南の葬式から四日の後、西の本願寺門跡は境内に屯所を設けることを承諾し、朝廷にもその旨を報告した。

思ったよりも落ちるのはずっと早かった。

門跡の侍臣である西村兼文《にしむらかねふみ》の不在も大きく影響したと思う。

西村だけは手強い。長州兵隠避の際も何かと抵抗したのは西村だった。

何に付け執着の薄そうな僧達と違い、西村は粘り腰だし押しも強い。先だっては寺の側に弱みがあったのだが、此《こ》度《たび》は違う。扨《さて》どう出るかと歳三は用心して赴いたのだが、肩透かしを喰った。

侍臣は偶然にも西国を巡る旅に出ており、寺を留守にしていたのであった。そのお蔭もあってか、寺側は始終温厚な対応をしてくれた。結果、歳三は一度も声を荒らげることなく、移転を承諾させたのだった。

新選組は本堂北側にある六百畳の集会所を間仕切りし、屯所として使用することになった。また、境内北東の太鼓《たいこ》楼《ろう》も借り受けることが出来た。

普請はすぐに始められた。学林には牢や風呂場などが造られ、本堂との仕切りには竹矢《たけや》来《らい》を設けた。寺側も協力的だったから、改装も、種種の取り決めなども、極めて迅速に進んだ。

山南敬助の死後、半月を待たずして、新選組は二年を過ごした壬生界隈を後にすることになったのだ。

その頃は隊士の数も百数十名に達していたから、引っ越しはかなり大掛かりなものとなった。

寺は静かだった。

偶《たま》に顔を出す僧は無表情だった。

礼を尽くすよう上から言われているのだろう。そうだとしても、歓迎している様子は微塵《みじん》もない。黒ずくめの嫌われ者どもが大挙して訪れ、そのまま居着いてしまうのであるから、迷惑千万という気持ちも判らないではない。

弥生《やよい》十日を目処《めど》として、未《ま》だ普請の終わらぬうち、三日くらいから武具などの移動を始めた。

その騒動の中——。

大八車に何やらを載せて、数名の隊士が門を潜《くぐ》った。最後尾に山崎が付けていた。

監察は太鼓楼の前に歳三の姿を認めると、す、と隊列を離れた。

僅《わず》かの間を置き、山崎は歳三の横に立った。

「あの、後ろを押しとる男」

見る。

大谷良輔《りょうすけ》であった。

「あれが佐々木の」

「犬か」

山崎は答えずすぐに姿を消した。

——そうか。

山南の葬式の後、歳三は大谷の視軸を捕らえたが、あれは矢張り監視の目筋であったのか。

——犬め。

歳三は暫《しばら》く大谷を眺めていた。

怪しい動きはない。

荒縄を解き、積み荷を新しい屯所の前に下ろすと、さして間を空けずに一行はまた大八を引いて出発した。壬生へ戻るのだ。

大谷の他、新入隊士が三人。

一人が車を引き、左右に一人ずつ。大谷は矢張り車の後ろを歩いている。

悠然と後を追った。

荷はない。大八車は軽い。大谷は車を押すことをせず、ただ最後尾を歩いている。

歳三は十間ばかり空けて跡に続いた。

門を抜ける。

角を曲がる。

近付く。

気配を消す。

そっと大谷の後ろに付き、更に身を寄せて、歳三はその背の下を。

小刀で刺した。

背骨の横。

刃を押し込む。突き上げる。更に抉《えぐ》る。肺腑《はいのふ》まで貫く。息を吐《は》き出した隙に刺したから声は漏れぬ。いや、刺されたこと自体に大谷は未《ま》だ気付いていない。

何が起きたか解っていない。

抜けば。

大量に血が出るだろう。刃は太い血の道を切断している筈だ。

歳三は大谷の耳に口を寄せ、

「早く屯所に帰れよ」

と囁《ささや》いた。

大谷はそこで漸《ようや》く痛みを感じたのだろう。小さくひいと、引き攣《つ》ったような声を漏らした。刀を引き抜き、一瞬で鞘に戻すと歳三は大谷を越して前に出、他の隊士達に声を掛けた。

「ご苦労」

副長、と言って、引いていた隊士が畏まった。

「止《と》まるな。進め。雑用は早めに済ませてゆっくり」

——休め。

そこで、歳三は大谷を盗み見た。

大谷は悲愴な顔をしている。状況が呑み込めないのだろう。

未《ま》だ歩いてはいるが、声は出ないだろう。息も詰まっている筈だ。

「こうしてる間にも何が起きるか判らねえぞ。新選組には気を緩めるような余裕はねえ。出来る時に出来ることをして、後は鋭気を養え」

諒解しましたと隊士どもは声を揃えて言った。

大谷は。

フラフラと酒に酔ったような歩き方で大八に付いて来る。もうその目は何も見ていない。

間際に屯所に帰れと言われて、ただそうしようとしているのだ。

歳三は確《しっか》り頼むと言ってから踵《きびす》を返し、蒼白になった大谷を通り越して寺へと戻った。擦れ違う際に軽く肩を叩いたが、何の反応もなかった。

地べたには血の筋が出来ている。

血は線を描き、刃を引き抜いた処まで続いていた。そこは血溜まりになっていた。

血が抜け切れば大谷は死ぬ。

どこまで保《も》つか。屯所には行き着けまい。

倒れるならもう少し離れてから倒れて欲しいものである。

大谷が突然死んだら——。

連れの連中はこちらに戻るか。壬生の屯所に行くか。

壬生に行くだろう。

当然、こちらの方が近い。

だが今、この寺にいるのは平隊士と大工ばかりである。主立った者は未《ま》だ壬生にいるのだ。ならば大八に載せて壬生に戻るということになるだろう。

歳三は曲がり角に立って暫《しばら》く様子を見ていたが、ただ遠目から見ていても仕様がないので、門を潜ろうとした。

「この」

ヒトごろしめが――。

そう、言われた。

直《す》ぐさま声のした方に顔を向けた。

坊主が一人立っている。最初からそこにいたかのようにただ脱力して立っている。

しかし、歳三が気付かぬくらいであるから、徒者《ただもの》ではないことは間違いない。

――見られたか。

そんな筈はない。

直ぐ傍にいた連中も気付いていない。それよりも、刺された大谷自身が気付いていない。

なのに。

歳三は刀に手を掛けた。

坊主は左手を翳《かざ》す。

「止《よ》せ止《よ》せ。お前、こんな処で坊主を斬ったりしたなら、折角の引っ越しがご破算になろうが」

「何だと」

僧形《そうぎょう》ではあるが身形《みなり》は穢《きたな》い。本願寺の僧ではない。雲水——いや、乞食《こつじき》の願人《がんにん》坊主だろう。

「久し振りだのう。死に損ないのヒトでなしよ」

僧は錫杖《しゃくじょう》を持つ手で笠を上げた。

「未《ま》だ生きておったか。それにしても生き意地の汚い男よの」

「てめえ——」

この坊主は。

あれは、いつだったか。場所は。

——流山《ながれやま》か。

何年前のことだろう。死にかけの歳三に悪態を吐《つ》いた、あの。

あれは――。

「覚えておるか。薬売り風情が大層な出世じゃねえかよ。儂《わし》の方は見ての通り、相変わらずの姿だが、お前の方は、これまた豪《えら》く様変わりしたようだのう。まあ――」

見た目だけだろうがなと坊主は言うと、しゃんと錫杖を鳴らした。

その時、遠くで悲鳴のような怒号のような声が聞こえた。

大谷が――死んだか。

僧もそちらに顔を向ける。

見えはしない。

行く気もしない。

簡単に殺すよな、お前はと坊主は呆れたように言った。

「相変わらず地獄背負ってやがるなあ、お前という男は」

僧は笑った。

枯れた、皺だらけの顔だ。

「こんな真っ昼間から、お西さんの門前で、しかも人前でよ、平気の平左で人殺しかよ。とんでもねえや。お前、人の命なんざ屁とも思っちゃいねえだろ。京は今、物騒だがな、でも、そんなヒトごろしァ見たことがねえ。ありゃ身内だろ」

「なら何だ」

「別にどうでもねえわさ。ただ、お前は立派なヒトでなしだと言いてえのだわい。いいや——」

それ以上かのうと言い、坊主は重ねて笑った。

「儂も色色ヒトでなしを見聞きして来たがの、てめえ程後生の悪い男も先《ま》ずおるまいてよ」

「そうかい」

歳三は坊主を見返した。

「その様子じゃあ、もう何人も殺したな。そうだろ」

「てめえには関係ねえ」

「冷てえじゃねえかよ。儂はお前の命を救ったのだぞ。忘れたか」

覚えている。

だが。

「何が命を救っただよ。俺の頭踏み付けにして、ただ罵《ののし》っただけじゃあねえかよ。このクソ坊主が」

「水もくれてやったぞ」

「水なんかで恩売られちゃ敵わねえよ」

それもそうだなと坊主は一層の高笑いをした。

「こう見えてもな、儂はここの門主とも顔見知りでな」

「嘘を吐《つ》け」

格が違う。

徳もない。

「この寺ァでけえじゃねえか。こんなご立派な寺の門主が、てめえみてえな小穢《こぎたね》え物乞いと知り合いの訳がねえだろうが」

「百姓だか薬売りだかが、どこぞの藩主様に意見する世の中なんだから、別に珍しい話じゃあねえよ。お前だって似たようなものじゃねえか。儂はこれでもな、一宗の長だぞ。お前なんかより偉いわ」

「呆れた爺《じじい》だな。無信心な俺でさえ知ってるぜ。ここの宗主は、その門主じゃねえのかよ」

宗旨が違うわいと僧は言う。

「広如《こうにょ》さんは浄土真宗じゃ。ここは浄土真宗の寺院だ。儂は別だよ」

「騙《かた》りやがれよ。この売僧《まいす》が」

僧は声を出さずに笑った。

「どうでもいいがな、偶《たま》さか山科《やましな》の方を旅しておったら、お西さんの大僧正が野良犬に居着かれて難儀しておると耳にしたのでな、扠《さて》どんな狂い犬がおるものかと、様子を見に来たのだわい」

来てみりゃお前よと坊主は言う。

「お前が頭目じゃあ、こらもう犬なんかじゃねえ、悪《あっ》鬼《き》羅《ら》刹《せつ》だわ。お前は」

地獄そのものじゃ。

俺は頭目じゃあねえよと言った。

「俺は――」

「同じことだ。儂の目は節穴じゃあねえわい。お前の上におるのは、ただのお飾りだろ。お前が仕切っているのだろうよ」

「なら何だよ」

「ここの門主はな、朝廷に一万両献納する程の勤王僧だぞ。そこに巣ゥ作ったお前達は、筋金入りの親幕藩、会津お抱えだそうじゃあねえかよ。何処をどうしたらそういう莫迦なことが仕出かせるのかと思うていたが、お前の指図か」

お前は莫迦だからなと僧は言う。

「何だと」

「いつぞや自分で言うておったのだから、莫迦なのだろう。だがの、ただの莫迦なら未《ま》だ始末が良いが、人が殺してえという、天魔の如きヒトごろしと来た。そんなものが率いる一団に居着かれたんじゃあ、まあ広如さんも大いに困るだろうなあ」

坊主は襤褸《ぼろ》衣をはためかせて門を潜った。

「どうする気だ爺」

歳三も後を追う。

「どうするって。どうもしねえよ」

「何だと」

「偉い坊主が困ろうが弱ろうが、儂の知ったことじゃねえ。徳が高《たけ》えなら自分で何とかするだろう。その辺の坊主じゃねえ、大僧正だぞ」

「てめえも偉《えれ》えのだろう」

「偉いさ。だが、知り合いだからといって、他宗の僧を救う謂われなんぞ儂にはねえさ。ま、宗旨は違えど仏弟子としては一緒だわい。だからといって世話ァ焼くのは筋違いだ。こりゃあ或《あ》る意味で法難だ。自分で何とかするが修行だ」

人でなしだなと歳三は言った。

「オウ。儂はそれこそ立派なヒトでなしよ。人は人を救えねえものさ。人を救えるなあ、人でねえものだからよ」

儂はヒトでなしよ。

「一緒じゃねえか」

「ヒトごろしではねえがな」

そう言った後、坊主は歳三に顔を向け、

「それで、どうじゃ」

と尋《き》いた。

「何だよ」

「人を殺したかったんだろうに。昔、お前はそう言っていたぞ。殺したな。何人殺した。大勢殺したか。今も殺しただろう。どうだ、嬉しいか。愉《たの》しいか。教えてくれ」

嬉しい。

愉しい。

そう感じたことは一度もない。

それ以前に、そうした感情は最初からない。理屈では判るけれども、情動としてはない。

黙れよと言った。

「怒るか。怒る気持ちはあるのか」

「怒っている訳じゃあねえ。邪魔臭《くせ》えだけだ」

歳三は再び刀に手を伸ばそうとした。僧は察した。

「止《よ》せと言うておる。ここで儂を斬るのは得策ではないぞ。門主とは旧知の仲だと言うておろうが。儂はヒトでなしだが、僧籍にある。殺《あや》められるような謂われはねえものよ。その儂がこんな処で死んでおれば、騒ぎにならん訳がなかろう。お前がどんな立場であろうとも、どんな屁理屈を捏《こ》ねようとも、到底切り抜けられるものではないわ、この間抜けが」

――間抜けか。

慥《たし》かにそうである。

遠目には談笑しているように見えるのかもしれぬ。

「言いてえことを言うじゃねえかよ爺」

「ヒトごろしの大莫迦野郎に言って悪い言葉なんざ、この三千世界に只《ただ》のひとつもねえと思うぞ。まあ、いいわい。儂はお前が益々気になったからな。お前みたいに地獄背負った男の末路がどうなるものか、じっくり見物させて貰うことにするわ」

僧は再び、実に楽しそうに高笑いをした。

風が渡るような声だ。

歳三からも殺意めいた緊張はすっかり抜け落ちている。いいや、もしかしたら、そんなものは最初からなかったのかもしれない。

「てめえ、本当に立派な人でなしだな。坊さんってのは、人に倫《みち》を説いたりするもんなのじゃねえのかよ。葬式やら法要でごちゃごちゃ御託《ごたく》並べるのが商売だろう」

「人の倫だと」

そんなものは説かんよと僧は顔を顰《しか》めて答える。

「坊主が説くなあ仏の教えだよ。儂は仏弟子だぞ」

「何の道でもいいよ。坊さんなら——止《と》めるとか諭《さと》すとかしねえのか」

「止《と》めたって殺すだろうよお前。諭したって無駄だろ。お前のようなもんは救えねえよ。人が人を救えねえのと同じでな、ヒトでなしはヒトでなしを救えやしねえのよ」

役に立たねえなと——。

歳三は言った。

僧は愉快そうに笑う。

新しい屯所の前に立った。

「ここを本拠にするかい。ここは坊さんが集まる処だぞ」

「何に使うか知らねえよ。広いから貸してくれと言っただけだよ。使ってねえようだしな」

「使う用が出来れば使うのだ。その為に建ててあるのだ。お前等《ら》と違って、地べたが空いてるからといって使いもしない堂宇を建てるような浮かれた僧がおるものか。ここはな、大法会《だいほうえ》を行う際に諸国から集まった僧を入れる場所なんだよ。お前達がこんなにしてしまったのじゃあ、法会が出来んだろうに」

「しなきゃいいんだよ」

老僧はちらりと歳三を見ると、まあそういうことだなと言った。

「儂の宗旨じゃあ、そんなことは一切せんからな。此処はまた違うのだろうが——まあ、せずともどうなるものでもなかろうしな」

坊主は覗き込む。

「覗くんじゃねえよ」

「隠すものでもあるまい。ヒトごろしが作らせたヒトごろしどもが寝起きする場所など、そう見られるものではないからの。うん——」

坊主は指で押し上げた笠を更に上に上げた。

「誠――という旗があるの」

山南を殺した時。

背後に掲げていた旗だ。

「いやいや、何ともお前らしい旗印ではねえか、ヒトごろしよ」

「何だと。何処《どこ》がだ」

僧は歳三に向き直った。

「誠の道はの、天の道じゃ。そら、人の道じゃあねえのだよ。人が歩くには難儀な道だ。苛烈《かれつ》な道だ。そこには情けも容赦もねえのだ。誠の道を歩くのは、人には無理なことなのだ。その道を歩くのは人ではなくて」

ヒトでなしだよと坊主は言った。

「知ったような口を利くな、爺」

それは歳三も思ったことだ。

「利くよ。これでも偉い坊主だからな。それに儂はな、ただの爺じゃねえよ。荻野《おぎの》了湛《りょうたん》という名があるわい。宗派の方は名なしだがな。また何処かで会うこともあるだろう。判ったら覚えておけ。ヒトごろしの薬売りめ」

「俺も名乗った筈だがな」

俺は人殺しで薬売りだが。

俺は――。

「土方歳三だ」

歳三はそう言った。

8

切っ先は喉笛から五分《ぶ》。

まず動けまい。

「話を聞こうか」

歳三《としぞう》は言う。勿論《もちろん》、この状態で普通に話せる訳もない。この男は腰抜けである。

「何か――事情があったのだな。そうなんだろう。脱走した訳じゃあねえんだろ」

武田《たけだ》観柳斎《かんりゅうさい》はただ、痙攣《けいれん》するように細かく震えている。

溜まった唾さえ飲めないでいるのだ。喉仏が上下しただけで刃に触れるかもしれないと、そう思っているのだろう。

「何だよ。甲州《こうしゅう》長沼流《ながぬまりゅう》の軍学とやらでは、こういうときは塀に貼り付いてお手上げしてれば活路があると教えるか」

武田は大きく息を吸った。

息も止《と》めていたか。

武田は、脱局した。

新選組から逃げ出したのだ。

昨日今日の話ではない。もう七八箇月も前のことである。

だが、追って捕えることも殺すこともしなかった。歳三は敢えて武田を泳がせることにしたのである。

その時期――武田が姿を消した時分――新選組は慌ただしかった。

否《いや》、都が、国全体が紛乱《ごたごた》していたのである。

夏に将軍が突然病死した。

停戦した筈《はず》の長州《ちょうしゅう》再征も、中中《なかなか》終局を迎えなかった。

新選組も土佐《とさ》藩と揉めごとを起こしていた。武田の失敗《しくじり》も尾を引いていたが、別件である。

その頃、三条《さんじょう》制札場が荒らされるという事件が頻発《ひんぱつ》していた。停戦の勅令が発せられたにも拘《かかわ》らず、一部の藩を朝敵とする旨を記した制札が掲げられているのはおかしい、ということらしかった。

新選組に制札場の警護が命じられた。原田《はらだ》左之助《さのすけ》を始めとする三組三十名に見張りをさせたところ、不審な侍八名が現れ、抜刀の上立ち向かって来たため、斬り合いの乱闘になった。

ただ――張り込みの連中はその時大いに油断しており、強《したた》かに酔っていた。結果、八人に対し三十人でかかって、一人を殺害、一人を捕縛という不首尾に終った。逃した者のうち一人は翌日自刃したが、それでも半数以上に逃げられている。

この乱闘の相手が土佐藩士だった。

非がいずれにあろうとも、すぐに収まるものではなかった。

そんな混乱の中、見《み》廻組《まわりぐみ》の中に謀反人が出て歳三までが捕縛に駆り出される羽目になった。

時局も日《ひ》毎《ごと》に目《め》紛《まぐる》しく変わり次から次へと難問が頻出したから、寝る間さえなかった程だ。

そして何より頭の痛い問題だったのは金がなかったことである。戦《いくさ》備えもあり、隊士の数は倍以上に増えていたのだ。金策は急務であった。

武田はそうした諸々《もろもろ》の最《さ》中《なか》に忽然と姿を消したのであった。

脱走したというより、いつの間にかいなくなっていたというのに近い。

事実、歳三は何日かの間、武田の不在に気付かずにいたのである。

他の隊士も同様で、任務を遂行していると思っていたようだ。

如何《いか》に武田が役に立っていなかったかということが判る。

また、間の悪いことにその時期、監察方山崎烝《やまざきすすむ》は不在であった。

山崎は長州再征の見聞と報告をする役儀を負って広島《ひろしま》に出向いていたのだった。監察方は幾人もいるが、隊士一人一人の動向に目配りをしつつ、市中の隅隅《すみずみ》裏面までを濃《こまや》かに押さえているのは山崎ただ一人である。

もし山崎が屯所にいたならば、その日のうちに武田を捕らえていたことだろう。

否、抜け出す前に、不審な動きをした段階で報告は上がっていた筈である。

だが、それはなかった。

気付いた時にはもう数日が過ぎていたのだ。だから歳三は脱走より失踪という感覚しか持てなかったのである。

それに、いないと知れたところで不便はない。正直なところ武田の如きどうでもいい男に構っている暇などはなかったのだ。その頃の歳三は、何よりも優先させねばならぬ喫緊《きっきん》の課題を抱えていたのだ。

伊東甲子太郎《いとうかしたろう》との談合である。

表向きは天下のため、万民のため。帝《みかど》のため。幕府のため。

国の仕組みを変え、武士の在り方を変え、政《まつりごと》を変え、新選組を変えるため。

――いいや。

真実《ほんとう》は――伊東甲子太郎とその一派を皆殺しにするためだったのだが。

表向きは反目を装いつつも、裏では手を結ぶ――芝居をし乍《なが》ら、歳三は伊東と策を練った。それが己を屠《ほふ》るための談合だと気付かぬまま。伊東は時に熱く語った。

歳三には小《こ》者《もの》を追い掛けているような余裕は全くなかったのだ。

その小者が今、歳三の目の前で震えている。

「随分長《なげ》え留守だったよな、武田先生。それとも見逃《みのが》されたとでも思ったかい。悪《わり》ィがな、恩赦出す程の慶事はねえ」

刃先を一寸ばかり横に動かす。

武田は顎《あご》を引き、刃から逃れようと身体《からだ》を捩《よじ》った。

「てめえは、近藤《こんどう》局長のお気に入りだと――そう思ってたんだろう。だが、そりゃ違うぜ。近藤はてめえのことなんざ疾《と》うの昔に忘れているぜ。いいや、隊士はみんな忘れてるようだぜ。てめえなんざ、いても、いなくても変わりのねえ」屑《くず》だからよと言って、歳三は切っ先を戻す。

「俺は――覚えていたがな」

武田はぷうと息を吐《は》く。

「覚えていてやったんだから有り難く思えよ。まあ――あのまま逐電《ちくでん》して、故郷の出《いず》雲《も》にでも舞い戻っていりゃあ、こんな醜態晒《さら》すことにはならなかったろうがな」

切っ先が喉笛に触れた。

武田は眼を瞑《つむ》り歯を喰い縛った。

「いつまでも京に燻《くすぶ》ってるのみならず、ちょろちょろと隊士にちょっかい出して、見付からねえとでも思ったのかい」

歳三は切っ先を横に倒し、右の空を斬って、刀を鞘《さや》に収めた。

「新選組も舐《な》められたもんだな」

「な、何故」

武田は漸《ようや》く言葉めいたものを口にした。抜き身が目の前にあると、口も利けぬらしい。何だよと歳三はぞんざいに答える。

「何故判った」

「あン」

本当に莫迦《ばか》だと思う。

捜しこそしなかったが、武田の居所はそう間を置かずに知れた。山崎は京に戻るなりに網を張り、武田はその網に簡単に掛かったのだ。山崎の張る網は目も細かく、また広いのである。

歳三は――。

殺さずに、泳がせることにした。

組内に、武田と通じている者がいると察したからだ。

しかも、歳三の見たところ、一人や二人ではないと思われた。

武田観柳斎は志《こころざし》もなく、人としての度量も小さい。先を読むことも出来ないから戦《いくさ》の役には立たない。

ただ、軍略の方はお粗末だが、人を誑《たら》す才だけはある。莫迦程、武田のような男に靡《なび》く。閥《ばつ》を成しているなら、小者と雖《いえど》も見過ごすことは出来ない。

山崎は涼《りょう》を使った。

武田と接触させ、匿《かくま》わせたのである。

歳三は武田の一挙手一投足を掴《つか》んでいたのだ。いや、逆にあることないことを吹き込んで操っていたと言っても良い。幇間《ほうかん》は己がずっと歳三の掌《たなごころ》の上に乗っていたことを知らない。

「ほう。遁《に》げ果《おお》せると思っていたのか。甲州流の軍学とやらを駆使すれば、生き長らえることが出来るとでも」

「ち、違う」

「じゃあ何だ。幕府方の旗色が悪くなったから看板掛け替えようってのか。近藤を持ち上げても良いこたァねえと判じたかい」

「そ、そうでは」

「そうでは何だ」

「い、い――」

何が言いたいのかは判らぬが、坊主頭の腰抜けは本当に腰を抜かしたらしく、そのまま地べたに身体を落とした。

「おい武田。待ってたんだよ、俺は。てめえが高台寺《こうだいじ》に行くのをな」

「こ――」

武田はまた黙った。

東山《ひがしやま》の鷲峰《じゅぶ》山《ざん》高台寺――。

現在、高台寺塔頭《たっちゅう》、月真院《げっしんいん》は、御陵衛士《ごりょうえじ》の屯所になっている。御陵衛士とは、半年前に崩御された先帝の御陵《みささぎ》を警護する――墓守のことである。

将軍家茂《いえもち》が死んで半年も経たぬうち、まるで後を追うかのように、帝もまた死んだのだ。

御陵衛士は、その帝の墓を護《まも》る役目を負っている。

勿論、ただの墓守ではない。

その実体は、伊東甲子太郎率いる一党——高台寺党なのであった。

屯所を本願寺《ほんがんじ》に移した日から丁度二年後、今年の弥生《やよい》二十日に、伊東は十二人の同調者を従えて新選組を離れたのであった。

あくまで脱隊ではなく分隊という形であった。

伊東一派は奇しくも壬生《みぶ》浪士組——新選組と同じ道を辿《たど》って独立したのであった。

正式な分離独立であるから、表向きは諍《いさか》いがあったことにはなっていない。

事実、話し合いは幾度も行われたが、その際も揉めごとや刃傷沙汰などは一切起きていない。伊東の、各方面への根回しも堂に入ったものであったから、大きな混乱はなかった。

伊東以下十三名は泉山戒光寺《せんざんかいこうじ》の湛然《たんぜん》老師を介し、正式に山陵奉行戸田《とだ》大和守忠至《やまとのかみただゆき》配下となって墓守役を拝命したのだ。手続きその他には篠原泰之進《しのはらたいのしん》が奔走《ほんそう》したと聞いている。

だが、世間はそうは見ていない。

当然、内紛の上での決裂であろうと、上から下まで殆《ほとん》どの者はそう捉えている。

実際、何も考えていない原田などは伊東が組を乗っ取ろうとしたから追い出したのだというような愚にも付かぬ罵言《ばげん》を吹聴していたし、伊東一派とは反《そ》りの合わなかった隊士達なども挙《こぞ》って良い顔はしていなかったから、そう見えたとしても仕方がないのだが。

だから、世間は、近藤——というよりも実質組を仕切っている歳三と伊東との間に強い確執があると信じているのだ。

また双方の国策に対する考え方にも、決して相容《あいい》れない隔たりがあると受け取られているようである。新選組が佐幕の立場であることは疑いようがない。ならば分裂した御陵衛士はその逆——即ち倒幕派に違いあるまいという単純な判断がされているのだろう。それもこれも、分派ではなく決裂と思われているからに他ならない。

実際、近藤と伊東の考え方が違っていたことは間違いない。

間違いはないのだが、それでもその差は、そう大きなものではない。勤王という点に於いては双方同じなのであるから、問題は佐幕か倒幕かということになるのだろうが、伊東は決して倒幕派ではない。

近藤は言う。

天子様を頂点に戴き、武門の頭領たる徳川家を中心にして諸藩諸侯一丸となって夷《い》狄《てき》を打ち払い、国を守《も》り立てるのだ——と。

伊東も同じことを言う。

違うのは、幕府の在り方だけである。近藤が幕府に盲従する姿勢を崩さないのに対し、伊東は幕府自体がその在り方を変えるべきだと考えているのである。勤王というところに於《お》いて両者に差はなく、佐幕の進め方にのみ違いがある、というだけである。

伊東の方が正しい。

このままの形が保《も》つ訳がないことは、犬にだって判ることだと歳三は思う。

だが。

新選組も、その後ろ盾である会津《あいづ》も、筋金入りの親幕派である。その新選組と袂《たもと》を分かったことで、伊東一派には倒幕派の烙印が捺《お》されてしまったことになる。

世間は、高台寺党を勤王倒幕の集団として捉えているのだ。

だが、それはあくまで——印象に過ぎない。

それに就いては、伊東自身も敢えて否定することをしなかったし、寧《むし》ろそう見えるように振る舞っていたのであるが——それは狂言である。

まやかしなのだ。

歳三と伊東は裏で繋がっている。

分隊も、最初から織り込み済みのことなのだ。武田が逐電した時分にも、歳三はどうやって伊東一派を新選組から切り出すかを、近藤と共に話し合っていたのだ。伊東もそれを受けて、この春わざわざ九州太宰府《だざいふ》まで赴き、勤王派の真木外記《まきげき》や中岡慎太《なかおかしんた》郎《ろう》と面会し、新選組から分離独立する旨の説明をしている。

勿論、表向きは単なる視察ということになっていたのだが、その意はあからさまであった。

いや、わざとそうさせたのである。実際伊東は、親幕派と袂を分かち勤王倒幕の旗を揚げるのだと、五卿護衛の志士達に宣言したのであった。

そうでもしなければ勤王派の信用は得られない。

勤王派に信用されなければ、分隊する意味がなくなる。いや、勤王派に信用されるためだけに伊東一派は分隊したのである。勤王派——というより、倒幕の動向を正確に摑《つか》むために他ならない。

だから。

巷《ちまた》に於《お》ける誤解は寧《むし》ろ好都合だったのだ。

仲違《なかたが》いを世間に喧伝するため、伊東一派には敢えて隊規を破るようなことまでして貰《もら》った。

正月早早、角屋《すみや》に連泊の上、酒宴をさせたのである。本来であれば切腹相当の隊規違反なのだが、謹慎で済ませた。馴れ合っていると世間に知れてしまっては意味がないので、永倉《ながくら》や斎藤《さいとう》を付けた。古参の近藤派が混じっていたから謹慎程度で済んだのだろうと、世間も、他の隊士でさえそう受け取っただろう。

全部、狂言である。

織り込み済みなのだ。

何もかも近藤と歳三、そして伊東とその腹心の篠原泰之進の四人が半年かけて練った策なのである。武田が姿を消した時期、歳三は伊東等《ら》とそのための密議を重ねていたのであった。

会談は凡《すべ》て近藤の妾宅で行った。他の隊士達には敢えて誤解をさせておく方が良いと判じたからである。念には念を入れねばならなかった。

そうして、御陵衛士は新選組から分隊した。

表向きは役職拝命による分隊である。

しかし世評では親幕派と倒幕派の分裂と思われている。

ところがそれもまた見せ掛けなのであった。

新選組と御陵衛士は裏で繋がっているのだ。

それもこれも、双方が佐幕倒幕両陣営に入り込み、その動きを逸早く摑《つか》み、策を弄し手を講じて天下を良き方向に導くための方便なのだと——。

いうことになっている。

凡《すべ》ては双方一致協力してこの国を立て直すための策略である。

近藤、伊東、土方《ひじかた》、篠原は、志を一にした尽忠報国《じんちゅうほうこく》の同志なのだと——。

いうことになっているのだ。

裏の裏である。

この裏の裏は、画策した四人に加え連絡役として抜擢された斎藤一《はじめ》しか知らない。

斎藤の連絡役起用は、伊東を信じ込ませるに足るだけの重みを持っていた。

山崎の人選は的確だった。

斎藤は元元逸《はぐ》れ者であり、お尋ね者でもあったのだ。彼《か》の男が義を尽くすのは、あくまで正しきことであり、幕府でも朝廷でもない。諸藩との繋がりもまた薄い。正義のために人を斬り、そのために追われる身となった男は、実直且つ誠実に危ない職務を熟《こな》した。

何もかも正義を行うため――。

斎藤は、そう信じている。

だが――。

裏の裏には、もうひとつ裏があるのだ。

もうひとつの裏――歳三の引いた見えない図面は歳三と山崎の二人しか知らない。

山崎は隊の職務を熟しつつ、地味に、且つ旺盛に裏工作を続けた。

伊東を追い込む際に薩摩《さつま》を巻き込むという歳三の案は――それは本来、佐々木只三郎《ささきたださぶろう》に対する当て付けのような思い付きだったのだが――思いの外《ほか》功を奏したようだった。薩摩の動きは予想よりもずっと早く、激しかった。

伊東はもう戻れないだろう。

薩摩は、元より勤王は掲げているが倒幕を謳《うた》う藩ではなかった。

でも、もう違う。違うのだ。

伊東は世の行く末を見据えている。だが世の動きはもっとずっと速い。山崎が動くことで更に早まっている。だから伊東は新しい仕組みを作るために倒幕派を装っているつもりでいるのだろうが、高台寺党は最早立派な反幕府集団に他ならない。

伊東は仕組みを作る前に――。

動けなくなるだろう。

だから薩摩には常に山崎の目が向いているのだ。その目の中に余計な虫が飛び込んで来た。選《よ》りに選ってそれが、武田観柳斎だったのである。

「何を嗅ぎ付けた。武田先生よ」

歳三は身じろぎもせず静かに言った。

「あんたの手駒《てごま》は組に何人残ってる。どうなんだ。いたとしても」

徒党は組めまい。

武田の息が掛かった組内の者は歳三が炙《あぶ》り出し、凡《すべ》て殺すか、追放するかした。

御陵衛士の分離独立は、良い餌になった。

伊東達が分隊した一月《ひとつき》後。

隊士の一人、田中寅三《たなかとらぞう》が、脱走した。

田中は、平隊士ではあったが、撃剣師範であり、筋金入りの尊王攘夷《じょうい》気触《かぶ》れでもあり、扱い難《にく》い隊士だった。天子様を敬う気持ちは誰よりも深く、夷狄を憎む気持ちも人一倍強い。尊王攘夷のためであればいつでも死ぬ覚悟があるなどと公言して憚らぬ男で、他の隊士達もそこには閉口していた。この手の男は思い込みが激しい分、時局を見定め偽りを暴く沈着さを欠く。

武田の息が掛かった隊士として歳三が真っ先に目を付けたのがこの田中寅三であった。だが、いつまで経っても確証は得られなかった。武田なんぞにこれ以上心を砕くのは面倒だったが、かといって脱走者を野放しにしておくのも宜しくない。だから歳三は、業を煮やし罠を仕掛けることに決めたのだ。

筋書きを考えたのは山崎である。

山崎は斎藤と涼を巧みに使い分けて、武田に嘘を吹き込んだのだ。

尊攘の志高き義士であれば御陵衛士は甘んじて受け入れる準備があるという、嘘である。

嘘なのだ。

先《ま》ず新選組は隊士と御陵衛士との接触を許していない。

これも勿論、決裂したという印象を強く世間に植え付けるための策である。

中でも、新選組からの移籍は絶対に許さないという決めごとが分隊の際になされている。だから分離独立の際伊東に賛同した十二名以外の隊士は、決して御陵衛士には入隊出来ない。それが双方の交わした約定《やくじょう》である。

志などは全く関係ない。分派後の移籍願は単なる変節なのだ。伊東一派の一人として入隊して来た者であったとしても、それは許されなかった。

決断は、一度切りである。

同様に、御陵衛士から新選組に復隊することも禁じた。表向きは正式な分離であるから、公平を期するためである。

だから。

分隊の際に伊東に従った藤堂平助《とうどうへいすけ》も、裏の連絡役として配属された斎藤一も、二度と新選組には戻れない。

斎藤はそれも承知のことである。

江戸の近藤道場以来、ずっと行動を共にして来た藤堂は、例に由《よ》ってあれやこれや繰り言を述べたが、自ら伊東に付くと決めた以上は仕方がなかろう。頭でっかちで血の気が多く、考え足らずのくせに口ばかり達者な若造がいなくなってくれて、歳三は正直清清《せいせい》した。

どうであれ、互いに隊士の遣り取りは相成らぬというのは厳然たる決まりごとなのであり、それは隊士達にも告げられている。

それなのに。

田中は伊東の許《もと》に走った。

分隊後一月《ひとつき》——武田にまやかしを吹き込んだ二日後のことである。

武田を尾行した涼は、二人の接触を確認している。

まんまと釣れた、ということだ。

武田に流した嘘が田中の出奔を促したことは間違いなかった。田中寅三は、歳三の奸計に乗せられて脱走したのである。

伊東には何も報《しら》せていない。

報せる必要もない。伊東は約定を忠実に守る筈である。

それがこの国のためになる策の一環だと信じているからだ。

その時点で、伊東一派は未《ま》だ高台寺に入っていない。

一党十三名は五条《ごじょう》の善立寺《ぜんりゅうじ》を宿舎としていた。日が落ちてから屯所を抜けた田中は、迷わず五条に向かったが、当然の如く門前で追い返されることになる。田中は伊東に直接会わせろと喰い下がったようだが聞き入れては貰えず、一刻《いっとき》程粘って門前から去った。

歳三は、田中がそのまま帰営するなら処分は見合わせ、動向を見極めるつもりだった。武田の息が掛かった隊士が未《ま》だ他にいるのであれば、そいつ等《ら》も炙り出さねばならなかったからである。

田中は戻らなかった。

諦めきれなかったのだろう。もしや武田の許に行くかと思いきや、田中は寺町《てらまち》に流れて身を隠した。

当然見張りは付けていた。

武田と接触する前に捕え、すぐに切腹させた。

他の者どもを炙り出すことは出来なかったが、歳三はある確証を得た。

武田観柳斎はただ遁《に》げた訳ではない。何か余計なことを知り、何か余計なことをしようとしているのだ――と。

しかも武田は、あきらかに倒幕方に寝返っている。

そうでなければ伊東一派の動向に対し、過敏に反応する訳もない。

武田は臆病者である。

後ろ盾や弾除けがいなければ、脱局など出来るものではないのだ。

後ろ盾はそれなりに大きく、弾除けにもそれなりの頭数を押さえている筈だった。

組内に内通者がいたからこそ、屯所の眼と鼻の先に潜伏し続けるような大胆な行いが出来たのだろう。

小者が逃げ出しただけならどうでも良かったのだが、こうなって来ると放ってはおけなかった。

「おい武田。てめえ、近藤てえ神輿《みこし》を下ろして、伊東を新しい神輿に担ぐ気だったのか。それとも、自前の手下《てか》焚き付けて――」

てめえが神輿になりたかったか。

「だ、だ、だから」

それは違うと武田は言った。

「どう違う。まあ、今となってはもう無理な相談だがな。てめえにはもう何もねえぞ武田。後ろもガラ空き、担ぐ奴もいねえ。てめえの息が掛かった連中は、組内にはもう何人も残ってねえ筈だぜ」

田中の切腹は、かなりの抑止力を持っていた。

御陵衛士と新選組の間には高い壁があるのだと、隊士達は思い知っただろう。

だが、それでは武田の内通者を燻し出すことも出来ない。武田もまた田中の死を耳にしてからは座敷に籠りきりになってしまった。それまでも隊士との接触はかなり慎重にしていたようである。涼も、山崎でさえも、武田が誰と接触していたのかを摑《つか》むことは出来なかった。

武田は臆病者なのだ。

そこで歳三はまた餌を撒《ま》いた。

新選組隊士全員が、幕府に召し抱えられるという話を、これ見よがしに流したのである。

これは、真実《ほんとう》であった。

会津藩を通して内内に報せがあり、水無月《みなづき》十日に正式に決定した。

会津藩御預《おんあずかり》だった新選組は、直参——幕府直属となることになったのだ。

隊士達は喜んだ。しかし親幕の意を持たぬ者にとって、それは喜ばしいことではなかったし、況《まし》て倒幕の思いを抱く者にとっては容認し難《がた》いことである筈だった。

決定の下知があった二日後。

十名が脱走した。十人は高台寺に屯所を定めた御陵衛士の許に向かった。

勿論、伊東は拒絶した。

十人を煽動したのは佐《さ》野《の》七《し》五三《め》之《の》助《すけ》であった。

佐野は、そもそも伊東が連れて来た伊東派閥の隊士であったから、新選組内部ではかなり浮いた存在であった。御陵衛士の密偵という噂もあった程である。

しかし——それは、ない。佐野は決め兼ねただけなのだ。そして規律を甘く見ていただけなのだ。気心の知れた仲間であった伊東一派が自分を見捨てる筈もないと、そう考えていたのだろう。

平隊士の中村五郎《なかむらごろう》、富川十郎《とみかわじゅうろう》も佐野と同様の立場であった。伊東一派だったこの三人は、武田の息が掛かった者ではないものと思われた。伊東なら拾ってくれると楽観していただけだろう。

一方、監察方の茨木《いばらき》司《つかさ》は、伊東寄りではあったものの、伊東の周旋で入隊した訳でもなく、また伊東に心酔していたという訳でもない。茨木は実直で能《よ》く働く男だったから、近藤もまた重用していたのである。

実直だからこそ、騙《だま》される。何でも真に受ける男であるから、武田の口車にも簡単に乗せられるだろう。そもそも残りの軽格六名と、この茨木には一命を賭して脱走するような高い志があったとは思えなかったのである。

また、脱走後の身の振り方にしても、何か算段があったとは思えなかった。伊東の覚えがめでたかったのも茨木だけである。

茨木以下七名は、武田と通じていたものと歳三は断じた。

その七人は、武田から何かを聞いていたのだろう。

多分——。

遠からず幕府は倒れるというような話を吹き込まれていたのだろうと思う。何を根拠にした話かはさて置き、倒れると聞いていて臣下になろうとは思うまい。

追い返された十名は、御陵衛士と合流出来ぬと悟るや、会津藩に脱隊嘆願書を提出した。

近藤自らが説得に当たったが、埒《らち》が明かなかった。佐野に至っては西本願寺の寺侍である西村《にしむら》まで巻き込んで、大騒ぎをした。

歳三は——。

伊東派三名と茨木を殺した。

この四名は、守護職の屋敷から出ることをせず、そこで自刃すると言い出したのである。本気で死ぬ気だったのかどうかは知らぬ。ただ、死ぬというから、殺してやっただけだ。いずれ、隊に戻れば即座に切腹なのである。

原田と、監察方の大石《おおいし》鍬次郎《くわじろう》、吉村《よしむら》貫一郎《かんいちろう》を使った。

原田の莫迦は兎《と》も角《かく》、大石と吉村は使い勝手が良い。腕も立つ。特に江戸で拾った吉村は、強い。強いだけでなく、金のためなら何でもする。だから山崎も重宝している。

座敷に控えているところを四人で襲って殺した。

佐野はかなり激しく抵抗した。本当は死ぬ気などなかったのかもしれぬ。ただ、生き延びる術《すべ》があるとも思えなかったのだが。

四人で四人を同時に殺すのだし、最初から切腹を装うつもりもなかったのだが、佐野が暴れた所為《せい》で、座敷は酷《むご》い有様になってしまった。

已《や》むなく生真面目な島田《しまだ》魁《かい》を呼び付けて、検分させた。自刃の旨を聞き立ち合い介錯に参じたところ、斬り掛かって来たため成敗したと説明した。ただ、抵抗は志故のことであるから、自刃としておくが武士の情けであろうと告げた。

島田は屠腹《とふく》による自刃と届けた。

残りの軽格六名は追放した。

追放する際、歳三は武田の名をちら付かせてみた。案の定、六人の軽輩は顔色を変えた。武田から何を聞いたかは問い質さなかった。何か知っていたとしても何も出来まい。他の四人がどうなったかを察した六名の離反者は、蜘蛛の子を散らすようにその場を去った。

死んだ田中と茨木を含めれば——八名。

武田の度量では誑《たぶら》かせるのもその程度だろう。

歳三はその八人の名を言った。

「もう、誰もいねえよ。それとも俺の目が節穴で、てめえの手下《てか》ァ未《ま》だ未《ま》だいやがるのか」

どうなんだと歳三は問う。

「まあ、臆病で小賢《こざか》しいてめえのことだ。新選組から息の掛かった隊士を十人ばかり引き抜いて、そいつ等《ら》を先に送り込み、きっちり居場所を作っておいて、後から悠悠と高台寺に乗り込む腹積もりだったんだろうが」

残念だったな。

「残ってたとしても——腰抜けが一二匹ってとこか」

「言えば」

言えば殺しますかと武田は小声で問うた。

「殺すよ」

「助けてやっては貰えませんか」

「そりゃあ無理な相談だな。てめえは余計なことを知ってる筈だ。それを漏らしてるなら、まあ生かしてはおけねえよ」

「だが六名は放逐されたと」

「ああそうよ。てめえなんかの甘言に乗って命まで懸けた無謀な度胸に免じて放してやったぜ。まあ、てめえの話を頭から信じるような間抜けは、何を知ってやがっても構わねえし、糞の役にも立たねえ連中だから放っといたっていいんだよ」

武田は恨みがましい目付きで歳三を見上げた。

「ただ、今組の中に残ってる野郎はそういかねえよ。何を聞いていたとしても、何を言ったとしても、確実に邪魔になる」

武田は首の骨でも折れたかのように項垂《うなだ》れた。そして地べたに向けて何も知らんよと言った。

「私は何も知らん」

「ほう」

「だから何も言ってない」

「そうかい。そういやあ、てめえは棲処《すみか》の向かいの小間物屋の丁稚《でっち》小僧に、能《よ》く駄賃を渡してたそうじゃねえか。あれは可愛がってたのか。違うよな。文を届けさせてたんだろ」

武田は顔を上げた。

「ありゃ恋文か。本願寺の方に懸想した女でもいたのかよ」

「そ、そこまで」

文の中味は判らない。誰に宛てたのかも判らなかった。ただ、そうした行動があったことに就いては把握している。

武田は、涼の家に匿われて——囲われていたのだ。四六時中とは言えぬまでも、山崎の監視下にはあったのである。

「せっせと細かい字を書いていたらしいな。紙縒《こより》にして小僧に託したんだろ」

何を書いたのか、凡《およ》そ見当は付いている。

思うに、この幇間《ほうかん》が埒《らち》もない人脈を利用して手に入れられるものごとなどは、何もかも疾《と》うの昔に歳三の耳に入っている話ばかりなのだろうと思う。ただ——。

この莫迦が何をどの程度摑《つか》んでいるのかだけは確かめておかねばなるまい。

「伊東への土産は何だ」

更に問う。

「てめえみてえな男が土産も持たずに伊東の処に行くたぁ、俺には思えねえがな。てめえに靡《なび》く隊士はもう何人もいねえ。なら」

「み、土産などない。行ったのは京を出る挨拶のためだ。新選組には戻れぬから、せめて伊東さんや斎藤君にお暇《いとま》の挨拶をしようと」

「挨拶な。そうは聞いてねえけどな。旅支度してる様子もねえよな」

「いや、これは」

追い返されたのだ。

伊東甲子太郎は、武田などは全く眼中にない筈である。否、寧《むし》ろ一番必要のない人材と蔑《さげす》んでいることだろう。寄って来られても邪魔になるだけである。

すげなく門前払いをされた武田は祇園《ぎおん》の隠れ宿には戻らず、鴨川《かもがわ》まで出ると川沿いに下《くだ》ったようである。

今日、武田は一挙手一投足をずっと監視されていたのだ。

田中の死後、ずっと宿に籠っていた武田は、十名の脱走者が処分されたと聞くや落ち着きをなくし、本日夕刻宿を抜け出したのだった。

涼が見逃す訳もない。

尾行《つけ》ていたのは、涼と、山崎の能《よ》く使う密偵、河原町《かわらまち》髪結《かみゆい》渡世《とせい》伝助《でんすけ》である。

武田が高台寺に至った段階で、伝助から山崎に繋ぎがあった。

やがて涼自身が報せて来た。

武田は川沿いに南に下り、五条を越し、九条《くじょう》を越して、銭取橋《ぜにとりばし》を渡ったのだそうである。そこで、武田は貸座敷に入ったという。

——丈夫な見張りが付いてるよ。

涼はそう言った。

そこで、歳三は重い腰を上げたのだ。そして、捕まえたのである。

「まあいいよ。ただなあ、あんたがさっきまで、そこの——貸座敷で会ってた男だがな。俺の知るところじゃあ、あの男は、薩摩藩士だよな」

武田は大きく口を開けた。

「あの男とは、あんた去年の暮れから何度か会ってるようだが——どうなんだよ、武田先生。あんた、仲が好いのか」

幇間は強張《こわば》っている。小心者は落ち着きなく黒目を泳がせ始めた。

歯の根が合わぬのか、唇も震えている。

「何だよ。答えねえのかい。言い逃れ出来ると思ってるのか。おい」

「違う」

「何が」

「さ、薩人など知らん」

「往生際が悪《わり》ィな。あんたの土産はそいつだろ。自分は薩摩藩に喰い込んでるってのが、伊東への土産だったのじゃねえのかよ」

「会ってない」

「そうかよ」

はああ、という気の抜けた声を発して、武田は肩を落とした。

見ずとも判る。

歳三の背後に涼が現れたのだ。

「お。お」

「はっきりしねえ男だな。お涼さんとでも言いてえのかよ。悪いがな武田さんよ。あんたが転がり込んでたなあ、山崎の密偵の家だよ」

悪かったねェという女声《にょせい》が聞こえた。

お涼さん、お涼さんと武田は幾度か繰り返す。

「騙すつもりはなかった——なんて訳ァないサね。一から十まで」

騙しだからねと涼は言った。

「ただ、あんたあ肝の小さい男だよ廣《ひろ》さん」

涼は歳三の左側に立った。

「元の名前まで明かしておいて、肝心なことは何にも言わない。何処《どこ》へ行くにも隠れてこそこそ出掛けやがるし、妾《あたし》もすっかりじれッちまったわえ」

「あ、ああ」

武田は地べたに掌を打ち付け、土を摑《つか》んで撒いた。

「あ——あんた、土方さん、あんた最初から儂《わし》の居処を知っていて、それで」

武田はおうおうと、犬が吠えるような声を出した。醜態というのは正にこういうことを謂《い》うのだろう。

「騙したのか。騙したのかッ」

「女に騙された方が悔しいか」

歳三は右肩を引いた。

その僅《わず》かな動きだけで、武田は息を止《と》めた。

「痴話《ちわ》情話で泣いてられるような立場じゃあねえと思うがな」

「い、いや。違う」

「何がだ」

「わ、儂は薩摩なんかとは」

「関わりねえとは言わせねえ」

「あ、あれは偶々《たまたま》」

いつからなんだよと歳三は尋《き》いた。

「てめえはいつから芋侍とつるんでやがった」

武田は蟹のように横に這《は》う。

歳三が左足を僅かに躙《にじ》ると、臆病者は動きを止《と》めた。

「てめえ、一昨年《おととし》の夏に何人か連れて蹴上村《けあげむら》の奴茶屋《やっこぢゃや》に行っただろ。覚えてねえか」

武田は面を震わせる。

「いいや」

歳三は顔をやや寄せる。

「覚えてるよな。必ず覚えてる筈だぜ。あれは不逞浪士が押し入って金策強談《ごうだん》ってえ訴えだったが――蓋ぁ開けてみれば強請《ゆす》ってたのは」

「あ、あれは」

「薩摩藩士だったと報告したのはてめえだよ。受けたな俺だ。慥《たし》か抜いて向かって来たから一人斬り捨てたということだったよな」

武田はただ震えている。

首を振っているのか痙攣しているのか区別が付かない。

「覚えてるだろ。新選組と見るや、錯乱して斬り掛かって来たから応戦し、てめえは一人を斬り殺し、残る一人を捕えたんだと言ったぜ。激しく斬り結んで差し料が折れたと言って――そうだ、刀代は出して貰えるのかと尋《き》いたよな。死んだ勘定方の河合《かわい》に、てめえ頼んでたじゃねえか」

河合も――もう死んでいる。

「てめえは、不逞浪士の取り締まりと言いつつ、藩士ばかり斬りやがるからな。先の土佐のこともあったから、また間違えて斬ったのじゃねえか、そうでなくても藩士を斬っちゃ文句が来るかと構えていたが、何もねえ」

「そ。その」

「あんたなあ」

歳三は屈み込んだ。

「自分がぼんくらだからって、他人も皆そうだと思うなよ。俺はあの後ちゃんと薩邸に確かめてるんだ。普通は——そうするだろうよ」

震えが止《と》まる。

武田の顔から、完全に血の気が引いた。

「慥か、てめえが斬り殺した藩士が橋口四郎《はしぐちしろう》、それから、てめえが屯所まで引っ張って来た野郎が、あれは隅本壮助《すみもとそうすけ》——だったかな。てめえはどうか知らねえが、残念乍《なが》ら俺は、物覚えが良《い》いんだよ」

涼が歳三の顔を見ている。

歳三は硬直した坊主頭を見続けている。

「隅本は兎《と》も角《かく》、橋口なんて藩士は薩摩藩にはいねえそうだぞ」

「それは間違――」

　間違いなんかじゃねえよと歳三は言う。

「てめえが逢瀬を重ねてたな、隅本じゃあねえかよ。二人で橋口とやらの墓参りにでも行ってたのか。墓なんざねえだろう」

　盛ったな、と歳三は言う。

「俺の知るところじゃ、薩摩の刀工波平安国《なみのひらやすくに》の五十八代目の名が橋口四郎兵衛だった筈だ。直刃《すぐは》、小《こ》湾《のた》れのあの刀ァ、割と目立つぜ。隅本の差し料が波平安国だったのじゃあねえか」

「い、いや」

「相手は隅本一人だった。違うか」

　違うまい。

　武田は頬を引き攣《つ》らせる。

「てめえが連れて行った隊士は、六人だったと思うがな」

　六人掛かりで――。

「何でてめえの刀ァ折れた」

　武田は既に無反応である。

「隅本はそんなに強かったかい。そんな訳《わき》ゃアねえな。隅本は素行は悪いが、やっとうの方はからきしだそうだからな」

隠すなよと歳三は揶揄《からか》うように言った。

人というのは、こんなに往生際が悪くなるものだろうか。

「隅本に就いても調べは付いてるんだがな。同行した隊士どもにも話は聞いたよ。てめえは隊士を外で待たせて一人で茶屋に入ったそうだな。それで、半刻《はんとき》ばかり紛乱《ごたごた》して、一人捕まえて出て来たそうじゃねえか」

「いや」

「奴茶屋の主《あるじ》にも詳しく話は聞いてるぜ。てめえは来るなり、狼藉者と二人きりで部屋に籠って、談判の末に連れて行った——とか言ってたぜ。二人ッきりてんだから相手は一人だろ。てめえは一人斬ったと言ってるが、それだと数が合わねえ。しかも斬り合い小競り合いのような物音こそ漏れ聞こえていたが、見ちゃあいねえとさ。主は感謝してたがなあ」

てめえの下手な嘘が露見してねえと思ったかよと、歳三は静かに言った。

「隅本と——話ィ合わせたな」

「い、いや」

「新選組に目を付けられたらもうお終《しま》いだとか吹きやがったんだろ。店の外には隊士が詰めているから、抵抗すればまず命はねえ。温順《おとな》しく縛《ばく》に就いても藩邸には何もかも報告されるから、処分は免《まぬか》れねえ——そう言ったな。その上で、見逃してやるから言う通りにしろと——甘言を弄したのじゃねえのかよ」

　そういう男である。

「刀ァどうしたんだよ。一応、戦った体《てい》にしたくて刃合わせたら——折れちまったのか。ろくに手入れしてなかったから錆びてたんじゃあねえのかよ。折れちまっちゃ恰好が付かねえから一人斬ったことにしただけだな。違うのかよ、おっさんよ」

　答えろよ蛸《たこ》坊主と言って歳三は半歩前に出る。

　小者相手の動きは小さければ小さい程相手を威圧するようである。

　武田は首肯《うなず》いた。

「そうか。武田先生は強いと同行した隊士は感心してたが、てめえの腕前は古参ならみんな知ってるよ。軍学学んでたって剣術は修めてねえだろ。近藤だって、てめえの腕を見込んで入れた訳じゃあねえぞ。いつから差し料が折れる程の戦い振りが出来るようになったんだてめえは」

「あの時は——斬ってない」

武田は漸《ようや》くそう言った。

あの時どころか、この幇間《ほうかん》は人を斬ったことなどないのだ。いつぞやの土佐藩士とて、斬ったのは同行していた会津藩士である。この男は常に自らは何もせず、人と人の間に立って話を大きくしたり小さくしたりしては利得を捻《ひね》り出すだけなのだ。自分では何もしないし、出来ない。

この期に及んで虚勢を張るか。

「甲州流じゃあ嘘は下手に吐《つ》きましょうと教えるようだな。つまらねえ小事に手下六人も引き連れて行くからくだらねえ見栄張ることになるんだよ、この臆病者め」

底の知れた男である。

「あの時、てめえは報告だけして、大した詮議もせずに二本松《にほんまつ》に連れてって、そのまんま隅本を返してる。でも薩摩は藩士の不始末を一切知らねえと来た。隅本と取引きしたんだな。それ以降——繋がってンだろ」

「そ、そうだ。だがそれは、薩藩の動向を、探るために」

そりゃ監察方の仕事だよと歳三は言った。

「それにな、薩摩が寝返って長州と結んだのはその後のことだ。その時点で薩摩藩は未《ま》だ幕府方だったじゃねえかよ。なら何を探る」

「だ、だから不審な動きが」

「察知したなら何故報告しなかったんだよ。てめえ、その後、長州再征の話し合いのため、前《さき》の外国奉行永井《ながい》主水正《もんどのしょう》の家来として近藤や伊東と一緒に広島に行ってるじゃねえかよ。何か知ってたなら何故その時に進言しねえ。あの時は、近藤も伊東も長州征伐には反対だったんだ。長州は表向き恭順の姿勢だったし、反対に幕府方ァ遣る気がなかったからな――」

それでも長州攻めは断行された。

昨年六月に行われた二度目の長州征討は、歳三に言わせるなら愚策の一言に尽きる無上の悪手である。

戦局は幕府方不利であった。近藤の睨《にら》んだ通り、士気が低かったのだろう。

しかも交戦中に将軍家茂が大坂城で客死してしまうという凶事が重なった。

大将不在のまま戦いは続けられたが、将軍の死を契機にして諸藩は相次いで戦線を離脱した。敗戦の色は益々濃くなって行った。

それでも家茂の後を受けた一橋慶喜《ひとつばしけいき》――今の将軍――は徹底抗戦を望んだ。

負けという選択肢は最初からないのだ。徳川は負けてはならないのである。

ならば、戦など為掛《しか》けるべきではない。

必ず勝つ目算が立っていない限り、征討など為《す》べきではなかったということだ。しかしもう遅いのだ。既に後戻りは出来ない。だから戦うしかない。

もう無謀無策としか評しようがなかった。

結局、薩摩藩から朝廷に征長反対の建白書が出され、強気だった幕府も戦況の余りの悪さに渋渋折れることになった。しかし、折れはしたものの挙げた拳《こぶし》は素直に下ろせず、朝廷に仲立ちを願い出るという、実に恥ずかしい戦となったのだ。

すったもんだの揚げ句、帝から止戦の勅命が下されて、漸《ようや》く停戦となった。

停戦に当り長藩との交渉役に抜擢されたのは、かの勝海舟《かつかいしゅう》であったという。

しかし戦は終わらなかった。

長州藩は、幕府との戦は止《や》めたものの、小倉《こくら》藩との戦は止《や》めなかったのである。

初めから戦う気のなかった小倉口総督、老中小笠原《おがさわら》壱岐守《いきのかみ》は将軍の死を受けて早早に離脱、元より統率の取れていなかった諸藩も撤兵し、小倉藩は孤立した。そこに他所から兵を引き揚げた長州軍が押し寄せたのである。

これは明らかな違約なのであるが、幕府はそれを止《と》められなかった。

小倉は陥《お》ちた。

両藩の和約が成ったのは、実に今年の春のことである。

これは停戦ではない。幕府の大敗である。

この戦に因って、幕府には既に諸藩を束ねる力がないということが天下に知らしめられてしまったのである。同時に長州や薩摩は幕府と同等か、それ以上の力を持っているということも、知られてしまったことになる。

幕府の屋台骨は朽ちている。

それをただ世に喧伝しただけの、愚かな戦だったのだ。

それなのに、そのために払った犠牲は大きい。

大樹と雖《いえど》も枯れて朽ちれば倒れよう。

何百年も倒れずに立っていた大樹である。永遠に栄えると思うていた者も少なからずいた筈である。黙していれば押す者も少なかろうに、何を好んで自らが枯れかけておると示さねばならぬのか。

倒れそうもないものを倒そうとして押す者は少ないだろうが、倒れそうだと知れれば押す者も現われる。押す気もない者でも押してみようと思うやもしれぬ。

況《まし》て、黙っていても倒れそうだとなれば、非力な者でも押すことだろう。

倒すために手を携える者も出て来る。

そして、薩長《さっちょう》は結んだ。

「まあ、てめえなんかが進言せずとも、薩長が同盟する動きを見せていたことは知れてたがな。でもな、てめえは何も言わなかっただろ。知らなかったのかよ。それとも知ってて黙っていたのかよ。いずれにしろ何の役にも立っちゃいねえな」

「その」

「イヤとかソノとか、そういうことしか言えねえのかよ。てめえが薩摩と繋がったのは、ただ保身のためだけだろうよ。幕府がどうなろうと国がどうなろうと、知ったことじゃなかったってことだろ。違うか」

　武田は下を向いた。

　言い訳は出来まい。

「ま、伊東と薩摩も繋がってるからな」

　それは、そう仕向けたのだ。

「てめえ、後ろ盾が同じだから、離脱や移籍の話も上手に運ぶと、そう思ったか。残念だが伊東と薩摩との繋がりはもっと深《ふけ》えぞ。薩摩芋の後ろ盾を誇示して上手く立ち回ろうと思ったんだろうが——浅はかだったなあ」

「そんなことは、思ってない」

「そうかい」

「私は、その、志を持って」

「その志だよ、問題なのは。てめえが伊東に拒まれたなあ、志の問題なんかじゃあねえよ。伊東は近藤との約定を守っただけだからな。いや、違うな。そんなものがなくたって、伊東はてめえを見下してたぜ。そりゃ単に、使えねえからだよ。人品が卑しいからよ」

歳三は睨《にら》み付けた。

怖かったのだと、武田は言った。

「何だと」

「怖かったのだ。新選組が。あんたが。いや、この、殺し合う世の中が、怖かったのだ。軍学というのは勝つための学問だ。軍略は文字通り戦を略す——効率良く勝つためにあるのだ。戦うための学問ではない。儂《わし》はな」

戦いが嫌いだと武田は言った。

そして座り直した。

漸《ようや》く肚《はら》を据えたか。

「松原《まつばら》が腹切り損ねただろう」

武田はそう言って、歳三を見上げた。

松原忠司《ちゅうじ》は、死んだ不逞浪士の女房と情を通じたことが露見し、処分を下す前に切腹した。

だが、死ななかった。

死ぬ前に山南《さんなん》が言っていた通り、腹を切っても介錯なしでは簡単には死なない。それに、如何《いか》な武士と雖《いえど》も自分の腹など上手に切れるものではないのだ。況《まし》て松原は柔術家である。自刃の為方《しかた》など知っている訳がない。原田は腹切りの真似ごとで作った瑕《きず》を自慢の種にしているが、多少深く刺したところで胴腹《どっぱら》では致命傷にはならぬ。傷が付くだけである。所詮《しょせん》はその程度なのだ。

松原もそんなものだった。

「あれは——あんたが怖くて切ったんだ土方さん。松原は豪胆な男だったが、池田屋《いけだや》で人を膾《なます》みたいに切り刻むあんたを見て、すっかり怖じ気付いてしまったんだよ。大義だか尽忠報国だか知らないが、あれは、ただの人殺しだ。人のする所業じゃあないと」

「その通りだよ」

人外《にんがい》の所業だ。

尽忠も報国もない。

「怖くて、それで女に逃げた。それが露見して、松原は絶望した。あんたや沖田《おきた》に斬られるくらいなら、先に死のうと思ったんだよ。その気持ちは能《よ》く解る。でも死ねなかった」

「あんなことで死ぬか」

松原は生き延び、降格された。一時は一隊を任せていたが、平隊士にした。傷も癒えず、使い物にならなかったということもある。

「儂は、その有様を見て、我がことのように怖くなったのさ。だから逃げ出す算段をした。それが蹴上村の一件だ。新選組の看板を利用して、血を流すことなく話を付けたんだ。ただ血は流さなきゃ納得しないだろ、あんた達は。だから一人斬ったことにしたんだ。見栄じゃあない。怖かったんだよ」

「なる程な」

「儂は小者よ。あんたの言う通りだよ。世の中動かせるような器じゃあない。それでも、殺し合うのは御免だ。だから、生きる算段を探したんだよ。何が悪い」

「悪かあねえよ」

人とはそういうものだろうと歳三も思う。

それが普通なのだ。

「ただな武田。口先だけで思うように世渡りが出来る程、今の時世は優しかねえぞ」

知ってるよと武田は言う。

「だからよ。寄らば大樹の陰だ。隅本の話を聞く限り、幕府の旗色は悪いとしか思えなかった」

「近藤って木は、思ったより細かったってことか」

違うよと武田は更に居直る。

「近藤先生を担いだのは、見込んだからだ。あの人は出世するさ。現にしてるじゃないか。直参取り立てというのは本当なのだろう」

「ああ。近藤は見廻組与頭《みまわりぐみくみがしら》格、直参旗本待遇だ。正式に下知がありゃ御目見《おめみえ》以上ってことだよ」

将軍様に直接会える身分かいと武田は言った。

「だから、儂の見込は間違っちゃいなかった。でもな、その将軍家が危ないのだ。近藤勇《いさみ》という樹が根を生やしている大地そのものが、涸れて罅《ひび》割れておるのだ。それを知っていて摑《つか》まっておる莫迦はおるまいよ」

「知ってて摑まってる莫迦ばかりなんだよ。だからくだらねえ戦が起きるんだろ」

「くだらない——か」

武田は泣き笑いのような奇妙な顔になった。

「そのうち松原が死んだ。あんたが殺したのか」

「違うよ」

歳三の知る限り、松原は切った腹の傷が悪化して死んだのだ。

松原は暫《しばら》く大坂の道場で傷の療養をしていたのである。快癒したとの報告があったため、京都守護職移転の手伝い役として出京を命じたのだが、移動中に伏見《ふしみ》の辺りで死んだ。

屯所には首だけが届いた。

松原に同行していた隊士の梁田《やなだ》が首を落としたのだ。

梁田は松原の柔術の弟子であり、松原を切腹自刃としてくれと嘆願した。介錯したという体《てい》にしたかったのだろう。

認めなかった。

「役立たずになったから殺したんだと思うていたよ」

「放っておいても死ぬ野郎を殺す程に俺は暇じゃあねえ」

「そうだな。まあ——あんたにこんなことを言うのは釈迦に説法だろうが、本願寺に屯所移してからの新選組は、酷《ひど》いもんだった」

最初から酷《ひで》えよと歳三は言う。

「まともな時期なんざねえ」

「そうか。そうだな。そうだが——隊士も百人を超すと統制することも出来んよ。素行は悪かった。不逞浪士なんかよりもずっと悪い。最初から嫌われておったがな、評判は益々下がった」

それは事実だ。

市中見廻りが、市中の治安を乱している。多分、京で一番厭《いと》われているのが新選組である。

「あんた、土方さん。綱紀粛正するために厳しく当っただろう。儂や近藤先生、伊東さんが広島に行っている間に、あんた何人殺した」

「さてな」

下は上を見習うものだよと武田は言った。

「厳しく当れば行ないは改まると思うておるなら、それは間違いだ。厳しいといっても、ただ厳しいのじゃない。殺されるのだ。切腹なんて体《てい》の好い斬首じゃないか。怖いんだよみんな。怖いから荒れるんだ」

怖いかと問うと怖いさと武田は即答した。

「儂が広島から戻った時、桜井《さくらい》は死んでいた。切腹と聞いた。そして、河合も死んだ。河合は商家の出だ。あいつは米屋の倅《せがれ》じゃあないか。侍でも何でもないわい。しかも勘定方だぞ。本来なら死ぬ筈もない者よ。それが――切腹させられたのだぞ」

「ああ」

河合の死は、歳三が命じたものではない。

しかも、河合は切腹したのではなく、本当に斬首にされたのである。武田の言う通り、町人に切腹など出来る筈もないのだ。

打ち首である。

谷三十郎《たにさんじゅうろう》の仕組んだことだ。

谷は、隊費を横領していた。

末弟を近藤の養子にして以降の谷の増長は目に余るものがあった。役職としては組頭格であったから、永倉や原田と同格だったのだが、伊東が入隊するまでは副長の歳三や総長の山南よりもずっと偉そうに振る舞っていた。

振る舞っていただけである。

武田同様、谷は近藤の腰巾着でしかなかったのだし、実力も実績も何もなかったのであるから、古参隊士の多くは谷を嫌っていた。

山南の言を容れるなら、永倉等《ら》が近藤に反旗を翻《ひるがえ》し建白書を出したのも、谷と武田を近藤が重用していたから、ということになる。

歳三はそれに就いて何か言うことはなかった。

莫迦が威張ろうと偉ぶろうと、邪魔にさえならなければ気にもならない。

近藤の方は、建白書の一件以来何かを察しはしたらしく、二人との間に一線を引いたように思えた。だが武田は兎《と》も角《かく》、谷に関しては養子周平《しゅうへい》の実兄でもあり、その矛先はかなり鈍かったといえる。

それをいいことに、谷は横車を押し続けた。

谷には近藤の養子となった周平の他に、もう一人万太郎《まんたろう》という弟がいた。万太郎も新選組の隊士ではあったのだが、平素は大坂で槍剣道場を営んでおり、何かあった時にだけ入京するという、変則的な扱いになっていた。平隊士としては破格の待遇であり、これも批判の対象となっていた。

三十郎の方は兎《と》も角《かく》、この万太郎は強かった。

種田流《たねだりゅう》槍術と直心影流《じきしんかげりゅう》剣術を修めており、門人も多かった。

山南が死ぬ少し前——一昨年《おととし》の正月八日のこと。

大坂で捕物があった。

門人の通報に依《よ》り、近近不逞浪士の会合があることを耳にした万太郎は、兄の三十郎を喚《よ》び付け、門人二名と共に談合場所である善哉《ぜんざい》屋に手入れに入った。店にいたのは土佐浪士だったそうである。斬り込んだ谷兄弟は池田屋から遁《に》げ果《おお》せた土佐勤王党の残党、大利《おおり》鼎吉《ていきち》を四人がかりで惨殺した。残りは凡《すべ》て取り逃がしたという。

谷の報告では、浪士どもは大坂を焼き討ちし、大坂城を占拠する企てをしていたのだ——ということだった。本当であれば大ごとである。

嘘だと思う。

誰に聞いたというのか。

その善哉屋——石蔵屋《いしくらや》は、矢《や》張《は》り土佐浪士の本多《ほんだ》大内蔵《おおくら》が変名で営んでいた店ではあったようなのだが、本多本人は遁げている。

本多の妻と母は捕えたというが、女共が何か知っていたとも思えない。他にも三人ばかりいたのだと谷は言うのだが、そうは思えない。いたのだとしても総《すべ》て逃がしているのであるから、企みを知る術もない。

報せを受けた近藤は急ぎ隊士を下坂させ、人相書きまで作って探索をさせたのであるが、一人も捕まえることは出来なかった。

これは、手柄ではなく失態だ。

しかも大失態である。変名の主を含め、五人の土佐浪士がいたのだとするなら、谷兄弟はその殆《ほとん》どをうかうか逃がしてしまったことになる。四人がかりで一人を惨殺しただけなのだ。これは武功でも何でもない。

どれだけ急いでいたのかは知らぬが、本隊を出動させていれば済んでいたことである。三十郎は正月休みに偶々《たまたま》大坂に行っていたのだと言うが、それは怪しい。手柄を身内で独占しようとしたのだろう。そもそも、市中焼き討ち城の占拠などという大それた企てを、高だか四五人で行おうとする訳がないのだ。していたとしても与太である。池田屋の時と同じだ。あれとても、半ば嘘のようなものだったのだ。池田屋騒動からの着想だろう。谷には、出来るだけ話を大きくしておく必要があったのだ。大きな企てを阻止したという体裁にしなければ、これは単なる失態なのだ。

それだけではない。

善哉屋に打ち込んだ四人のうちの一人は、脱走隊士だったのである。万太郎の門人である高野《たかの》十郎《じゅうろう》は、新選組が未《ま》だ壬生浪士組だった時分に入隊し、池田屋打ち込みの前に脱走した阿部《あべ》慎蔵《しんぞう》の変名であった。谷が知らなかった訳はない。

谷兄弟は、それと知って脱走隊士を匿っていたということになる。

高野は勿論、谷兄弟も、切腹に相当する大罪となるだろう。

しかし高野十郎は善哉屋打ち込みの功を評価され——というより、谷の横車に依って——なし崩し的に復隊し、砲術指南となり、現在は——。

御陵衛士、阿部十郎である。

山崎の調べたところでは、高野は脱走後、薩摩の中村半次郎《なかむらはんじろう》と交流を持っていたらしい。某《なにがし》かの薫陶を受けて、伊東に接近したのである。

この一件で谷三十郎は脚を負傷している。それを理由に、谷はそれ以降市中に出動することを極力控えるようになった。だが、歳三の見たところ脚の傷は誤って自分で付けたものである。大利を嬲《なぶ》り殺しにした際勢いが余って傷付けたのだろう。

莫迦莫迦しいにも程がある。

何が手柄か。

手柄を独り占めしようとした揚げ句、ただぬかったただけだというのに、ない手柄を勝手に作ったのだ。それを自慢するなど、愚の骨頂である。

勿論それは局内での己の悪評への対処でもあったのだろうし、突然現れた伊東甲子太郎に対する牽制でもあったのだろう。

谷はそれ以降、益々増長した。手柄顔で偉ぶる。偉ぶるだけなら好きにしろと歳三は放っておいたのだが、近藤もまた、見て見ぬ振りをし続けた。

そうした谷の抵抗は、しかし全く効果を齎《もたら》さなかった。偉ぶる程に評判は下がり、伊東は谷を無視し続けた。未《ま》だ武田の方がましであっただろう。伊東一派は大将に倣って谷を無視し、他の隊士は谷を嫌った。谷は無視されればされる程、嫌われれば嫌われる程に、横暴になっていった。自らの権威を誇示せんがため、わざと横柄に振る舞うという、悪循環に陥《おちい》っていたのだろう。

見兼ねたのは――斎藤だった。

斎藤は、そうした行ないこそを不義とする。斎藤一は、歳三には想像することしか出来ぬ正義とやらに搦《から》められた男なのだ。

歳三は漸《ようや》く普通に口が利けるようになった武田を見た。

――こいつも。

正義とは言い難《がた》い。だが。

歳三に正義の何たるかなど判ろう筈もないのだが。一番人としての道を外しているのは、間違いなく歳三自身である。

武田の言う通り――。

大勢の隊士の素行を管理するのは簡単なことではなかった。諸藩との揉め事は絶えず、博徒や町人とも衝突した。

中途参入の伊東一派が品行方正に見えたのも宜《むべ》なるかなとは思う。

山南が死に――歳三が殺したのだが――本願寺に屯所を移した後、歳三は伊東、斎藤、藤堂らと、江戸に下っている。江戸で隊士を募るという名目ではあったが、それは道中伊東と密議を交わすためでもあった。

歳三達は五十三名の新入隊士を連れて京に戻ったのだが、その時、本願寺の本隊はがたがたになっていた。

箍《たが》は緩み、底は抜けていた。

歳三は綱紀を粛正し、厳しい教練を課した。

幕府に倣い、仏蘭西《ふらんす》式の軍学を取り入れ、砲術の稽古も始めた。

そのあたりで――今度は武田が手柄を捏造したということになる。

実際、洋式の訓練が始まれば、甲州流の軍学などは用なしである。

それでなくとも影が薄かった武田は、自らが不要とされることを畏れ功を焦ったのだろう。

やがて、近藤、伊東らは武田や尾《お》形《がた》などを引き連れ、広島へと出立した。山崎と吉村も探索方として別途広島に向かった。

局長も、参謀も留守になった。

立て直すのなら今しかないと歳三は考えた。

だから、先《ま》ず勘定方の河合耆《き》三郎《さぶろう》に金銭出納の見直しをさせたのだ。

隊士達の素行を悪くしている原因の一つが、環境の劣悪さにあると考えたからである。新しい屯所は、以前よりはずっと広かったが、その分隊士の数が増えていたのだから実はそう変わりはなかった。

隊士は百人を超えていた。冬場は未《ま》だ良いが、夏は過ごせぬものと思われた。

一方、金は圧倒的に足りなかった。普請など出来る訳もない。鐚銭《びたせん》一文無駄には使えない。

ところが。

河合を、谷が殺した。

五十両の使途不明金があり、着服か勘定違いの疑いがあるというのである。

殆《ほとん》ど無法である。首を打った後、谷は河合に対し、不義不忠の者は隊士と認めずと言い、葬儀埋葬の必要なしとまで言って、遺骸を実家である米問屋に届けさせた。

河合の家族には歳三自身が出向いて詫びた。河合の両親に新選組を赦《ゆる》す気配は微塵《みじん》もなかったようだが、仕方がなかった。

五十両は谷が使ったものだろう。

その上、谷はどうやら倅《せがれ》を救いたかったら資金を捻出せよと、河合の実家を嚇《おど》していたようなのである。谷三十郎は、己の不正を隠蔽するだけでなく、それを強請《ゆす》りの種として隊費を調達し、功と成そうと考えたのだろう。しかし金が中中出て来ないので業を煮やし、また引っ込みも付かなくなって——河合の首を刎《は》ねたのだ。

河合は生真面目な男で、問題も起こさず黙黙と隊務に励んでいた。歳三は、河合という商人上がりの隊士を高く買っていたといって良い。ただ、河合は自分が武士ではないということに関し、多大な引け目を感じていたようではあった。

局長の縁続きである谷辺りにきつく言われれば、否とは言えなかったのだろう。

歳三も谷とは話したが、埒《らち》が明くものではなかった。

山崎が不在だったため裏を取ることも難しかった。

だが。

歳三はそこで、橋の方を見た。

武田は続けた。

「河合は、あれは不正をするような男じゃあない。勘定が合わなかったのなら、それは近藤先生が妾に使った金じゃないのか。なら、とんだとばっちりだ。近藤先生が京にいたなら、あれは死なずに済んだのではないか、土方さん」

近藤は、慥《たし》かに女に金を使っている。身請けし、家も与えている。だが近藤の妾宅は密議をするための場所でもある。近藤が花癲《いろぐる》いな訳ではない。勿論、歳三も伊東もそこは承知していたし、河合も知っていたことである。隊費で賄う形で決着は付いていたのだ。

あんただよと武田は叫んだ。

「あんたがみんな殺してるんじゃないか土方さん。あんたが上にいるから、だから怖くて、怖いから――だから谷さんだって、儂だって、殺されないように虚勢張るしかないだろう。近藤先生に擦り寄って、護って貰うよりないんだよ。谷さんだって、あんたが殺したんだろうよ」

「河合を殺したのは谷だ」

路地を塞ぐように人影が差した。武田は黙って、ゆるりとそちらに顔を向けた。

「そして――谷三十郎を斬ったのは私だ」

影はそう言った。

武田はひと際大きく口を開けた。

影は一歩前に出る。月明かりが顔を照らす。

斎藤一だった。

「どれだけ隊規が厳しかろうと、処罰が重かろうと、仮令《たとい》それが死罪であったとしても、死にたくないなら法度を守れば良いだけのことだ。不正を働いておいて、それを規律の厳しきが故とするのは——間違っている」

斎藤は更に前に出た。

「河合は隊規を破っていない。破ったとしても、それは谷に破らされたのだ。それでい乍《なが》ら、谷は河合の首を刎《は》ねた。そんな無法は、到底赦《ゆる》す訳には行きませんよ」

「あ、あんた、あんたは」

「嘘を吐《つ》いたり、見栄を張ったり威張ったり、金を横領したり——そこまでは眼を瞑《つぶ》る。本来は切腹に値する隊規違反でしょうが、未《ま》だ我慢出来る。だが」

河合を殺したことは赦せなかったと斎藤は言った。

「私は副長に話を通し、局長が京に戻る前に谷を斬った。切腹でも斬首でもない。狼藉者に襲われたという形で——殺したのです。解りましたか、武田さん」

「あんた、あんたは、だって——」

「オウ」

歳三は身を低くした。

「御陵衛士と新選組はな、未《ま》だちゃんと繋がってるんだ。話は筒抜けなんだよ武田先生。門前払いされたてめえを此処《ここ》まで尾行して来たなァ、この涼と、そして、この斎藤だ」

武田は手を前に突き、這うようにして歳三の前から移動したが、その行く先に斎藤の姿を認めると、ぴたりと止《と》まった。

「武田さん。あんた、さっき隅本と何を話したんです。高台寺党に追い返されたから薩邸に匿ってくれとでも相談したんですか」

「いや。いや」

「武田さん。あんたは、高台寺党は薩摩藩を後ろ盾にし、倒幕の志を持って活動しているのだと、そう考えていたようですね。慥《たし》かに薩摩はそう思っているでしょう。また御陵衛士の多くもそう信じていることでしょう。しかしそれは方便なんです。近藤土方両君と、伊東篠原両君と、そして私しか知らぬことですが。我等《ら》は志を一《いっ》にしている。伊東甲子太郎に倒幕の意思はない。世の仕組みを正そうとしているだけです」

そう。

斎藤はそう信じている。

裏の裏に、もうひとつ裏があることを斎藤は知らない。

斎藤は続ける。

「どうです武田さん。あんた、天誅組《てんちゅうぐみ》の藤本鐵石《ふじもとてっせき》とは古い馴染みだそうですね。慥《たし》かあの絵師は、未《ま》だ薩摩が公武合体を唱えていた頃から倒幕を主張していた筋金入りの倒幕派だと聞いている。清河八郎《きよかわはちろう》とも交流があったようですね。そんな人物と、あんたは仲が良かったという。もしかしたらあんた、最初から倒幕の徒だったのじゃないですか」

「ち、違う。儂《わし》は本当に」

「天誅組の生き残りと繋がっているんじゃないんですか」

「それはない。儂は新選組に入ってからは、近藤先生に忠心を——」

脱走した後はどうなんだよと歳三は問うた。

「抜けた後は遣り放題だろう。高台寺に駆け込んだ連中以外にあんたと通じている者は組の中にはいねえのか」

「か」

加《か》藤羆《とうひぐま》と武田は言った。

「加藤は変名だ。あれは藤原《ふじわら》といって、元は天誅組だ。尤《もっと》も、ただの喰い詰め浪士だがな。他にはいない。天誅組の生き残りは、出家して隠れてるよ」

斎藤が抜いた。

左手で刀を翳《かざ》し、切っ先を武田に向ける。距離はあるが、二歩ばかり踏み込めば斬れる。

「名は」

「はあ」

武田は小鼻を膨らませ、何故か悩ましげな貌《かお》をした。

未《ま》だ、斎藤がこの場にいる意味が能《よ》く解っていないのかもしれない。

「その者の名だ。僧に態《なり》を変えているとして、その天誅組は何と名乗っている。私はそれを尋《き》いている」

斎藤は一歩近付いた。

「ぜ、善応《ぜんのう》——と——そ、それが」

斎藤は黙って歳三を見た。

「カタぁ付けるよ」

歳三はそう答えた。

「かた、かたとは」

「天誅組討伐は幕府からの命。同じく朝廷からも天誅組を逆賊とする令旨は出されている。どのような立場にいようとも、その残党を見逃すことは不義となろう」

「不義ぃ」

「正しくねえ在りようは赦されねえようだぞ、そこの」

斎藤さんはよ、と歳三は言う。

斎藤はもう一歩踏み込んだ。

「待てッ。待て待て、待ってくれ斎藤――さん。儂《わし》は、お味方だ。決して御陵衛士に敵対するものではない」

「関係ない。敵味方ではない。正義を行わぬ者は、その行いに応じた罰を受けるべきだ」

――何様だこいつ。

歳三は斎藤を見る。何も疑っていない。己に疑いを持たぬのではない。正義とやらを信じているのだ。それは、正しいのかもしれない。否、正しいのだろう。

だが、正しければいいのか。そうだとして、断罪する権利がこいつにあるのか。あるのだとしても、それは結局――。

突き出された差し料。

大乱れの刃文。池田《いけだ》鬼《き》神丸《じんまる》国重《くにしげ》。

新刀だが、業物《わざもの》である。

斎藤は強い。己と互角だと歳三が思う、数少ない一人だ。尤《もっと》も歳三はこんな男と差しで渡り合うつもりはない。しかし、もし相対することになったとしても——。

勝つ自信はないが。

殺す自信はある。

剣技が互角というだけのことである。殺せぬことはない。多少手間がかかるだけのことだ。言い換えれば歳三に手間をかけさせるだけ——斎藤一は強いのだ。

——この腕前がなければ。

こいつはどうやって正義を行使するのだろうか。結局はその左手から伸びる凶器に依りかかっているだけではないのか。ならば、人外《にんがい》の歳三とどれ程の違いがある。筋が通っていようと理屈が合っていようと、情が絡もうと、人を斬れば人殺しだ。殺しても良いというお墨付きが貰えない以上、どれ程の正義であろうとも、それは罪となる。

武田は未《ま》だ状況を呑み込んでいないようだった。

兎のような眼になった坊主頭は、歯の根の合わぬ口をがくがくと開け閉めし、そして儂は儂はと繰り返して、

「儂は未《ま》だ使えるぞッ」

と絞り出すように言った。

「今日だって、そ、そう。さっきのことだよ。儂は伊東さんも知らぬことを逸早く摑《つか》んだ。これは、重大なことだ」

「なら聞こう」

斎藤は二寸ばかり切っ先を動かした。左利きの動きは先が読み難《にく》い。

「言えぬか。嘘か」

「う、嘘なものか。今日、三本木《さんぼんぎ》の茶屋に、小松帯刀《こまつたてわき》と西郷吉之助《さいごうきちのすけ》、そして大久保《おおくぼ》一《いち》蔵《ぞう》が向かった。そこで誰と会ったと思う」

斎藤は微動だにしない。

勿論答えもしない。

「と、土佐の後藤象二郎《ごとうしょうじろう》だ。それから、ええと」

「それで」

「いや」

「薩摩と土佐の重鎮が仲良く茶屋遊びでもしたか」

「き、聞け。そ、そこには、浪人の石川某士《いしかわなにがし》と才谷《さいたに》某士という——これは、実は陸援《りくえん》隊《たい》の中岡慎太郎と海援隊《かいえんたい》の坂本龍馬《さかもとりょうま》だ。そいつ等《ら》もその場にいたのだそうだ。どちらも、土佐藩を脱《ぬ》けた連中だぞ」

「中岡も坂本も、今年の春に脱藩罪を赦されている筈《はず》だ。坂本と小松は昵懇《じっこん》と聞いている」

斎藤は刀身を横にする。

「だ、だから待て。その」

薩摩と土佐は密かに結んだのだと武田は絞り出すように言った。

「薩土《さっと》は盟約を交わしたんだ。ついさっきだよ。何のための提携かといえば」

「大条理《だいじょうり》か」

斎藤は言う。

武田は口を開けた。

「大政奉還《たいせいほうかん》を奏上するために結んだのだろう。そのくらいの動きは摑んでいる。そのための御陵衛士だ。陸援隊には、新選組の間者も入れている」

武田は浮かせつつあった腰を落して、再び塀に背を付けた。

「そんなことはな、武田さん。今知らずとも明日には知れる。知れば伊東先生はすぐにも近藤先生に告げるだろう。あなたのような奸賊がこそこそ嗅ぎ回らずとも良いことだ」

「そうとも限らんよ」

武田は斎藤の刀の先を凝視し、そして何故か歳三に向けて言った。

「薩摩は引かないぞ土方さん」

声が裏返っている。

「何だと」

「伊東さんも、伊東さんでもそこは読み違えてるだろうさ。大政奉還ってのは、坂本あたりが喚《わめ》き散らしているが、そりゃ幕府側の思惑でもあるのだろう」

勝安房《あわ》あたりが考えそうなことだしなと武田は嘯《うそぶ》く。精一杯の虚勢だろう。

「だが、安房守が考えてる程今度の将軍は賢くない。そして西郷吉之助も同じだ。どんな手を使ったって事態は好転しないッ」

武田は塀に背を押し付けて少しずつせり上がった。

「公武合体がならぬとなれば、大政奉還は確かに有効であろうさ。血を流さずにことを収めようとするならな。だが薩摩はもっとずっと莫迦だよ。莫迦だが、強《したた》かだ」

方便さと武田は泣き声で言う。

「方便だよ。薩摩は、奏上しようが懇願しようが、徳川《とくせん》は大政奉還なんかしないだろうと踏んでいる。それもそうだろうさ。慶喜公は、ハイ畏まりましたと大政《まつりごと》を朝廷に還《かえ》し奉るような玉じゃあないだろうさ。そ、そうだろうよ。なら、大政奉還の奏上は何よりの口実となる。将軍家が断ればそれは朝廷への反逆だ。折角差し伸べた手を撥ね返すようなものだ。薩摩は戦う口実が作りたいだけなんだよ。何が何でも戦がしたいんだ。徳川を潰すまで引かないんだよ」

武田は、笑った。

「何をしたって無駄だ。薩摩も長州も、そして徳川《とくせん》も、いいや、朝廷だって変わりはない。天辺《てっぺん》にいるのはいずれも莫迦だ。莫迦を頭に戴いていて、どれだけ保《も》つか。何もせんのが一番良いわ」

武田は、笑い乍《なが》ら泣いているようだった。

「どっちも莫迦なら強い方に付くのが正しいだろうよ。違うか。この間の長州攻めで判っただろう。幕府はな、長州一藩にすら勝てないんだぞ。あの親藩の不甲斐なさは何だ。会津だけで薩長に勝てるかッ」

武田は後ろ手で塀を叩く。

「なあ、なあ土方さん。新選組なんかは解散して、御陵衛士に合流しろよ。薩摩に付けば生きのこ」

「黙れ」

武田は黙った。

否。喋れなくなったのだ。

幇間《ほうかん》は、右肩から腹まで袈裟《けさ》懸《が》けに切り裂かれていた。幾度か瞬きをして、武田観柳斎は塀を磨《す》って地べたに沈んだ。

斎藤が斬ったのだ。

「いいのか。殺して」

自分の言うことではないなと歳三は思う。

「この男に——正義はない。この男にとっては薩摩も、新選組も、幕府や朝廷までもが己の保身栄達の道具に過ぎぬようだ。己のことしか考えておらぬのだ。こんな卑劣漢に唆《そそのか》されて、茨木達は死んだのだ。谷もそうだったが、姑息に処世する分、この男の方が質《たち》が悪い」

「そうかい」

どうでもいい。

が——。

「斎藤。今の話は伊東にするな」

懐紙で刀を拭《ぬぐ》っていた斎藤は不審な顔で歳三を見た。

「どういうことです」

「誰から聞いたと言う気だよ。こんな小者の戯言《たわごと》を額面通りに受け取るのかよ。武田を斬ったことも黙っとけ。新選組の所為《せい》にしろ」

「それは構わぬが——」

「土佐に不穏な動きありとだけ言えばいい。そうすれば伊東さんは自分で確かめるだろう。しち面倒《めんど》臭《くせ》えことしないでも、あの人は陸援隊の中岡と面識があんだろ」

九州遊説の際に面会していると聞く。

「それで——いいのか」

「いいんだ。伊東さん本人に薩摩と土佐の盟約を確認して貰え。その方がいい。お前の言った通り今知らなくてもいずれ知れることだ。なら、伊東の顔立てろ」

「承知した。ならば伊東先生は、例の建白書を認《したた》められる前にお確かめになることだろう。そちらの方は」

「こっちはもう書いちまった。二三日のうちには持ってくよ」

近日中に長州処分に就いて正反対の意見書を新選組と御陵衛士から提出するという運びになっているのだ。

目眩《めくらま》しである。

「そうですか。こちらは多分、もう少し掛かるでしょう。いや、伊東先生のことだから、念には念を入れるか。だが、伊東先生は建白書を出したなら、すぐにも太宰府を訪れることになっている。半月はかかるまい」

「また九州か」

――それは。

好都合である。

歳三の思うに、そこで口を開けて死んでいる男が死に際に口走ったことは真実なのだろう。しかしその本音は伊東には絶対伝わらない。薩摩藩も一枚岩ではないし、土佐藩も同様だ。伊東の耳に入るのは普《あまね》く本音ではなく建前の方である。況《まし》て両藩の仲を取り持ったらしい中岡なんぞの話を最初に聞けば――。

――そちらを信じるか。

伊東と中岡は同じ方を向いている筈だ。伊東も、大政奉還はなされるべきだと考えている。

——なら。

歳三は御陵衛士分隊前に密に重ねた打ち合わせの席で、参謀と担がれた男の弱点を読み取っている。伊東甲子太郎は賢い。ものも能《よ》く識《し》っているし先も読める。人望もある。そういう意味で傑物ではあるだろう。

だが。

それでも伊東は騙し易いと思う。

伊東は常陸《ひたち》の小藩の郷目付の子として屈託なく育ったらしい。しかし家督を嗣《つ》いだ後に親の不始末が発覚し、家名断絶領内追放という憂《う》き目に遭っている。その挫折から伊東を救ったのは誰でもない、他ならぬ伊東自身の才覚であり力量なのである。

伊東はだから人を信じない。己の才覚だけを信じる。

そういう者は一見して他人に騙されないように思えるのだけれど、それは違う。その手の輩《やから》は己の才覚で辿《たど》り着いた結論を妄信してしまうものなのである。

中岡慎太郎は薩摩の真意を知るまい。いや、歳三が知る限り、伊東が接触し得る土佐藩周りの連中の殆《ほとん》どは、大政奉還に賛成する者どもである。薩摩も然《しか》りである。伊東のことだから、土佐側の話を頭から信用することはないだろう。だが、薩摩人もそうだと言ったならどうか。

そう言うに決まっているのだ。武田の言った通りそれが方便であるのなら、真情は余計に言わぬ。世間的には反幕府側と思われているとしても、伊東が元新選組参謀であることは間違いない。そんな男に真情を漏らす訳がないではないか。

伊東はそうは思っていない。自分は他人を信用していないくせに、他人は自分のことを信用していると考えている。才能豊かで学識高い自分は常に誰からも重用される筈で、そんな自分を騙せる者は決していないと、そう思っている。

そんな自分がわざわざ九州まで出向いたのであるから、そこは最上級の敬意を以て接してくれる筈であるし、そうなら、縦《よし》んば隠しごとをするようなことがあったとしても、案ずるまでもないと伊東は考えるに違いない。田舎侍の虚言などすぐに見破れると伊東は思い込んでいる。

でも、武田の言った通り――。

この国を動かしている連中は莫迦ばかりなのだ。

莫迦の理屈は利口には読み切れない。嘘を見抜けるという自信と、斯《かく》あるべしという見通しがあの男の目を曇らせる。だから、裏の裏くらいは見破れても、その裏までは見通せないのである。裏の裏が表とは限らないと、伊東は考えない。そんな理不尽を認めない。認めたくないからだ。

ならば、探れば探る程に、薩摩は変節し大政奉還に賛成したのだ——と伊東は思い込むことだろう。だからこそ土佐と密かに組んだのだと、信じ込むに違いない。

そうなれば。

そこが——付け目だ。

「それからな斎藤。伊東さんが九州に行っている間に、てめえは遁《ふ》けちまえ。役目は終りだ。復隊しろ」

「待ってくれ土方さん。それはしかし——」

「いつまでもてめえにいて貰っちゃ困るんだよ。そうだな、金でも盗《と》って姿隠せよ」

「金を——か」

「御陵衛士は新選組じゃねえから追いかけて殺すようなこたねえよ」

「何故金を奪わねばならんのだ」

それは——。

本当は、臆面もなく正義とやらの番犬面《づら》をしている男に、一番それらしくないことをさせたいからだ。正義のためなら何をしても良いと思っているのなら、泥棒だろうが追剝《おいは》ぎだろうが出来る筈である。

念のためだよと歳三は適当なことを言った。

「てめえは真面目だからな。ただ姿消したって、下っ端連中は脱走したとは思わねえさ。下手《へた》に勘ぐられれば、新選組《こっち》に目が向き兼ねねえだろう。この際、余計な紛乱《ごたごた》は避《さ》けてえのよ」

「そうだとして、その後はどうするんだ土方さん。そもそも、私の役目が終ったというのは」

それは――。

御陵衛士の命運が尽きたということだ。

「状況は変わったんだ。それだけのことだ。遁《に》げたらどっかに暫く身を隠してろ。頃合いを見て戻れ。復隊の根回しはしておく」

「頃合い――か」

「頃合いよ」

「土方さん。あんた、何か先が見えているんだな。薩土密盟の先が」

「いいや」

見えているのじゃない。

好きにしたいだけだ。

承知したと斎藤は答えた。

「あなたの考えていることは解らない。だが、そうしなくてはいけないということは判る。それが、先のためになることなのですね」

――いいや。

それは違うよ斎藤。

早く行けと言った。

斎藤の背中が闇に消えると、それを見送った涼が顔を顰《しか》めた。

「あんたが――斬るつもりだったのじゃないのかえ」

涼は武田の骸《むくろ》を見下ろす。

「あんたが斬るのかと思った」

「てめえの知ったことか」

「だって――」

「副長から離れんかい」

土手の上から声がした。山崎の声だ。見物していたのだ。

「何サ」

「あんた牝《めす》で困るわ」

山崎は身軽に駆け寄る。

「土方はん、実は——でんな」

「忙《せわ》しねえな。その前にもう一匹そこにいるだろが」

魂消《たまげ》たのうという声が聞こえた。

「吉村か」

「声でハァ判《わが》るもんでがんすか」

「訛《なま》りで判るだろうよ」

監察の吉村貫一郎であった。

この男は、自分とは違う意味で人でなしであると歳三は思う。

そして——だからか——使える。

剣の腕は立つ。鹿島新当流《かしましんとうりゅう》を修め北辰一刀流《ほくしんいっとうりゅう》も齧《かじ》っている。図体は大きいが目端は利く。監察としても有能で、今や山崎の右腕である。

ただ。

金に汚い。銭のためなら何でもやる。金を積めば厠《かわや》の掃除でも溝浚《どぶさら》いでもするだろうし、親兄弟でも平気で斬るだろう。その代わり銭にならぬことは何もしない。

幕臣への取り立てが内定して、誰より喜んでいるのは吉村である。勿論、俸禄が出るからだ。

本願寺と交渉し、新しい屯所を造らせたのも吉村である。

歳三の予測していた通り、夏場の本願寺屯所は最悪の状態となった。

伊東一派が分隊したといっても高が十数名減っただけ、百名からの大所帯に違いはなく、手狭なことに変わりはなかった。屯所は蒸し暑く不潔で、居心地の悪さはこの上なかった。

劣悪な環境からか、体調不良を訴える者も後を絶たず、ただでさえ使えない隊士どもは本当に使い物にならなくなっていた。

体面もある。いつまでも間借りしているというのも恰好が付かぬ。

だが、如何《いかん》せん金がなかった。

河合が死んだ所為《せい》もあって隊費の節約作業は頓挫し、大金を都合してくれるような商家もなかった。日野《ひの》からの仕送り程度では何も出来ない。

寺に金を出させようという案は吉村が出したものである。

そもそも本願寺側は新選組に出て行って欲しいのだろうし、金はあるのだから出させれば良いというのであった。そう巧く行くかと思ったが、吉村はありとあらゆる手を使い、粘り強く交渉し、何から何まで寺に賄わせることに成功した。土地も用意させ、普請代まで供出させたのだから、大したものである。

尤《もっと》も、幾価《いくら》出してもいいから出て行って欲しいと寺側は思ったに違いない。

境内で軍事訓練をする。刀を振るだけではない。発砲もするし、大砲まで撃つ。隊士は切腹し時に首を刎《は》ねられる。剰《あまつさ》え豚《ぶた》を飼い、屠《ほふ》り、獣肉を喰《くら》う。仏家の戒律など何処吹く風である。

豚に関しては、何とかいう籔《やぶ》医者が滋養のために喰えと言ったようだが、真逆《まさか》屯所で飼う羽目になるとは歳三も思っていなかった。

家畜は、仮令《たとい》殺さずとも飼えば煩瑣《うるさ》いし、臭う。

だが、これもまた吉村の策略であったらしい。

豚は牛《べこ》より臭わねべと吉村は言ったのだが、歳三でさえ辟易《へきえき》したのだから坊主どもは堪《たま》らなかったに違いない。

能《よ》く考えてみれば、これでは押し借りと同じ所業である。

新しい屯所は本願寺からも程近い、堀川通《ほりかわどおり》沿い不動堂村《ふどうどうむら》に造られた。

完成したのはほんの七日ばかり前のことである。歳三は正確には把握していないのだが、高塀に囲まれたかなり立派な構えの館が出来上がったから、寺の負担も少なくはなかったのだろう。当然、勘定方に渡る前に、相当の額を吉村は懐に入れている筈である。そういう男なのだ。

近藤は新居が大層気に入ったらしく、早早に移り住んだ。

隊士も多くは引っ越したが、歳三は後始末の名目で未《ま》だ本願寺にいる。

生家も広かったから広い屋敷が物珍しいこともないし、そもそも新築は尻の据わりが悪い。吉村や山崎も屯所自体には興味がないようであった。

山崎は人を陥れることにしか、吉村は金にしか興味がないのだ。歳三が——人殺しにしか興味を持てないのと同じだ。

田舎侍は土手から顔を半分出している。

「後家の行水覗いてるンじゃねえんだよ。こそこそすんじゃねえ」

歳三は金の亡者に悪態を吐《つ》く。

吉村は土手を越えて近寄ると武田の死骸を見下ろした。

「俺《おら》も、土方先生が斬るもんと思っていたが、何ともハァ、浅まし骸だのう」

吉村は屈んで、武田の血《ち》塗《まみ》れの懐を探った。

「何だよ」

「銭コ持ってるべ。死人には要らねえもんだ」

「けッ」

横を向くと山崎も呆れていた。

「六文銭は残しておけよ」

「何語るべか。そんだら勿体《もってえ》ねえこたしね。こたら男、三途の川ァ渡れなくても知ったことでねえス」

吉村は財布を探り出すと、中味も検《あらた》めずに懐に仕舞った。

「刀ァ取ったらいかんかね」

「やめとけ。物取りに見せかけるとしても売れば足が付くぞ」

それはハァ御免だと吉村は言った。

「それより副長、さっきのこいつの話やけども――」

山崎はそんな吉村を塵芥《ごみ》でも見るような目で眺めつつ、言った。

「薩土密盟のことか」

「へえ。ちゅうか、大政奉還のことですわ。どう思います」

「まあ――」

薩摩の思い通りにはならねえだろうよと歳三は言った。

「その大政ナンとかってのは何サ」

涼が尋《き》く。

「公武合体ってな、アレだろ。天子様と将軍様が一緒になるってことだろ」

それともまた違うのかいと涼は問う。

山崎は苦笑する。

「大政奉還ゆうのは、今、将軍様がお預かりしとおるこの国の政《まつりごと》を、天子様にお還《かえ》しする――ゆうことや」

「返してどうするのサ」

「どうもせんわい。今は天子様がおって、徳川《とくせん》がおって、武士は旗本も大名も皆、徳川家の家来やろ。そうやなくて、徳川も、その他の大名も皆、天子様の家来になるゆうことやな。ま、徳川家は家来の中で一番大けな大名ゆうことになるやろ」

あんまり変わりない気がするけどねと涼は言った。

「まあ、町人や百姓には関わりのないことやしれんけど、上の方は大違いやで。親子が兄弟になるようなもんやから」

妾《あたし》には親も兄弟もいないよと涼は言った。

知らいでええわと山崎は答えた。

「それよりも」

「西郷だか大久保だか知らねえけどもな」

勝はもっと喰えねえぞと歳三は言う。

「どういう——ことやろ」

「今度の将軍は武田《こいつ》が言ったように莫迦だ。だがな、俺が見るに武田《こいつ》が思ってたよりも、もっとずっと莫迦みてえだぜ」

「まあ、長州の件もあるし、血の気が多いお方や思いますが」

行くぜと言って歳三は歩き出す。

横に山崎と吉村が並ぶ。涼は後ろを付いて来る。

「ありゃ、血の気が多いんじゃねえだろう。体面だの誉れだの、保身だの、てめえのことだけを考《かんげ》えて、その場凌《しの》ぎの裁定してるだけだ。先のことも足許も見てねえ。だからな」

とっとと大政奉還するだろと歳三は言った。

「へえ。そうでっか。そやったら円《まる》く収まりまっか」

「収まる訳がねえさ。ま、薩摩にしてみりゃ振り挙げた拳《こぶし》の下ろし処がなくなるだろうな。でも薩摩も将軍に負けねえくらいの莫迦なんだろうから——結局、もっと面倒《めんど》臭《くせ》えことになるよ」

そらなりますなあと山崎は腕を組む。

「会津はどう動きますやろ」

「俺は八卦《はっけ》見《み》じゃねえぞ山崎。会津は大政奉還なんかにゃ反対なんだろうが、将軍が奉還しちまったならどう為《し》ようもねえだろ。そうなったらなったで徳川に付くよりねえさ。どう転んだって国は割れて戦になる。俺達も徳川に付くよりねえのさ。もうすぐ——幕臣だからな」

給金はちゃんと出るんだべかと吉村が問う。

「大政を奉還しちまったら、天子様が雇い主になるんだかね。俺ァ親方が誰であっても、銭せェくれんなら構わねけども」

親方は徳川だよと歳三は言う。

「あれ。じゃあ心配《しんぺえ》だわ。折角高《たけ》ェ俸禄貰える身ィになったてのに貰い逸《はぐ》れるようなことにならんべか」

「銭銭銭銭、聞き苦しいだろが田舎侍」

吉村は盛岡《もりおか》藩目付役の次男坊として育ったらしい。

決して貧窮していた訳ではない筈だ。次男とはいえ若くして役付きにもなったらしいから、裕福でこそなかったのかもしれないが、何もかも投げ出して国を出奔する程に喰い詰めていたとは思えない。

信用出来るのは銭コだけでがんすと吉村は言った。

「なんぼあっても困らねもんは銭コだけだもの」

吉村は、頬は痩《こ》けているのだが、顎は張っている。武骨なのだか繊細なのだか判別の付かぬ顔だ。

「そんなに困った様子にも見えねえけどな」

「うんにゃ。雪に降り籠められだ時の惨めな気持ちゃ、土方先生には解らんことでがんす。俺《おら》はもう、あんな土地には死んでも戻らね。俺《おら》は、家も藩も皆捨てたんだ。親から貰った名前も変えだ。江戸や京師《けいし》で生きで行くにゃ、銭コは要るべ」

もうええてと山崎は言う。

「しかし、そうすると、今ンところ大政奉還を勧めようとする者《もん》にとっては、薩摩も会津も共に邪魔、ゆうことになるのと違《ちゃ》いますか」

「なるな」

はあん、と言って、山崎は何度か頷《うなず》いた。

「相変わらず先ィ読んではりますな、副長。あんた、それで伊東を中岡に近付けはったんでっか」

「坂本とかいう男とは面識がねえのだろう」

あれはお尋ね者だべ——と吉村が言う。

「ただの宿改めに鉄砲撃《ぶ》って伏見奉行所の同心ばァ撃ち殺したんでがんす。薩長同盟の立役者と持ち上げる者《もん》もおりゃあすが、口が上手《うめ》えだけの破落戸《ごろつき》ではねえかな。京都町奉行所も、見廻組も捜しでおります」

「見廻組も——か」

「凶状持ちだからでがんす。国事とは関わりねェ」

「そうかい」

歳三は、その会ったこともない坂本という男に、どうもこの吉村と同じような匂いを感じ取っている。それが良いか悪いかは別として、他の者とは違った物差しで世の中を測っているように思えるのだ。

——銭か。

そういえば佐々木は確実に坂本を狙ってまっせと山崎は言う。

「流石《さすが》の見廻組も今日の薩土密盟のことは未《ま》だ知らんやろけど、知ったならすぐにも動きますやろな。佐々木は坂本の隠れ宿をもう押さえてる筈でっせ」

てめえも押さえてるんだろと言うと当然ですわと山崎は答えた。

「新選組が始末することになるかもしれませんやろ」

それは——どうだろう。

坂本を斬れば少なくとも土佐は敵に回すことになる。長州も同じだろう。

そしてそれは、薩摩の思う壺ということになるのだ。ただ、嫌われ役を新選組に押し付けようとする気なら、それは充分にあり得ることだろうと思うが。

「面倒《めんど》臭《くせ》ェな」

「へえ。どっちが先かゆう話でおますな」

「何と——何でやすか」

吉村は何も察していない。

だが山崎は感付いている。

こっちは未《ま》だ先だよと答えた。

「そうでっか。てっきり——もう決めはったんやと思たんですけどな」

決めてはいる。

「こっちは伊東が九州から戻ってからだよ。坂本の方は」

もっと早いと思う。

遠からず大政奉還の建白書が出されるだろう。

そうなればすぐにでも佐々木は動く。坂本某《なにがし》士を殺したところで阻止出来るものではないと思うが、それでも動くだろう。佐々木はそういう男である。

もし速やかに大政奉還がなされてしまったとしても――その時も同じようにするだろうと思う。

佐々木は、この国がどうなろうと知ったことではないのだ。己の雇い主が気の済むようにするだけなのである。それで雇い主が滅んでもそれは佐々木の与《あずか》り知らぬことなのだ。どんな手段を用いようとも、与えられた仕事をきっちりとこなす。そのためには人も殺す。仕事をすることこそが、佐々木只三郎の望むところなのである。

坂本の方が早《はえ》えよと歳三は言う。

「そうでっか。それ、やり難《にく》いのと違いますか」

「いや」

そうでもない。

対立の軸ははっきりしていた方が良い。薩摩でも土佐でもいい。明確に幕府に弓引く姿勢になれば、そしてそちら側に伊東が付いたと、会津や近藤に思い込ませることが出来れば。

相変わらず念の入ったことやねと山崎は呆れたように言った。

「まあ、そうゆうお方やからこそ、肩入れしとうなるんでっけどな。でもな、土方はん――」

斎藤はんを外したのは情けでっかと、山崎は戯《たわ》けたことを尋《き》いた。

「情けだと」

「いや——馴染みやからね」

「焼きが回ったのかよ、てめえ。使えなくなったンならすぐにでも斬るぞ」

止《よ》しとくんなはれと言って山崎は後ろに下った。涼が眼を細める。

未《ま》だ——。

殺されたいのかこの女。

「あのな、斎藤は強《つえ》えんだよ。あんな野郎に向こう側に付かれたんじゃ、厄介だろうが。あれは思い込んだら死ぬまで戦うぞ」

「そうでんなあ」

「俺が斬ってもええけんどな。けんど、斎藤先生の腕前であらば十両ぐれえは欲しいがなあ。いや、でも、土方先生なら斬れるのではねえのか」

「何を間抜けなことほざいてるんだよてめえは」

斎藤を斬りたいのではない。

伊東を殺したいのである。

そのためには——。

御陵衛士は皆殺しにしなければならない。しかも、一度にである。そうなると、幾ら歳三と雖《いえど》も一人では難しい。人数が要る。近藤は出せない。井上《いのうえ》は弱い。沖田はもう使い物にならない。使えるのは原田と永倉くらいのものである。

その場合、敵に斎藤がいるのといないのでは大違いだ。斎藤一人で歳三以外の全員が片付けられてしまうかもしれぬ。逆に斎藤がいなければ、御陵衛士の中に恐るるに足るような相手はいない。伊東が一番強い。

藤堂はんはええんですなと山崎は言う。

「藤堂だと」

「へえ。土方はんは兎《と》も角《かく》、他の人には斬り難《にく》いのと違いますか。何せ江戸からの同志――ですやろ。切先《きっさき》も鈍りはるんやないでっか」

「関係ねえよ」

本当に関係ない。

慥《たし》かに、原田あたりは怯《ひる》むかもしれないが、他の隊士にとって藤堂などはどうでもない、ただの鬱陶《うっとう》しい男だ。

「あんな目障りで役立たずの若造はどうでもいいんだよ。あの腰抜けなら新入隊士にだって斬れるぜ。いざとなったら」

あんたが斬るのかい――と、涼が言った。

「俺が斬るんだよ。羨ましいかよ」

涼は横を向く。

雲が月を隠した。

歳三たち三人は不動堂村の屯所には行かずに、本願寺に戻った。

殆《ほとん》ど蛻《もぬけ》の殻《から》だが、未《ま》だ造作は屯所のままである。一両日中には大工を入れて元の堂宇に戻すことになる。

翌日――。

早朝、不動堂村の屯所に行き、加藤羆を呼び出した。

局長の前に引き出して素性を尋ねると、天誅組の残党であることをすぐに白状したので――。

殺した。

切腹ではなく斬首である。加藤は新しい屯所で最初に死んだ男だ。

首切り役は吉村にさせた。

沖田が役立たずになった今、進んで打ち首や介錯をやりたがる者はいない。切腹であれ斬首であれ、ここで首を打たれる者は皆知った者だから――なのだろう。

考えてみれば、それは当たり前のこと――なのかもしれない。

それを何とも思わない歳三や沖田の方が、矢張り人としては外れているのだろう。

親兄弟でなくとも、取り分け親しくなかろうとも、否、どれだけ浅い縁であろうとも、知った者の首を刎《は》ねることに、人は抵抗を覚えるものなのかもしれない。

その上、隊士の多くは斬首の経験がない。

上手に首を刎ねるにはそれなりの技量が要る。経験の浅い平隊士には難しいことなのだ。

首の切り損ね程、見苦しいものはない。

切られる方も災難である。切腹の場合、苦しみを短くするため止《とど》めを刺すのが介錯なのだ。切り損じればまるで逆になる。

介錯のし損ねは恥でもあり、処罰の対象ともなる。

河合の首を切ったのは谷だが、腕自慢だった筈の谷は、一の太刀で首を打てず、二の太刀三の太刀と浴びせたが、駄目だった。当然だ。人は、痛ければ暴れる。

結局、河合の首は落ちなかった。米屋の息子は、後ろ頭、肩、喉笛と、胸から上を膾《なます》のように切り刻まれて、それでも死ななかった。谷も返り血で真っ赤になった。動かなくなってから、やっと頭は切り取られた。

惨《むご》たらしい。

穢《きたな》らしい。

谷は強いということになっていたから、その谷が切れぬのなら、さぞや大変なのだろうと平隊士どもは余計に萎縮してしまった。

逆に、平気で首を飛ばせる沖田や斎藤は、達人だと持ち上げられた。

歳三に言わせれば、そんなことはない。動かぬものを切るのだから寧《むし》ろ簡単なのである。こつがあるだけだ。筋は切れるが、骨は切り難《にく》い。その上、首の近く——肩だの頭だの骨はひと際硬いのだ。狙いを外せば刃《は》毀《こぼ》れもするし、時には曲がる。それでも致命傷は与えられるかもしれない。しかし、切り落とすことは出来ない。

頸椎の継ぎ目を打てば首は簡単に落ちる。

正確に打ち下ろさないから切れないだけなのだ。でも、此処を切って下さいとばかりに突き出された首を切るのであるから、これは失敗《しくじ》る方がおかしいと思う。

いずれにしても。

人殺しだ。切腹も、自死という体裁ではあるが、実際は介錯人が殺しているのだ。

人殺しなのだ。

だから厭《いや》なのだろう。

吉村は厭がらない。介錯料を出せば誰の首でも喜んで切る。そもそも吉村は据物斬《すえものぎり》が好きなのだ。屠《ほふ》った豚を能《よ》く切っていた。豚の方が難しいと田舎侍はほざいた。歳三もそうだろうと思う。

加藤の首は綺麗に落ちた。

吉村は、返り血も殆《ほとん》ど浴びていなかった。

吝嗇家《しわんぼう》は、衣が汚れるのを嫌うのである。血の染みは落ちない。洗い張りに出しても仕立て直しても金はかかる。出費があれば、折角貰ったご苦労賃が無駄になってしまう。

吉村にしてみれば、骨折り損程意味がないことはないのだ。

数日後、醒ヶ井《さめがい》で僧の死骸が見付かった。武田の言っていた偽坊主である。

斎藤が斬ったのだ。

正義とやらのために。

歳三は何故か空寒《うそさむ》い気になる。正義だろうが士道だろうが、何かのためなら人を殺してもいいという思い込みには、どうしても馴染むことが出来ない。

仮令《たとい》何のためであろうとも、人は人を殺してはいけないのだ。

それは禁忌だ。

禁忌を破るのは人外《にんがい》だけだ。そして破るには破るなりの覚悟と手続きが要る。それは正義だの士道だの、そんなもので簡単に正当化されるようなものではない。

加藤を殺した翌日、歳三は山崎や吉村を伴って公卿を廻り、近藤名義の建白書を奉じた。親藩に対する批判と公武合体の陳情が認《したた》められたものである。

筋は通っているが、時流に乗っているとは思えない。既に政局はそういう状況ではない。

だが、これは伊東との申し合わせなのである。新選組はどんな局面が訪れようと親幕の立場を変えぬという意思表示だ。

一月《ひとつき》程後。

伊東の方も建白書を奉じた。こちらは老中に宛てたものである。

どうであれ、これらは佐幕倒幕双方に通じておくための方便なのだと——伊東や近藤は考えている。

伊東は建白書を提出すると、その足で九州へ出立した。斎藤の報告に拠れば、出立前に中岡とも接触したようである。それを契機に、御陵衛士と陸援隊は急激に接近した。伊東の留守中にも中岡は月真院を訪れ、御陵衛士の橋本《はしもと》は陸援隊に移籍した。

好都合である。

勿論——。

歳三にとって。

近藤の方は積極的に親幕派の公家や幕閣に対して働きかける姿勢を見せた。その甲斐あって幕閣中枢の憶えも目出度《めでた》くなった。将軍側用人に推す声も出た程である。

百姓が将軍側用人とは片腹痛い話であるし、勿論実現する訳もない与太話にも思えるのだが、莫迦莫迦しいとはいうものの、そうした動きが出たこと自体、それだけで出世といえるだろう。

そもそも側用人の席に空きが出たのは内紛に依るものだ。一番の側近であった原市《はらいち》之《の》進《しん》を殺したのは同じ側用人なのである。

原は、奸臣という世評もあったようだが、要は嫉妬であったらしい。そもそも、その原からして側用人に取り立てられたのは前の用人が水戸の攘夷派に暗殺されたからなのである。

殺し合いだ。幕府は、矢張りもう根太《ねだ》が腐っているのだと思う。

腐っていても載る、と近藤は言っているのだから、重用されても然りではある。

とはいうものの。

思惑は人それぞれで、且つ、それはバラバラである。

幕臣も各藩士も勝手気随に動いているようにしか思えない。同じことを考えている者など一人としていないのだ。

連中は時代を動かしているのだろうが、それは違うと歳三は思う。誰がどう動こうと、時代の流れなど変えられるものではない。それぞれの勝手な動きが、予測出来ない、それでいて面白みのない、誰にでも想像の出来る時代の流れを、自然に作ってしまうだけなのだ。

秋になった。

歳三は井上源三郎《げんざぶろう》らを伴って、江戸に下った。更に新しい隊士を募るためである。

正直言って、歳三にはどうでも良いことだった。

今更隊士を増やしたところで何がどうなるものでもないだろう。誰を何人雇い入れようと、寄せ集めは所詮寄せ集め。戦になれば何の役にも立たぬ。

それでも、体面はある。幕府のために何かしているのだと示す必要はあるのだ。人数を増やすのはそれだけのためである。

ただ、既に京師では新選組に志願する者など一人もいないのだ。

しかし、この時期に近藤を東下させる訳には行かない。

山南が死に伊東が出てしまった以上、歳三が行くよりなかったのである。

面倒だった。

歳三の留守中、近藤は若年寄永井の仲介で土佐の後藤象二郎と面会している。

後藤は、武田の話を信じるなら薩土《さっと》密盟を果たした張本人である。大政奉還の推進者ということになる。近藤は莫迦なので、後藤の人柄に敬服し、再会を誓ったそうである。後藤が近藤に何を言ったかは知らないが、どうせ世辞だ。

多分、後藤の方は何も得るものがなかったのだろうと思う。実のある会見だったとは到底思えない。永井にしてみれば、公武合体を唱える近藤に大政奉還を進める後藤をぶつけることで、某《なにがし》かの新しい見通しが持てるとでも考えたのかもしれないが、そうなら、近藤は役者として不適格である。

近藤勇は論客ではない。知識もない。だから学識があり弁の立つ者には弱い。影響を受けるだけだ。

困ったことである。

永井主水正《もんどのしょう》という男も、また軸のぶれた男だ。交渉上手として知られていたようだが、永井の場合は要するに譲歩や妥協の仕方が巧いというだけのことなのだろう。意見を通すのでも、思い通りにことを運ぶために仕掛けをするのでもない。その場を円く収める術に長《た》けているというに過ぎない。

永井もまた、自らどのような身の振り方をすべきなのか判っていないのだろう。若年寄が迷っているのだから、既に救いようがないと思う。

永井は兎《と》も角《かく》、近藤がこの時期土佐藩と近付くのは好ましくない。

ただ――幸いなことに、後藤の方は武蔵野《むさしの》の百姓には何ひとつ興味を持てなかったようだ。近藤は後藤に再見を願う書簡を何通も送ったらしいが、それは、悉《ことごと》く無視された。

近藤は勤王派で知られる備前岡山《びぜんおかやま》藩の家老と面会するなど、歳三の留守中も旺盛に動いていたようなのだが、その何もかもが、どう考えても無駄な働き振りであった。

歳三の心配は、杞憂《きゆう》だったことになる。

歳三が江戸に着いたのは、近藤が後藤に会った四日後のことだ。

市谷《いちがや》の近藤道場に草鞋《わらじ》を脱ぎ、日野に使いを出した。

翌日には井上の兄松五郎《まつごろう》と、歳三の義兄である佐藤彦五郎《さとうひこごろう》がやって来た。

何年振りの再会になるのか、歳三は思い出せなかった。書簡の遣り取りは頻繁にしていたから互いの近況は知っていたし、懐かしくも感じなかった。

歳三はそもそも肉親に会いたいと思ったことがない。

彦五郎は歳三の出世を大いに喜んだ。

だが、歳三はその目の奥に、何やら釈然としない蟠《わだかま》りのようなものを感じ取った。

悪評も届いているのだ。

義兄は真っ当な男なのである。そして歳三は——。

人外《にんがい》だ。

留守中、歳三は山崎に仕掛けをひとつ託している。

その仕掛けが巧く運ぶかどうか、歳三はそればかりを考えていた。だから義兄の祝辞などは上の空で聞き流した。

新選組は、陸援隊に間者を一人入れている。

その、自ら放った密偵を騙すという、遠回しな仕掛けであった。密偵に嘘を吹き込み、それを信じ込ませるのだ。薩摩藩士と陸援隊が二条城と所司代に攻め入るという嘘である。真実なら大ごとだ。当然、密偵はそれを報告しに戻るだろう。

密偵は村山《むらやま》という男で、隊士ではなく、山崎が雇い入れた男であった。

近藤には何も伝えていない。近藤は信じるだろう。信じれば会津にも報せる筈だ。

そうなれば会津も黙ってはいないだろう。

その場合、伊東はどう動くか。伊東が密に接触を重ねている薩摩藩と陸援隊が挙兵するとなれば、どう動いたところで立場が悪くなることは間違いない。

それ程の大事、知らなかったでは済まされまいし、知っていて黙っていたとなれば更に拙《まず》いことになるだろう。勿論、知る筈はない。嘘なのだから。後で聞いたところに寄れば、伊東は会津藩からの問いに対し、その企てがあることを認めたという。

嘘だというのに。

知らぬと言うより報告が遅れたとでも言った方が抗弁がし易かったのだろう。さもなければ本当にそうした計画があったということになるのだろうが、それはないと思う。

結局、何も起らなかった。当たり前である。全部嘘なのだ。

種は蒔いた。

水もくれてやった。

芽も出た。後は、時機を見計らって刈り取るだけだ。

そう思っていた。

だが。

歳三の読みよりも、時代は更に速く動いてしまった。

歳三が江戸にいるうちに大政は奉還されてしまったのである。

予想はしていたものの、流石《さすが》にここまで腰砕けだとは思っていなかった。将軍は熟慮も熟考もせず、あっという間に政権を返上してしまったのであった。

慌てても仕方がない。成り行きを見守るしかない。

これも後で聞いたことだが、大政奉還の前日、長州藩主に宛てて官位復旧の詔《みことのり》が出されていたという。また薩摩には討幕の密勅が下されていたのだそうである。

長州は朝敵の汚名を雪《すす》ぎ、薩長は幕府を討つ大義名分を手に入れたことになる。

ただ、大政が奉還されてしまった以上、この密勅は反故になる。そういう意味では将軍は機を見るに敏であったと言えないこともない。

勿論それは偶然なのだろうが。

政局は大いに混乱する——かと思いきや、大きな紛乱《ごたごた》はなかった。思うに皆、どう動くべきなのか判っていなかっただけなのだろう。

朝廷が大政奉還を許したのは神無月《かんなづき》十五日、歳三が二十名ばかりの新入隊士を連れて京に戻ったのは、霜月《しもつき》三日のことだった。

新しい屯所は寒寒しく、且つ落ち着かなかった。

近藤は完全に混乱していた。幕府はあっけなくなってしまった。この先どうするか、悪い頭で考えたのだろう。

容れ物は改まったが隊士達は相変わらずだらけており、綱紀は乱れに乱れていた。

永倉と原田では、大勢の隊士を律することは不可能だったようである。

戻るなり、隊士数名が伏見奉行所与力と悶着を起こし、剰《あまつさ》えその与力を斬り殺すという騒ぎが起きた。本来であれば看過することの叶わぬ大事件なのだが、有耶無耶《うやむや》になった。

三百年続いた体制が崩壊したのである。奉行所にしても新選組にしても、それどころの騒ぎではなかったのだろう。かといって、なら何をすれば良いのか、それも判っていなかったのだろうが。

莫迦は近藤だけではなかったということである。

歳三は珍しく焦燥感を持った。

まごまごしていてもし戦でも始まろうものなら、伊東を殺すことが出来なくなる。

急いだ方が良い。

急いで、伊東甲子太郎を殺さねばなるまい。

歳三は先《ま》ず、斎藤一を呼び戻すことにした。

斎藤には機《おり》を見て脱走しろとは言っておいたのだが、その機が中中訪れなかったらしく、彼《か》の正義の僕《しもべ》は未《ま》だ御陵衛士に残っていたのである。邪魔だ。

斎藤復帰の根回しもした。既にして高台寺党と手を携える意味はなくなったと、近藤には告げた。近藤は関心がないようだった。

自棄《やけ》になっていた訳ではない。悪い頭を使い過ぎただけなのだ。無駄な思考だ。字を知らぬ童《わらべ》が論語を読もうと苦心しているようなものである。読む気なら先ず字を覚えるが先なのだ。一向に手習いをせぬくせに、考えれば読めぬこともなかろうと、只管《ひたすら》漢字を睨《にら》んで唸《うな》っている。幾ら唸っても読めるものではなかろう。熱でも出すが関の山だ。近藤も同じなのだ。

しかし、このまま頭目《あたま》が痴呆《たわ》けていたのでは、組は遠からず滅ぶ。扇の要《かなめ》が緩めば、やがて骨は離れ、紙も破ける。

幕府がなくなってしまった今、俸禄が貰える保証はない。世過ぎのために入隊した者は隊士でいる意味がない。幕府のため将軍のためと志願した者とて、その幕府がもうないのだ。こちらも無意味である。どいつもこいつも気付いていないだけである。

歳三なら考えるまでもなく脱局するだろう。

この状況では、どれだけ綱紀を粛正しても無駄である。今なら仮令《たとい》遁《に》げても命を失うことはない。そもそも一斉に遁げられてしまえば、それでお終いである。追う者がいない。

脱走者の粛清を無上の愉《たの》しみとしていた沖田は、既に死に体《たい》だ。沖田の剣は速さと正確さに支えられている。体力の衰えは速さを殺《そ》ぎ、息の乱れは正確さを奪う。今や、あの溝鼠《どぶねずみ》は、喰って寝るだけの役立たずに成り下がった。もう子供さえ斬れないだろう。何の役にも立たない。そもそも見たくない。

江戸から戻って以降は顔も見ていない。

話にならぬ。

しかし、歳三の心配を余所に、隊士達は全く行動を起こさなかった。

近藤同様呆《ほう》けているのだ。

これからどうなるのか、どうすべきなのか、連中には想像することすら出来ないのだろうと思う。近藤は元より、老中や若年寄といった重職にある者ども——既に職は解かれているのだろうが——でさえ、身の振り方を決め兼ねているのだから、浪士町人風情は、推して知るべしということなのだろう。

それでも。

どんなに莫迦でも、いつかは解ることだろう。気付くまでにかかる時はそう長くはあるまい。

手を打つべきだ。

国のためにではない。

組のためにでもない。

歳三自身の欲動《おもい》を成就するためにである。

——斎藤を呼び戻すにあたって。

何か土産でも持参させるべきだったかもしれぬ。山崎を使って何か仕込んでおいた方が良かったか。いずれにしてももう遅いか。斎藤は御陵衛士を抜け、今は身を隠している。

手間を掛けている時はない。

陸援隊絡みでもう一押しするしかないようにも思う。

明確な敵が眼前に現れれば、近藤も隊士もそちらに目を向けざるを得なくなる。

そうすれば——。

歳三は屯所の真新しい部屋から出た。

青畳や白木の香りは悪いものではないが、あまり性に合わない。

街に出る。

既に霜月も十日を過ぎた。

肌寒いが、気にならない。

京の街中は寧《むし》ろ、以前よりも静かだった。安寧ではないが、閑静ではある。幕府だの朝廷だの、そんな雲の上のものがどうなろうとも、民草の営みに変わりはないということなのだろう。無頼どもが横行していない分、町家は鎮まっている。

鴨川まで出て、川沿いに歩く。

――さて。

どう手を打つか。

「土方よ」

背後から声がした。

尾行《つけ》られていたのか。

歳三にしては珍しく、まるで気付いていなかった。考えあぐねていた所為《せい》か。

佐々木只三郎だった。

「里帰《げえ》りしてたかい。里心でも付いたんでねえのか」

「藩だの家だのにぶらさがってるてめえと違ってな、俺には郷里《さと》なんざねえよ」

格好付けるじゃねえかよと佐々木は言う。

「屯所に行ったら、局長もお前《めえ》もいねえ。知ってる顔がねえ。詮方《せんかた》ねえから帰ろうと思うて、つと眺めてみりゃ、遠くにしょぼくれた背中が見えたでな」

給金が出たのよと歳三は言った。

「ほう」

誰がくれたと佐々木は言う。歳三は知らない。

「どっから出た金か知らねえが、呉《く》れるもんは貰うよ。もう俸禄ァねえものと思ってた隊士もいたようだからな。金が貰えて喜んでるのよ、皆。莫迦はすぐ浮かれるんだよ」

このぐだぐだな状況で浮き足立っている。

「てめえだって立場ァ同じじゃねえか佐々木。親方ァもういねえぞ」

「会津藩はある」

「見廻組は会津のもんじゃあねえだろうがよ」

「俺ン処の親方は京都守護職だからな。容保《かたもり》公だよ。京都所司代の松平《まつだいら》定敬《さだあき》様ァ伊《い》勢《せ》桑名《くわな》の藩主で、容保公のご実弟だ。職は解かれるだろうが、縁はあンだ」

「知ってるよ。その兄弟と、こないだ大政奉還した元将軍が、三人揃って長州を目の仇敵《かたき》にしたんじゃねえかよ、お蔭であちこちガタガタじゃねえかよ。じゃあ何か、お前等《ら》ァ今、会津や桑名のお抱えなのかよ」

見廻組は見廻組だわと、佐々木は言った。

「政権がどうなろうと治安は維持せにゃなるまいよ。何方様《どなた》が天辺《てっぺん》に御座《おわ》そうと、いずれ無法は許されねえのだ。都を護るのが」

仕事だと佐々木は言った。

「仕事――か」

それで何の用だよと歳三が問うと少しばかり泥被って貰いてえと佐々木は言った。

「迷惑だな。何をする」

「坂本を消す」

「坂本ってなあ、海援隊の坂本のことか。斬るのか」

「ありゃ凶状持ちだ。それでいて好き勝手振る舞っておる。鉄砲で役人撃ち殺しておいて、平気で要人の処に押し掛け、偉そうに意見するような、そんな無法が通るか」

「上が通そうと思えば通るんじゃねえのか」

「通す手続きをしてねえ、する気もねえ、だからいかんと言うておるんだ。好き勝手に振る舞って後から帳尻合わそう、合うようにしようなんてな虫の好い話だろよ。だから俺やお前《めえ》と違って、あれはただの人殺しだ。何を考えていようと」

罪は罪だと佐々木は言った。

「そうかよ。大政奉還根回しした意趣返しじゃねえのか」

「そうじゃねえよ。咎人《とがにん》をのさばらせる訳にゃいかねえのだ。いいかよ土方。幕府がなくなったのではねえのだ。徳川《とくがわ》が天辺《てっぺん》から降りただけだ。これからは諸藩諸侯が寄り、天子様を戴いて政《まつりごと》を行うのだわ。そこに、坂本のような男の居場所はねえ。居てはなんねえのだ。目障りだ」

「ふん」

甘い見通しだ。薩摩も土佐も、長州も、このまま黙っている訳がない。政権を返上したなら仲良くしましょうなどと思う筈がない。因縁を付け徳川を潰しに掛かることは明白だ。そうなれば旧佐幕派の大名は徳川に付く。矢張り国を割る戦になるのだろう。

佐々木の言う通り、坂本とかいう男は罪人なのだろう。それを裁くというのは筋の通った話ではあるのかもしれない。だが、それは一方で反徳川の連中を蜂起《ほうき》させる火種となり得る行いではないのか。

面白《おもしれ》えなと歳三は答えた。

「で、どうすんだ」

「何もせんでいいわ」

「新選組の仕業に見せ掛ける——」

そういうことかと問うと、佐々木は横を向いた。

「別に罪を擦《なす》り付ける気はねえ。そもそも大罪人を処罰するのは罪ではねえのだ。ただな、見廻組がやったとは公言しねえ。当然——お前達が疑われンぞ。そういう悪さすんな、嫌われ者《もん》の壬生浪《みぼろ》と、相場が決まっとる」

「会津や桑名のためか」

佐々木は答えず、お前ンとこに松山《まつやま》の男がいたなと言った。

原田のことだろう。

「いたがどうした」

「見廻組にはいねえのだ」

そう言うと佐々木は宜しくなと片手を挙げ、踵《きびす》を返した。

歳三は散策を止《や》め屯所に戻った。

屯所はがらんとしている。莫迦連中は、陽も高いというのに遊びに出掛けているのだ。どいつもこいつも、既にして何もかも見失っているとしか思えない。

幸い、山崎と吉村はいた。

部屋に呼んだ。

「山崎よ。坂本とかいう野郎の居場所は知ってるんだな」

「へえ。最前《さいぜん》まで越前《えちぜん》に行って、松平春嶽《しゅんがく》に何や吹き込んでたようでっけど——こないだ京に舞い戻りよって、才谷梅太郎《うめたろう》の名ァで、蛸薬師《たこやくし》の醬油《しょうゆ》商《あきない》近江屋《おうみや》に潜伏してまっけども。今は風病《かぜ》ひいて引き籠ってますわ」

「細けえこたァどうでもいい。陸援隊の中岡は」

「まあ、押さえてますけども」

「明日——中岡を坂本ン処に行かせることは出来るか」

「はあ」

山崎は眼を剝《む》いた。

「何でだす」

「何でもいいよ。出来るのか出来ねえのか」

山崎は吉村と顔を見合わせた。

「まあ、出来んことはないけども——去年、制札場の一件で土佐藩士を一匹捕えましたやろ。あの、元五《ご》十人組《じゅうにんぐみ》の総頭とかゆうてる宮川《みやがわ》ゆう男。近近、あれを土佐に返すことになってますやろが。その件に就いて中岡も坂本も豪《えら》く気に懸けてるようですけどな。弄《いじ》りましょか」

流石《さすが》に詳しい。

「いや、中岡が以前に下宿しとった菊屋《きくや》ゆう本屋の息子を抱き込んでますんや。ま、その辺使って、風病《かぜ》見舞にでも行かせることは出来んことやないですけども――」

「山崎先生、そら確実ではねえ」

吉村が乗り出す。

「土方先生、見合うだけの銭コ出してくれンなら、俺《おら》が必ず、明日中岡をば近江屋に行がせっけども」

「ヘッ」

歳三は懐から財布を出し、小判を十枚畳の上に放った。

副長の給金は三十両である。歳三はそんなに要らない。吉村は飛び付く。山崎は苦笑した。

「大盤振る舞いでんな」

「俺《おら》一人で貰っていいんだべか」

吉村は山崎を横目で見た。

「てめえに呉《く》れてやるんだよ。その代わり吉村よ。し損ねるな」

勿論でがんすと吉村は言った。

「それからな、今、左之助は何処にいる」

懐が温まったよって瓢亭《ひさごてい》で呑んでますわと山崎が答えた。

「屯所には戻らず、真っ直《す》ぐまさはんの処へ帰りますやろな」

先年原田は嫁を取り、本願寺筋に所帯を構えている。去年、子供も生まれた。

「じゃあな、吉村。左之助の持ち物を今夜のうちにくすねて、明日、その近江屋とやらに置いて来い」

そら易いこったと吉村は言った。何故と尋《き》かぬところがこの男の長所である。

「普段の原田先生は隙だらけだで」

必ず遣り遂げろよ守銭奴《しゅせんど》と歳三は言った。

「それからな、山崎。陸援隊に入れている村山だが、捨てろ」

「捨てますか。一度注進に来たもんを、策を講じてまたあっちに戻したンでっせ。手間掛かってますわ」

「間者と明かせ。そうすれば捕まるだろ」

「へえ」

山崎は首を傾《かし》げた。

翌日。

夜。

坂本龍馬は死んだ。同席していた男も斬られ、二日後に死んだ。

男の身許は不明だったが、やがてそれが中岡慎太郎であることが知れた。

何の根拠もなかったが、新選組の仕業だとされた。歳三以外の者にとっては正に寝耳に水という話であったようだ。当然である。新選組は何もしていない。

しかし何の検証もなされぬうちに世間は新選組の仕業と信じた。

否、検証はされたのだ。

現場には、刀の鞘と下駄が残されていたという。

下駄には瓢亭の焼き印が捺《お》されていた。瓢亭の下足番は、何故か履物が失くなってしまったため、原田に貸し出したものだと証言した。

吉村の工作であろう。

鞘の方は、鑑定のため御陵衛士に持ち込まれた。原田を能《よ》く知る藤堂を始めとする数名が、それを新選組原田左之助のものと断定した。実際に原田のものなのだ。

これも、吉村が摩《す》り替えたのだろう。

田舎侍め――。

わざとらし過ぎる。何処《どこ》の世に鞘を置いて遁《に》げる刺客がいるか。しかも一杯引っ掛けた後、料亭の下駄を履いて殺しに行き、裸足で帰ったというのか。

それでは狂人である。

しかし、そのうちに襲撃犯は斬り掛る際にコナクソと吠えたという話も聞こえて来た。死にかけの中岡がそう証言したということらしいが、知れたものではない。佐々木が流した話だろう。コナクソというのは伊予《いよ》辺りで使う言葉らしい。聞いたことはないが原田も使うのだろう。

近藤は奉行所に呼び出され、聞き取りを受けた。

当然、知らぬと答えた。実際近藤は何も知らない。

原田の方は大いに怒った。煩瑣《うるさ》いくらいに喚《わめ》き散らした。嵌《は》められた、というのである。

——そう。

嵌めたのだ。

佐々木と——歳三が。

中岡まであっさり死んでしまったというのは計算違いだったが、それは些細なことである。陸援隊は隊長を殺したのが新選組だと思い込むだろう。ほぼ同時に間者として潜入していた村山謙吉《けんきち》の正体も露見している。村山は即座に捕縛され、訊問を受けているという。

責められても何も言えまい。

知らないのである。しかし、それでも新選組の密偵であることだけは事実だ。これで陸援隊と新選組は明確な敵対関係となった。そして、御陵衛士と陸援隊は繋がっている。

歳三はしかし、もう一手間かけることにした。

斎藤一は姓を元の山口《やまぐち》に戻し、山口二郎《じろう》と名を変えて、紀州《きしゅう》藩支藩の藩士であり蒸気船いろは丸《まる》沈没事件で坂本龍馬と対立関係にあった三浦休太郎《みうらきゅうたろう》邸に匿って貰っていた。

いろは丸は大洲《おおず》藩所有の英国製蒸気船で、海援隊が借り受けていたものである。長崎から大坂へ鉄砲などの物資を運ぶ航行中、紀州藩の軍艦明光丸《めいこうまる》と衝突、沈没している。この一件で、坂本は幕府の裁定を待たずに紀州藩を責め、十万両からの賠償金を請求している。

のみならず、あの手この手で紀州藩を追い込んだのだそうである。追い込まれた紀州藩は争うことを止《や》め、結局八万両を超える額を支払うこととなった。

泣き寝入りである。

その際の交渉役が三浦だった。

歳三は人を介し、坂本殺害の実行犯は新選組であり、指示をしたのは三浦だという噂が流れている——と三浦本人に報せた。勿論嘘である。山崎を使って紀州藩士に吹き込んだのだ。

その上で、陸援隊と御陵衛士は、とばっちりを受けた陸援隊長中岡の意趣返しのため、三浦と近藤の暗殺を企てているらしい——という風聞も流した。

三浦は信じた。

そして匿っている斎藤——山口にそのことを告げた。山口は当然、それを近藤に報せて来た。

近藤は急遽山口を呼び戻し復隊させることに決めた。三浦に累が及ばぬよう、そして詳しい話を聞くためである。

山口は正義の人だ。冤罪で暗殺などという結末を許す訳もない。況《まし》て近藤も、三浦も、山口にとっては恩人である。山口にしてみれば、それは言語道断の暴挙となるだろう。帰隊した山口は近藤に対し、そう報告する筈だ。

機は——熟した。

斎藤一改め山口二郎は、近藤が送った三浦への書簡の到着を待たずに、直《ず》ぐ帰隊した。

事情を知らぬ隊士達への弁明《いいわけ》のため、予め遠国遠征中の隊士山口が命を果たして帰隊する旨の貼り紙をしておいたので、大きな混乱はなかった。

尤《もっと》も歳三以外、山口が御陵衛士と新選組を繋ぐ連絡役と知っていたのは近藤と、山崎吉村くらいのものであったのだから、永倉や原田、井上など、隊長格の連中は多少なりとも困惑した。原田などは自分達古参まで騙すのは得心行かぬといたく不満げであったのだが、山口の報告を聞くや、そんな些事はどうでも良くなってしまったようであった。疑われているのは誰あらん原田自身なのである。そしてその結果、近藤と三浦が狙われているという話なのだ。

「あくまで噂です」

山口は誇張も歪曲もせずに聞いた通りを報告し、そう結んだ。

局長の部屋に主だった幹部が集められている。

「ただ、三浦氏《うじ》は酷《ひど》く怯《おび》えていらっしゃいます。坂本の強引で狡猾《こうかつ》なやり口に、三浦氏が閉口されていたことは事実のようですので――」

「一緒に斬られたのは本当に中岡慎太郎なのか。儂《わし》が奉行所の聞き取りを受けた際には、どうもそうらしいというだけであったが」

近藤が問うと、間違いありまへんと山崎が答えた。

「陸援隊は大騒ぎや」

海援隊は、と永倉が問う。

「そもそも的《まと》は坂本だろう」

海援隊は武装集団と違いますわと矢張り山崎が答える。

「海運やら交易やら何やら、ま、武士のすることやないと思いますけども——一方陸援隊は、元元は倒幕のために作られた、浪士の組ですわ」

儂等《ら》と一緒かと井上が言う。一緒にせんとけと原田がぼやく。

「まったく迷惑千万ぞな。雪駄は盗られる鞘《さや》も掏《す》り替えられる、揚げ句の果てに下手人呼ばわりじゃ。儂を嵌めようとしたのは誰ぞな。坂本斬ったな何処のどいつぞな」

薩摩という話も聞きましたと山口は言った。

「薩摩ァ。そらどうも話が見えんのう。薩摩と土佐は結んでおるのではないのか」

結んだからよと歳三は言った。

「薩摩は大政奉還はなされないと踏んで、土佐と密盟を結んだんだ。要するに揺さぶりを掛けて討幕の詔《みことのり》を出させようという肚《はら》よ。薩摩っぽは戦がしたくてしようがねえんだよ。実際、勅命は出された。しかし、坂本やら勝やらが動いた所為《せい》で、大政は奉還されてしまった。狙いは外れたことになる。だから坂本が憎い——」

そういうことだな――と、永倉が言った。山崎が繋ぐ。

「まあ、それでなくとも大政奉還がなされた今、ちょろちょろ動き回る坂本は邪魔ですわ。あれは藩を脱けた男やし、元元郷士の子や」

儂も百姓だと近藤が言う。

「今は旗本やないですか。土佐では上士と下士は厳密に分けられておるんですわ。下は、ずっと下のままや」

決して上には昇れんのですと山崎は言った。

「でも、坂本はその身分を壊すようなことばかりしよる。土佐上士どもの目の上の瘤《こぶ》ではあるンですわ」

くだらねえなと歳三は言った。

「幕府を倒す国を造り変えると聞こえの良いことをほざいていても、鯔《とど》の詰まりは薩摩も土佐も徳川《とくせん》に成り代わりてえだけか。身分大事、仕組み大事かよ、てめえ等《ら》の足許揺さぶる奴ァ、身内でも小者でも邪魔か」

薩摩の大久保あたりならやりそうなことですよと山口は言う。

「大久保は岩倉《いわくら》卿を担ぎ、武力蜂起を画策している」

「待てや」

原田が割って出る。

「あのな、まあ御陵衛士は薩摩と通じておるんじゃから、斎藤もそこまで内情を知っとるんじゃろ。しかしぞな。もし、薩摩が坂本を殺したんじゃったら、その」

「御陵衛士は下手人は左之助じゃあ言うたのだろ」

井上がそう言うと、鞘が原田のものだと証言しただけだろうと永倉が接《つ》いだ。

「同じことぞな。あの、藤堂のクソ餓鬼が」

「実際お前のものだったのだろう」

「知らんわい。でも現に掏り替えられておるんじゃから、多分そうなのだろよ。不覚じゃ不覚」

「それなら藤堂も嘘を言った訳ではないだろう」

「いいや、納得は出来んぞな。あの晩は瓢亭で土産に折詰を拵《こしら》えて貰《もろ》うて、嫁に持って帰ったんじゃ。そうじゃ――吉村が証人ぞなもし。お主あの晩、家《うち》に寄ったじゃろうが。飴買《こ》うて来てくれたじゃろ。一緒に煮しめ喰うたではないか」

誰もてめえがやったと思っちゃねえよと歳三は言った。

吉村はただ恍惚《とぼ》けてへえへえと言っている。何もかもこいつがしたことなのだ。本当に喰えない田舎侍である。

「いずれにしても、薩摩が下手人なら、御陵衛士はそれを知っとるかもしれん、ちゅうことぞな。それでいてそんな――」

「待てよ。それは憶測ではないか」

永倉が原田を止《と》める。

歳三は言う。

「陸援隊が俺達を疑ってることは間違いねえよ。入れてた間者も捕まった。端《はな》から濡れ衣だから間者が口を割るも割らねえもねえが、血の気の多い奴等《ら》だから、局長や三浦を狙って来ることも十分《じゅうぶん》にあり得ることだろう。そして、御陵衛士が陸援隊と深く繋がってることも間違いねえ」

そうだな山口と振ると、正義の男は首肯《うなず》いた。

「いつぞや、土方さんが私の役目は終わったと言ったことの意味が、やっと判りました。薩土密盟がなされた段階で、伊東は新選組を、幕府を見限ると、副長はそう読んでいたのでしょう」

歳三は答えなかった。

正しくは薩土密盟を利用して、伊東が新選組を、幕府を見限ったが如く見えるようにしただけである。そう仕向けたのは歳三である。

「仰る通り御陵衛士と陸援隊は結び付いている。伊東は中岡とも懇意にしていましたし、高台寺党から陸援隊に移籍した者までいます。薩摩が坂本襲撃の下手人だったとしても、中岡まで殺すつもりはなかったのでしょうが、こうなってしまった以上、薩土双方の顔を立てる形で上手に立ち回ろうとするなら――」

「俺達を生贄《いけにえ》にするが得策、ということだな」

「つまり」

伊東の企みということなんだなと近藤は断じた。

単純な男だ。

凡《すべ》ては推測ですがと山口は言った。

「ただ、伊東摂津《せっつ》に取って、この新選組がもうお荷物になっているということだけは確かでしょう。薩摩や土佐にどう喰い込むか、その方が今の伊東にとっては大事なんです」

伊東のやりそうなことぞなと原田が片膝を立てた。

「元より好かんかったぞな」

「しかし、それが本当だとするなら好き勝手にはさせられぬな。幕府がなくなったとしても、我等は徳川家家臣という立場――なのだろうし」

永倉も納得したようだ。

矢張り——莫迦を結束させるには明確な敵を作ることが何よりも有効なのだ。

この際徳川も薩摩もどうでもいいと歳三は言った。

「問題なのは、この」

近藤を顎で指す。

「局長の命が狙われてるかもしれねえということよ。それも、ご定法に照らしてどうこう為《し》ようてえのじゃねえ、暗殺でカタぁ付けようとしてるんだ。こりゃ看過出来ねえよ。陸援隊の間抜けどもは兎《と》も角《かく》、伊東は何もかも知ってて乗るってことだろ」

そう。

歳三が乗せたのだが。

暗殺の噂を流したのも歳三だ。

「そんなことはさせない。如何《いか》にも無法ですよ」

山口が言う。歳三はそこで一同を見渡す。

「扠《さて》。どう護る」

「護るだと。攻めるんじゃ」

原田が拳で畳を打った。

この短慮の男は、必ずそう言うだろうと歳三は思っていた。

「御陵衛士、討つべしぞな」

「いや待て。現状、我等《ら》には大義がない。それに何もかも憶測だ。上意があった訳でもないだろう」

「おい永倉。今、何処から命が下って来るというぞな。辛うじて給金こそ出たものの命令なんか来るか。敵だって闇討ちしようとしてるんぞな。ほんなら、やられる前にこっちから」

「伊東を殺《や》る——のか」

殺すなら御陵衛士全員だよと歳三は言った。

そう。そうでなくてはならない。

「全員って——」

井上が顔を歪《ゆが》めた。

「おい、歳さん。向こうには平助もおるんだぞ」

「関係ねえ。一人でも残せば、後後《のちのち》禍《か》根《こん》を残す。背後には薩土が控えてるんだぜ。必ず仕返しされるよ」

「いや、しかし」

「どうするよ、近藤さん。向こうから仕掛けて来るまで待ってるかい。抜け目のねえ伊東のことだ。こっちの内情に詳しい藤堂を刺客に使うことだって、あり得ることだろうぜ。藤堂が殺しに来たら、あんた昔馴染みだからって殺されてやるかい」

莫迦なことを言うな歳と言って近藤は大口をへの字に結び、丈夫そうな顎を右手で擦《こす》った。

「だがなあ。赤穂《あこう》浪士でもあるまいに、月真院に討ち入る訳にも行くまい。それこそこっちが咎《とが》められよう」

先方は何人だと歳三は山口に尋《き》いた。

「私が抜けて十一人。他に新選組から脱走して来た連中が二三人いますが、高台寺にはいません」

脱走してたかいと、井上が抜けたことを言った。まるで管理出来ていないのだ。

策はあるかと近藤が問う。

既にして、伊東一派と一戦交えることだけはなし崩し的に決まってしまったようである。何の確証もない、嘘と類推の積み重ねだというのに。

「先《ま》ず伊東一人を呼び出して殺す」

歳三はそう言った。

「どうやって。そんなもの、来る訳ないだろう」

「来るだろ。今まで通りなら」

「ああ」

伊東はこれまでも度度、近藤や歳三と密会している。密会場所は近藤の妾宅だ。

「脱走した斎藤一を捕まえたと密かに報せれば、奴は来るだろ」

「斎藤君を――」

「斎藤よ。幾価《いくら》くすねて来た」

「五十両です」

斎藤は袱紗《ふくさ》包みを出した。

吉村が身を乗り出す。金には目がない。

　くすねるってな何ぞねと原田が問うた。

「御陵衛士の金です。私は公金横領の上、逐電したことになっている」

「取り敢《あ》えずその金を返すことにするか。斎藤は新選組御陵衛士双方の事情に通じている間者だからな。捕まえても公には出来ねえ。秘密を知るなあ、局長と俺、先方は伊東と篠原の四人だけだ。処遇を相談したいと言えば来るだろ」

「だが歳よ、それで」

「山崎。吉村。お前達は局長を護る役だ。斎藤の後釜ということにでもして、同席しろ。で――その斎藤だ」

山口、と歳三は呼ぶ。

「陸援隊のこともある。お前は密かに三浦休太郎を護ってくれ。匿って貰った恩もあるだろ。隊士は何人でも貸す」

「承知した。必ずお護り致す」

「いや、歳よ。それはいいが」

近藤が顔を曇らせた。

「心配すんな。伊東甲子太郎は」

俺が殺す。

そのための仕掛けだ。

「死骸は目立つ処に晒す。御陵衛士の連中は、必ず伊東の骸を取りに来るだろう。そこを待ち伏せて一気に叩く。どうだ原田。敵は多くて十人だ」

「やるわい。一人でもやるわい」

「永倉はどうだ。厭《いや》なら止《よ》せ」

「いや――」

永倉は少し間を置いて、行くよと言った。

井上は顔を顰《しか》め、儂は行かぬよと言った。

「大石、島田。お前達も行け。いいや、討ち漏らしちゃあならねえ。二三十人連れて行け」

褒美が出るなら俺も行きてえと吉村が言った。

「何なら、伊東も俺が」

「調子に乗るなよ田舎侍。てめえが出るなあ別の幕だよ」

「私も行く」

障子が開いた。

沖田の貧相な顔があった。ただでさえ鄙俗《いやら》しい面構えなのに、それが病の所為《せい》で痩《こ》け衰え、まるで化物のように見える。

「病人は去《い》ね。感染《うつ》る」

「でも」

「でもじゃねえよ。役立たずは引っ込んでいろよ」

どうせ刀も振れまい。

そんなになっても未《ま》だ斬りたいか。

「私は」

斬り死にするつもりなのかもしれないが、だとしたらそうはさせない。

「何だよ」

「てめえみてえな足手纏《まと》いを連れて行けるかよ莫迦野郎。縁起でもねえ、そんな景気の悪い面なんざ見たくもねえんだ。厠《かわや》で独り血反吐《ちへど》でも吐《は》いていやがれ。死にてえなら、首でも吊れよ」

歳三は怒鳴った。

溝鼠《どぶねずみ》は恨めしそうに睨《にら》み返す。永倉が寝てろと言って障子を閉めた。

「土方さん――」

「あんな屑は要らねえよ。それより近藤さんよ」

近藤は苦悶している。

「おい。局長。じゃあ――いいんだな、伊東を殺し、御陵衛士を殲滅《せんめつ》するということで」

近藤は、目を閉じ腕を組んで、むう、と唸った。

「やるとして、いつやる」

「やるなら今日だよ。今すぐだ」

「今日――か」

「当たり前《めえ》だろうよ。寝てる暇はねえ。どうする。決めろ局長」

歳三は威嚇《いかく》した。

「何だ。将軍が腰砕けならてめえも腰砕けか。新選組はこれからどうすんだ。遠からず必ず戦になるぞ。徳川に付くなら、敵は薩長だ。こんな内輪揉めみてえなことでガタガタしてる暇ァねえんだよ」

さっさと決めろよと歳三は怒鳴った。

「よし。やろう」

近藤は漸《ようや》く眼を開けて、一同を見渡した。

それからは慌ただしかった。

醒ケ《さめが》井《い》通《どおり》の近藤妾宅に近藤と山崎吉村を向かわせ、近藤直筆の密書を書かせ、下男の手で月真院に届けさせた。これまでも同じようにして連絡を取っていたのだ。

山口には二十名の隊士を付け、三浦邸近辺に潜ませた。

永倉以下三十名は屯所で待機させた。原田は、自分も伊東殺害に加わりたいと言い出した。余程肚に据え兼ねているのだろう。

濡れ衣――なのだが。

万が一にも討ち漏らすことはないと歳三は考えていたが、念のために原田と、大石鍬次郎を近藤の妾宅に連れて行き、裏口に控えさせた。

戌《いぬ》の下刻。

伊東は小者一人を伴ってうかうかと密会場所にやって来た。歳三は次の間で気配を消し、様子を窺った。

近藤は歳三が決めた通りのことを決めた通りに言った。斎藤を捕えたこと。身柄は某所に拘束していること。五十両の金を見せると、伊東は簡単に信用した。

「真逆《まさか》、斎藤君がこんなことを仕出かすとは考えてもみなかったが」

伊東はそう言った。

「儂の眼鏡違いだ」

近藤はそう答えた。

「真面目一方と見ていたが、どうも女に入れ揚げたようですな」

「女か——」

切腹させますよと近藤は言う。

「この大事な時に、天下国家より女を取るとは、正に士道不覚悟。ついてはこの、山崎と吉村を今後の繋ぎに使います。そのご諒解《りょうかい》を得たいと思いましてな」

酒を注《そそ》ぐ。

近藤は伊東を大いに持ち上げた。

山崎と吉村も、まるで幇間《たいこもち》のように伊東を褒めた。歳三は、死んだ武田を思い出す。あれも、幇間と陰口を叩かれていたのだ。

凡《およ》そ、一刻《いっとき》の後。

伊東は立ち上った。

歳三は気配を消して素早く裏口に回った。裏には槍を携えた原田と大石が身を潜めている。

「伊東が出るぜ」

原田は穂鞘《ほざや》を外し、地べたに置いた。歳三は逸《はや》る左之助を制す。

「待てよ。大石、てめえ先に出て伊東の行く手で待ち伏せろ。方角間違えるんじゃねえぞ。そうだな、木津屋《きづや》橋渡った辺りにいろ」

退路は断つ。

万が一、伊東の仲間が潜んでいないとも限らない。篠原は近藤の妾宅を知っているのだし、念のために隠密で警護を付けているという可能性もない訳ではない。

ただ、それはない、と歳三は考えている。

伊東は近藤を舐めている。

近藤暗殺などという話はそもそも作りごとなのだし、伊東が警戒する理由はない。

その上、斎藤が連絡役であること、延《ひ》いては新選組と御陵衛士が連絡を取り合っていることは表向き秘密なのだ。伊東と篠原が連れ立って出たのでは目立ち過ぎると判断した――それだけだろう。

「勝手に手ェ出すなよ」

大石は無言で身を翻《ひるがえ》した。

「俺達は」

「行くぞ」

歳三は原田を伴って再び裡《なか》に入った。潜んでいた次の間に控える。

伊東は、丁度玄関に出たところのようだった。矢張り駕籠をお喚《よ》びしましょうかという山崎の声がする。結構結構と、伊東は答えている。

「酔い醒ましに歩いて戻ろう。近藤さん、斎藤の処遇は任せましたぞ。坂本殺害の件は、まあ放っておけば良い。先程も申し上げた通り、薩摩も土佐も、坂本などどうでも良いと考えておるのです。坂本君の一和同心の志は、まあ、我等《ら》が継ぐ。問題は中岡さんのことだが、陸援隊もいずれ誤解を解くでしょうよ」

酔っていても能《よ》く喋る。ただ声の調子から相当呑んでいることだけは判る。
戸が開いた。
間合いを取る。
歳三は素早く襖《ふすま》を開け、酒宴の間を抜けて玄関に向かった。
左之助が続く。近藤の妾《めかけ》が眼を円くしている。
吉村が障子を開ける。山崎と近藤に一瞥《いちべつ》をくれ、玄関をそろりと開ける。
やや千鳥足になった伊東の背中が見えた。
「かなり呑ませましたで」
山崎が小声で言った。
伊東は北辰一刀流免許皆伝。但し実戦の経験はない筈だ。歳三は心配していない。
「行くぞ」
道に出る。踏み出そうとする原田を制す。
「橋までは行かせろ」
伊東は——。
鼻唄を奏でている。いや、謡《うたい》か和歌か、そうしたものだ。
機嫌が好いのだ。

歳三はそして何かを察する。

世の中がどうなっていようと、どんな難問が山積していようとも、人は褒められれば機嫌が好くなるものなのだろう。歳三には一向に理解出来ぬが、持ち上げられれば嬉しいとか愉しいとか、そうした心持ちになるものなのだ。

それは——。

どういう気分なのだろう。

そんなことを思った刹那《せつな》、原田が駆け出した。

止《と》める間もなく、橋に差し掛かる直前に原田は槍を繰り出した。

槍頭は伊東の右の肩口にめり込んだ。突然のことであるから、何をされたのか判らぬまま、伊東は肩でも叩かれたような仕種《しぐさ》で振り向いた。

顔が歪んだ。

「こなくそ、じゃ」

原田は小声でそう言った。

「お——」

橋の向こうに大石鍬次郎が姿を顕《あらわ》す。伊東は行く手を見てもう一度振り向き、そこで原田は槍を引き抜いた。

「お主ら——」

伊東はやっと己がどういう状況に置かれているのか気付いたようだった。提灯《ちょうちん》を持っていたお供の小者が腰を抜かして座り込む。

伊東は、刀に手を掛ける。

「お。王事に尽くさんと投げ出した命、こ、こんな処で——」

伊東は抜刀した。

右肩から突いた原田の槍は、頸《くび》の下まで貫いたようである。

みるみる紅く染まっていく胸元が、冴えた月明かりにくっきりと見える。

抜いたところで刀が振るえる訳もない。あれでは右手が利かないだろう。

「こんな処で死ねるかッ」

蹌踉《よろ》ける。伊東は刀を振り回して橋を渡った。小者は尻餅を衝いた恰好のまま震えている。

「斬るな大石ッ」

歳三はそう叫んだ。

大石が引く。

伊東は舞うように右へ左へ揺れ乍《なが》ら橋を渡り、時に刀で空を斬った。

油小路《あぶらのこうじ》に至る。

歳三は熱《いき》る原田を手で押さえ疾風《はやて》の如く走った。

大石を追い越す。

「伊東ッ」

「き、貴様等《ら》、新選組か——」

やっと気付いたか。

歳三は真ん前に立つ。

「ひ、土方か。こ、この」

待っていた。この時を。

「か、奸賊《かんぞく》ばらッ」

絞り出すようにそう言った伊東の左肩から腹までを、歳三は一刀の下《もと》に斬り下ろした。

切れる。

二代和泉守兼定《いずみのかみかねさだ》。

引く。一歩下がる。

一拍置いて血飛沫《ちしぶき》が上った。凍て付いた月光に、血飛沫は映える。

摂津だか、甲子太郎だか、大蔵《だいぞう》だか知らぬ。名などどうでもいい。歳三が殺そうとしていた男は、死んだ。

原田と大石が駆け付ける。

「あの小者は――」

「放っておけ。寧《むし》ろ好都合だ。おい大石。左之助。こいつを」

見渡す。

「あの辻まで引き摺って行け。真ん中に置け」

七条《しちじょう》油小路の辻である。

歳三は橋まで戻った。下僕は欄干にしがみ付いて震えていた。

「おい貴様。すぐさま月真院に戻って、こう言え。御陵衛士隊長伊東摂津、土州人《どしゅうじん》と口論の上刃傷に及び七条油小路にて落命、直《ただ》ちに骸の引き取りを願うと――な」

「ご勘弁くださいご勘弁ください」

「斬られねえから早く行け」

「は、あ、貴方《あなた》様は、と、土佐藩のお方で」

「いいから行け。行かねえと、殺すぞ」

血刀を翳《かざ》す。

下僕は転げるように走り出した。

見えなくなるまで見届けてから辻に戻ると、原田と大石が突っ立っていた。足許には不細工な形になった伊東の残骸があった。

「大石、屯所に戻って永倉達にことの次第を報せろ。お前はそのまま、もう休んでいい。左之助、お前は」

「俺は残る」

「そうかい。残りゃ藤堂を斬ることになるぞ」

原田は一度眉根を寄せ、それから仕方がないわいと言った。

「もう、俺一人の問題ではないんぞな。子供《がき》ンこと思うとな、汚名を着せられるンはどうしても我慢がならん」

「斬ったって汚名が雪《すす》がれることにはならねえよ」

「ええんじゃ。けじめじゃ」

「ふん」

そうは言っているが、面と向かえばどうなるか。以前に山崎が言っていたように切先が鈍ることは間違いないだろう。

藤堂は歳三が斬ることになるか。

刀身の血を丁寧に拭う。

後何人か斬ることになる。念のためもう一本の差し料も近藤の妾宅に持って来ている。取って来ようかとも思ったが、止《や》めた。刃《は》毀《こぼ》れもしていないし、綺麗に拭っておけば未《ま》だ未《ま》だ切れる。

永倉他隊士三十名は大して間を置かずに到着した。

だがぞろぞろ並んでいたのでは待ち伏せにならぬ。

七八名ずつ四隊に分け、東西南北に配置して隠れさせた。どちらから現れても辻に至るまでは手出し無用と堅く命じた。

半刻程待ったか。

気配がする。歳三は耳を澄ます。

複数の荒い息遣いが感じられた。

――来たか。

六人。否、七人か。

――足りねえ。

来なかった者がいる。ならば、余計に来た者を生かして返す訳には行かぬ。皆殺し以外に道はない。

足並がばらけていない。

――駕籠か。

伊東の遺体を乗せるために駕籠を用意して来たのか。二名が駕籠を担ぎ、一人が先導し、四名が後ろに続いている。跫《あしおと》から知れるのはそうした布陣だ。

提燈《ちょうちん》の火が見えた。

――未《ま》だだ。未《ま》だ出るな。

燈《あかり》を持って先導しているのは藤堂平助だ。駕籠を担いでいるのは、歳三の記憶《おぼえ》が確かなら服部武雄《はっとりたけお》と毛内有之助《もうないありのすけ》である。その後ろが富山弥兵衛《とみやまやへえ》。伊東腹心の加納鷲雄《かのうわしお》。続いて伊東の実弟である三木《みき》三郎《さぶろう》、そして最後尾が篠原泰之進である。

内海《うつみ》と中西《なかにし》がいない。正確に把握はしていないのだが、主だったところで思い付くのはそんなものだ。

――阿部もいねえか。

一度新選組を脱走し、谷万太郎の道場に匿われていた男である。済《な》し崩しに復隊し砲術指南を務めた後に御陵衛士になった、得体の知れない野郎である。

一同は辻の死体を認めると声を上げ、足早に掛け寄った。藤堂が照らす。駕籠を下ろす。死骸に手を掛ける。

——未《ま》だだ。

未《ま》だ早い。後続の篠原達が辻まで至っていない。

そこで——。

原田が飛び出した。

「駄目だ左之助ッ」

出るなら永倉だ。

そうでなくては退路が断てぬ——。

原田の隊七人が躍り出る。

それを契機にして、西側に潜んでいた島田の一隊が姿を顕《あらわ》した。

最悪だ。

篠原、三木が踵《きびす》を返し、罠だと叫んで駆け出した。加納と富山もその跡を追う。

「莫迦野郎。逃がすなッ」

歳三はそう怒鳴って躍り出た。

「永倉ッ。遅《おせ》えよ。追え」

永倉以下六名が遁《に》げた四人を追った。大失態である。辻に残っているのは藤堂、服部、毛内のたった三人であった。それを二十数名が囲んでいる。

原田は毛内に槍を繰り出し、服部と藤堂はそれぞれ四五人が取り囲んでいる。囲むといっても京の道幅は狭い。辻とはいうものの、大勢が抜刀して戦える程に広くはない。睨《にら》み合いである。

本当に使えない連中ばかりだ。

「どけ」

歳三は前を塞いでいる島田魁をどやし付けた。島田は図体がでかいのだ。おまけに刀さえ抜いていない。島田が除けると、服部が見えた。

右手に大刀、左手に小刀を構えている。服部は二刀流の使い手でそれなりに強い。

「おのれ、謀《たばか》ったなッ」

「謀ったよ」

歳三はそう言うと一歩踏み込み服部が動く前に素早く額を割った。

敢《あ》えて致命傷は与えない。

「後は何とかしろ」

そう言うと歳三は隊士共を躱《かわ》して横に動く。毛内と原田がやり合っている。

「こんなんに手間取ってるんじゃねえよ」

原田をどやし付ける。

毛内は百人芸と呼ばれる程に器用な男で、細かいことは何でも熟《こな》す。武芸としては弓や小太刀《こだち》、手裏剣などを得手とする。

しかし、そんなもの、所詮は曲芸だ。

歳三は毛内をきつく睨《にら》み付け、それから右手首を切り落とした。

「さっさと殺してやれ」

そう言って歳三は——。

藤堂の前に立った。

「土方さんッ」

若造は相も変わらず青臭い口調で口吻《こうふん》を尖《とが》らせている。

「これはどういうことですかッ」

「見た通りだ」

「説明してくださいッ」

「何を」

ぎゃあと悲鳴が上がる。

数名の隊士に膾《なます》に斬られた服部の胸に、原田の槍が深深と突き刺さっていた。

「服部さんッ」

藤堂が前に出る。

「他人の心配してられる身かよ。いつまで経っても、ものの判らねえ餓鬼《がき》だなてめえは」

「私達を殺す理由を言え。新選組は土佐と結んだのか」

「土佐だと」

「伊東先生は——」

藤堂はさっき歳三が小者に言った出任せを信じているのだ。

「莫迦かてめえは」

「何だとッ」

足許には伊東の死骸がある。歳三は顎で示した。

「少し考えれば判りそうなもんじゃねえかよ。篠原も言ってただろ。これは罠なんだよ」

「罠って——」

「血の巡りが悪いなてめえは。伊東斬ったのも俺だ」

紅潮していた藤堂の顔面が蒼白になった。

「ど、どうしてそんなことを。大政奉還がなされた今、この国は一和同心の」

「未《ま》だ理屈を言うのかよ。国のことなんかよりてめえのこと考えろ。伊東だって死ぬ間際に——」

私事で喜んでいたではないか。

「大言壮語吐《は》くだけじゃどうにもならねえんだよ。何かを為し遂げてえのなら、もっと命を惜しめよ」

「え——」

歳三は。

藤堂平助の頭をかち割った。池田屋で負った瑕をなぞるかのように。

藤堂の身体は取り囲んだ隊士達の方に倒れた。

もう死んでいるだろうその身体を、抜刀していた隊士達は何度も斬った。

見苦しい。

服部が両手に刀を握り締めたまま死んでいる。

毛内も死んでいるのだろうが、数名の隊士達が死体に切り付けていた。

「もういいよ。死んでるじゃねえかよ。死んだかどうかすらも判らねえのかてめえ達はよ。いいから刀仕舞って遁《に》げた奴を追えよ」

歳三は怒鳴る。

篠原と三木を逃がしたのは痛い。

「行けよ島田」

「はいッ」

島田を先頭にして、隊士達は遁《に》げた四人の追討に向かった。

——もう遅いか。

どこかの藩邸にでも逃げ込まれれば手出しは出来ない。

篠原達は新選組の仕業と知っている。遠からず反撃されるだろう。

いずれにしても大騒ぎではある。すぐに町役人や奉行所が来るだろう。

原田は藤堂の骸を眺めていた。

「平助」

「もう死んでるよ。今更悔いても仕様がねえぞ」

「承知してるぞな」

原田は腹を空かせた犬のような面で歳三を見返した。

「これは如何《いか》なることでござるか」

声の方を見るとどこかの藩士らしき男が突っ立っていた。

「拙者は桑名藩士小山正武《こやままさたけ》と申す者だが、この有様は一体——」

「これは御陵衛士伊東摂津、藤堂平助、毛内有之助、服部武雄の骸だ」

歳三はそう答えた。

「存じておる。其許《そこもと》は慥《たし》か」

隠しても始まらぬ。

「土方歳三だ」

歳三はそう言った。

9

胸倉を摑《つか》む。

姿勢が歪《ゆが》む。未《ま》だ撃たれた肩が痛いのか、近藤《こんどう》は顔を顰《しか》めた。

「ではどうする。殺してくれるか、歳《とし》」

「あんたをか」

突き放した。

部屋は暝《くら》い。

思い込みに過ぎぬとは思うけれど、海に近い程に夜は暗いように思う。山の闇の深さとは質が違う。明りが暗《くらやみ》に勝てぬ。

流山《ながれやま》である。

その昔歳三《としぞう》が死にかけた土地だ。

「もう、いいように思うよ」

近藤はそう言った。

「何がいいんだ」

「お前はどうする気だ。未《ま》だ続けるかい。この、何と言うかな」

殺し合いだろと歳三は言った。

「殺し合いなんだよ。義も忠もねえ。単なる意地の張り合いだ。今更徳川《とくせん》が巻き返すこたァねえだろうし、薩長《さっちょう》が矛を収めることもねえだろう。まあ、投降したって殺されるだけだろうから、降参しねえってだけだよ。なら」

殺し合いかと近藤は言った。

「何のため——なんだろうな」

「ためもクソもねえ。人殺しは人殺しだよ。許されるか許されねえかの違いしかねえのよ。俺達は朝敵だ。賊軍になっちまった今、何の大義名分もねえのさ。ただ殺されたくねえから、殺《や》られる前に殺すってだけだろ」

「何の大義名分もねえかい」

「ねえさ」

中腰になっていた歳三は、そこで気を抜いて畳の上に座った。

近藤は襟を正している。昏《くら》いので顔の上半分は影になって能《よ》く見えない。角張った顎《あご》だけがはっきりと見えている。

「ねえだろ」

「そうか。ねえか」

近藤は頬を押さえた。歳三が殴ったからだ。

「今更何を言ってるんだよ。俺達が今まで何をして来たてェんだよ。新選組はただ人殺しをしただけだぜ。ただ体制側に雇われていたってだけのことじゃねえか。大政奉還がなされ、王政復古の号令までかかっちまった今、大義も名分もねえだろう。俺達はもう、ただの人殺しだろ」

武士道も、忠も義も関係ない。

何か不服かいと歳三は問うた。

近藤はいやいやと、首を振った。

「随分と殺して来たが、それで世の中変わったたあ思えねえ。そもそも俺達ゃ敵より味方を多く殺して来たンじゃねえか。自分《てめえ》で拵《こしら》えた仕組みだが、こんな巫山戯《ふざけ》た組はねえぞ」

「そうよなあ」

「新選組が新選組として最初に殺したなあ、誰でもねえ、新選組局長だぜ」

芹沢鴨《せりざわかも》。

「最後に殺したのも、新選組参謀だよ。そうだろ」

伊東甲子太郎《いとうかしたろう》。

あの時。

御陵衛士《ごりょうえじ》を殲滅《せんめつ》することが出来なかったのが、所謂《いわゆる》味噌の付き始めだった。

　そもそも皆殺しのために仕組んだ罠だったのだが、手間暇掛けた割りにはお粗末な結果であったのだ。結局十一人のうち四人しか殺せなかった。

遁《に》げた三木《みき》と加納《かのう》、富山《とみやま》は薩摩《さつま》藩邸に逃げ込み、篠原《しのはら》も何処《どこ》かに紛れて消えた。伊東の腹心である篠原と実弟の三木が無傷というのは如何《いかん》ともし難《がた》い失策である。その二人に遁げられた以上、隠し通すことはほぼ不可能となった。そう思ったから、歳三は手を打つこともしなかった。

　三木と篠原はすぐに薩摩の大久保一蔵《おおくぼいちぞう》にことの次第を報《しら》せた。大久保はこの一件で坂本《さかもと》と中岡《なかおか》を暗殺したのも新選組と確信したようである。現場に来なかった阿部《あべ》と内海《うつみ》も、それが新選組の闇討ちであるとすぐに知り、身の危険を感じたのか土佐《とさ》藩邸に駆け込んだようだが、門前払いを喰っている。

御陵衛士は土州人からはそれ程信用されていなかったのだ。土佐にしてみれば単なる内輪揉《も》めのようなものである。知ったことではなかろう。

近藤は永井《ながい》主水正《もんどのしょう》に喚《よ》ばれた。伊東殺害に就いて弾劾されるのかと思いきや、永井がしたのは坂本殺害の件の確認だった。永井は多分、ある程度の事情を察している筈《はず》なので、これは己の身の振り方を考えるための再確認だろう。

歳三が予測したよりも坂本と中岡の殺害は遥かに大きな禍根を残したのだった。単に、時期の問題であったのかもしれぬが。

歳三の読み違えは他にもある。

三浦休太郎《みうらきゅうたろう》が本当に襲撃されたのである。襲ったのは頭を失った陸援隊《りくえんたい》と、そして海援隊《かいえんたい》の残党だった。

歳三が流した嘘が真実《まこと》になってしまったことになる。

莫迦《ばか》正直に三浦を警護していた山口《やまぐち》以下の隊士は必死に攻防した。

報せを聞くや歳三達も屯所から現場——天満屋《てんまや》に出動したのだが、正直なところ歳三はどうでも良かった。御陵衛士を逃がしてしまった失態を取り戻すべく永倉《ながくら》が、そして坂本殺しの濡れ衣を着せられた腹癒《はらい》せに原田《はらだ》が加わり、大乱闘となった。三浦の命は何とか護《まも》ったが、結果として隊士二名が死んだ。

坂本と中岡を殺したのは矢張《やは》り新選組だったのだと、多くの者が、改めてそう思ったに違いない。

その翌翌日。

京都守護職と京都所司代が、廃止された。いいや、将軍辞職が勅許され、幕府そのものが完全になくなってしまったのだ。

王政復古の大号令が発せられてしまったのである。

これは、大政を奉還したところで徳川と仲良くは出来ないという、倒幕藩の意思表示に他ならなかった。

新選組は雇い主らしきものを完全に失ったことになる。

それでも隊士は百人以上いた。入隊したばかりの者もいるし、給金は支給せねばならない。戦拵《いくさごしら》えもせぬ訳にはいかぬ。そのため大坂の商人どもから大枚四千両の金《きん》子《す》を借りたばかりだったのだが——それで返す当てもなくなってしまった。

だから、借りた金の大半を返却した。

持っていたとて仕方がなくなってしまったのだ。千両ばかりは残したのだが、その金でどうするという当てがあった訳ではない。

瞬《また》く間に都から幕府の色は一掃された。

徳川慶喜《とくがわけいき》はとっとと大坂に下り、会津《あいづ》公もそれに随行した。松平容保《まつだいらかたもり》は近藤の唯一の心の拠り処であったのだ。でも、その容保は近藤を見捨てたのだ——と、歳三は思っている。近藤の方はそう思ってはいないのだろう。信じているのだ。今も。こんなになってしまっても。

静かだなと近藤は言った。

「あの、遠くで騒騒《ざわざわ》いうのは落ち着かねえが、ありゃ海の音なのかい」

風だろと言う。

この近くに海などない。

多摩《たま》も京も海からは遠かったので近藤も歳三も海を能《よ》く知らない。

近藤に聞こえているのは、不安が鳴らす音だろう。

結局——同じことの繰り返しだ。

総州《そうしゅう》流山。随分前。若い頃に訪れた際、歳三はここで無頼に囲まれ、暴行を受けて死にかけた。自業自得だ。歳三の方が先に手を出したのだから。

——あの時は。

負けた。人を殺したいという黒い想いを肚《はら》に溜め、乱暴狼藉を繰り返し、揚げ句の果てに仕返しをされたのである。そして刀に負けたのだ。

――今も。

完全に取り囲まれている。

今度は錦の御旗に、だ。

「今、隊士は何人くらいおる」

「二百強だな。甲府《こうふ》で残ったのが五十人ぐれえだろ。五兵衛《ごへえ》新田《しんでん》の徴募で、百五十ばかりは稼いだからな」

「二百人か」

集め過ぎた。

賊徒参集――目立ったのだ。直《す》ぐさま官軍の先鋒隊が出動し、入るなり流山は囲まれた。

「この家の者にも迷惑をかけることになるなあ」

近藤は他人ごとのように言った。

「造り酒屋――なのか」

大きな建物だ。長岡屋《ながおかや》という酒屋を借りたのだ。

「ああ。味醂《みりん》屋じゃあ味醂臭《くせ》えだろうからな。寺も二つばかり押さえてるが、狭《せめ》えのよ。ここが一番広《ひれ》えのさ。酒臭え分にはいいだろが」

「町中での戦いになるか」

「なるよ」

近藤は結んだ口を横に広げた。

「だからよ」

「だから何だよ。ここいらの連中は柳剛流《りゅうごうりゅう》を嗜《たしな》んでる。血の気も多いぞ。百姓でも郷士みてえなものだぜ」

「郷士か」

多摩の百姓にも郷士を気取る者が多くいた。近藤の生家である宮川《みやがわ》家も、歳三の実家も、ただの百姓ではない。ただの百姓ではないが、百姓には違いない。

「まあ、壬生《みぶ》の八木《やぎ》家にしても半分は侍みてえなもんだったからな。だがこうしてみると、身分なんてもんは」

あってないようなものなのだ。

戦国乱世の頃より、戦《いくさ》に駆り出されるのは百姓と相場が決まっているのである。義兄の彦五郎《ひこごろう》も、日野《ひの》宿名主であり乍《なが》ら農兵となったのだ。

百姓は、兵隊だ。

討ち死にする雑兵《ぞうひょう》は、皆百姓なのだ。

偉い奴は戦わない。人殺しもしない。人殺しをさせるだけだ。殺すのも殺されるのも、百姓だ。

武士は戦わない。

そのために刀を持っているのだといつか誰かが言っていた。剣術は戦わぬために習うのだと。

そう、この地で歳三を叩きのめした男の言葉だ。

そいつも——。

斬ってやったのだが。

もう名前も忘れてしまった。

「別に遠慮することたアねえだろ。今までだって町家や寺にゃあいいだけ迷惑かけてるじゃねえか」

大いに嫌われた。

「思えば、間借りばかりしておるな」

近藤は微かに笑った。

「漸《ようよ》う建てた屯所も半年で引き払ったわい。地に足付かぬ根無し草だな」

落ち着かねえことだと近藤は言った。

「あんた、里心が付いたのかよ。それで妙なこと言い出したか」

「そうよなあ」

近藤は、今度は本当に笑った。

江戸に戻った近藤は道場に赴き妻子に会った。その後、彦五郎や同門の者達と杯を酌み交わし、府中《ふちゅう》では郷里の者達の歓待を受けた。

そうした時の近藤の胸中は、歳三には測り知ることが出来ない。

故郷に錦を飾る——慥《たし》かにそれはそうだったのだろう。近藤は行く先先で大いに褒め称えられた。宮川の家は豪農とはいえ、身分格式はない。近藤の家も、謂《い》わばただの田舎の棒振り指南でしかない。直参旗本御目見《おめみえ》以上若年寄格——大出世ではあるだろう。

だが、御目見する将軍は、もういないのだ。

そもそも、近藤は凱旋したのではない。敗走だ。伏見《ふしみ》で負け、命からがら落ち延びて来たようなものだったのだ。将軍共共、江戸まで逃げて来た敗残兵だ。文字通り都落ちである。

大負けである。

展望はなかった。

近藤は江戸でも将軍警護をしたのだと身内に自慢したが、嘘である。いいや、嘘ではないかもしれないが、それでも嘘のようなものである。

上野《うえの》寛永寺《かんえいじ》に蟄居《ちっきょ》した慶喜《よしのぶ》の警護を命じられたのは見廻組《みまわりぐみ》の生き残りであり、新選組は無視されていたのだ。

新選組は、否《いや》、近藤は、勝手に門前に突っ立っていただけなのである。何よりも勝手に護ろうとしていた男とて、既に将軍ではなかったのだ。

京から戻った近藤は、到底胸を張って自慢出来るような身分や立場ではなかった筈である。

錦を飾るどころか錦の御旗に追われて逃げ帰った負け犬だったのだ。

それで——。

「まあ」

身内が喜ぶのを見るのは嬉しいものだよと近藤は言った。

「嬉しいかい」

「ああ。実はなあ、歳。いつのことだったか、儂《わし》は——お前に強くなりたいと言ったのだが」

「覚えてるよ」

能《よ》く覚えている。

「そうかい。随分遠い昔だが、あれはな、白状するなら宮川の親父が喜んだからなのだ。ほら、先代が出稽古に来ていたろう。童《ガキ》の目から見ても、親父殿は剣術には向いてなかった。まるで棒を持って踊ってるようにしか見えなかったからな。褒めるところなんかねえさ。上達もしねえし、先代も困ってた。そんなある時、儂は先代に筋が良いと褒められたのさ」

「世辞だろ」

「世辞だ。ところが親父殿はそれを耳にして、いたく喜んだ。あんなに喜んだ親父は見たことがなかったよ」

「そうかい」

どんな気分なのか。

「それで、儂は強くなろうと思ったのだ。儂が強くなれば、親が喜ぶ。そう思ったんだ。童《ガキ》だったからな。養子に取られた時もそうよ。親が喜ぶと思ったから迷わなかった。哀しむと思えば断ってたさ。ま、儂は三男坊だしな。いずれ竈《かまど》を分けることになるのだし、構わねえと思うたのよ」

そんなものよと近藤は言った。

「強くなる、偉くなる、そうすりゃ身内が喜ぶ。道場を嗣《つ》いだのだって多分同じような気持ちだよ。京に上ったのだって、きっとそういうことだ。高い志《こころざし》なんてもんはな、ねえのさ」

要らねえよそんなものはと歳三は言った。

「あんたの頭《つむり》が良くねえことは、俺が誰より知ってるぜ」

「そうよな。だからなあ、歳。もういいかなあと、そう思うたのだ。この戦は、負けだろ」

「負けだな」

「死ぬことになるだろうな」

「まあ、そうなるだろうぜ。尤《もっと》も俺は——死ぬ気はねえがな」

儂も死にたくないと、近藤は言った。

「死ねば、妻子が悲しむ。宮川の家族も、彦五郎さんも悲しむ。これ以上この道を進めば、皆悲しむことになる。皆を喜ばせようとして進んだ道は、もう行き止《ど》まりだ」

「なら戻るか。無理だぞ」

「オウ、戻れねえ。そうだとしてもここから別の道を行くことは出来ねぇかと思うのさ。儂は百姓でいい。もう誉れは要らねえ。身内を喜ばそうと思うなら、儂は」

「遅《おせ》えよ」

歳三はそう言った。

「ああ。あの時、京に残された時にそう思え。それなら間に合った」

「京に――残された時だと」

「だからよ。あの徳川慶喜が尻に帆掛けて大坂に遁《に》げ出した時よ」

「それはお前、遁げたのじゃあ」

遁げたんだよと歳三は言った。

「あんたが心酔してる会津中将《ちゅうじょう》も一緒だったろうよ。俺達はあの時もう、お払い箱になってたんだよ。必要なら連れて行くだろう」

「あれは、我等《ら》まで下坂してしまったのでは京に一兵も残らなくなってしまうからではないか。現に、我等は伏見鎮撫の――」

「鎮撫《ちんぶ》ってなあ後始末の塵芥《ごみ》掃除みてえなものだろうが。甲府でもそうだったじゃねえか。俺達はな」

切られたんだと歳三は言った。

京に取り残された新選組は一旦二《に》条城《じょうじょう》の護りを任された。

言い付けたのは永井主水正のようなのだが、その永井もまた置き去りにされた身であったのだから、これは話にならない。城を護れと言われても、護ってどうなるというのか。護れなければどうなるというのか。こちらの玉《ぎょく》はもういないのである。

その段階で新選組は捨てられたのだ。そもそもその時、新選組は即時解散、見廻組改め新遊撃隊《しんゆうげきたい》に編入という命が出されているのだ。

誰が出した命かは知らぬ。

遊撃隊というのは、先の将軍家茂《いえもち》が死んだ際、講武《こうぶ》所《しょ》の師範を始めとした幕臣どもが編制した幕府軍の別動隊である。寄せ集めであるからろくな武功も立てられず、離合集散を繰り返していると聞く。新遊撃隊とはそれに倣《なら》った名なのだろう。

用済みの新選組と見廻組を纏《まと》めて後始末でもさせようという肚《はら》だ。

兎《と》に角《かく》、新選組は一度、そこで終わっているのだ。

会津公お抱えの組でも、幕臣でもない。新選組はなくなったのだ。それ以降は勝手に新選組を名乗っているだけである。

「あの時さっぱりと解散していれば、あんたは百姓に戻れただろうよ。誰も文句は言わなかったろうさ。残りてえ奴は残って新遊撃隊御雇にでも何にでもなってただろうし、逃げてえ奴は逃げただろう」

「だがな。いや――永井様が」

「永井ってのはな、勝太《かった》。あれは負け戦の時しか役に立たねえ男だ。交渉術に長《た》けてるってェのは、そういうことだろうよ。戦うことを避《さ》けるか、止《や》めるか、降参した時に生き残れるようどう計らうか――それ以外に交渉なんてものは要らねえ。つまり戦わねえ男なんだよ、あれは」

うむ、と近藤は俯《うつむ》いた。

「だがなあ」

「ああ。何を言ってももう遅《おせ》えんだよ勝太。考えてもみろ。王政復古の号令以降、俺達が何をした。そしてどうなった」

「何を――した、か」

永井の指示を受け、新選組は屯所を捨てた。

屯所は伏見奉行所が接収するということだった。

未《ま》だ真新しい屯所を出て、ぞろぞろと二条城に詰めたものの、誰一人何をすべきなのか何を命じられたのか解っていた者はいなかった。

のみならず、城には既に水戸《みと》藩の藩兵がいた。

城には入るな、と言われた。

親藩最高位御三家水戸の兵隊達は、徳川慶喜公直直《じきじき》の命を受けているのだと主張した。お前達のような野良犬は要らぬと。

要らなかったのだ。

近藤は大いに抗議した。

要らないと言われたら去れば良いのだ。

いいや、去るべきだったのだと歳三は思う。

だが、抗議したのは近藤だけではなかった。新遊撃隊を拝命した旧見廻組の連中も激しく抵抗したのだ。隊士達も荒れた。島田《しまだ》魁《かい》などは、城の護りなどどうでもいいが新選組の名前を棄《す》てることが気に入らぬと、珍しく暴れた。

莫迦莫迦しい。

名前などどうでも良い。

歳三は静観するしかなかった。

新選組も見廻組も、新遊撃隊として再編されることを拒否し、結局それは認められた。その代わり水戸藩の顔を立てるということで二条城を出たのだ。間に入ったのは永井主水正だった。仲裁には向いている。だが。

「従来の隊名を名乗って良いと認めたのは永井だが、新遊撃隊を編成したのも奴じゃなかったのかよ。二条城に入れと言ったのも永井じゃねえかよ。能《よ》く考えろ。あいつは、自分の指示したことを取り下げただけじゃねえか。元通りだぜ」

こういうのを茶番と謂《い》うのだ。

「置き去りにされたあの男は、ただ迷ってただけよ。留守を護るといっても主が戻るこたあ金輪際ねえ。だから捨て犬みてえに飼い主頼って大坂に下った。俺達は付き合わされただけだよ。同じように」

捨て犬だったからだ。

徳川慶喜を追って下坂し、天満《てんま》天神《てんじん》に着陣したものの——。

「また、結局体《てい》よく追い払われただろ」

陣を張るなりに帰れと言われたのである。

「いや、だからそれは伏見の——」

「伏見に何があったんだよ。その時、俺達は四十人くらいしかいなかったじゃねえかよ。長州《ちょうしゅう》は、海から山から続続と入京して来てただろ。伏見の山で、しかも鎮撫って、何をしろってんだよ。お稲荷《いなり》さんでも護るのか。千本鳥居《とりい》でも磨くかよ。長州藩兵は俺達の鼻先を、堂堂と行進して都に入りやがったんだぜ」

王政復古に併せ、御所は薩摩が押さえていた。

長州も、これは勅命による入京なのだと衆人に見せ付けたかったのだろう。

「会津から兵隊借りたといっても百人程度だ。そんなものが伏見に固まってて、何をしろってんだ。俺達は」

二度棄てられた。

そして。

沖田《おきた》が襲われた。

その頃沖田は、もう立ち上ることも儘《まま》ならぬ程衰弱していた。

結局あの鼠は医者の言うことも聞かず、一切の養生をしなかったのだ。

沖田が一体どういうつもりでそうしていたのか歳三は知らない。知ろうとしたこともない。溝鼠《どぶねずみ》の心情など汲みたいとは思わない。快癒することを諦め捨て鉢《ばち》になっていたものか、それとも疾病《やまい》を舐《な》めていたものか、そのうち誰かが殺してくれるとでも思っていたのか。

いずれにしろ動けぬ者を引き回すのは手間が掛かるだけの無駄である。

だから屯所を引き払った際に、近藤の妾宅に入れた。

伊東に罠を仕掛けた、醒ヶ井《さめがい》の家である。

近藤の妾《めかけ》は元遊女だ。

最初囲っていた女が病死したので次に矢張り遊女だった妹を囲ったのだ。

姉が死んだから妹に乗り換えるというのは、安易且つ杜撰《ずさん》、しかも因業な感じまで受けるのだが、囲ったといってもそれは目眩《めくらま》しであり、近藤が何処まで本気だったのかは知らぬ。妹の方は近藤の娘を産んでいるから情を通じてはいたのだろうが、近藤は色に溺れるような男ではないから、子を生《な》したことも含めて目眩《めくらま》しであったのかもしれぬ。

いずれ姉妹共に近藤が身請けしたことになる。多少なりとも恩はあるのだ。

病床の溝鼠一匹、面倒をみさせる程度の貸しはあった筈だ。別に治せというのではない。死ぬまで餌を呉れてやれというだけのことだ。

そこが襲われた。

襲撃したのは内海次《じ》郎《ろう》と佐《さ》原太《はらた》郎《ろう》、そして阿部十郎《じゅうろう》。

御陵衛士の残党である。

病床の沖田を狙った襲撃と思われた。近藤の妾には一切手を出していないからだ。

いや、もしかすると連中は沖田殺害を企てた訳ではなく、伊東が討たれた腹癒《はらい》せに醒ヶ井の近藤妾宅を荒そうとしただけだったのかもしれないのだが。

そうだったとしても、其処《そこ》に沖田総司がいたならば斬ろうとしたに違いない。三人を相手にして、衰弱した沖田に勝ち目はない。死んでいたと思う。

だが、沖田はいなかった。

沖田は勝手に妾宅を抜け出し、伏見奉行所に向かっていたのだ。

歩けなかったため駕籠を使ったのが幸いしたようだ。どうあってもあの鼠は畳の上で死にたくなかったらしい。歳三は沖田が大嫌いだから、何が何でも畳の上で死なせてやろうと思っているのだが、命冥加なことにまた沖田は生き延びたことになる。

そして、同じ日。

近藤が鉄砲で狙撃された。

二条城に永井を訪ねた、その帰り道であった。勿論、こちらも御陵衛士残党の仕業だ。近藤の動向を探っていたのだろう。醒ヶ井を襲った三人に加え、加納鷲雄《わしお》、富山弥《や》兵衛《へえ》、篠原泰之《たいの》進《しん》と三木三郎《さぶろう》も加わっている。油小路《あぶらのこうじ》で討ち漏らした連中である。

歳三は、済んだことを悔やんだことはない。それでも、御陵衛士を殲滅出来なかったことだけは失策だったと思う。皆殺し以外道はないと承知していたのに、詰めが甘かったのだ。

近藤は馬上にあり、警護役として島田他三名が随行し、それに馬丁が一人付いていただけだった。篠原以下七名は発砲後に斬り込んで来たらしいが、撃たれた近藤は落馬せず、島田の機転でそのまま伏見奉行所まで馬で駆けた。

斬り合いになり、馬丁と隊士一人が死んだ。

島田の報告を受けて直《す》ぐに永倉が出動した。

近藤が撃たれた現場は墨染《すみぞめ》の南、丹波橋《たんばばし》。奉行所からは目と鼻の先である。

永倉は、連中は自分が逃がしたと思っている。実際そうなのだが——だからといって逸《はや》ったところでどうなるものでもない。追うといってもいつまでも現場をうろ付いている訳もない。

近藤は右肩を撃たれていた。

命に別状はなかったが、肩の骨が撃ち抜かれており、治ったところで剣は持てぬものと思われた。

剣術使いとしての近藤の命脈は尽きたも同然であった。

その段に及び、連中が襲って来たのには理由があった。

連中の放っていた間者を殺したから——だろう。

隊士の小林《こばやし》桂之助《けいのすけ》が篠原泰之進と内通していることが露見したのである。

伊東暗殺以降、世の中が目《め》紛《まぐる》しく動いた所為《せい》で見過ごされていたのであるが、伏見に入って直ぐ、小林は篠原と連絡を取ろうとした。山崎《やまざき》が見過ごす訳もなかった。

詮議もせず、斬った。

混迷の最《さ》中《なか》である。御陵衛士どもなどに動かれては面倒だった。

それが裏目に出たのだろう。

その頃――。

京は官軍で溢《あふ》れていた。

いつ何が起きるか判らない。役に立たない者どもをいつまでも奉行所に置いておく訳にもいかぬ。歳三は永井と話を付け、近藤と沖田を大坂城に送った。それはきちんとした治療をするためでもあったのだが、要するに厄介払いである。

送り出すのと入れ違いに、徳川と会津から見舞金が届いた。

間抜けな話だ。何もかも、噛み合わない。歯車は一度噛み合わなくなればもう回らない。後は外れるだけである。

近藤不在のまま、新選組は当てもなく市中を見廻り、薩摩や土佐と衝突した。既に隊士に規律はなく、小競り合いは元より、発砲もした。余りの行状に尾《お》張《わり》藩から新選組伏見撤去の申し入れまであった程だ。味方からも疎まれたのだ。

その時は一番話の通じ難《にく》そうな大石鍬次郎《おおいしくわじろう》に相手をさせた。隊の中でまともに話の通じる者は歳三以外にいなかったのだが、迚《とて》も相手をする気にはならなかったのである。

「俺達はな、勝太。何の役にも立たなかったし、何ひとつ成し遂げられなかったんだよ。当たり前《めえ》じゃねえかよ。人斬るだけの百姓だぞ」

「いやそれは違う」

「違わねえ。そうでねえなら、これ程までに嫌われるかよ」

「上様《うえさま》は」

「上様は何だよ。俺はな、薩邸に間者まで入れて様子を見てた。それがどうだ。年明け早早、出兵したなァ何処のどいつだよ」

「已《や》むを得なかった。庄内《しょうない》藩の連中が江戸の薩邸の焼き討ちを――」

「そうだろうが。先に手を出したのはこっちじゃねえかよ」

「上様の命ではない。庄内藩が勝手にしたことだ。薩摩の横暴が我慢ならなかったのだろう」

「そうじゃねえだろう。家来抑えることも出来なかったんだよ。お前さんの――」

上様は。

「薩摩は、戦がしたくて堪《たま》らなかったんだ。それは判ってたことじゃねえか。挑発に乗ってどうする。謝るなら兎《と》も角《かく》、何で出兵すんだ」

「あれは出兵ではない」

「出兵だよ」

討薩之表という薩摩の罪状を書き記した書面を掲げて、旧幕府歩兵と桑名《くわな》藩兵、そして見廻組が京都封鎖のために鳥羽《とば》街道を上った。

正月二日のことである。

「俺達には何の下知もなかった。そもそも赤池《あかいけ》で戦闘が始まった時、俺達は肥後《ひご》藩士どもに伏見から出て行けと責められてたんだよ。いいかい、薩摩や長州と戦ってたんじゃねえぞ。肥後の田舎者に、てめえ等《ら》は邪魔だから出て行けと追い立て喰ってたんだ。肥後を追い返すなり、いきなり陸軍奉行だかが乗り込んで来て、奉行所はその場で旧幕府軍の本陣になった。気が付きゃ、周りは敵だらけだよ」

あんな莫迦な戦はない。

「策も何もねえ。軍議もねえ。そもそも俺達は何も呑み込んでねえ」

そのまま、済《な》し崩しに戦闘は開始された。伏見街道は長州勢に封鎖され、奉行所に立て籠っていた歳三達は動くに動けなくなった。

「勝太よ」

歳三は身を低くする。

「俺達は、新選組は、公儀に信用されたことなんざ最初から最後までただの一度もなかったんだよ。前にも言ったが、俺達は道具だ。道具は使うだけのもんだ。俺はそれでいいと思ってた。俺達が刀なら、切れる銘刀になりゃいいと、そうすりゃ重用されると思っていた」

「儂も」

そうだよと近藤は言った。

「間違いだったよ」

そう言った。

「間違い——とは」

「ああ。読み違えよ。幾ら銘刀でもな、持ち方すら知らねえ奴には猫に小判じゃねえか。奴等《ら》は、道具の使い方も知らねえ阿呆《あほう》だったんだ。切れる刀を持たせても狂人に刃物よ。それにな」

俺達は所詮《しょせん》なまくらだったよと歳三は言った。

「なまくら——か」

「ああ。足りねえ足りねえと頭数ばかり揃えて来たが、やって来るのは役に立たねえ間抜けばかりだ。それでいて、俺達が使い熟《こな》せるのは精精《せいぜい》百人。いいや、実際はもっと少ねえ。それ以上は目配りも利かねえし抑えも利かねえ。統制を取ることなんざ出来ねえ。そして」

百人程度では。

「百人じゃな、今の戦争《いくさ》の役には立たねえんだよ。どんだけ刀振り回してたって大砲一発、中《あ》たれば半分は死ぬからな。鉄砲も撃てねえ役立たずの雑兵百人より、大筒《おおづつ》二門の方が未《ま》だ役に立つってものだぜ。つまり俺達は、なまくらの上に時代遅れの、使えねえ道具だったってことだ」

「だが、上様は——儂にもお目を掛けてくださった」

「上様じゃねえだろ」

もう将軍ではない。

「慥《たし》かに御目見《おめみえ》以上になった百姓はいねえがな、勝太よ。そりゃあ、あんたが上ったんじゃねえ。向こうが下ったんだ。あんたみたいな男は今時珍しいからな。近くに居れば声ぐらい掛けるだろ。それだけのことだ」

莫迦は、己を持ち上げる者を重用するのだ。

近藤にその気がなかったとしても、敬うのと煽《おだ》てるのに差異はない。過剰な忠心はべんちゃらにしかならぬ。どんな時でも、褒められれば人は喜ぶ。

殺す前の伊東もそうだった。

喜べば目も曇る。

「どっちにしても、俺達は蚊帳《かや》の外だったんだ。あんな遣り方じゃ勝てる戦も勝てねえよ」

充分に時はあった筈なのに完全な無策、その上の急襲である。既に銃声が響いているというのに、陸軍奉行は戦が始まっていることすら認識していなかったのだ。

全く話にならない。

膠着《こうちゃく》状態は続いた。

「俺達はな、勝太よ。動くなと言われたんだぜ。早い段階で手を打ってりゃ未《ま》だ何とかなったんだ。でも百姓上りの壬生浪《みぼろ》の出る幕じゃねえとまで言われた。決着は直《す》ぐに付くから戦にはならんと陸軍奉行は宣《のたま》ったんだ」

これは単なる小競り合いなのだと陸軍奉行——竹中重固《たけなかしげかた》は判断していたようだ。

そんな訳はなかった。隊士達は動揺した。あの場で温順《おとな》しくしていることが悪手でしかないということは、犬にでも判ることだった。

仕方がないから歳三は隊士達に酒を飲ませた。そうでもしなければ収まらなかったのだ。だが飲んでいるうちに奉行所の建物は壊れた。最早斬り込んで活路を見出すしかないと判断し、歳三は日没を待って勝手に出撃した。

だが、斬り込むことは出来なかった。鉄砲と大砲に、刀は利かない。

仕方なく鉄砲で撃ち返して交戦したが効果はなかった。敵の的《まと》は奉行所一つ。

だが、こちらは何処を狙えば良いのかすら判らなかったのである。

無駄に弾を減らしているうちに被弾した本陣に火が付いた。伏見奉行所はみるみる炎上し、燃え落ちた。

斬り合いなら兎《と》も角《かく》、撃ち合いの戦で陣を失っては勝ち目はない。

敗走である。

淀《よど》まで引いた。

淀城に入って態勢を立て直すという通達があったからこその行動だったが、淀藩は藩主不在を理由に旧幕府軍の入城を拒んだ。

徳川が勝つと思えなかったのか。

淀藩主は旧幕府老中の稲葉《いなば》正邦《まさくに》である。稲葉は江戸にいた。

それが、協力を拒んだのだ。

仕方なく、歳三達は淀城下に陣を敷いた。

陣と呼べる程のものではなく、屯《たむろ》して野宿しただけのことである。

「天辺《てっぺん》に勝つ気がねえんだ。なら戦なんかするな。死ぬのは雑兵だぞ。戦はな、特にこれからの戦は——」

死ぬ程つまらない。

「これからの戦はな、立ち合いもねえ。名乗りもしねえ。誰が誰を殺したのかも判らねえ。ただ大勢が一度に死ぬだけのもんだ。殺した方も、人殺したって気持ちは持てねえ。大砲だの鉄砲だの撃ったってだけだ。それで皆死ぬ。沢山死人が出た方が負けだ。兵隊はただの将棋の駒《こま》だよ。武勲も武功もねえ。全部が全部、最後まで成ることのねえ、歩《ふ》だよ」

「成れぬ——歩か」

「使い捨てだ。いいか勝太よ。これからの戦争《いくさ》はな、一人一人の技量や才覚なんてものは要らねえんだ。全部歩でいいんだよ。頭使う奴は一人でいい。鉄砲と兵隊、そして駒を動かす奴がいればいいんだ。飛車も角も、金も銀も要らねえんだよ」

「いや——」

要らねえんだよと歳三は繰り返した。

「あんたは、と金だ。歩から成った金だろう。俺達は飛車やら角やらになろうとしたんだ。でもな、全部歩なんだよ、これからは。歩の数と、指してる奴の裁量で勝敗は決まる」

だから。

負けたのだ。指し手がいなかったのである。

「こりゃ将棋よりずっと簡単な勝負だぜ。何も考えなきゃ鉄砲の数と兵隊の数が多い方が勝つんだ。数で負けてるなら頭を使うよりねえ。いいか、徳川《とくせん》方は数で負けてた訳じゃねえぞ。こっちにゃ軍艦だってあったんだ。でもな、駒を動かす奴がいねえのじゃ話にならねえよ。向こう側はな、錦の旗の下《もと》に結集してんだ」

みっともない旗である。

「あの銀流しの派手な旗が怖《こえ》え訳じゃねえ。旗持ってる奴は皆敵だってところが怖いのよ。薩摩も長州も、決して一枚岩じゃあねえ。切り離してしまえば大した相手でもねえのさ。でもな、あの旗がある限り薩長に区別はねえ。旗さえ持ってれば間違いなく敵なんだ。一方徳川方はどうだよ。葵の御紋の効力は失せて、誰が味方だか判りゃしねえのよ。バラバラだ。歩を百枚持ってったって十で割るなら歩は十だ。二十の歩にも負ける。これはそういう戦だよ。何だよ、くだらねえ」

聞けば、薩摩藩兵を中心とした敵の軍勢は、精精《せいぜい》五千人程度だったという。

一方、在京の徳川方軍勢はその三倍はいたということである。

、、、、、
ちゃんとしていれば。

確実に勝てた。

ちゃんとしていなかったのだ。

淀川堤《よどがわづつみ》での戦いは、もう戦いと呼べるようなものでさえなかった。敵陣にはいつの間にか土佐藩も加わっており、その数は更に増していた。

一方、味方は減るばかりである。

死ぬ。遁《に》げる。

指揮を執るべき陸軍奉行は、伏見が落ちた段階で姿を晦《くら》ましていた。

遁げたのである。

会津藩兵、新選組、そして助勢の遊撃隊という、ガタガタの混成軍を統率出来る者はいなかった。新選組の足並も乱れていた。古参の者は兎《と》も角《かく》、多くは寄せ集めの新参隊士である。剣術も知らず、鉄砲の撃ち方さえろくに知らぬ者もいたのだ。

「井上源三郎《いのうえげんざぶろう》はな」

「ああ」

近藤は顔を背けた。

「源さん――か」

「あのな、井上源三郎は討ち死にしたのじゃねえんだぞ。何もしなかったんだ。何も出来ねえうちに、流れ弾に中《あ》たって死んだんだぜ。あの男は、永倉や原田と違って弱《よえ》え。血の気が多い訳でもねえからな、無策に斬り込むような真似はしなかった。堤から大砲を撃とうとしてたんだよ。でもな、撃てなかったのよ」

銃撃は凄まじかった。

源三郎は堤に隠れた。

そして腹に被弾した。

「即死だ。源三郎の甥の泰助《たいすけ》が首を落として持ってったが、何処へ埋めたもんかは知らねえよ」

近藤は下を向いた。

「それでもな、俺達は何とか生き延びた。伏見と千両松《せんりょうまつ》の戦いで死んだのは十五六人だ。少ねえ方だ」

もう、戦いではなかった。

櫛《くし》の歯が欠けるように味方は減って行き、気が付けば全員が遁げ出していた。

橋本《はしもと》宿まで引いた。

敵は容赦なく追撃して来た。

「敵の中にはあんたを撃った阿部や三木もいたぜ」

歳三は目端が利く。

直《す》ぐに気付いたが、黙っていた。

激昂した永倉や原田が何を仕出かすか判らなかったからだ。

「討ち漏らした御陵衛士の残党は今や官軍様だ。いいか、勝太。あんたは賊に撃たれたのじゃねえ、官軍に撃たれたんだ。賊は俺達の方だ」

橋本でも惨敗だった。

進攻を防ぐどころか、引くより道はなかった。

歳三達は大坂天満まで引いた。

いや、遁走したと言うべきか。

怪訝《おか》しな話である。そもそも、新選組は京にいたのだ。外から攻めて来た兵隊が中に入れないというのなら、話は判る。それならば中にいる味方として、手立てを講じることも出来ただろう。何故一緒になって追い立てられる羽目になるのか。何故遁《に》げているのか。

その段階で、新選組隊士の数は五十人を割っていた。

会津などから掻き集めた連中を入れても百そこそこである。

敵は減っていなかった。その上、淀川の対岸を護っていた津《つ》藩が寝返って攻撃して来た。

それで総崩れになったのである。

歳三達は八軒屋《はちけんや》の船宿、京屋《きょうや》に逃げ込んだ。

下坂の際、幾度も使った馴染みの宿である。

「万に一つも勝ち目はねえ。俺達の行く先は一つしかねえ。天下の大坂城だよ。打って出るにも防ぐにも城に入るしかねえだろうよ。籠城するとしたって、大坂城は天下一の名城だろ。それがどうだよ」

歳三が大坂城に入った時。

徳川慶喜は、既に江戸に逃げ帰っていたのである。

「何なんだよあんたの上様は」

「いや——」

近藤はまた口を横に広げた。

「徳川を逆賊にする訳にはいかぬ故と——説明された」

「本人にか」

「いや──板倉周防守《いたくらすおうのかみ》にご面会を願い出た時、上様は既に」

「板倉も、あんたの好きな松平容保公も、その弟君も、尻に帆掛けて遁《に》げ出してたんだろうが」

言い過ぎだと怒鳴って、近藤は畳を叩いた。

「言い過ぎちゃねえよ。奴等《ら》は俺達みてえな兵隊じゃねえぞ。なら錦の御旗の何処がそんなに怖えんだよ。あんなもん、薩摩芋が翳《かざ》してる品のねえ旗だってだけじゃねえか。旗が気になるなら奪い取ればいいんだよ。勝った方が」

官軍だろうに。

「つまり、大坂城にいたあんたも、上様が逃げたことは」

知らなかったんだなと歳三は問うた。

「ああ。上様は万一に備え、夜陰に紛れてのご出立であったから」

夜逃げだよ夜逃げと歳三は悪態を吐《つ》く。実際、夜逃げである。

「違う。計略だ。儂は──翌日、残されていた永井様よりそう聞かされた」

「ふん」

負け戦専門の永井は残すのだ。

「俺達は、あの時も棄てられたんだよ。棄てられたなァあれで三度目だぜ。解ってるのかよ」

幾度《いくたび》でも棄てる。余程要らぬものなのだ。

大坂で再会した近藤は、蒼い面をして窶《やつ》れていた。あれだけ頑丈そうだった男が頼りなく見えた。まるで回復していない。撃たれてから半月しか経っていなかったのだから、これは仕方がなかったのかもしれない。そして、沖田も未《ま》だ生きていた。

「あの時、そのまま逃げッちまえば良かったんだよ勝太。そうしたら百姓になれてたかもしれねえよ」

そんなことが出来る訳があるまいと近藤は言う。

「未《ま》だ勝機は幾らでもあった」

「オウ。そうだ。しかし、覚えてるだろうが。俺とあんたで、本丸まで行って、態勢を立て直し軍議に諮《はか》ろうと申し出たら、即座に却下されたじゃねえか」

「だからそれは」

「逃げた上様が全軍撤退と言い残してたお蔭だよ。選《よ》りに選って大坂城は松平春嶽《しゅんがく》に任せるとか宣ったそうじゃねえか。俺の覚えてる限りあれは、開国派だろ」

攘夷《じょうい》はどうなったのか。

「棄てられたんだよ。いいか、棄てた方にしてみりゃ、棄てちまったもんが死のうが生きようが、知ったことじゃあねえだろうよ。棄てられちまった以上は残ろうが去ろうが勝手、何の義理もねえんだ。だから遁《に》げても良かったのよ。現に吉村《よしむら》ァ、遁げたじゃねえかよ」

吉村貫一郎《かんいちろう》は大坂城に至るまでは一緒だったのだが、城に入った後に逐電《ちくでん》した。吉村以外にも三人ばかりが姿を消している。

「吉村君は——どうしたのだ」

「これ以上無益な莫迦騒ぎがしたくなかったんだろうぜ。一文にもならねえことはしねえというのがあの男の信条だ。城まで付いて来たのも金目当てだよ」

大坂城では新選組にも手当てが支給されている。

吉村は自分の支給分以外にも死んだ隊士の手当て三十両を着服して遁げている。歳三は知っていたが不問に付した。

今更どうでもいいことである。

「好きにしただけだろ。あんただって好きで残ったんだろうが。ま、あの男はこれからもしぶとく生きるんだろうぜ」

郷里には帰らないだろう。

吉村は雪に包まれた暮らしを毛嫌いしていた。

名も一度棄てている。誉れも要らぬのだろう。

忠も義もなく偏《ひとえ》に金に生きるというのであれば、何処でも、何をしてでも暮らして行けるだろう。

「知ったことじゃねえや。あんただって、そうするべきだったんだよ。こんな処で弱音吐《は》くぐれえなら何故遁げなかったんだ。でも」

もう、遅いのだ。

「お前の言う通りかな」

近藤は姿勢を崩した。

「今まで、お前の言うことが外れた例《ためし》はねえからな。だからそうなんだろうよ、歳」

「俺は八卦《はっけ》見《み》じゃねえって」

「そうだな。お前の言葉は筋が通っている。理に適っている。そういうことだろう」

「情はねえがな」

義も忠もない。礼もない。

人外《にんがい》だからだ。

儂はそうは思わねえよと、近藤は言った。

「儂はな、さっきお前が殴ってまで儂の切腹を止《と》めたのは、志を曲げたからかと思うたのだ。弱気を詰《なじ》られると思うていた。だが聞けば、どうもそうではないのだな。志を曲げるにしても弱気になるにしても、要するに儂は——決断するのが遅かったということだな」

遅《おせ》えよと言った。

頭は良くはならんよと近藤は言う。

「慥《たし》かに岐《わか》れ道は幾つもあったのだな。儂は常に一本しか見ていなかったし、疑うことも迷うことも良くないことと思い込んでいたよ」

「犬だよ」

そう言った。

「俺達は、何度棄てても尻尾振って付いて来る、腹ァ空かせた迷惑な犬だ」

そう。迷惑な犬だ。

犬は三度まで棄てた主を追って船に乗り、江戸に入った。

木津川《きづがわ》まで出て、軍艦二隻に乗船して、江戸に戻ったのだ。

近藤や沖田、そして負傷した者は富士山丸《ふじさんまる》に、動ける隊士は順動丸《じゅんどうまる》に乗った。

歳三と山口、島田は、負傷者介護のために富士山丸の方に乗り込むことになった。

屍《しかばね》を運ぶ船のようだった。

伏見で傷を負った山崎丞《すすむ》は、船上で死んだ。

山崎も井上同様、流れ弾に中《あ》たったのである。

山崎は他の隊士より前に出て戦っていた訳でもないし、目立つ行いをしていた訳でもない。山崎は寧《むし》ろ、退路の確保をしようとしていたのだ。

山崎は先を読む男である。確実に負けるということを察していたのだ。しかし敵の乱れ撃ちは凄まじく、除けることは難しかった。傷は深かった。

運び入れた時、山崎は未《ま》だ何かを企んでいたのだ。看取ったのは歳三である。山崎は今際《いまわ》の際《きわ》まで能《よ》く喋ったが、歳三は何も言わなかった。だからきちんと言葉を交す前に、役に立つ監察は死んだ。

死骸を江戸に運ぶことは出来ぬ。

山崎の死骸は、紀州《きしゅう》沖で海中に投棄された。

山崎とは、伏見奉行所で共に新年を迎えている。小正月を迎える前に己が海の藻屑《もくず》となろうとは、如何《いか》な山崎丞と雖《いえど》も察することは出来なかっただろう。

更に。

佐々木《ささき》只三郎《たださぶろう》も同じ船上で死んだ。

佐々木は枚方《ひらかた》で腰に被弾し、歩けなくなった。

佐々木のいた隊は紀州方面へ逃れたのだが、佐々木は移動することも儘ならなくなり、丁度紀伊由良《ゆら》港に碇泊《ていはく》していた富士山丸に担ぎ込まれたのである。

運び込まれてすぐに佐々木は死んだ。

歳三は結局、佐々木とも言葉を交していない。

遺体は浮かび上がらぬよう砲弾を抱かせた上、丁重に水葬された。

乗船する際に、佐々木は自らの髻を残った見廻組の者に遺髪として渡していたと聞く。また、負傷した部下も多く乗っていたから、遺族に渡すための遺品なども取り置かれたそうである。

ただ塵芥《ごみ》の如く投げ棄てられただけの山崎とは大違いである。

この差は、身分の差だ。佐々木は旗本、山崎は新選組として御家人の身分に取り立てられたとはいうものの、所詮は鍼《はり》医者の倅《せがれ》である。

既に幕府はなくなっているのだから、幕臣も町人も関係あるまいものを。

順動丸に乗船していた山崎の弟林五郎《りんごろう》は、兄の最期を耳にして酷《ひど》く悔しがった。書き置きも遺品も、兄丞のものは何一つ残されていなかったからである。

歳三は、どうも思わなかった。

死んでしまえばそれまでだ。弔《とむら》いなど生きた者が己の都合で為《し》たいように為《す》る、それだけのものでしかない。死人とは何の関係もない。

生きていたなら山崎もまた同じように言ったことだろう。

この末路は寧《むし》ろ、山崎らしい最期であったようにも思う。

後には何も残さない——それが良いように、歳三も思う。

潔い。

そして自分も多分そうなるのだろうと、歳三は思っている。

大勢死んだ。

しかし俯瞰《ふかん》してみれば、大した数ではない。

鳥羽で火蓋を切った戦は、たった六日で幕を閉じたのだ。

戦を為《し》かけた張本人徳川慶喜は四日目に遁走してしまい、その三日後に拠点である大坂城は大きな諍《いさか》いもなく長州軍に接収された。

京大坂に居残った旧幕府軍は一掃され、次次に処刑された。それでも死者は敵味方合わせても五百人程度であったようだ。徳川方は一万五千からの兵力を擁していた筈であるから、それだけ死んでも数は圧倒的に多かったのだ。

それでも、負けた。

「あんたの上様は、これ以上ないという程の、最低最悪の行いをしたんだよ。京に乗り込もうとしたお蔭で押し返されて、大坂城を盗《と》られ、甲府を落とされ、次は到頭《とうとう》江戸だ」

「江戸か。江戸は――」

まず護れねえと歳三は言った。

「京から江戸までは遠いぜ。ぞろぞろ下って来るにも、時間が掛かるし手間も金も掛かる。幾らでも備えは出来た筈だ。だが、その間にこっちは何の手も打てなかったんだからな。もう」

無理だ。

「無理なのか」

「無理よ」

絶対に無理だ。

歩は前に進むことしか出来ない。

ところが、味方の歩は後退するだけである。

成れぬだけではない。進むことさえ出来ないのである。

歩の動かし方さえ知らぬ指し手が、戦争《いくさ》に勝てる訳もない。

「それなら尋《き》くがな」

近藤は更に姿勢を崩した。

「お前は、どうしてここにおるのだ歳。いいや、そもそも何故に甲府になんぞ行ったのだ。そこまで見切っておったのなら、他の道も見えておったのではないのか。お前こそ離反しても良かったように思うがな」

「莫迦だな、あんたも」

「莫迦だからこんな場所に座っておるのだ」

近藤は笑った。

笑うくらいの気力は残っているようである。

「いいかよ勝太」

歳三は近藤の角張った顎を見る。

「遅《おせ》えてぇんなら、俺も遅えのよ。俺は、降り損ねたんだよ。吉村みてえに大坂で雲隠れするってえなら兎《と》も角《かく》、だ。俺は莫迦なあんたに乗っかって江戸まで来ちまったんだぜ。江戸までのこのこくっ付いて来て、一体何処で外れりゃいいんだよ。他の連中はあんたよりも莫迦だ。別の道なんぞ示したところで、どうにもなりやしねえじゃねえか」

永倉も原田も山口も、一様に目《め》紛《まぐる》しく移り変わる情勢を摑《つか》み切れてはいなかったのだろう。いや、何が起きているのかさえ理解出来ていなかったのだ。ただ銘銘が自分の目の前で起きていることにその都度その都度対処していただけだ。
大石や島田に至っては自分で判断することを止《や》めたようだった。近藤や歳三を妄信することで納得している。

「他の連中は、まあそうだろうさ。しかし、お前は違うだろう」

「違わねえ。俺は天下の極悪人。新選組の副長だぜ」

儂《わし》は局長だと近藤は笑う。

――また笑うか。

歳三は目を逸《そ》らす。

江戸に入ってからの新選組は――いや、旧幕府軍の動向は、更に混迷を極めるものだった。

近藤沖田を含めた負傷者六名は浜御《はまご》殿《てん》内上浜養生所《かみはまようじょうしょ》に収容され、残りの負傷者は神田《かんだ》和泉橋《いずみばし》の医学所に送られた。加療の必要のない者は一旦品川に留められ、暫《しばら》くして鍛冶《かじ》橋大名小路《ばしだいみょうこうじ》の空き屋敷を仮の屯所とするよう沙汰があった。

住み処《か》だけは宛がわれたものの、することはなかった。

近藤は医学所で弾丸摘出の手術を受け、やがて道場に戻った。

治療はしたものの、近藤の右手は動かなくなっていた。

徳川慶喜は江戸城から出て寛永寺に蟄居した。それを聞いた近藤は警護と称して勝手に門前に出向き、棒突きをした。

莫迦莫迦しいことこの上ない。

薩長の軍勢は刻一刻と江戸に迫っていた。情勢は緊迫を極めていたといって良い。

だが、江戸は静かだった。町衆の暮らし向きにも変わりはないようだった。

町民には関係がないことなのだ。江戸の民草は領民ではない。幕府のお膝元で暮らしているが、幕府がなくなっても困ることはない。

だから自分達に火の粉が降り掛かるまでは、何ごとも対岸の火事なのである。

そして、もし火が燃え移ったとしても――そうなってしまったら、自分達の力で降り注《そそ》ぐ火の粉は防げるものではない。ならば、火が付く前に心配しても始まらないということなのだろう。

このまま何も起きぬのではないかと、そんな気にもなった。

何もせずとも金は要る。しかし金を出す幕府はない。歳三は会津藩に掛け合うなどして資金繰りをした。

彦五郎にも数度会った。

義兄には度度、資金物資の無心をしている。その都度義兄は快諾してくれた。

勿論《もちろん》、佐藤《さとう》家は大名でも豪商でもないから、千両二千両という額でこそなかったのだが、新選組は佐藤の援助でここまで保《も》ったといっても過言ではない。

熟熟《つらつら》考えるに、新選組とは要らぬものだったのだということが知れる。

親類縁者から、大坂の商人から、会津から幕府から、ただ金を毟《むし》り取って食扶持《くいぶち》としていただけである。何も生んでいない。

人を殺しただけである。

将軍警護だの市中警護だの、況《まし》て佐幕だの攘夷だのというのはお題目に過ぎない。

新選組がなかったとしても、今の世の中は全く変わっていなかっただろう。何の役にも立っていないのだ。新選組は、時流の狭間に蔓延《はびこ》っていただけの人殺しだ。

そう、人を殺しただけだ。

——当然だ。

そのために、人を殺すために歳三は新選組を作ったのだから。

佐藤彦五郎は切迫した状況に強い懸念を持っていた。朱引《しゅび》きの内側に居る者どもよりも、寧《むし》ろずっと敏感になっているようだった。

日野を含む武州《ぶしゅう》多摩の一帯は、そもそも伊豆《いず》韮山《にらやま》代官が治める土地であった。

伊豆韮山代官は世襲で、代代江川太郎左衛門《えがわたろうざえもん》を名乗る。中でも二代前の太郎左衛門である江川英龍《ひでたつ》は、地元である韮山に於ては世直し大明神とまで謳《うた》われた傑物であった。

一代官であったにも拘《かかわ》らず洋学を嗜《たしな》み、海防を専門とし、西洋砲術を普及させ、鉄鋼を鋳造するための反射炉の建造などにも着手していた。また英龍は、農兵という構想を持ち続けた人でもあった。

英龍も、その子英敏《ひでとし》も、日野宿を束ねる佐藤家と交流があった。

いや、彦五郎の後ろ盾ではあったのだ。あの——。

日野の大火の時。

歳三が——初めて人を殺した時。

宿場が滅ばんという程の大混乱が程なく収拾したのも、この後ろ盾の尽力があったからこそ、であったらしい。

そもそも武州の百姓が武芸を嗜むようになったのも、この江川英龍の影響があったからだと聞く。ならば天然理心流《てんねんりしんりゅう》の門人が多いのも代官のお蔭だったということになるだろう。

実際、英龍の子英敏は、多摩で農兵隊を組織している。彦五郎もこれに徴集され、武州一揆の鎮圧や、薩摩浪士の捕縛などに出向いているのだ。彦五郎が自警団を組織したのには、そうした経緯もあったのである。

薩長の坂東進攻に備え、義兄はその自警団を農兵とし、春日隊《かすがたい》と名付けた。自らの雅号である春日庵から採ったものであろう。

無駄だ。

鉄砲隊に敵《かな》う訳がない。

屑刀や竹槍を手にした百姓などは何百人いたとしても案山子《かかし》程の役にも立つまい。

歳三は何も言わなかったのだが。

今の新選組があるのは、ある部分で彦五郎のお蔭でもある。

人は身分より性質《たち》だと、人は性質に合った使い方で使わねばならぬと教えてくれたのは、彦五郎その人なのである。

それは、正しい。

侍も、百姓も、実はそんなに違わない。身分は超えられる。思っている程それは堅固なものではない。

だが、侍であれ百姓であれ、兵隊になってしまえばそれで終りだ。

兵隊は、人の性質を問わぬ。どんな者でも兵隊は兵隊でしかなく、命じられた通りに動いて、死ぬだけだ。

武士になるのと兵隊になるのは違うのだ。

彦五郎は、武士は人の上に載っていなくてはならぬと言った。

その通りである。

だが、兵隊は人の上に載るどころか人ですらない。刀を持っていれば、武道を嗜んでいれば武士だというのは間違いだ。

兵隊は駒だ。

死ぬのが仕事。

生き残るのが役目。

それを強《し》いられるのが兵隊だ。義も忠も関係ない。百姓だろうが町人だろうが、武士であろうが、兵隊になってしまえば同じである。

春日隊は、兵隊だ。しかも役に立たない兵隊だ。仕事は出来ても役目は果たせないのだ。つまりは死に駒である。彦五郎程の人物でもその違いは判らなかったのか。

新選組も、多分兵隊だと思われているのだ。

事実、隊士の殆《ほとん》どは兵隊に過ぎない。だが。

歳三は違う。

歳三は――。

ひとがころしたいだけだ。

武士になりたかった訳でもないのだ。兵隊などになって堪《たま》るか。

歳三の抱える黒い欲求は、戦争での命の遣り取りとはまるで違うものである。

いや、死ぬ方にしてみれば同じことなのだろうが、それは違うのだ。人外《にんがい》の、倫《みち》を外した歳三が言うことではないのだが。

だが。

旧幕府は新選組を兵隊としてしか見ていない。

連中が欲しいのは兵隊なのだろう。だが連中に欠けているのは兵隊ではない。本当に必要なのは兵隊ではなく、人の上に載るだけの技量を持った者だろうに。

しかし兵隊になれと近藤は命じられた。命じたのは徳川慶喜であった。頼んでもいないのに勝手に門前を護っていた新選組が余程邪魔に思えたのだろう。

それは甲府に行けという命令だった。

当然、近藤は恭《うやうや》しく承知した。

慥《たし》かに甲府は荒れていた。

鳥羽や伏見で戦の烽火《ほうか》が上った直後、甲府城には官軍鎮撫隊《かんぐんちんぶたい》と名乗る一団が入城している。

率いていたのは公家であったが、隊士は宮大工などの職人を中心とした、所謂《いわゆる》草莽《そうもう》諸隊《しょたい》であり、しかも官軍の勅宣を得ていない、偽勅使、偽物の官軍であった。

官軍の東海道総督府はこれを看過せず、即刻退去させ処分した。

元元幕府が派遣した勤番士は城に残っていたが、勤番支配はいなかった。命令系統は破綻しており、城は城としての役割を果たしていなかったのだ。

慥かに、甲府城は北上してくる官軍を阻止するための要害となるだろう。それは間違いない。放っておけば盗《と》られてしまうことも目に見えている。薩摩も土佐もすぐそこまで来ていたのだ。

しかし、そうならば猶、その役目を新選組に割り当てるというのは合点が行かぬことである。

出来る訳がないからだ。

大体、甲府は幕府の直轄地なのである。

甲府城が江戸防御の要であるのなら、総力を挙げて護るべきであろう。

新選組は人斬りは出来るが、戦は出来ない。護衛は出来るが城は盗れない。

新選組はそもそも負け戦以外したことがないのである。

人数も激減しており、大将は怪我で戦えない。

何の役にも立たないことは童《わらべ》にも解ることだ。

つまり、護る気がなかったのだ。

だから、その命令は体《てい》の好い島流し——否、山流しだったのだと、歳三は受け取っている。邪魔な新選組を遠ざけ、殺してしまいたかったのだ。

古くより、甲府勤番は役に立たぬ旗本や問題を起こした旗本が務めるものと相場が決まっているのだ。勤番支配は旧幕府でも出世頭だったようだが、勤番役は一種の懲罰なのである。無能で粗暴な、不良旗本が追放される先が甲府なのだ。

甲府勤番山流しという言葉は、歳三でさえ知っていた。

また——棄てられたのだ。

三度まで棄てて、それでも尾っぽを振って付いて来る厄介な野良犬どもを、今度こそ棄ててやろうという肚積もりだったのだろう。

しかし、近藤は受けた。

近藤は江戸城に喚《よ》ばれた。

喚んだのは勝海舟《かつかいしゅう》であった。

勝の策略だったのだ。

そもそも、徳川慶喜を蟄居させたのも勝だという話である。

否、速やかに大政奉還《たいせいほうかん》をしろと唆《そそのか》したのも、勝なのだろう。

近藤が勝に何を吹き込まれたのか歳三は知らない。ただ近藤は、大久保《おおくぼ》剛《たけし》という聞き慣れぬ名前を拝領して戻った。絶えてはいるが名門旗本の姓なのだそうである。

どうでもいい。

勝曰く、上様直直に賜った名である——ということだった。

有り難く承《う》けよと言われ、近藤は有り難く承けたのだ。

更にどうでもいい。

そして勝は近藤に、新選組も甲陽鎮撫《こうようちんぶ》隊《たい》と名を改めるよう命じたのであった。

またもや鎮撫である。

伏見の時もそうだったが、鎮撫というのは、果たして何をすれば良いものなのか、何をして成功とするのか、歳三には解らなかった。

いや——。

半月ばかり前に甲府城を占拠しようとした偽勅使も、官軍鎮撫隊だったのだ。

勝は、明らかにそちらを意識している。

お前達は偽物だと。

旧幕府とは無関係な、草莽諸隊の如き無頼集団でしかないのだと、勝は暗にそう言おうとしたのではないのか。

近藤は、喜んでいた。

名称の変更に関しては、新選組では悪名が高過ぎて追加の徴集が出来ぬからというのが理由のようだった。変名に関しても理由は同じだった。近藤勇《いさみ》では、聞こえが悪いのである。

近藤は歳三にも名前を変えるように言った。

歳三は拒んだ。

名を変えるのは好まない。

名前などどうでもいい。だからこそころころ変えるのは好まない。

隊士の殆《ほとん》どは名を変えている。伊東などは、立場を違える度に名を変えた。近藤も幼名を含めれば四五回の改名をしている。

歳三だけは、ずっと歳三のままである。

しかし新選組副長土方《ひじかた》歳三ではどうしても拙《まず》いということだった。

面倒なので歳三は髷を落とすことにした。洋服を拵《こしら》え、マントも買った。

鉄砲を撃ち合う殺し合いの場では洋装の方が遥かに便が好い。髷も邪魔である。断髪洋装となれば、新選組とも思うまい。そう考えた。

それでも、名前は無理矢理変えられてしまった。

近藤の名は大久保大和守《やまとのかみ》に因《ちな》んだものだという。

だからお前は内藤隼人正《ないとうはやとのしょう》に因めと、その時近藤は言ったのだ。

隼人というのは、歳三の父親の名前である。否、土方家の当主が代代受け継ぐ名であった。

近藤はそれを知っていたのだ。

だが、土方家の当主は歳三ではない。家督は兄の喜六《きろく》が嗣《つ》いでいるのだし、長男というなら隠居している石翠《せきすい》ということになる。歳三が隼人を名乗るのは筋が違う。

面倒だから放っておいた。

やがて支度金が出され、甲府行きは決定した。

反対する間もなく、話し合う余裕もなかった。

しかし決定はしたものの、そもそも甲府がどうなっているのか、一体誰と戦えというのか、何を鎮撫せよというのか、そこは近藤にも能《よ》く解っていなかったのだろう。

歳三も能く解らなかった。

解らなかったから大石鍬次郎を斥候として先乗りさせた。

近藤以下負傷者の治療費を精算し、諸々の支払いを済ませ、鉄砲も買った。

無駄だとは思った。官軍を相手にするのであれば、どうせ勝てはしないのだ。敵の鉄砲隊は数に於ても技量に於ても数段上である。

加えて、彦五郎率いる春日隊も同行することになってしまった。

彦五郎は天然理心流の門人を中心に、死んだ井上源三郎の兄松五郎《まつごろう》などの応援を加え、百人近い頭数を揃えた。

歳三は、これでまた負ける要素が増えたと思ったものである。何をするにしても多分、全く役に立たないものと思われた。死人が増えるだけだ。

そうした状況を承知しているくせに、勝は大砲だの小銃だのを要らぬ程に支給して来た。しかし六門の大砲などは運べるものではない。四門置いて二門にしたが矢張り運べず、仕方なく浅草《あさくさ》の弾左衛門《だんざえもん》に頼んで配下の者二百人を借りた。

既に新選組ではなかった。

甲陽鎮撫隊は、本当の草莽諸隊なのであった。

新選組からして寄せ集めではあった訳だが、甲陽鎮撫隊に到っては組だの隊だのという体《てい》すら成してはいなかった。歳三には百姓一揆にしか見えなかった。

人別のない弾左衛門配下の一団が、一番兵隊らしかった。

兵隊だったのだろう。

怪我人の大将を戴いた不恰好な一団は、如月晦日《きさらぎみそか》に江戸を出た。大将は怪我を悟られぬよう駕籠に乗っていた。それでも大名行列には見えなかった。

偽物である。

出陣ではない。

甲府に向かうには多摩を通る。

近藤改め大久保剛は、そして故郷に凱旋したのだった。

そんな不恰好な俄《にわか》大名でも、武州の百姓どもの目にはそれは立派に見えたのだろう。否、それでも出世というなら大出世なのだ。歓待のため盛大な酒宴が開かれた。

緊張を殺《そ》ぐだけの鄙《いなか》の宴席は、元元低かった一団の士気を益々落とした。

正気の沙汰ではなかった。

近藤は、甲府を平定した暁には甲府城を与えると勝安《あ》房守《わのかみ》が約束してくれたのだと大袈裟《おおげさ》に吹聴した。つまり本物の大名になるということだ。格は若年寄と同じだというのだが、莫迦げた話である。

徳川幕府は疾《と》うにない。

大名も蜂《はち》の頭もあったものではないのだ。縦《よし》んば甲陽鎮撫隊が薩長を追い返したとしても、それで幕府が復活する訳ではない。薩長軍を全滅させたとしても、それはない。大政は奉還され、王政は復古してしまったのである。城を持っていれば新政府に参加出来る資格があるとでもいうのか。

大体、平定するのではなく鎮撫するのが役目なのである。

鎮撫の意味は不確かなのだが、平定とは明らかに違う。その違いが近藤には解っていない。況《まし》てや百姓達に解る筈もない。

居た堪《たま》れなくなり歳三は酒宴を抜けた。永倉も原田も抜けていた。

自分達が何を為《し》ているのか、二人とも摑《つか》めていなかったようだ。

山口に至っては、何処に居るのか解らなかった。

天候も思わしくなかった。

沖田は宴の席に顔だけは出したものの、座っていることも難しいくらい衰弱しており、結局床に就いた。無理矢理付いて来たのだが、凡《およ》そ連れて行くことは不可能なので、翌日江戸に返した。

沖田はどうあっても斬り死にを望んでいるようだった。歳三はそれだけはさせぬ気でいる。

あの小僧は、歳三と同じ人外《にんがい》だ。

自分も含め、人外の末路は華華しく散るようなものであってはならぬだろう。苦しんで、苦しんで――死ぬが似合いだ。歩くことも儘ならぬので大八車に乗せ、春日隊数名を付けて医学所に戻した。

あれやこれやで行軍は遅れた。

遅れたというより、出発自体が遅かったのだ。

弥生《やよい》三日、今度は本物の勅使が甲府に侵入した。

下諏訪《しもすわ》宿より甲府に入ったのは東山道《とうさんどう》軍分遣隊。先鋒総督府参謀である土佐の板垣《いたがき》退助《たいすけ》、薩摩の伊地知《いじち》正治《まさはる》率いる三千名であった。

その頃、歳三達は八王子《はちおうじ》を出て猿橋《さるはし》宿辺りにいたことになる。

薩土軍甲府侵攻の一報が届いたのは翌夕刻、駒飼《こまがい》宿でのことである。

報せて来たのは斥候で出した大石鍬次郎であった。

その時点で、甲陽鎮撫隊は三百名近くいたことになる。

弾左衛門の配下が百名近く。春日隊が三十名弱、春日隊の応援としての農兵達が七十名程。新選組が四十名強。寄せ集めの俄隊士が五十名程。とはいえ、戦闘経験のある者は新選組だけであった。対する敵はその十倍。鉄砲の数も十倍である。

一同は。

動揺した。

漸《ようや》く戦う相手が明瞭になり、漸《ようや》く敵う訳がないということを悟ったのである。やっと、夢から現実《うつつ》に目が向いたのだ。

そして、大勢が逃げ出した。

近藤は会津が援軍を出したと嘘を吐《つ》いて脱落を止《と》めようとしたが、そんな出任せは誰も信じなかった。信じる訳もない。事実江戸表は何の反応も示さなかったのだ。已《や》むなく援軍となる農兵と当面の兵糧を確保するため、会津から参加していた藩兵二名と山口が大月《おおつき》まで戻った。何か当てがあったのかどうか、歳三は知らない。ガタガタの甲陽鎮撫隊が勝沼《かつぬま》宿に到着した頃、甲府はほぼ占領されていたといって良い。城を護るどころか城に近付くことも出来ず、詮方《せんかた》なく等々力《とどろき》に陣を敷いた。

最初から負けである。

そこで歳三は——江戸に帰った。

一応援軍を乞うためという名目であったのだが、それが無理だということは端《はな》から承知していた。要するに歳三は、そんな莫迦莫迦しい戦に加わりたくなどなかったのである。

早駕籠と馬を使って江戸まで戻った。戻ったところでどうにも出来なかった。旧幕府の者は誰一人会ってくれなかったのだ。

旗本有志で結成された菜葉《なっぱ》隊《たい》なる反薩摩の一団があると聞いたので、数名に当たってみもしたが、誰も、何も教えてくれず、接触することすら叶わなかった。

何の期待もしていなかったから何も感想はない。

そんなものだろう。

と、いうより歳三が江戸に着いた頃、もう甲陽鎮撫隊は負けていたのだ。

いや、なくなっていたのだ。

大久保剛こと近藤は、戦いを回避すべく変名で敵将に面談を申込むなど、あからさまな時間稼ぎの小細工を弄《ろう》したようなのだが、その甲斐もなく、歳三が隊を離れてすぐに戦闘は開始されてしまった。

そして、その日のうちに決着は付いてしまったのだった。

成り行き上護っていた等々力の関門はいとも簡単に突破され、押された隊は柏尾《かしお》坂《ざか》まで後退、凡《およ》そ一刻ばかりは戦ったものの、旧幕府から払い下げられた旧式の大砲は敵の一撃で大破、瞬く間に矢折れ弾も尽き、おまけに隊士の殆《ほとん》どが逃げ出してしまったのであった。

甲陽鎮撫隊は日暮れを待たずに無様に敗走した。

敗走というより解散である。退却を命じる前に、兵隊は皆逃げてしまったのだ。

聞くだに――それ程までにみっともない戦はいまだ嘗《かっ》てなかっただろうと歳三は思う。将《まさ》に前代未聞の負け戦であろう。

甲府城は官軍に接収された。

城内にいた勤番士は放逐され、反抗した者は捕縛された。そして錦の御旗を掲げた軍隊は、江戸への進攻を粛粛《しゅくしゅく》と開始したのだった。

甲陽鎮撫隊は何の成果も上げることなく、散り散りになった。

それでも、近藤は諦めなかった。

敗退の報せを受けた歳三は取り敢えず引き返した。

日野に至り、歳三は義兄の無事を知った。ただ彦五郎は未《ま》だ戻っていなかった。

義兄は日野宿の名主である。

だがもう戻ることは出来ぬ。

賊軍となってしまった以上、そのまま身を隠すよりないものと思われた。

幸い日野宿にはもう一人、芳三郎《よしさぶろう》という名主がいた。だから日野の民が直ぐに困ることはないだろうと問屋場《といやば》の者は言っていた。どんな心持ちであったものか。

そして。

歳三は、近藤が吉野《よしの》宿で官軍を迎撃するという噂を聞いた。

その段階で近藤の許《もと》に誰が残っていたのか歳三は知らない。

永倉と原田、島田と大石はいたとして、援軍の農兵を連れた山口一行も合流しているかもしれなかった。それならそこそこ人数は居ることになる。それでも三四十人がいいところである。

その人数で何が出来るというのか。

見捨てることも考えたが、歳三は取《と》り敢《あ》えず向かうことにした。

早駕籠を飛ばし、午《ひる》には吉野宿で近藤と落ち合うことが出来た。

予想に反して、近藤の周りにいた隊士は五六人ばかりであった。

散り散りになった者が未《ま》だ集まっていないのだと近藤は説明したが、本当にそうだとしても――。

押し寄せる三千人の鉄砲隊を迎え撃つことが不可能であることなど、火を見るよりも明らかであった。何が迎撃だ。

出来ることといえばただ一つ。

遁《に》げることだけだったろうに。

「あの時、あんたは一体どうするつもりだったんだよ」

「さあなあ」

近藤は天井に顔を向けた。

「能《よ》く解らんよ。兎《と》に角《かく》、このままじゃ帰れねえと、そう思った」

「そうだろうな」

素直な男だ。

莫迦であるから、余計な理屈がない。

本当にこの男は、ただ何とかしたかっただけなのだろう。

しかしその結果は惨憺《さんたん》たるものであった。

近藤の言った通り幾人かの隊士は戻った。しかし戦えると思える者は一人としていなかった。それでいて、吉野で迎え撃つといった流言だけは街道を一人歩きしているのであるから始末に悪い。歳三は八王子まで引き揚げることを近藤に進言し、それを呑ませた。

八王子で永倉と原田も合流し、漸《ようや》く三十人程が集まった。

近藤は徹底抗戦を主張したが――。

ほぼ全員が、離反した。

迎撃は無茶である。

江戸に戻り、人を集めるなりしなければ何も出来ない。しかしぞろぞろ列を成して戻れば、それはそれで危ないことになる。分散し、三三五五八王子を離れて江戸に入り、本所《ほんじょ》にある大久保《おおくぼ》忠恕《たださと》邸に集合しようと決めた。大久保忠恕は鳥羽の戦いでは陸軍奉行として見廻組などを指揮した、元京都町奉行である。近藤の新しい姓と同じということで勝手に決めたのだ。

近藤と歳三は先に発った。

永倉と原田は出立を遅らせ、八王子で暫《しばら》く待機することとなった。遁げ遅れた隊士が後からやって来るかもしれぬからである。

後は任せると、その時近藤は言ったのだ。

後は任せる――と。

「儂が残って待てば良かったか」

近藤は力なくそう言った。

「それで変わるものじゃねえよ」

そう思う。その段階で永倉新八《しんぱち》も原田左之助《さのすけ》も、既に身の振り方は決めていたのだと思う。

その時二人は、もう近藤を見限っていた。

特に永倉は愛想を尽かしていたようだった。

永倉は、近藤の負傷に関して責任を感じていた。自分が逃がした御陵衛士どもに撃たれたからである。その所為《せい》か、伏見での永倉の戦い振りは尋常ではなかった。とはいうものの、どれだけ強くとも一剣士が鉄砲隊に敵う訳はない。

永倉は浮いた。浮いても闘った。

その間、近藤は何もしていない。

怪我をしていたとはいうものの近藤は大坂城にいたのである。慶喜《よしのぶ》出奔を防ぐくらいは出来た筈だと――永倉は思っていたようだ。だがそれは無理な相談だ。近藤はそんなに偉くない。全く偉くない。何の影響力もない。ただの捨て犬である。そうならそうで良かったのだろうが、その捨て犬が、甲府には大名拵《ごしら》えで出陣した。

近藤以外は兵隊だ。

永倉は、家来扱いされることを何より嫌う男なのである。

近藤は切迫した状況であるにも拘らず大名ごっこに現《うつつ》を抜かし、戦を控えて酒宴に耽《ふけ》った。その結果到着が遅れ、稀にみる大敗の上、甲府は敵の手に落ちた――。

永倉はそう思っている。

納得出来るものではないだろう。

しかし歳三の見方は違う。凡《すべ》ては予測された結末だったのだ。甲陽鎮撫隊は最初から負けるために作られた組だったのだ。それ以外に考えようがない。

近藤勇は、そういう意味では旧幕府の――否、勝海舟の期待に見事に応えたということになるだろう。

永倉は、薩摩や長州の専横が許せない。一方で永倉は徳川も見限っていたに違いない。兵隊を棄てて遁走するような者を上に戴くことは、永倉のような男にとって凡《およ》そ我慢の出来ることではあるまい。その愚か者を担ぎ続ける近藤は、永倉に取ってはただの愚か者にしか見えなかったことだろう。

原田はまた違う。

原田は無駄に死にたくないというだけだったと思う。妻子が出来て未練が生れたのだろう。死ぬにしても、名を残す、金を残す、何かを残さなければならぬと考えていた筈だ。近藤と一緒では犬死にするだけである。

そう。

捨て犬は捨て犬らしく犬死にしろと、上の者はそう言っていたのである。だから原田の判断は正しい。

江戸に戻った近藤と歳三は、直ぐには大久保邸に行かなかった。先に逃げ帰っていた彦五郎と春日隊の生き残りに遭遇し、身の振り方を相談されていたからである。

大久保邸に出向いた時、隊士達はもう殆《ほとん》ど残っていなかった。

近藤が自分達を見捨てたと判断し、ほぼ全員が離反したのだ。

当たり前だ。

棄てられたと思えば去る。

已《や》むなく近藤は医学所に戻った。

治療のためである。結局、治っていなかったのだ。

そこに、永倉と原田他、十人程の隊士が訪れた。近藤への決別を告げるための訪問であった。

永倉はこう言った。

会津に行きます――。

近藤は驚いた。

永倉は隊士内で話し合った末の結論だと続けた。局長抜きでの合議など認められないと近藤は答えた。

永倉は憤慨した。

後は任せると、貴公は八王子で申されたではないか――。

それに貴公は新選組局長近藤勇ではなく、甲陽鎮撫隊の大久保某士《なにがし》であろう――。

近藤は、名前は変われど主従関係に変わりはないと言った。そして。

其方《そのほう》達は――自分の家臣であると言った。

それで、終わった。

近藤は強く引き止《と》めたが、永倉には聞く耳などなかった。もう釈明が出来るような状況ではなかったのだ。長い時間を掛けて出来た罅《ひび》である。それは簡単に埋まるようなものではない。

お前も止《と》めなかったなあと近藤は言った。

「家臣――じゃあねえよな」

「ねえよ。あんたは」

殿様なんかじゃねえからなと歳三は言った。

「なり損ねだ」

「そうだな」

なり損ねたなと近藤は謡うように繰り返した。

「永倉君も左之助も、惜しいことをしたな。儂は、莫迦だ」

「別に要らねえよ」

勝手にすれば良い。

永倉は原田と共に新しい隊を結成したと聞いている。永倉と同郷同門の芳賀宜道《はがぎどう》なる男を隊長に据え、旧新選組隊士に旗本などを加えた、百名近くの隊だそうである。

名は、靖兵隊《せいへいたい》というらしい。

兵隊なら、死ぬだろう。

一方、近藤の許に残った者も僅《わず》か乍《なが》らいた。

尾形俊太郎《おがたしゅんたろう》や島田魁、大石鍬次郎、そして、合流出来なかった山口二郎である。

山口が連れて来た農兵もそのまま残った。

それでも六十名程は戻ったのである。

しかし三分の一は負傷していた。重傷者も多かった。近藤は熟慮の末、負傷者を会津に送ることに決めた。江戸はいつ戦闘状態になるか判りはしない。戦えぬ者は足手纏いになるだけである。無傷だった山口が先導し、二十名ばかりが会津に向かった。

残り四十数名。

江戸に居場所はなかった。

それでも近藤は諦めなかった。

屯所もなく、雇い主さえいなかったが、それでも隊士を募ったのである。

勿論、新選組として。

悪名も名前のうちである。何故かそれなりに人は集まって来た。

集まったところで、どうしようもなかったのだが。

近藤は自らの治療に当たっていた医学所頭取松本良順《まつもとりょうじゅん》の伝手《つて》で、五兵衛新田の金《かね》子《こ》健十郎《けんじゅうろう》という名家の屋敷を半ば騙《だま》すようにして借り受けると、そこに隊士を送り込んだ。

人は集まった。でも集まったのは全部兵隊だった。

歳三は殆《ほとん》ど気乗りがしなかったので、最後まで江戸府内に留まっていた。

僅《わず》か数日で兵隊は百名を超えた。そうなると見過ごしてもおけぬと思ったのか、金子家に勝海舟の使者が訪れた。

勝手な真似はするなという戒めが言い渡された。

捨て犬は遠吠えしてはならぬ、さっさと飢えて死ねということだろう。已《や》むなく近藤は松本良順を通じて会津に庇護を求めた。会津からも使者が来たが、ただ顔を出しただけだったようだ。旧幕府軍は一枚岩ではない。恭順派と抗戦派に割れている。新選組は、どちらからも疎まれているようだった。

弥生も過ぎる頃。隊士は二百名を超えた。

近藤は、漸《ようや》く動いた。

慶応四年卯月朔《うづきついたち》。

史上稀に見る程に不細工な軍である甲陽鎮撫隊が、恥晒《さら》しな負け方をするためだけに出陣した、丁度一月《ひとつき》後のこと。

更に劣悪な一団である新生新選組は、五兵衛新田を後にした。

総数二百二十七人。それは急拵《きゅうごしら》えの、頭数だけの愚劣な集団であった。

歳三は誰一人、顔も名前も判らなかった。

目端も利き覚えが良い歳三であっても、まるで判らなかったのだ。端《はな》から覚える気もなかったのだが。

ただ。

その光景は何処かで見た覚えがあるものだった。

その雑な行軍は、どうやら京へ上る際の浪士組の行列に能《よ》く似ていたのである。身分も年齢もばらばら、隊服がある訳でもなく、隊規もない。訓練もされていない。目的も志もない、飢えた、薄汚い烏合《うごう》の衆《しゅう》の、無為な行列。

五年前のことだ。

「たった――五年だ」

「そうよなあ。五年だ。永い五年であった」

終わったような口を利く。

――終わったのか。

いや、終わっているのだ。新選組も、この男も。疾《と》うの昔に。

その行軍は、出陣ではなかった。金子家にいられなくなったというだけの、ただの移動だ。否、放浪か。

金子家は五兵衛新田を開拓した家筋であり、健十郎は名主見習い、家も狭くはないが、陣屋などではなく、ただの百姓屋である。

百人に近付いた段階で、隊士は溢れた。

近隣の寺を借りたりもしたが足りなかった。

健十郎は近藤とも新選組とも縁もゆかりもない者だ。金子家とは松本良順を介した細い細い伝手《つて》があったというだけなのだ。おまけに近藤は身分を隠すため名まで変えていた。

近藤はその時、甲府で大敗した大久保剛では験が悪いということで大久保大和《やまと》と名乗っていたのだ。もう、一体誰なのか、さっぱり判らない。

聞いたこともない名の得体の知れぬ男が、どこの馬の骨とも判らぬ連中を掻《か》き集めているのである。これまでとは違い、会津や幕府の後ろ盾がある訳でもなく、ただただ医学所頭取の口利きがあったというだけのことである。

要するに親切で貸していただけなのだ。

親切というなら精精《せいぜい》十人二十人辺りが限度であろう。百人を超した時点で、どう考えても常軌を逸《いっ》した数になっているのだ。結局、そう広くもない村に二百人からの無頼が巣くうたのであるから、正に迷惑千万であったろう。

島田などは、官軍が攻めて来た時には護ってやるから安心しろと豪語していた訳だが、そもそも官軍がやって来たところで五兵衛新田の百姓達に乱暴を受ける謂《い》われなどはないだろう。

慥《たし》かに薩長軍の悪評は聞こえて来ていた。行く先先で乱暴狼藉を働き、略奪の限りを尽くしているというものだった。だが、それも風聞かもしれぬし、それ以前に商家でもない百姓家に奪うものは何もない。

何かを奪っていたとするならそれは自分達なのである。僅《わず》か二十日に満たぬ滞在で金子家の出費は三百両を軽く超していたそうである。

出て行けと言わぬ方がどうかしている。

捨て犬に僅かな情けを懸け、餌を呉れてやったばかりに居着かれたのだ。おまけに犬は子を二百ばかりも産んだのである。軒を貸して母屋を盗られるどころの話ではない。迷惑千万とはこのことである。

追い出されても仕方がなかろう。

そう——出て行けと言い出される前に出たというだけのことで、それは体《てい》の良い放逐なのであった。

家を出る際、近藤が金子家に渡した謝礼金はたった五両だった。三百両からの持て成しの謝礼が、たった五両である。この額は壬生の八木家に渡した謝礼と揃えた結果である。揃える必要などまるでない。

出立に当たり金子家は鯛《たい》を振る舞ってくれたのだが、これは出陣を祝うためのものではなく、厄介払いが出来た祝いであったのだろう。

行く当てはなかった。

いずれは会津に行くことになる。近藤もそう思っていた筈だ。

だが会津は遠い。

先乗りとして数名を出し、落ち着く場所を決めねばならなかった。島田と大石に頼もうとしたが、大石はいなかった。

脱走したようだった。

大石鍬次郎は一橋《ひとつばし》家近習番衆の子であったが、女で失敗《しくじ》って出奔《しゅっぽん》し、日野で大工見習いをしていたところを彦五郎に拾われ、その縁で新選組に入隊した男であった。

短慮ではあるが腕は立ち、使い易かった。

大石は甲陽鎮撫隊で先鋒を務めたが、その際に立ち寄った日野で――。

里心が付いたのだろう。

大石には日野に囲い女がいたのである。人斬りも厭《いと》わぬ一種鈍い男であったが、そんな男でも兵隊として死ぬよりは女と暮らした方が良いと考えたか。

他に二名が脱走した。

大石の代わりとして、尾形俊太郎に任せた。

先発隊五十名程は、江戸川を渡り松戸《まつど》から総州流山に至った。

尾形は流山に入るなり直ぐこの酒問屋に目を付け、粘り強く交渉して滞在の宿陣とすべく話を付けたのである。

適任だったかもしれない。

尾形は交渉の際、旗本大久保大和預り幕府公認治安隊と名乗ったそうである。

そういうことになっているのだ。

伝令の報告を受けてすぐに本隊を動かし、まる一日掛けて行軍し、この長岡屋と近隣の寺に分宿することにしたのだ。

目立った。

怪しい一団の噂はその日のうちに官軍の耳に入ったようだった。

板橋《いたばし》宿から進攻した東山道軍総督府大軍監香川敬三《かがわけいぞう》率いる東山道隊はその時、糟壁《かすかべ》に陣を敷いていた。武装集団が流山に集結しているという一報を受けた香川は、即座に兵を動かした。迅速な対応である。

幕府公認治安隊二百二十四名は、着陣の翌日官軍に包囲されてしまった。

出るなり、囲まれたのだ。

何の準備もしていない。荷解きさえしていない。武装したところで訓練もしていない。否、二百余名の隊士は皆、互いに知らぬ顔ばかりなのである。身動き出来る筈もない。打つ手は一つもなかった。そして。

近藤は——腹を切ると言った。

だから歳三は殴り付けたのだ。

意味がない。面倒なだけだ。

百姓のくせに。

「どうもな。いかんな」

「ああ最悪だな。撃たれてからのあんたは常に最悪の道ばかり選んで最低の策ばかり立てる」

最低、最悪かと近藤は繰り返す。

「最低最悪だ」

「いつもお前が止《と》めてくれた」

「俺には止《と》めようがねえ。伏見じゃあんたがいなかった。甲府は俺がいなかった」

「その――後は」

「知るかよそんなもの」

その後は。

無策でしかない。

「あの時、永倉の言う通り会津に落ちておれば良かったのか」

「言ったろ」

最初に棄てられた時、逃げる以外になかったのだ。

「あの段階じゃ大差ァねえよ」

「そうか。では――儂《わし》はどうするがいい、歳」

「どうしてえんだよ。それに依《よ》るだろうよ。いいか。もう一度言うがな、百姓に戻りてえという望みだけは」

もう遅い。

遅いのだろうなと近藤は言う。

「だがな、歳よ。実際、この状態は最低最悪だ。つまり何をしてもこれ以上悪くはならん——ということではないか」

「まあ、そうだがな。だから、何をしたっていいが、ここで腹ァ切るのだけは止《や》めろよ。それこそ迷惑だ。あんたはいいかもしれねえが、極悪人近藤勇に率いられてた俺達はどうなる。逃げられやしねえよ。名前《なめえ》も知らねえ二百人、全部死ぬ」

ああ、誰ひとり知った顔はないなと近藤は言う。

「知っている奴ァ、皆、いなくなっちまった。お前だけだ」

殺したんだよと歳三は言った。いなくなったのじゃない。

殺したのだ。

「勝太よ」

歳三は言う。

「言っとくことがある」

歳三は立った。

「俺はな、勝太。ヒトごろしだ」

近藤は緩寛《ゆっくり》と見上げた。

「何を知れたことを。お前、さっき言うておったではないか。儂等《ら》は人殺しだと。儂だって何人も斬った」

そうじゃねェんだよと、歳三は言う。

「俺はな、勝太よ。無性に人殺しが好きなんだよ。人が殺してえんだ。ただ殺してえだけなんだ。そういう――人でなしなんだよ」

近藤は何も言わなかった。

「俺は、天下国家なんぞどうでもいい。出世も金も名誉も、そんなものはどうでもいい。忠も義もねえ。鬼畜の人外《にんがい》だ。人が殺したくて」

殺したくて。

「殺したくて仕方がねえから、だから人を殺しても咎《とが》められねえ身分になりたかったのよ。それだけだ。それだけのために、俺は」

あんたを利用したんだよ近藤勇。

否。宮川勝太。

「決してあんたのためじゃねえ。利用しただけだ。新選組を作ったのも、あんたを局長に据えたのも、旗本に上げたのも」

全部。

何もかも。

人を殺すためだ。

人殺しのためなんだ。

近藤は――。

口を結んだまま、笑った。

「まあ、察しておった」

「何――」

知っておったよと、近藤はもう一度言った。

「嘘を吐《つ》け」

「嘘なものか。長い付き合いではないか。お前が悪童《バラガキ》と呼ばれていた頃から儂は能《よ》っく知っておるのだぞ」

「だが――」

知っていて利用したんだよと近藤は言った。

「利用したというンなら、それはこっちも同じこと。儂はお前を利用して旗本になったんだ」

「おい。勝太。だが」

俺は狂人だぞと歳三は言った。

「狂うているのだ。そうだろう。そうでなくては、この、この肚に溜まった黒い想いは——」

「人は皆狂うておるわ」

近藤はそう言った。

「儂とて同じだ。人殺しがしたいとは思わぬがな」

「俺はな」

歳三は身を屈めた。

角張った、微暝《うすぐら》い面を覗き込む。

「十四の時に日野の佐藤の刀自《とじ》を殺した。町役も殺した。その後、諸国で乱暴を働いて、江戸で旗本を三人殺した。浪士組に入ったのも人殺しのためだ。京に入って、この流山で俺を打ち据えた浪人を斬った」

「だから——何だ」

「俺はな、芹沢も、山南《さんなん》も、伊東も藤堂《とうどう》も殺したんだぞ」

背後から。

正面から。

袈裟懸けに。

唐竹割りに。

皆、血潮を噴き上げ、血飛沫《ちしぶき》を振りまいて、死んだ。

歳三が殺したからだ。

刀に手を掛ける。

「敵も味方もねえ。俺は殺してえ奴を殺して来た。そのためには何だってしたぜ」

「知ってるよ」

「俺は――」

知ってると言ってるじゃねえかよと言って近藤は脚を崩す。

「知ってて何で」

「構わねえだろうよ」

「構わねえか」

「構わねえ。お前は、儂のことを殺さねえ」

近藤はきっぱりと言い切った。

「いや」

「殺さなかったじゃねえか。殺す機会なんぞ星の数程あったろう。儂とお前はずっと一緒だったのだぞ。この五年の間、土方歳三はずっと儂の横におった。おったが、儂は脇腹を刺されることも頸《くび》を切られることもなかったのだぞ。儂はこの通り、こんな生き恥を晒《さら》しても、こうして生きておる。いいや、さっきお前は腹を切るという儂のことを、殴って止《と》めたんじゃねえか」

「切腹は汚《きたね》えからな」

歳三はそう言った。

「お前は綺麗好きだよ」

几帳面な人殺してぇんだから始末に悪いわと言って、近藤は笑った。

可笑《おか》しいか。

可笑しいのかもしれぬ。

「歳。お前は、強《つえ》え。頭も良い。勘も良い。棄て目も利くし、先も読めるさ。だからよ。だからこそよ」

「だから何だ」

「何のためでも構いやしねえんだよ歳。お前が人を殺す度、儂は出世してるじゃねえかよ。思い出せ。そうだろうが。お前にとっては人殺しのためだったのかもしれねえが、儂にとっては出世のためとなるのよ。儂は偉くなった。お前が人でなしの鬼畜生だというのなら、儂はその鬼畜生を、鬼畜生と知って利用した大外《だいげ》道《どう》だ。もっと悪いだろう」

天下の極悪人だと近藤は言う。

「真《まさ》にそうなのだ。極悪人なのだ儂は。こうして、綺麗なべべを着て威張っておられるのも、お前の、人殺しの悪童《バラガキ》のお蔭なんだよ。お前が殺してくれなけりゃ、芹沢はあのまま局長でいただろう。池田屋《いけだや》の時だってそうだよ」

「高台寺《こうだいじ》党《とう》は——失敗《しくじ》ったぜ」

「お前が殺し損ねたから、このざまだよ」

近藤は右肩を叩く。

「本当に知っていたのか。勝太」

「まあ、知っていたというより察していたという程度だ。儂はお前のようにここが切れねえ」

近藤は顳顬《こめかみ》を突《つつ》く。

「総司《そうじ》も同じだろ。違うのか」

「ああ」

それも知っていたのか――この男は。

「お前の嫌いっぷりは目に余ったからな。それに、総司が脱走者を斬る時の、あの嬉しそうな面は、常軌を逸しておったではないか」

「もう斬れねえけどな」

立ち上ることも出来まい。

沖田は松本良順にも見放され、千駄《せんだ》ケ《が》谷《や》の植木職何某《なにがし》宅の離れに隔離され、一人寂しく死を待っているようだ。沖田家とは縁を切っていたから、面倒を見る者は誰もいなかったのだ。一応良順が実家に打診してみたようだが、引き取りは断固拒否されたと聞いている。

「総司も――死ぬかな」

「死ぬだろ。療養ったって寝てるだけだ。癆痎《ろうがい》ってのはな、治らねえ。それに辛《つれ》えもんだぜ」

思い出の中の歳三の母親は、苦しげに咳《せ》き込む声だけの人である。

その声が脳裏に突然鳴って、歳三は頭《かしら》を振り、再び座った。

「他の連中も知ってたのか」

「莫迦。人殺しの鬼畜と平気で同じ釜の飯が喰える程肝の据わった奴がいるかよ。総司は軽口ばかり叩くしな、お前は」

怖《こえ》えんだよと近藤は言う。

「そうかい。あんただけか」

「一応、局長だからな。もう違うようだが」

近藤は外の様子を気にする。

「静かだなあ」

さて、と言って近藤は自《おの》が差し料を突き出した。

「何だ」

「決めたぜ」

「何をだよ」

「儂を斬れ」

「おい」

「斬れよ人殺し」

近藤は厳しい口調でそう言った。

「斬れるだろうが。お前は親兄弟だろうが平気で殺せる、人でなしなんじゃねえのかよ。お前が今まで儂を殺さなかったのは、利用出来たからだろう。今の儂には、生かしておくだけの値打ちはないぞ。それは誰よりお前が判っておることだろう」

「ああ」

この男を担いでも既に何の利もない。新選組が崩壊し逆賊となった今、寧《むし》ろ邪魔であることは間違いない。

「この肩ではもう刀は持てねえ。剣客としては終わった。百姓に戻れても、鍬《くわ》は振るえぬ。儂の最後の使い道は、これしかねえ」

「使い道だと——」

「儂を斬り、首を刎《は》ねて官軍の陣に持って行け。天下の極悪人近藤勇の首級《しるし》を土産に持って行けば、お前は助かる。いいや、ここに集めた二百余名も——お前なら救《たす》けられるだろう」

「なる程な」

歳三は片膝を立てた。

「斬るなら儂のこの——まがいものの虎徹《こてつ》を使え」

「紛い物とも知ってたかい」

「おう。儂は紛い物の武士だ。お似合いだろうよ。そう思ってな、ずっと差しておった。偽物でも切れ味だけは良いぞ」

近藤は虎徹を翳《かざ》す。

「斬れ」

「御免だよ」

「何故だ」

「俺はな、勝太。俺が殺してえ奴を俺が殺してえように殺すんだ。殺してくれと頼む奴は、殺さねえんだよ」

「捻《ひね》くれた人殺しだな」

「臍曲《へそまが》りなんだよ」

「困ったな」

近藤は刀を脇に置いた。

囲まれて一日。

攻め入る様子はないが、引く様子もない。新入隊士に鉄砲の撃ち方くらい教えておきたいと島田は言ったが、止《や》めさせた。二百名が鉄砲を手にした段階で、多分踏み込まれてしまう。棒振り訓練程度にしておけと島田には言った。

午《ひる》過ぎには薩摩藩士有馬《ありま》藤太《とうた》と名乗る男が訪れた。

東山道軍先鋒総督府副参謀であるという。

有馬は大久保大和に面会を願い出た。長岡屋門前には幕府公認治安隊大久保大和様御宿という木札が掲げられていたからである。

騒然とした。

有馬はしかし、声を荒《あら》らげるでもなく、訥訥《とつとつ》と語った。

先鋒隊の中に敷地内で新選組の近藤勇を見かけたと申す者が居《お》るが真偽の程確かめたいという趣旨であった。

近藤勇の顔を知る者は、決して少なくない。見咎《みとが》めたのは渡辺《わたなべ》九郎左衛門《くろうざえもん》という男であったという。近藤の方は渡辺のことを知らなかったようだが、京で遭っていたのだろう。

正面から訪ねられ、面と向かって尋ねられたのである。無視することは出来ぬ。旗本大久保大和と言い張るしかなかった。治安隊はその名の如く、町の治安を護るための農兵集団であると説明した。

納得したとは思えなかったが、有馬は黙って戻った。

しかし、軍は引かなかった。

陽が落ちても猶、包囲は続いている。有馬が近藤の嘘を信じなかったか、有馬の言い分を上の者が信じなかったか——と、いうことになるだろう。

島田と尾形他、古参隊士があれやこれやと二百名の有象無象《うぞうむぞう》を宥《なだ》め続けているのだが、動揺は広がる一方である。不安にもなることだろう。

身許も能《よ》く判らない。武士かどうかも怪しい。そんな連中が二百人である。纏められる訳もなかった。つい一昨日入隊したばかりの者もいるのだ。

官軍に刃向かおうなどという気骨がある者は、誰一人いない。

ただ逃げ出すかもしれない。逃げ出せば必ず殺されるだろう。

そして、近藤は切腹すると言い出したのだ。

慥《たし》かに、この状態は長くは続かないだろう。

「どうすべきかな」

「だから」

どうしたいんだと、歳三は再度問うた。

「俺はな、勝太。難しいこと尋《き》いてるんじゃねえんだよ。死にたくねえとか死にてえとか、一人でも官軍を討ち取りてえとか、そういうこと尋いてるんだよ。あんたは莫迦なんだから、小難しいことは——いい」

「そうか」

近藤は一度腕を組むと、それから張った顎を擦《こす》った。

以前は能《よ》く見た光景である。

近藤は、宮川勝太の顔になった。

「儂は——もう、いい」

「いいとは」

「満足したよ。お前のお蔭で偉くなれたしな。いい」

「だからいいとは」

「命惜しみはしねえということだよ歳。もう、この先、二度と出世はねえし強くもなれねえ。百姓にも戻れねえんだろ。おまけに切腹も駄目と来た。ならな、もう何も怖くはねえよ。どうなったっていい」

「死んでもいい、ということか」

「おう。死にたくはねえし、死なずに済むなら生きてもいたい。だが、考えてみれば儂は殺されても仕方がねえ男だよ。悪名と誉れを秤《はかり》に掛けりゃ、丁度釣り合う気もするぜ。良い目も見たしな、ここで死んでも文句はないさ。だがな」

近藤は居住まいを正した。

「集めた連中を巻き添えにするのは好かん。あいつ等《ら》は、殆《ほとん》ど何が何だか判っておらん。中には薩長に一矢報いたいと思うておる者もいるのだろうが、喰い詰めただけの者もいるだろう。未《ま》だ日も浅い。儂に付いて来ただけで殺されるというのは、どうも寝覚めが悪い」

死ねば寝覚めはもうねえよと歳三は言った。

「連中を生かす方策はねえか」

「そうだな」

「儂が」

投降したらどうなると近藤は言った。

「あんたが殺されるだけだろう。極悪人近藤勇だぞ」

「儂は大久保大和だ」

「いや――」

誤魔化《ごまか》す気か。誤魔化せると思うているのか。

「渡辺某《なにがし》士という男は知らぬ。何処かで会っているとしても一度か二度だろう。口を利いたこともない。深い縁故はねえからな、見間違いもあるさ。他人の空似だと言い張るよ」

「いや、待て。そんな」

子供騙しが通じるか。

「それが通るなら、もう陣は解かれてるだろうよ。疑ってるからこそ囲んでるんじゃねえのか」

「確信はなかろう」

確信があれば討ち込んでくるだろうと近藤は言った。

「顔を曝《さら》して確信を持たれたらどうなるよ。あんたが近藤と知れれば、此処《ここ》にいる全員は極悪人の手下《てした》ということになるじゃねえか」

「顔はもう曝した。それでも確信が持てぬのだろう」

「いや――」

お待ち下さい――と、突然女の声がした。

襖《ふすま》が開き、手燭《てしょく》を持った女が立っていた。町人の出で立ちである。

「其方《そのほう》は誰だ。聞いておったか」

近藤が向き直る。

歳三は刀に手を掛ける。

聞いていたなら斬るしかない。流山の者には正体を明かしていない。

身構える。

そして歳三は柄《つか》から手を放した。

「てめえ――か」

それは涼《りょう》だった。

近藤はおい歳これは何者だと、裏返った声を出した。

「何だ。おい歳。知った顔か。この家の者――ではないのか」

「こいつはな、死んだ山崎が手足に使ってた密偵だよ」

「密偵――なのか」

随分な紹介の為《し》ようじゃないかと女――涼は言った。

涼は襖《ふすま》を閉め、そのまま座って、近藤に頭を下げた。

「涼と申します。監察方のお世話になっておりました」

「そうであったか。済まぬな。監察方の仕事は副長に任せ切りでな。其方の如き佳人の協力者がいることなど、とんと知らなんだ」

涼は畏まった。

「何でてめえがいるんだよ」

「あんたが殺してくれないからさ」

「山崎は死んだぞ。吉村も大石も遁《ふ》けた。もうてめえを使う者はいねえんだ。手ェ貸したって銭は出ねえぞ」

「妾《あたし》は」

遣りたいように遣ってるだけサと涼は言った。

「誰かのためにとか、何かのためにとか、そンなことじゃないよ。妾はあんたに殺して欲しいだけだ。あんたが殺してくンないからこうして生きてるだけなンだ。好き勝手にね」

おいおいと近藤が言う。

「こりゃお前のこれか」

下卑たことを言う。

「近藤様」

涼は前に出た。

「未《ま》だ――望みはございます」

そして、涼はそう言った。

「莫迦か。そんなもなァねえ。大体てめえの出る幕じゃねえ」

「煩瑣《うるさ》いね。妾は近藤様に申し上げてンだ。臍曲《へそまが》りは黙っていりゃアいいのさ」

「何だと」

「ここに――ご使者が来ただろ」

「ああ。ちゃらちゃらした獅子舞みてえなのが一匹来たぜ」

「あの、副参謀の有馬ってお侍は薩摩の人サ。でも、この包囲陣を指揮してる大軍監の谷干城《たにたてき》は土州《どしゅう》、そして同じく大軍監香川敬三は水戸。そして、糟壁の総督府参謀板垣退助は土佐藩だ。板垣と谷は土佐迅衝隊《じんしょうたい》の同志だから通じているけど、薩摩方とは険悪サ」

「まあ、同じ錦旗《きんき》を掲げていても、藩閥《ばつ》はあるのであろうな。人にも依るのであろうが――だが、それのどこが望みとなろう」

涼は近藤に向き直る。

「有馬藤太は――新選組を悪く思っておりませぬ」

「莫迦を申せ。薩人が」

それこそ――と涼は再び近藤の言葉を遮《さえぎ》った。

「人に依りましょう」

「いや」

近藤は困惑している。

「有馬は新選組というより近藤勇を高く買っているのです。話し振りからはそう聞こえましたのサ。大久保大和、仮令《たとい》近藤勇であったとしても、何故《なにゆえ》に罰せねばならぬのか――と」

「極悪人だからだろ」

「自分達は慶喜《けいき》追討の軍、討つべきは徳川慶喜《よしのぶ》だ――と」

「儂は徳川の家臣だ」

「はい。有馬はこう申しておりました。近藤勇は極悪人に非ず、偏《ひとえ》に愚直な忠臣というだけである――と。徳川方であるから捕縛は已むを得ぬとしても、武装を解除し恭順を示せば殺すことはないというのが、有馬藤太の言い分にございます。一方、土佐は――近藤様を激しく憎んでおります」

「激しく――か」

「坂本龍馬《りょうま》と中岡慎太郎《しんたろう》を殺害したから――ということです」

「それは、儂では」

存じておりますと涼は言った。

「しかし土州人はそう思っておりません。手を下したのは新選組と、固く信じております」

いや、殺したのは――。

見廻組だ。殺させたのは、佐々木只三郎だ。見廻組はもうなく、佐々木も死んだ。残っているとしても佐々木直直の手下《てか》――手を下した者だけだろう。佐々木のことだからそれも始末している可能性もある。山崎亡き今、真相を知る者は歳三と、逃げた吉村のみということになる。

坂本など所詮《しょせん》は小者《こもの》と侮《あなど》っていたが、こちらの根も深かったようだ。

――余計なことをしたな。

今にして思えば、佐々木の坂本殺害に乗ったことは、歳三の大きな失策だったということになる。吉村を使ってわざわざ原田を疑わせたのは遣り過ぎだったのかもしれぬ。何もせずとも佐々木は新選組に罪を着せる気でいたのだろうが。

「坂本というのは――それ程の男であったのか」

いいえと涼は首を振った。

「所詮は、藩を脱《ぬ》けた下士。土佐の者も疎ましく思うておった由《よし》。しかし殺された途端に英傑と持ち上げたのです。下手人は必ず殺すと」

なる程。根が深かったのではなく種となったということか。

契機《きっかけ》など何でも良かったのだ。

「香川も、水戸の出ですが、陸援隊の副長格だった男。遺恨は深いものと存じます」

近藤は言う。

「近藤ということが露見しなければどうなる」

「有馬藤太は、近藤様を捕えたとしても、大久保大和としてそれなりの扱いをするでしょう」

「そうか。ならば」

「いいえ」

必ず露見致しますと涼は言った。

「何故だ」

「敵方の中に御陵衛士がいます」

「何――」

「誰だよ」

「加納鷲雄」

「加納か――」

それならば、近藤を知らぬ訳がない。元新選組というだけでなく、近藤を狙撃した一団の中にも加納はいたのだ。

返す返すも――御陵衛士殲滅が叶わなかったことが悔やまれる。悔恨程歳三に似合わぬものはないが、失敗の禍根は思いの他長く影を落している。

「加納が首実検すりゃ、間違いなく素性は知れッちまう。言い逃れは無理にございますよ。有馬を退《しりぞ》け谷や香川が出て来れば、すぐにも素性は知れッちまいましょうよ」

「左様か」

じゃあ終りだなと歳三が言い掛けるのを涼が遮った。

「違います」

「終りだろ」

「いいや」

取り調べになるのサと涼は言った。

「取り調べ――とは」

「坂本中岡を殺したかどうか」

「だからそりゃ――」

「本当のことは誰も知らないんだから、当然聞き取りはするのサ。官軍は、そんな無法じゃないよ」

「そうか――」

既に、敵方には戒律や規律が出来上っているのだろう。

味方の方は逆だ。旧来の戒律も規律も、壊れてしまったのである。

だから負けるのだ。依って立つものが何処にもないのだから勝ち目はない。

「妾《あたし》の観る限り、官軍の連中は仲は悪いが統率は取れてる。勝手なことはしない。必ず上に判断を仰ぐ。大久保であれ近藤であれ、抵抗しない者をその場で斬るようなことはないよ。そんなことを為《し》たら——為《し》た奴が罰せられるよ」

「なる程な」

時は稼げるということか。

「近藤と露見しても直《す》ぐに処刑されるようなことはねえってことだな」

「寧《むし》ろ、そうなった方が長引くと思うよ。新選組局長近藤勇は、格でいうなら若年寄格じゃないか。ただの雑兵じゃないんだ。充分に調べた上で、徳川方にも伺いを立てて、それから処分が決まる筈さ」

「そうなると——」

歳三は近藤を見た。

「正体が知れても、それで一斉攻撃されるようなこたァねえか」

「ないな」

近藤は断言した。

「儂が極悪人でないように、敵も極悪人ではないのだろうよ。それぞれに志は違うし遺恨や意地もあるのだろうが、それでも人だ。理も、情もある」

歳三のような人外《にんがい》でなければ、それはあるのだろう。

「儂が投降して恭順の意を示し、その上でここにいる二百名が動かなければ——もしや活路はあるのではないか。違うか歳」

「あんた以外の——活路だがな」

投降したならいずれ近藤は死ぬことになる。

涼の言う通りならば、慥《たし》かにすぐに殺されることはあるまい。しかし先延ばしされるというだけだ。

向こうに加納が居る限り、大久保大和で通すことは不可能である。ならばその場で放免されることはない。

早いか遅いか、その差があるだけなのであって、いずれは死ぬことになるだろう。

近藤と知れて赦免されることなど、万に一つもないだろう。

あんたは死ぬぜと歳三は言った。

何とかならないのかえと涼が言った。

「何とかだと」

「だから、そこが望みと言っているのサ。取り調べは簡単には済まないんだ。そして必ず、徳川にお伺いは立てる。なら、その間に根回しでも何でも——」

「それは無駄だ」

「何で」

「俺達は棄てられたんだ。寧《むし》ろお荷物なんだよ」

「近藤様は尽くして来たんだ。何とかしな。助命嘆願でも何でも——」

「だから無理だよ」

歳三は立ち上った。

「勝太。いや——近藤よ。あんたがどうしたいかは聞いた。だから、そうしよう。あんたは」

死ねと歳三は言った。

涼が見上げる。

「徳川《とくせん》は絶対にあんたを助けねえ。降《くだ》れば確実に死ぬ。しかも、切腹じゃあねえだろう。それでもいいか」

何を言うんだいと涼が言う。

「そんな、若年寄格のお旗本を――」

「こいつは百姓だよ。百姓は磔《はりつけ》にされるもんだろ。良くて打ち首だ」

それでいいと近藤は言った。

「さっきお前に止《と》められて、思い直してなあ。能《よ》く考えてみると、儂は切腹の作法も能く知らんのだ。何人もに腹を切らせたが、己の腹は一つだからな。どうせ介錯されて死ぬんなら腹は切るだけ無駄だ。痛《いて》ぇだけよ」

「そうだな」

殺し方は色色あるが、死に方などどうでもいい。

じゃあ死ねと言った。

「俺はこれから江戸に戻って二百人を救《たす》ける」

「出来るか」

「判らねえ。投降したら、あんたはこう言え。屯集したる者は新選組に非ず、流山鎮撫のために参集した町民農民、自分が恭順したる以上は解散するより他なく、旧幕府よりの御沙汰を待つのみ也――と。兎《と》に角《かく》時を稼げ」

猿芝居は任せておけと近藤は言った。

「お前に鍛えられたのだ」

「来たぜ」

廊下を鳴らす音。

島田か。

大男が襖《ふすま》を開けた。

「近藤先生、副参謀有馬様が」

「また来たか」

「大久保氏に面会したいと仰《おお》せです」

支度をする故、暫《しば》しお待ち戴けと近藤は言った。

島田は不安げな顔をして引き返した。

「頼むぞ」

「俺は人殺しだ。人助けは苦手よ」

「ふん。宮川勝太の頼みだ。聞け」

近藤は立ち上がり、髭《ひげ》でも剃《そ》るかと言った後、歳三を見て。

多分、笑った。

その夜。

近藤勇は、官軍に降《くだ》った。

歳三は後を島田と尾形に任せ、夜陰に乗じて江戸に向かった。

大久保大和の投降は、官軍の包囲網を綻《ほころ》ばせる契機にはなったのだ。

それでも、二百余名の賊徒は全く動かなかった。動く筈もない。その時、多くの者は眠っていたのである。

戦う気ならこの機を逃す筈もなく、官軍は一層に囲みの輪を緩めた。

朝になれば事情は知れる。

その際二百名の新入隊士が動揺などせぬよう、きっちり言い含めること、古参の隊士に対しては、間違っても局長奪還の如き軽挙妄動をさせぬよう目を配ること、荷解きはせず決して軍装をしないことを、島田と尾形に厳しく言い付けた。それから、歳三の不在中、もし官軍が兵を引いたなら、迷わず解散しろとも言った。近藤投降で先鋒隊が撤兵《てっぺい》する可能性も充分にあったからだ。

更に、逃げる者は決して追うなとも伝えた。

そして、それでも未《ま》だ残留する者がいたならば、躊躇《ちゅうちょ》せず即座に北上し、会津を目指せ――と。

当座の金はある。しかし路銀は人数行程に依って変わる。資金調達が必要になった場合は、江戸でしなければならぬ。

いずれにしろ伝令役数名は一旦江戸に戻り、一日後の夜半に今戸《いまど》の元仮屯所旧秋月《あきづき》邸役宅付近で落ち合うことを決めた。

抜け出すのは簡単だった。

松戸まで出て江戸川を渡り、馬で川沿いに下った。

馬は過分な金子《きんす》を渡して買い取ったものだ。返せるとは思えない。

朱引《しゅび》きの裡《うち》に入るまでは安心出来ない。官軍は確実に、四方から江戸を囲んでいるのだ。敵の布陣は摑《つか》めていない。摑みようがない。

何処に何が潜んでいるのか知れたものではない。

ただ、未《ま》だ江戸には入っていないようであった。

洋装断髪の男が馬で駆け抜ける様は異様に目立つ。

明るくなる前に江戸に入らねば危ない。必ず見咎《みとが》められる。

歳三は不眠不休で駆け、千代田《ちよだ》の城が見えた処で馬を乗り捨てた。

夜は疾《と》うに明けていたから駕籠《かご》屋を叩き起こして——。

赤坂《あかさか》に向かった。

本氷《もとひ》川坂下《かわざかした》。

勝邸である。

場所はすぐに判った。

表門で確認した後、裏手に回る。捨て犬は表からは入らぬ方が良い。

勝手口を捜す。

戸を叩く際、一瞬だけ近藤の貌《かお》が頭の隅を過《よぎ》った。

未《ま》だ死んではいないのだろうが、どうしているか。

女中に取り次ぎを頼む。

歳三の出で立ちを見た女は大いに慌てふためいた。

官軍と間違えたらしい。

あまり騒がれても拙《まず》い。

「甲陽鎮撫隊の生き残りがご面会を求めているとお伝え戴きたい」

そう言った。

直《す》ぐに座敷に通されたが、勝は中中《なかなか》現れなかった。

半刻《はんとき》以上は座っていた。

突然、襖障子《ふすましょうじ》が開いた。

着流しの男は何の挨拶もなくすたすたと座敷を進むと、床の間の前に座蒲団も敷かずに座った。

「勝だ」

そう言ってから男は歳三を眺め回した。

「何だ何だ。随分と気触《かぶ》れた恰好してるじゃねえか。お前《めえ》さん――そうか。お前さんは、新選組の鬼の副長土方歳三だ。そうだろ。違うか」

歳三は答えなかった。

少し――呆れたのだ。

勝は軍事取扱。会計総裁の大久保一翁《いちおう》と並ぶ、旧幕府最後の重臣である。

「何でえ。違うのか。違うなら違うと言えよ。話が先に進まねえじゃねえか。お前さん、話があるから来たンだろうよ。どうなんだ」

ははあと勝は勝手に納得した。

上背はないが、背筋が伸びている所為《せい》か一回り大きく見える。不逞《ふて》不逞《ぶて》しい態度のためか。

「今は――何だっけな。そうだ。内藤隼人、だったかい。そんな名前《なめえ》だな。だろ」

「土方だ」

そう言った。

勝は笑った。

「そうかい。お前《めえ》がなあ。いつだったかは世話ンなったな」

三浦啓之助《みうらけいのすけ》入隊の件か。

口を利いたのは勝だった。

慥《たし》か佐久間象山《さくましょうざん》の仇討ちがしたいという妙な理由で入隊したのだったと思うが、素行が悪く、鳥羽の戦の前に脱走している。

「あの恪二郎《かくじろう》——元の名は恪二郎ってんだがな、ありゃ佐久間の姨《めかけ》の子なんだよ。佐久間の女房は、俺の妹だ。三浦ってな、こっちの姓なのよ。まあ乱暴な男でな。迷惑かけたろ」

「迷惑でしたな。何度も松代《まつしろ》に戻れと説諭しましたが」

「そうかい。言うことなんか聞かなかったろ。今ァこっちに戻ってるんだがな、面倒《めんど》臭《くせ》ェから福澤《ふくざわ》の野郎に預けようと思ってるんだ」

勝は苦笑した。

福澤とは福澤諭吉《ゆきち》のことか。

「そうだそうだ。あん時、お前さん俺に手紙くれたが、ありゃ、お前さんの手じゃねえだろ」

「手紙——」

すっかり忘れていたが、慥《たし》か武田《たけだ》観柳斎《かんりゅうさい》に代筆させた――のではなかったか。

「何故そう思われる」

べんちゃらこくような玉じゃねえだろと勝は言った。

「そのぐれえは判るよ。で、何なんだい今日は。手紙書くのも面倒なお前さんがわざわざのお出ましってこたあ――あれか。近藤勇の助命嘆願か」

既に知っているのか。

速い。

「違います」

「違うかい」

「安房守様におかれましては、救《たす》ける気なんざ毛程もねえ――かと」

「面白《おもしれ》え」

勝は膝を叩いた。

「その通りだよ。俺は、近藤を救う気はねえ。無理だよ」

「甲府行きがそもそも死ねということだった――のではないのか」

「そうだ。察しがいいな」

勝は体を傾けた。

「まあ、死んでくれなんて頼んだ訳じゃねえさ。死ねとは言ってねえよ。別に死なねえでもいいんだが、護るつもりはなかったな。けどな、てめえ等《ら》は悪名高い新選組だろ。もう少し戦えるかと思ってたんだ俺は。新選組にしちゃあ、こっ恥《ぱ》ずかしい戦い振りだったじゃねえかよ」

「最初から勝ち目はない」

「そういうのが好きなんじゃねえのか、お前《めえ》達は」

どういうことか。

「俺はな、軍艦奉行やって陸軍奉行やって今ァ軍事取扱だがな、戦ってのが大嫌《でえきれ》えなんだ。特にな、何だっけ、あの武士のよ、取《と》り敢《あ》えず死にゃいいかって態度がよ、嫌えなんだよ」

勝は顔を顰《しか》める。

「やれ切腹だの何だの、莫迦じゃあねえかと思うよ。俺はそういう黴《かび》の生えたような古臭《ふるくせ》え武士どもの言い分が、嫌えなんだよ」

「それで」

「てめえ達ゃ」

勝は歳三を指差した。

「切腹が好きじゃねえか。大好きだろ。一体何人腹ァ切らせたよ。あのなあ、沢庵漬《たくあんづけ》じゃあねんだよ、人の腹だぞ、腹。忠だか義だか、法度だか知らねえが、殺し過ぎだろう。そして、死に過ぎなんだよ」

それは——その通りだ。

「あのな、土方。俺の周りにもそういう莫迦ァ大勢いるぜ。今だって戦う用意してやがる。いいか、この期《ご》に及んでだぜ。人が折角大政奉還させてよ、人死に減らそうとしてるのに、だよ。未《ま》だ殺し合いしようとしてんだよ。うんざりだよ。本気で駄目な連中だぜ」

そりゃあよ、と勝は更に姿勢を崩した。

「薩摩ァな、どうしたって戦いてえんだ。長州だって味噌《みそ》ッ滓《かす》にされた怨みがあンだろうが。もう頭に血が昇って下りて来ねえのよ、連中はな。でもな、怒ってよ、鼻から息噴いて、もう拳骨振り上げてるような奴が襲って来たなら、謝りゃいいじゃねえかよ。違うかい」

「違わないでしょう」

歳三は勝を見返す。

「だが、謝っても——殴られることはある」

「今回はそうだったんだよ。でも殴り返《けえ》したらまた殴るぜ。何しろ向こうは怒ってんだ。なら収まるまで謝れよ。殴り合いなら未《ま》だいいわな。戦ァ殺し合いなんだよ」

殺し合いだぜと勝は言う。

「あのな、勝ち負けの問題じゃあねンだよ。勝とうが負けようが死ぬもんは死ぬじゃねえか。俺はそれが駄目だと言ってるんだ。死んでどうするよ。そうしたらだな、こう言いやがるんだよ」

勝は居住まいを正し、奇妙な口調で言った。

「――死を恐るるなど武士の端くれにも置けぬ臆病者めえ」

そして幕臣は笑った。

「莫ッ迦じゃねえか。死を恐れねえのは、莫迦だろ。死にゃ負けだ。なら死を恐れねえってな、負けを恐れねえってことだ。そんなもの、勝つ気がねえのと同じじゃあねえかよ。勝つ気もねえのに戦うんだよ。これ程頭の悪いこたァねえじゃねえか」

どう思うよ土方、と勝は問う。

「勝先生の仰《おっしゃ》る通りです。異存はない」

「ねえかい。そうか。なら、俺の眼鏡《めがね》が曇ってたのかもしれねえ。あのな、お前等《めえら》みてえな連中は、二言目にはこう言うんだよ。死に場所をくれと」

「死に場所――ですか」

「おう。死にてえなら勝手にその辺で死にゃあいいじゃねえかよ。死んだとこが死に場所だ。違うか」

「いいや。その通りです」

案外物分かりがいいなと勝は意外そうな顔をした。

「武士道だ忠義だ、愛国だと宣《のたま》うお歴歴はよ、もう、必ずそういうことを言いやがるんだよ。死に場所死に場所死に場所――芝居みてえな華華しい最期でも期待してんのか、あれは。死にゃ終りなんだぜ。便所で転んで死のうが、大砲で撃たれて死のうが同じことじゃねえかよ」

死んじまったら暑くも寒くもねえだろよと勝は嘯《うそぶ》いた。

「それとも、何か。死ぬ時は誰か道連れにしねえと淋しくって三途の川も渡れねえのか。敵を百人殺したとか千人殺したとかいうのが自慢になるか。ならねえよそんなものは。そんで、死ぬんだぜ自分も。だからよ」

勝は胡坐《あぐら》をかいて身を屈めた。

「近藤も、その死に場所が欲しいのかと思ったんだよ俺ァ。そういう連中と同じだと思った。いいや、同じだったじゃねえかよ新選組は」

「別に——抗議はしていない」

「してねえか」

「ああ」

してねえよと歳三は言った。

そして同じように脚を崩した。

「勝さん。俺は——武士じゃねえから、お偉い人に対する口の利き方を知らねえんだよ。無礼だと思ったら斬っても良いぜ」

「おう。そう思ったら斬る」

勝はそう応えた。

「あのな、あんたの言うことは逐一尤《もっと》もだ。俺達はずっとそういうことを為《し》て来たからな。そう思われても」

「仕方がねえだろう。な、だからだよ。俺はよ、土方よ。近藤に死ねたァ言ってねえんだ。でも、死にてえんだろなぁとは思ったんだよ。だから、甲府城は呉れてやるって、そう近藤に言ったんだよ。勝ちゃあ城持ちの大名だ。奴は喜んだぜ。でも、勝ち目ァねえさ。いいや、勝って貰《もら》っても——困ったんだがな」

「死に場所か」

「錦の旗ァ向こうに回して城盗りの大戦《おおいくさ》だよ。芝居なら花吹雪でも散らす勢いじゃあねえか。それで死ぬなら本望かと、そう思ったのよ。だってよ、伏見で終《しま》いじゃ、あんまりだろうよ。あれもみっともねえ戦だったからなあ」

「ああ。だがあれは」

ありゃ上様が悪いと勝は言った。

「それに関しちゃ謝るよ。俺が付いてたら、あんな阿呆なことたあさせなかったぜ。おい土方よ」

勝は前屈みになった。

「ここだけの話だ。あのな、徳川慶喜《けいき》ってな、稀に見る愚将だぜ」

歳三は呆れた。

何なのだこの――男は。

「いや、頭が悪いってこたアねえんだよ。それ程賢くもねえけどな。ただ、平時ならなあ、小賢《こざか》しいくらいの、いい将軍だったんだよ。でも、戦は駄目だ。全く役に立たねえ。あんなものが上に載ってちゃ、徳川は疎《おろ》かこの国が滅ぶ」

「あんた――徳川の家臣じゃあねえのか」

家臣も家臣、大家臣だよと言って、勝は笑った。

「だからこそ、滅んで貰っちゃ困るんじゃねえかよ」

「そうだとして、じゃあどうだったら良かったんだ」

「簡単だよ。大政奉還しちまったんだからよ。黙って温順《おとな》しくしてりゃあいいじゃねえか。後のことは俺と一翁が何とでもするさ。どんなに薩摩が乱暴者でもな、黙って下向いてる者を殺せやしねえんだよ。公家の連中だって、担がれりゃ文句は言わねえよ。後は交渉だろ。それが、何だよ」

勝は右手を開いた。

「江戸の騒ぎなんざ俺が幾らでも収められらあ。血の気の多い会津だの桑名だのを宥めるのが将軍じゃねえか。それを進軍なんかしやがって」

戦うなら戦うで、戦略ってもんがあるじゃねえかよ——と、勝は泣き顔になって言う。

「無策だ無策。莫迦な連中の甘言に乗って、莫迦に莫迦ァ嗾《けしか》けるような真似しておいて、だ。尻《ケツ》も拭かねえで逃げ帰ったんだから、呆れ返《けえ》って開いた口が塞がらなかったよ俺は。いいか土方。あれは絶対に勝てる戦だったんだぜ。それは敵方も知っていたのよ。勝てるてェのに、戦いませんというから効果があンだよ。頭は高《たけ》えうちに下げるもんだろ。大莫迦野郎だようちの殿様は」

勝は渋面を作った。

「そんな大莫迦野郎のとばっちりだろお前達《めえ》や。傍迷惑《はためいわく》な話じゃねえか。だから済まねえと思ったんだよ」

「花道歩かせたつもりが、役者が大根《でえこん》で、すっ転んで奈落に落ちちまった――ってことか」

悪かったよと勝は言った。

「喜ぶかと思ったんだ俺は」

「それだけじゃねえだろ」

「ああ。それだけじゃねえよ」

「邪魔だったか」

邪魔だったなあと勝は言う。

「この上なく邪魔だった。まあ、その莫迦野郎の上様はな、何とか千代田の城から出してよ、寺に閉じ込めた。それでも未《ま》だ戦いてえって奴は多い。死にてえ死にてえ煩瑣《うるせ》えのよ。そいつ等《ら》だけでも面倒《めんど》臭《くせ》えのに、真逆《まさか》新選組が乗り込んで来るたあ思わねえじゃねえかよ。お前達みてえなもんが江戸府内にいるなあ、こりゃ、この上なく都合が悪いんだよ」

「甲府行きは一石二鳥のつもりだったか。勝さんよ」

「そのつもりだったんだがな、そう上手《うま》かぁ行かねえや。まあ、俺だって読み違いはあらあ。お前だってあんだろ」

「ああ」

近藤を救《たす》けられねえ理由は他にもあるぜと勝は言った。

「判るかい土方」

「判るよ。御陵衛士の件だな」

「そうだ。見えてるじゃねえか土方よ。ありゃ、お前駄目だよ。御陵衛士はな、幕府山陵奉行の配下だぞ。新選組とはまるで別の組織だぜ。それ殺しちまっちゃ拙《まず》いだろうよ」

「伊東はあんたの声掛かりだろ」

「そうだ。いや伊東だけじゃねえ」

「坂本か」

「そうよ。お前、知っててやってるのかよ」

「偶々《たまたま》だよ。それに坂本は俺達が殺したのじゃねえよ」

殺したことになってるだろと勝は言う。

「お前さん、承知してるだろ。人殺しは大罪だ。なのに、殺しても赦《ゆる》されることたぁある。こりゃあ理不尽だな。同じように、何も為《し》てなくたって、罰せられる理不尽てぇのもあんだよ、残念乍《なが》らな」

「ああ」

「ああじゃねえよ。坂本ってのも調子の外《はず》れた男でな、俺の弟子だとか吐《ぬ》かしていやがったが、迷惑な話だ。俺はお前、幕府の役付きじゃねえかよ。ありゃあ野良犬みてえなものだ。でもな、面白かったぜ。お前《めえ》、識《し》ってるかい」

「俺は会ったことがねえ」

「そうかい。ありゃ、判り易いのが好きな男でな。国と国との揉めごとも銭で解決しろなんて言う。忠義は目に見えねえが、銭は勘定出来るからな。面白《おもしれ》えから、山内容《やまうちよう》堂《どう》に話付けて藩脱けた罪赦して貰ったりしたんだがなあ――」

救けられるうちは救けるんだ俺もと言って勝は再び笑った。

「でも、あれも阿呆でな。町中で拳銃撃っちゃいかんよ。役人が死んでるだろ。そらもう俺も庇《かば》えねえ。庇えねえが――それでも新選組には坂本殺す謂われァねえよ」

「だから」

判ってるよと勝は言った。

「知らねえけどな。所司代か見廻組か、そういうのが殺《や》ったんだろ。捕まえりゃいいものを。あの段階であんな小者殺したって、一体何になるんだよ。まあ、俺は会津あたりが糸引いたんじゃねえかって気もしてるがな。何か知ってるかい」

「いいや」

佐々木が何か隠していたなら知る由《よし》もない。

ただ、佐々木只三郎は会津藩に忠誠を誓っていたのだ。

否。忠誠ではない。雇われていた——のか。凡《すべ》ては仕事でしていたことなのだ。

「誰だか知らねえけども中岡まで殺しちめえやがってよ。あれに関しちゃ薩摩が後ろにいるって話もあったからな。だから薩土は険悪なんだ。薩摩にしてみりゃよ、疑い晴らすにゃお前達に罪を着て貰うよりねえのさ」

「ただ、それに関しちゃ濡れ衣だからな。近藤は何を訊かれたって何も言わねえ。いや、言うことがねえ」

なら黙ってろよと勝は言う。

「いいか土方、幕府はもうねえし、新しい政府も未《ま》だねえ。でもな、法ってのはあるんだよ。それがなくちゃあ国じゃあねえものよ。そしてな、幕府だろうが新政府だろうが、いずれ人殺しは大罪だぜ」

「戦争《いくさ》はどうだ」

戦争は別だと言ってから、勝はいいや別じゃねえなと言い直した。

「何だろうが駄目だよ人殺しは。ただよ土方。人殺して良《い》いのは——俺はあんまり良いたァ思わねえが、人殺すなァよ、人じゃなくて、法だ」

「法か」

「国と言い換えてもいいぜ。法が可《よし》とする人殺しは、ま、良しってことになってる訳だ。法を定めンな国だからな。この国じゃ、仕置きされるのと戦で死ぬのは——俺は良いたァ思ってねえけども——こりゃ良しということになってんだ。これが最低の線引きよ。伊東大蔵《だいぞう》殺しはな、当て嵌《は》まらねえんだよ」

知っている。

当て嵌めようとしたのだが、失敗したのだ。

坂本も同じだと勝は言った。

「百歩譲ってよ、坂本の奴は凶状持ちだったから良しとしようか。それだってよ、火《か》盗改《とうあらため》じゃねえんだから、斬り捨て御免はねえけどな。捕まえて裁けよ。それに中岡はどうなるよ」

駄目だよ殺しちゃと勝は言った。

「俺はな、さっきも言ったが、戦ァ嫌《きれ》えなんだよ。バタバタ死ぬからよ。俺は生かしてえのだ。人を生かすのが政《まつりごと》じゃねえか。そうは思わねえかい」

「俺には判らねえよ。俺は百姓上りの人斬りだ」

フン、と勝は鼻で嗤《わら》った。

「逃げンなよ土方」

「逃げてねえ」

「逃げてるよ。てめえ、じゃあ何で此処に来たよ。近藤の助命嘆願じゃねえってのなら、流山に屯《たむろ》してる莫迦共の命乞いだろうよ。違うかい」

それは——。

違わないのだが。

「近藤に頼まれたんだよ」

「ほう」

勝は不可解な顔をした。

「俺は——近藤勇てえ男を本気で見誤ってたのか。ありゃ最後の武士だと、武士になりてえ男なんだと、そう思ってたぜ」

「大違いだよ」

まるで違う。

「あいつは百姓に戻りたがってた」

「そうなのか。じゃあ何故にあそこまで徹底して上様に仕えた。裏切られても見放されても付いて来て、頼まれてもいねえのに警護までしたんだ。ありゃ——忠義じゃねえのか」

「忠でも義でもねえよ」

　恩返しだろと歳三は言った。

「恩返しだとォ。何のだ。返して貰う程に恩なんざ呉れてやっちゃねえぞ。受けた恩と仇ァ天秤にかけりゃ、仇の方が重《おめ》えだろう」

「解ってねえな勝さんよ」

「そうかい」

「百姓は一度受けた恩はずっと持ってるもんだ。仇と天秤にかける程、賢くもねえし器用でもねえ。将軍様は偉《えれ》えと一度教えられれば、そうかと思うもんじゃねえか。いいか。百姓は普通、死ぬまで将軍の面なんざ拝めねえもんだろうが。顔も見られねえンだぞ。疑うことなんか、最初ッから赦《ゆる》されてねえよ」

　百姓なんだよ近藤はと歳三は繰り返した。

「愚直に信用してただけじゃねえかよ。肚《はら》から信用して、莫迦みてえに精進してたら御目見《おめみえ》以上になっちまったんだよ。顔見られるようになったのよ。浮かれねえ方がどうかしてるだろ。それだけのことだよ」

「そうか」

「おう。だから、あんたの撒《ま》いた餌にだって喜んで喰い付いたんだ。保身だの栄達だの、死に場所だの、そんなもんに縛られてる侍だったら、必ず怪しむだろうぜ。考えるまでもねえ。何が甲陽鎮撫だ」

勝は結い上げた総髪を撫でた。

「お前さんは――どうなんだ」

「どうって、何だよ」

「そこまで見切っててどうして近藤と一緒にいたんだよ。慥《たし》か清河《きよかわ》の間抜けがお前達を唆《そそのか》したなあ、五年から前《めえ》のこったろうが。その間ずっとお前さんが近藤と同じ心持ちだったたァ、俺には思えねえけどな」

それは――。

「伊東大蔵の話だと、他の連中は俺の知ってる莫迦な武士どもと、あんまり変わりはねえということだったがな。どうなんだ」

「何故そんなことを知りたがる」

「てめえが面白《おもしれ》え」

勝は一度、顎で歳三を示した。

「あんたに面白がられる筋合いはねえよ」

「面白がるなァ、俺の勝手だろ。まあいいや」

「良かねえよ」

「ふん」

心配すんなよと勝は身体《からだ》をのけ反らせた。

「もう手は打ってるよ」

「何の手だよ」

勝は右手を翳《かざ》す。

「この手だよ土方。ゆんべの話は夜のうちに届いてるからな、朝一番に乾《いぬい》——今は板垣か。あれに手紙書いたよ。密書だな。昼には届く。流山に集まってるな、何も出来ねえ雑魚《ざこ》ばかりだから手は出すな——と書いたぜ。お前さんが戻る頃にゃあ、もう敵は一人もいねえよ」

「雑魚か」

「雑魚だろ。ありゃ五兵衛新田で集めたんだろ。たった半月で二百人たあ大《てえ》したもんだが、そんなもん何の役に立つよ。甲陽鎮撫隊に貸した弾左衛門の配下は仏蘭西《ふらんす》式の軍学教練受けてたんだぞ。もう何箇月もだ。あれが何か役に立ったかよ。みんな逃げちまっただろう。たった半月で集めた有象無象なんかは、屁の突っ張りにもならねえさ。見逃してやるよ」

大言壮語ではあるのだが、清河や伊東とは明らかに違う。小柄なのに大きく見えるのは、この勝という男が何か人とは違うものを見ているからか。

それにしても——。

「速いな」

そう言った。歳三も充分急いだつもりだったのだが。

「速《はえ》えさ。あのな、土方。世の中どんどん速くなってるぜ。難儀なことだがな。ものの序《つい》でに教えてやるけどな、あの何だ、春日隊か。武州の農兵」

そこまで押さえているのか。

「あの大将、首謀者か。何でもいいがな、ありゃお前《めえ》、日野宿の名主だろ。慥《たし》か、お前さんの姉の亭主だな」

歳三はただ見返した。

「あれな、普通は、駄目だ」

「駄目ってな何だ」

「勝手に人集めて武器持たせて戦わせちゃ駄目だよ。甲陽鎮撫隊は一応は旧幕府の組織だが、春日隊は違うさ。志願兵が甲陽鎮撫隊に参加するんじゃあねえものよ。先に隊作ってちゃいけねえだろ。まあ、あそこはな、江川太郎左衛門肝煎《きもいり》だから」

大目に見るよと勝は言った。

「今、どっかに隠れてんだろ。地元から助命嘆願が出てる。お前さんが出させたのかどうかは知らねえが、まあ一月《ひとつき》もすりゃ公職に復帰出来るようにしといたよ。あれやこれやと面倒《めんど》臭《くせ》えな」

「礼を言えばいいのか」

「要らねえよ。鬼に礼なんか言われたって気味が悪《わり》ィだけだろうが。言っただろ、俺は、救《たす》けられる時は救けるんだよ。でも」

近藤だけは無理だと、勝は繰り返した。

「俺の眼鏡違いだったとしても、もう無理だよ。諦めな。それでどうなんだ。お前さんは——」

俺は人殺しだよと歳三は答えた。

「人が斬りてえだけだ。あんたと同じで、戦ァ大嫌《でえきれ》えだがな、あんたと違って、人を生かそうたァ思わねえのよ」

「ひとごろし——かい」

勝は初めて真顔になった。

「ヒトごろしだよ」

まあいいと言って、勝は手を打って、茶を所望した。

「酒は出さねえぜ。俺もな、公務ってのがあるからな」

「酒なんざ要らねえよ。あんたがその、速え世の中とやらに乗っかって速く物ごと運んでくれたなら、もう用はねえ。帰《けえ》るよ」

待て待てと勝は毬《まり》でも突くような仕種《しぐさ》をした。

「いいじゃねえか。お前さんと俺と一体《いってえ》どっちが忙しいと思ってるんだよ。忙しい俺が居ろつってんだ。居ろよもう少し。茶ぐれえ飲んだって罰は当らねえだろ。毒盛ったりゃしねえよ」

そう言っているうちに、最前の女が茶を持って来た。

菓子ぐらいねえのかい気が利かねえなと勝は言った。

飲まず喰わずで来たので、茶は美味かった。

勝は天井を見上げて、続ける。

「坂本――な。お前《めえ》達が殺したことになってる坂本。あの坂本龍馬ってのはなあ、ありゃ、この俺を殺しに来たンだぜ、この家によ」

勝は座敷を見渡す。

「まあ、そりゃ嘘だ。ただな、場合に依っちゃ斬るぜよ、とか何とか言いくさったんだよあの野郎は。俺に紹介したな春嶽さんだし、本気で斬る気はなかったたァ思うがな。それに腕は俺の方が上だから怖くも何ともなかったけどな。そん時ゃ鉄砲持ってなかったしよ。でも、まあ」

お前は強《つえ》えなと勝は言う。

「斬る、とか言うなよ土方」

「斬らねえよ」

「そうか。お前《めえ》は――坂本なんかたあ、踏んだ場数が違うな。その目は慥《たし》かに人殺しの目だ」

「目で判るかよ」

前にもそんなことを言われたか。

判るよと勝は言う。

「俺の命狙う奴ァ多いからな。お前さん、岡田《おかだ》以蔵《いぞう》って土佐の男知ってるか」

聞いたことはある。

「天誅《てんちゅう》名人とかいう男のことか」

名人じゃあねえのよと言って勝は苦笑した。

「ありゃあ、坂本の紹介で暫《しばら》く俺ン処《とこ》にいたんだよ。あいつは、人殺しは好きじゃなかったようだが、それでも人を斬った。俺の前でも斬ったんだ。襲って来た刺客から俺のことを護ったんだがよ、その、斬る時の目がな、お前さんと一緒だ」

「斬る時――かい」

「そうよ。斬った後、俺は奴を怒鳴り付けた」

「護られたのにか」

「そうだよ。あのな、あれは護るために斬ったのじゃねえんだな。斬ったから護れたんだ」

同じじゃねえかと言った。

「大違いだよ。何故なら、斬る前も斬った後も、以蔵はな、あれ、まるで兎《うさぎ》みてえな目してやがるんだ。斬りたくねえんだ。人殺しが厭《いや》なのよ。でもな、斬る瞬間の目はそういう」

勝はまた歳三を指差す。

「そういう目だよ。お前さんはずっとそういう目だ。いつだって出来る限りのものを見て、聞いて、嗅いで、考《かんげ》えてるんだろうよ。違うか」

そう——かもしれぬ。

「俺も腕にゃ自信があるが、お前さんには敵《かな》うめえ。俺はそこまで気ィ張って生きられやしねえからよ。他にやることがあるからな」

てめえは刀棄てろよ土方、と勝は突然言った。

「何だと」

「おい土方。てめえはな、人の上に立つ才覚があらア。それを人殺しに使うなよ勿体《もったい》ねえ」

「俺はだから」

「百姓かい。何でもいいんだよ。あのなあ、俺が嫌いな連中はな、何か大きな勘違《かんちげ》えをしてるのよ。多分、近藤もそうなんだろうぜ。てめえもそうかもしれねえな。いいか、兵隊と大将と、どっちが偉い」

莫迦なことを尋《き》く。

答えずに見返した。

「大将だと思ってるな。それが違うんだよ」

「どう違う」

「あのな、偉いも偉くねえもねえって話さ。そりゃ、役割が違うだけなんだよ。上に載ってる奴が偉い訳じゃねえのよ。逆立ちすりゃ上が下じゃねえか。上も下もねえんだ。大将一人で戦に勝てるかよ。大将は、偉くねえ。采配する役割だってだけだ。采配が下手なら兵隊は死ぬ。今度の戦がそうだ。大将が莫迦過ぎた。でもな、兵隊が命令無視すりゃ、やがて大将も死ぬ。偉いとか偉くねえとか、そんなこた関係ねえ。身分も関係ねえんだよ。氏《うじ》より育ちと謂《い》うけどな、氏も関係ねえが、育ちだって関係ねえよ。人は、性質《たち》だぜ」

　彦五郎もそんなことを言っていたか。

　勝海舟は、そこでぐいと身を乗り出した。

「土方よ。お前《めえ》さんは、百姓でも裕福だ。お前ン家《ち》は豪農だろ。聞きゃあ近藤もそうだったようだな。喰うに困らねえ野郎は余計なことしたがるもんだ。誉れが欲しいの身分が欲しいの、腹の足しにならねえものを欲しがる。てめえ等《ら》もそうなンじゃねえかと、そう思ってた」

　勘違《かんちげ》えは詫びるよと、軍事取扱は言った。

「俺の家はな、御家人の血筋で、一応は旗本ンなったが、若《わけ》ェ時分は糞貧乏で、喰うや喰わずの身の上だったんだよ。俺の親父ってのが、こりゃもう話にならねえ酔狂者で、昼間っから夢ばっかり見てるような、まあ、ろくでなしよ。酒や博奕《ばくち》はしなかったが、専《もっぱ》ら女だ。何しろ号が夢酔《むすい》てえんだから筋金入りだ。俺ァ、まあそんな親父が好きだったがな。好きなんだよ、そういう阿呆《あほう》が」

　お前《めえ》達も阿呆だったんだなと、勝は苦笑した。

「でも、さっきも言ったが近藤は救《たす》けられねえ。薩摩ァ土佐や長州と揉めたくねえのさ。近藤を庇《かば》や、坂本殺害は薩摩の差し金と勘繰られるだろう。長州にしてもお前達新選組は天敵だよ。だから」

　近藤は死ぬと勝は言った。

「もう判ったよ。執拗《しつけ》えな」

「だからよ」

　てめえは生きろよ土方と勝安房は言った。

「端《はな》から死ぬ気はねえよ」

「このままじゃ死ぬぜ。必ず死ぬ」

「死んだ方があんたのためになるンじゃねえのか。邪魔だろ」

「邪魔だよ。死んで欲しいさ」

「なら放っておけよ」

「死んで欲しいな新選組だ。これからのこの国にあんな物騒なものは要らねえよ。でも、てめえは生かしてえ」

「何故《なぜ》だ」

「てめえが阿呆だからだよ」

勝は笑ってそう言うと、一転きつく歳三を見据えた。

「どうだよ土方」

「俺は」

人殺しだぜと歳三は言った。

「阿呆は阿呆でも、好きで人を殺す狂人だ」

「狂人だって生きていいだろ。そういうのをな、異国じゃひゅーまんらいつってんだよ」

「人殺しでもか」

「だから刀を棄てろって言ってるんじゃねえか、解らねえ野郎だな。そんなもの持ってるから斬るんだろ人を。なきゃどうすンだ。殴り殺すかい。縊《くび》り殺すかい」

そういうのはてめえにゃ似合わねえだろうと勝は言った。

歳三は。

抜いた。

「俺を斬るかい。面白《おもしれ》えが止《や》めときな。俺が斬れても、お前《めえ》の命が縮むだけだぜ」

「斬られねえよ。ただな、俺はこいつを棄てられやしねえ。俺は」

人が殺してえ。

「だから殺しちゃアいけねンだよ土方。いや――」

勝は全く慌てず、額に指を当てて暫《しばら》く考え、

「なる程そうかい。いや、漸《ようや》く判ったぜ。お前《めえ》は――殺しても罰せられねえ身分になりたくって――それで、そのために新選組拵《こしら》えやがったな」

そう言った。

そうだ。その通りだ。

おいおいおいと、勝は顔をくしゃくしゃにして言った。

「そら近藤も迷惑だったなぁ。いやいや――隊士連中の方がもっと迷惑だったか。連中はてめえのために死んだようなもんじゃねえかよ。いやはや、この野郎」

とんでもねえ野郎だなあ、と勝は呆れたように歳三を睨《ね》め回した。

「お前《めえ》は、てめえのやりてえこと好き勝手するために、会津藩だの幕府だのまで動かしやがったのかよ。しかもそのやりてえことが、こともあろうに人殺しかよ。おい」

「悪いか」

歳三は下段に構えた。

勝はのんびりした動作で横を向くと、瞬時に刀懸けから差料を取り鞘から抜き放って歳三の鼻先に突き掛けた。

鼻先一寸のところで切っ先はぴたりと止《と》まった。

「何ごとも速《はえ》えな。勝さん」

伝法で軽い物腰から多少は見縊《みくび》っていたのだが、この男、本当に腕は立つのだ。

「これでも直心影流《じきしんかげりゅう》　免許皆伝よ」

歳三は動かなかった。

「ほう」

何故防がねえと勝は言った。

「俺の見るところ、てめえ俺の太刀筋を見切ってただろ。引かねえにしても弾《はじ》くぐれえは出来ただろ」

勝はゆっくり刃先を下げる。

「山岡《やまおか》の奴ァな、浪士組の無頼どもの中でも、てめえが一番おっかねえとか言ってたぞ。流派は知れねえが隙がねえとよ。鬼と呼ばれるようになったのも――」

勝は刃先を歳三の胸に向けた。

「――当然だとか」

山岡とは、山岡鉄太郎《てったろう》だろう。

あの、でかい男か。でかいことしか覚えていない。

あのでけえ男かと言うと、でけえのよと勝も言った。

歳三は力を抜く。

「どうでもいいけどよ、先に抜いといて、何だよその気の抜けた姿勢はよ。俺は滅多《めった》に抜かねえンだぜ。これじゃあ抜き損じゃねえか」

「無駄なこたァしねえだけだ」

「おいこら。無駄ってな何なんだよ土方。お前《めえ》は俺に斬られる気なんか更更ねえだろうよ」

「そりゃこっちの台詞だ。あんたに斬る気がねえから、俺は黙ってただけだ。余興に感《かま》ける気はねえ」

「なる程――な」

勝は刀を引いた。

「立派なもんだよ土方。刀ァ向けられた奴は、大抵は刃先を見ちまうもんだ。斬られりゃ痛《いて》ェからな。だがお前《めえ》は違うな。てめえ、俺の呼吸を計り、俺の手捌《さば》き足捌きを見てやがっただろ。次の動きを先読みしたかよ」

「それがどうした」

「そこが大事《でえじ》なんだよ」

勝は鞘を拾って刀を収め、脇に置いて元通り座った。

「いいか土方。きちんと先が読めるなら、勝つことも負けることも出来る——てえことになるだろ」

「負けることが出来る——だと」

「そうさ。勝ったとか負けたとか勝ち負けで世の中計る奴ァ、本気の本気で愚か者だぜ。勝負ごとってな遊びなんだよ、遊び。しかも賢くねえ遊びだぜ。そんなもん物差しにして天下を計られちゃどうにもならねえだろう。俺はな、親父と同じで博奕《ばくち》は嫌《きれ》えだ。博奕ってな、考えるまでもなく胴元が儲かる仕組みだぜ。てめえも博奕はしねえ性質《たち》だろ」

しねえよと答えた。

「誰が勝とうが負けようが、それで良くなるならそれでいいんだよ、世の中はな。そうだろ。それを勝つの負けるのと――」

あの莫迦どもがと吐《は》き捨てるように言い、勝は眉根を寄せる。

「沽券《こけん》だか忠義だか知らねえが、連中は全く先が読めてねえ。あんなのが幅を利かせていたのじゃあ、天下ァ傾く。徳川《とくせん》も国も滅ぶ。いいか、勝つも負けるも、大差はねえ。勝ち負けを操れる者が一番強《つえ》え。そういう性質を持った者こそが政《まつりごと》をするべきなんだ。偉《えれ》えのじゃねえ。それがそういう性質の者の、役目なんだよ」

「役目か」

「役目だよ。身分も家柄もねえんだよ土方。人は性質だ」

性質が合わなきゃ能も才も伸ばせねえだろうよと勝は言った。

「そうでなくちゃ、世の中の役に立たねえんだよ人ってものは。侍の子が侍に向いてるたァ限らねえだろうよ。将軍の子だから将軍に向いてるたァ限らねえのよ。蛙の子は蛙なんて謂うけどな、人の場合は別だ、鳶《とんび》が鷹《たか》ァ産んでみたり蛙の子が蛇だったりすンだ。そうだろ。将軍ってのは、偉えのじゃねえ、そういう役目なんだよ。偉えのは、まあ」

天子様だけでいいじゃねえかと勝は言った。

「だからよ、先《ま》ずは人が、それぞれの性質に合った役目を果たせる世の中にするべきだと思わねえかよ土方。勝ったの負けたの吐《ぬ》かしてるうちは前には進まねえぞ。この国やあすぐにも異国に乗っ取られちまうぜ。本当の攘夷ってのは、異人を討つことなんかじゃねえ、異国と対等になることじゃねえかよ」

「あのな」

俺には関係がねえことだよと歳三は言った。

ヒトごろしは人を殺すだけだ。

「そう——かい」

「そうだよ。莫迦と間抜けが相撲取ってるとでも思やいいだろ。それこそ知ったことじゃねえ。勝つも負けるも大差ねえのなら、そもそもどうでもいいことじゃあねえのかよ。なら放《ほ》っておけ」

「そうもいかねえ」

「何故」

勝は歳三が下げたままの抜き身を指差した。

「それがあるからよ」

「何だと」

「勝とうが負けようが違いはねえということに気付かねえ莫迦や間抜けは、死ぬんだよ土方。勝つために殺そうとするし、負けたくねえから殺すじゃねえか。生き死にと勝ち負けは関係ねえんだよ。それは」

　絶対に関係ねえと勝は厳しい口調で言った。

「そんなくだらねえことで殺されたんじゃ浮かばれねえよ。意地張るなら生きるために張れってんだよ。どうだ」

「あんたの言う通りだ。だが俺は意地や忠義で人を殺してる訳じゃねえんだよ」

「承知してんだよ、そんなこたあ」

　勝は片膝を立てた。

「俺の目は節穴じゃねえんだよ土方よ。てめえの肚の底なんざ、お見通しだよこの野郎。いるんだよ世の中にはそういう人でなしが。でもな、普通は好きには出来ねえものよ。人殺しゃ捕まるし、捕まりゃ罰せられる。その前に、殺そうったって殺せやしねえんだ」

　勝は声を荒らげた。

「てめえと同じ人でなしでも、てめえくらい腕が立たなきゃ人なんか殺せねえだろうが。先《ま》ず殺したくても殺せねえんだよ」

それは。

――石翠か。

「人殺しってなあな、土方。てめえにゃあ簡単なことなのかもしれねえが、普通は簡単じゃねえもんだぜ。もし殺せるだけの腕があったって、そんな鬼畜野郎はすぐにお縄ンなって獄門晒し首だよ。さっきも言ったが、政権が変わったたって人殺しは」

「大罪か」

「大罪だ。国が、ご定法が認めた殺しの他ァ、必ず罰せられる。そういうもんなんだよ。ところがてめえはどうだ。てめえの人殺し認めさせるために、国を動かしやがった。百姓の小《こ》倅《せがれ》が藩や幕府を手玉に取った。俺が言ってるのはそこだよ」

「何処だよ」

「そんな奴ァいねえよ。てめえの才覚は惜しいよ。ただの人殺しにしとくには勿体ねえと、こう言ってるんだ俺は。汲めよ」

汲めねえよと歳三は言う。

「何だよ。近藤や死んで行った同朋に申し訳が立たねえか。それこそ人外《にんがい》の言うこっちゃねえだろ。みんなてめえが殺したようなもんじゃねえかよ」

「みんな俺が殺したんだよ。手を下してなくたって俺が殺した」

「悔いてるとか言うかよ」

そんなことで悔いるかと歳三は怒鳴った。

「寧《むし》ろ逆だ。巧くことが運べなかったことを悔いてるよ」

未《ま》だ殺し足りねえのかよと、勝は再び呆れ顔になった。

「足りねえな。どうせ先はねえ。捕まれば俺も近藤と同じだろ。このまま新しい政府だかが出来たって、赦免《しゃめん》されることたあねえんだろ」

そうでもねえぞと勝は言う。

「今、刀棄てろ。そうすりゃ後は俺が何とかするよ。近藤を救《たす》けられなかった代わりに——そんなもんは代わりにゃならねえが、俺が口利いてやるぞ土方」

「迷惑だよ」

歳三は刀を収めた。

「俺は好き勝手に生きる」

勿体ねえなあと勝は大きな溜め息を吐《つ》いた。

「じゃあ——まあ、てめえは邪魔ッけだよ土方。でも解った。呑み込んだぜ。それならそれでいいや」

「捕まえるかい」

「いいや捕まえねえ。見逃す代わりに、俺の役に立て」

――こいつ。

この勝という男、何処までも底の知れない男のようである。

「あのな、俺の有《あ》り難《がて》え説教が耳に入らねえンなら、せめて俺の邪魔ァしねえでくれよ。いや、俺の役に立てよ。てめえなら出来ンだろ」

「俺は」

「人殺しってな、もういいって。あのな、この江戸には官軍に徹底抗戦してえって莫迦が溢れてンだ。城の中は抑えられるが、外の連中はどうにも出来ねえ。てめえ、そいつ等《ら》連れて、どっか行け」

勝は犬を追い遣るような仕種をした。

「何だよそれは」

「ああ、もう、勝ちてえ負けねえ死にてえ殺してえって、そんな莫迦ばかりだよ。あのな、官軍は、もうすぐ千代田の城に総攻撃仕掛ける気だぜ。そうなりゃ、この江戸は戦場になる。兵隊も町人も沢山死ぬ。八百八町焼くなあ、俺ァ厭《や》だぜ」

戦争《いくさ》ァ駄目だよと勝は言う。

「どうすんだ」

「簡単だよ」

「そうは思えねえがな。勝ち目ァねえぞ」

「いいや簡単だろ。負けりゃいいんだ戦う前に。敵にお城を呉れてやる。西郷《さいごう》にもそう言ったよ」

　歳三は少し呆れた。

　いつぞや、山崎が言っていた。勝は阿呆だと。

「あんたこそ阿呆だぞ。そんなこと、納得すんのかよあんたの上様は」

　俺の、じゃねえよと勝は言う。

「あの上様ァとことん戦に不向きなんだって。武門の頭領なんかにゃあ向かねえ性質よ。死にたくなきゃ寺にでも籠ってろと進言奉ったな、俺だよ。徳川家遺すためなんだから、呑むよ。説得すんのが俺の役目だ。俺はいつもそういう、損な役回りなんだよ。ただな、どんだけ降参したって莫迦が刃向かえば、おじゃんじゃねえか」

　そういうことか。

「どうだい。連中と合流して江戸を出てってくんねえか。新選組副長なら——通りもいいだろ」

「甲府の時と同じじゃねえか」

「違うよ。ありゃ花道付けたつもりだったんだ。でも、てめえは死に場所なんか求めてねえんだろ。それはもう聞いたからな。てめえは生きるんだろ。生きて」

人殺しがしてえんだろ。

「もう止《と》めねえよ。三回言って聞かねえ奴ァ何回言っても聞かねえだろう。こう見えて俺は江戸ッ子だから気が短《みじけ》えんだ」

別に赦す訳じゃねえぞと勝は言う。

「止《や》めろたァ言わねえ。でも、俺は人殺しだけは認めねえよ。役目柄じゃねえぞ。俺は人として、そんなもんを許すことは出来ねえンだよ。だから、知った以上は俺の目の届く処でてめえに人殺しはさせねえぞ。後は、てめえで活路を開けよ。そういうことだよ」

「活路――か」

「あのな、戦って勝てとか、そういうこと言ってるんじゃねえぞ。こっそり遣れとも言ってねえ。隠れて殺したって必ず見付けて捕まえてやるぜ。そういうこっちゃねえんだよ。いいか土方。藩だの幕府だの動かしてまで人殺ししたんだろ、てめえは。なら、また一からやれ。俺の目の届かねえような処で、俺が口出せねえような仕組みでも作れ。一度やったんだから二度目も出来ンだろうが」

勝はそう言って片頬を攣《つ》らせた。

「まあ、一度目よりは難しいだろうがな。お前《めえ》さんが新政府を動かすこたァ、天地が引っ繰り返《けえ》っても無理だな。しかも人殺しのお墨付きなんて気の触《ふ》れたもんは、金輪《こんりん》際《ざい》貰えねえだろうな。でも、まあ遣りようがねえとも限らねえぞ」

「あんた、自分で何を言ってるか解ってるのか」

「未《ま》だ耄碌《もうろく》しちゃいねえから、それぐれぇは解ってるよ。ろくでもねえ話してんだ俺は。そう——例えばだな、そうよ、お前達が乗って来た富士山丸な。ありゃ今の海軍副総督の、榎本《えのもと》釜次《かまじ》郎《ろう》って阿呆が出港させたんだ」

「また阿呆か」

「阿呆は阿呆だよ。他に言い様《よう》がねえだろう。そいつはな、今は武揚《たけあき》とか名乗ってるんだっけな。名前なんかどうでもいいんだが、俺の海軍伝習所の後輩でな、舎密《せいみ》好きの変わった野郎だったが、その釜次郎が、頑《がん》として俺の言うことを聞かねえ。最後の一兵まで戦うとか吐《ぬ》かす。無理だと言うと、なら蝦夷地《えぞち》にでも渡って新しい国造るとよ。イカレてるぜ」

「国を造る——だと」

阿呆だろう、と勝は言った。

「枠に嵌《は》まれねえ奴はよ、まあ普通は排除される。そうでなきゃ枠の方を変えようとする。枠を壊そうとする。でもな、変えるでも壊すでもなく、他に新しく枠作ろうなんてな、こりゃあ無上の阿呆じゃあねえか」

　そうは思わねえかと勝は言う。

「榎本はな、好戦派は好戦派なんだが、それがこれから出来ようとしてる枠には嵌まらねえ在り方だという、予測もしてるんだろうな。賢いんだか莫迦なんだか判らねえよ。お前もそうだが」

　変な野郎が多くて愉快だよと勝は言った。

「愉快がられても困るぜ。俺は道化じゃねえぞ」

「そうでもねえぞ。学がねえ奴はこれだから困るよ。道化ってな、道を外れるとも書くんだよ。引っ繰り返しゃ外道じゃねえか。人の道外してんだろてめえは。そんなもんは笑われようが蔑《さげす》まれようが文句言える立場じゃあねえだろう。まあ、新政府が出来ても、その様子じゃあお前さんはただの罪人だ。死罪だな。でも新しい国造りに関わりゃ、また違うのかもしれねえ。仕組みを作り直しゃ何とでもなる。そういう話を為《し》てるんだ。ま、どんな国が出来たって、人殺しが大罪であることだけは変わりゃしねえだろがな」

どうだ、と勝は言う。

「どうって」

「だからよ。そういう莫迦や阿呆を江戸から引き離してくれてえ話だよ」

「何だと」

「泣こうが喚《わめ》こうがこの国は変わンだよ。どうせ変わるなら巧く変えてえじゃねえかよ。薩摩でも長州でも徳川でも、俺は何でもいいんだよ、巧くやれンならな。人でなしの人殺しでも、役に立つならそれでいいじゃねえか」

「俺は役になんか立たねえよ」

「土方よ」

勝は一瞬だけ酷《ひど》く怖い貌《かお》をした。

「人殺しの生きる場所はここいら辺りにゃねえんだよ」

止《や》められねえならどっか行けよと勝は言った。

「道筋付けんなら、遠くだ遠く。お前さんが未《ま》だ生きて、未《ま》だ人を殺してえというンなら、活路はこの江戸にゃ見出せねえぜ。だからどっか行け。どっか行く序《つい》でに、その辺の莫迦や阿呆も一緒に連れてってくれと、こういうお願いをしてるんだ俺は」

「あんたに使われンな御免だよ」

「使うんじゃねえよ。お願いをしてるんじゃねえか。どうだい土方よ。いや——今は内藤隼人の方がいいのかい」

「いいや」

俺はこれからもずっと。

「土方歳三だ——」

歳三はそう言った。

10

赤黒い血が滲んだ包帯が目に浮かんだ。

鮮血ではなく、既に凝固して澱《おり》のように粘っている。

――山崎《やまざき》か。

富士《ふじ》山丸《さんまる》の船上で死んだ山崎烝《すすむ》の腹だ。

それが突然思い起こされたのだ。

元より目鼻立ちの薄い男であったから、表情などは覚えていないが、皮膚の様などは能《よ》く覚えている。血の気が抜けて青黒くなっていたし、弾力も何もなくなっていて土人形のようだったから、歳三《としぞう》はああ死ぬな、と思ったのだ。

おもろかった――。

山崎はその時そう言った。

でも、この先も、おもろいことはある――。

勿体《もったい》ないわ。ほんまに勿体ないことでっせ――。

横にいた誰かが喋るなと言った。どうせ死ぬのだから語らせてやればいいと歳三は思った。だが、歳三はただ黙して山崎を見下ろした。

死ぬ時はあんたに斬られる時と思とりましたで、土方《ひじかた》はん――。

あんた、人殺しやからなあ。でもその方がなんぼかええわ――。

ああ、そらええで――。

一太刀であの世逝きやろ――。

あんた強いからな。

鬼やもんな。

こんな、流れ弾に中《あ》たるて、ほんまにカスや。痛《いと》うて苦しゅうて中中《なかなか》死なん。鉄砲ゆうのは下衆《げす》なもんでっせ。こら腕の悪い介錯人や。無駄に息があるさかい、往生際も悪ぅなりますわ。鉄砲は人殺しの道具やのうて、苦しめるための道具でっせ。痛くて敵《かな》わんわ――。

死ぬくせに。

能く喋る。

でも――。

死にとうないわ――。

そこで山崎は死んだ。

その時歳三は、言葉に合わせて無様に動く山崎の腹を観ていたのだ。

その、腹の血を。

「な、何をされるんです」

島田《しまだ》魁《かい》の声だ。

目の前にいる。だが歳三はこの巨漢を観ず、何箇月も前に死んだ男の腹の血を観ていた。

「何か――その」

「てめえ何と言ったよ」

「何――ですか」

歳三は刀を抜き、島田の右頸《くび》に当てている。

触れてはいないが、一寸も開いていない。

「ここを死に場所にするってえから殺してやろうと思ったんだよ」

ヒッと島田は息を呑む。

「それはこの場所で死にてえということだろうよ」

そう。

抜いて当てたその刹那《せつな》、山崎の腹が浮かんだのである。

「望み叶えてやるよ」

「よ」

止《よ》してくださいと言って島田は飛び退《の》いた。

「じゃあ何だよ。死に場所ってなどういうことだ。おい。武士らしくだとか吐《ぬ》かすんじゃあねえぞ。俺も、てめえも武士なんかじゃねえ。そうじゃねえかよ」

島田は朴訥《ぼくとつ》な男だ。他意はないのだろう。

真面目に、真剣に任務を遂行するという意思表示をしただけだと、それは歳三も理解している。だが、そうなら尚更《なおさら》、そこに生き死にを持ち込むことはない。死ぬ気でやれとか死んだ気でやるとか、そんなことを言う奴こそ死ねと思う。

いや。

殺してやりたくなる。どんな気でいようとも、出来ることは出来るし出来ぬことは出来ない。そんなことは考えれば判ることだ。考えが及ばぬ程に頭が悪いということか、それとも考えるのが死ぬ程苦手なのか。

ならば、武士と呼ばれた連中は皆揃いも揃って能なしということになる。

山南《さんなん》も言っていた。

そんな在り方は古いと。

そういえば、勝海舟《かつかいしゅう》も同じようなことを言っていた。ならば伊東《いとう》もそう考えていたのか。会ったことはないが、坂本《さかもと》とかいう道化者もそうだったのか。

自分が殺した連中と同じような気分になっている己が妙に滑稽《こっけい》に感じられて、歳三からすっと怒気が抜けた。

刀を仕舞う。

「戦ってのは勝ち負けなんだろ。なら死んで勝つ戦なんざ有り得ねぇんだよ。死に場所捜してここに来たような奴は名乗り出ろ。今俺が此処《ここ》で斬り殺す。そんな野郎は何人いたって役に立たねえ。ここはな、死ぬ処なんかじゃねえよ。違うかよ」

違いませんと島田は言った。

「心得違いでした。言い訳はしません。すいませんでした。自分は肝が小さいので大口を叩いて誤魔化《ごまか》しておりました」

「てめえの腰抜けは承知してるよ」

海上では回天《かいてん》が孤立している。

陸上からも攻撃を仕掛けられているようだ。伝習士《でんしゅうし》官隊《かんたい》が敗走し、島田達は追い込まれるようにして弁天台場《べんてんだいば》まで退却し、籠城している。

城ではない。

台場である。

「何人いる」

「新選組ですか」

「執拗《しつけ》えな、てめえも。新選組はもうねえんだよ。てめえ等《ら》が勝手にそう名乗ってるだけじゃねえか」

歳三はそう思っている。

京から逃げ出した時、新選組は終わったのだと思う。

それでも隊士はそこそこ残っていたし、徴募するにしても隊名は要る。だから已《や》むなく名乗っていただけだ。元新選組では恰好が付かぬ。

とはいえ、それも流山《ながれやま》で近藤《こんどう》が投降した時点で終わっているのだ。

歳三は解散せよと言ったのだ。それなのに残った者は思いの外多く、連中は継続して新選組を名乗ったのだった。

――一年ばかり前か。

勝海舟の屋敷を辞した歳三は待ち合わせの場所に向かった。

夜半、伝令役としてやって来たのは。島田他五名――甲陽鎮撫《こうようちんぶ》隊《たい》の生き残り四名と五兵衛《ごへえ》新田《しんでん》で加わった新参一名であった。

勝の言った通り武装包囲は解除されたのだ。

歳三の言い付け通り、即座に二百余名は解散した。

だが――半数は残留を希望したという。残る者はいても十名、多くて二十名程度と踏んでいたから、歳三は驚いた。

すると、百人からが会津《あいづ》に向かったことになる。

残留者がいたなら躊躇《ためら》わずに会津に向かわせろと歳三が言ったのは、血気に逸《はや》った小《こ》人数が官軍と戦闘を開始することを回避するためだったのであって、決して戦を先に繋ぐための配慮ではなかったのだが。

会津には山口二《やまぐちじ》郎《ろう》率いる傷兵二十名程が先乗りしていた。

連中は甲陽鎮撫隊の生き残りである。この二隊が会津で合流し、新選組残党ではなく、新選組と名乗ったのだ。慥《たし》かに百二十名を超える頭数がいて、残党というのも変である。

新選組はそもそももっとずっと少なかったのだから。

図らずも名は残ってしまった。

だが、歳三はその新選組を名乗る一団と行動を共にしていた訳ではない。

島田は急げば本隊と合流出来ると主張したのだが、歳三は拒否した。

手持ちの金が全くないという訳ではなかったし、百名程度なら会津までの路銀も保《も》つやもしれなかった。緊急の資金調達の必要はないものと思われた。でも。

歳三は——。

勝に言われたことを実行しようとしたのである。何故そう思ったのかは解らない。

勝の役に立とうと思った訳ではない。それは違う。ただ、これ以上同じことを繰り返すことが莫迦莫迦《ばかばか》しくなってしまっただけである。

歳三は江戸に潜伏し、恭順に異を唱える旧幕臣達と接触を図った。

その段階で歳三は、自分が新選組だという自覚を全く持っていなかった。

歳三は、ただの歳三だ。

島田達は——違ったようだが。

各々《おのおの》勝手にしろと言ったのだが、六人は歳三に随行する道を選んだ。そしてその連中は、新選組のままだった。

今も——である。

島田の袖には、袖標が縫い付けてある。染め付けられた誠の一文字と山形を目にする度、歳三は気分が悪くなる。芹沢《せりざわ》が作ったあの恥知らずな羽織や、山南が文字を決めたあの旗を思い出すからだ。

誠は——。

人の道ではない。

人外《にんがい》の歳三にとっては——そして、歳三が人外であるために作った新選組にとっては——それで良かったのかもしれない。だがそれが壊れた今となっては、島田のような素朴な男にその人外の印を誇らしげに着けられるのは、どうにも気持ちが悪い。

寄せ集めだろと歳三は言う。

寄せ集め——なのである。

現在、味方の軍の構成要員の母体となるのは旧幕府の歩兵精鋭である伝習隊《でんしゅうたい》である。

伝習隊は旧幕臣中でも最大の抗戦派であった小栗上野介忠順《おぐりこうずけのすけただまさ》の肝煎《きもいり》で作られた一隊で、仏蘭西《ふらんす》人軍事顧問より西洋式訓練を受けた、幕府歩兵の中でも最強の隊とされる。だが、その多くは武士ではなかった。侠客《きょうかく》や火消など、町人を中心とした溢《あぶ》れ者ばかりで構成されている。

訓練されているから統率は取れているが、無頼の徒ではある。

そもそもが寄せ集めなのだ。

この伝習隊の多くは、新政府に帰順することを良しとしなかった。

当然のことであろう。

肝煎である小栗からして、筋金入りの抗戦派なのだ。勝と対立し最後まで開城を拒んだのが小栗であったという。だが、問題はそんなところにはない。伝習隊は武士ではなく、喰うために志願した民兵共なのである。しかも、連中は幕府というよりも徳《とく》川《がわ》家直属の兵隊という色合いが強い。雇い主は徳川家なのだ。

大政奉還《たいせいほうかん》しようが王政復古しようが、徳川家はある。金主は健在である。しかし開城してしまえばそれも怪しくなる。新政府とやらは徳川に対して何らかの処分を下すことだろう。そうなれば——否《いや》、連中は慶喜《よしのぶ》の生死も徳川家の存続もどうでも良かったのだろう。問題は徳川家の受ける処遇次第では——給金が貰《もら》えなくなる、ということだったのだ。

伝習隊は町人なのだ。しかも正業に就くことが出来ぬ喰い詰め町人なのである。くだらない因習に搦《から》められた頭の悪い侍ではない。一方で、坂東のやくざ者を新政府が雇ってくれる筈《はず》がないことは、明白であった。

そんな連中が、勧進相撲の最中に勧進元がいなくなってしまうような間の抜けた事態を黙って見過ごす訳がない。しかし、連中が反旗を翻《ひるがえ》せば千を軽く超す反乱軍となる。そんなものが江戸城の周りにいたのでは、慥《たし》かに何もかも台なしとなるだろう。

江戸市中で戦が起きる。勝の思惑は潰《つい》える。

それを察した歳三は、隠密裏に元歩兵奉行大鳥圭介《おおとりけいすけ》に繋ぎを取った。

大鳥は伝習隊創設にかかわる人物であり、町人を登用することを進言した男でもある。

　その時大鳥は苦悶していた。

大鳥の場合は恭順か交戦か悩んでいたのではない。

大鳥自体は開城には反対で、寧《むし》ろ積極的な抗戦派であった。

小栗の立案した策——箱根《はこね》以東で官軍を殲滅《せんめつ》する策——を講じていれば、絶対に勝てたと信じてもいた。そして、未《ま》だ勝機はあると確信してもいた。

その時の大鳥の苦悶は、伝習隊が自分には御し切れないというところにあった。

大鳥という男は、賢い。医者の息子であった大鳥は、緒方洪庵《おがたこうあん》に蘭学を学び中濱万《なかはままん》次郎《じろう》に英吉利《えげれす》語を学び、己の力で幕臣となって歩兵奉行にまで昇り詰めたという人物である。

近藤が武力を以て旗本となったように、大島は知力を以て奉行になったのである。

だが。

大島は賢かったが、狡《ずる》さに欠けていた。清河八郎《きよかわはちろう》のようなはったりもない。理こそが凡《すべ》てに優ると大島は思っているようだった。そして理は常に一つだと考えてもいたのだ。町人には町人の理があるのだということに、考えが及んでいない。世に物差しは幾つでもある。

その時期。勝や大久保《おおくぼ》一翁《いちおう》の働き掛けもあって小栗の策は不採用となり、小栗自身も罷《ひ》免《めん》されていた。一部の伝習隊士は二月の段階で既に脱走しており、官軍江戸総攻撃の流言が飛び交う中で、残る者ももう抑えられぬと大島は苦悶していたのだ。

戦うのは良い。

しかし統率が取れなければ負ける。

大島圭介の苦悶は正にそこだった。

旧幕府の歩兵隊本隊でさえ、その時点では既に腰砕けだったのだ。伝習隊同様、二つの聯隊《れんたい》が早い時期に江戸を脱走していた。

歳三は大島に、江戸城は早晩明け渡されると告げ、籠城は勿論《もちろん》、江戸市中での戦闘もほぼ不可能だということを教えた。

小栗なき今、旧幕軍の頂点は勝である。

その勝が徹底して恭順の姿勢を示す以上、旧幕軍の多くは忤《さから》わぬだろう。侍であるなら余計に——である。勝のことだから交渉が決裂した暁には自ら江戸を焼き払うくらいのことは考えているだろう。

問題なのは幕府直属の軍ではなく諸藩諸侯であり、そして侍ではない者共——伝習隊である。

歳三は、大鳥に伝習隊を江戸から離すことを進言した。

江戸に残って戦うならば必ず負ける。

それは無駄死にである——と。

御し難い有象無象を纏《まと》めるためには何かさせる以外にない。

移動は有効である。

訓練や待機は労役ではないが、移動は労役なのである。労役には対価が支払われる。況《まし》てそれが戦のための移動であるならば、戦うことを渡世とする者共に文句のあろう筈もない。移動している間の食扶持は保証されているのだ。五年の間有象無象を指揮して来た元新選組副長の言葉は、それなりに信頼性があったようだ。

伝習隊は屯所別に、大手町《おおてまち》、小川町《おがわまち》、三番町《さんばんちょう》の三つの大隊に分かれていた。うち、平岡芋作《ひらおかいもさく》率いる三番町隊は比較的統率が取れており、暴発はしないだろうというのが大鳥の意見であった。

しかし、大手町、小川町は危険だという。

歳三は——。

それは自分が率いると言った。

勝に思いを遂げさせたかった訳では決してない。

江戸を戦場とすることを嫌った訳でもない。

徳川も薩長《さっちょう》も、見切っただけだ。

歳三は、それまで近藤を、そして幕府を利用して己の望むことを為《し》て来ただけである。勝が言っていた通り新政府に取り入るのは無理な相談だろう。近藤も幕府も死に体《たい》となった今、利用出来るものはこいつ等《ら》ぐらいだと——そう考えただけだった。

数日を空けず、勝が予告していた通り千代田《ちよだ》の城は戦わずに開城した。受け取り方は様様なのだろうが、城を明け渡したのであるから事実上の降参ではある。

官軍の総攻撃は中止された。

城が勅使に引き渡されたのは卯月《うづき》十一日。

近藤が投降してから、僅《わず》か八日後のことであった。幕府軍の多くが帰順の体《てい》を示す中、伝習第一大隊と第二大隊は江戸を離れた。

島田達を連れて今戸《いまど》に潜伏していた歳三は開城の報《しら》せを受けるや下総《しもふさ》の鴻之台《こうのだい》に向かった。地の利を考え拠点とするには、その辺りが良いと判断したのである。

伝習隊以外にも江戸を脱走した旧幕臣は少なからずいた。それらの一部は日光《にっこう》へ向かったようだが、一部とは鴻之台で合流した。会津や桑名《くわな》の藩兵も加わり、新政府への恭順を良しとしない者共凡《およ》そ三千名が集結した。

歳三の引いた図面通りであった。

多くの者は、何も考えていない。ただ憤ったり、ただ反発したりしているだけである。理路整然と物ごとを考えて行動している者は、多分一人もいない。

ならば、必ず寄って来る。日光に向かった一団を勘定に入れるならば、江戸に残った抗戦派はかなり減っている筈である。

府内に残った抗戦派を一掃することは不可能なことだろうが、こうなれば残った者はかなりの小《こ》人数となった筈であった。縦《よし》んば官軍に戦いを挑んだとしてもその人数なら大きな戦とはなり得ない——そう歳三は踏んだ。

実際、上野《うえの》で戦いは起きた。

彰義隊《しょうぎたい》が蜂起《ほうき》したのである。

彰義隊は元元幕府が組織した隊ではない。

幕臣が寛永寺《かんえいじ》に蟄居《ちっきょ》していた慶喜《よしのぶ》の雪冤《せつえん》を旨として結成した集団である。初めは自主的に慶喜の警護などをしていたようだが、開城後は江戸府内の治安維持を旧幕府から命じられていたらしい。

勿論、これは勝や大久保による残留抗戦派の封じ込め策だったのだろう。しかし慶喜が水戸《みと》に転封されるや、連中は我慢の限界を迎えたのである。

彰義隊は慶喜の去った寛永寺に乗り込むと、慶喜の助命嘆願のため東下していた輪《りん》王寺宮《のうじのみや》親王を擁立した。

噂はあっと言う間に広がり、ぞろぞろと江戸中から溢《あぶ》れ者が集まって来た。最初は少なかった彰義隊が最後には四千人近くに膨れ上がったというのだが——その多くは町人や浪士であったようである。

原田左之助《はらださのすけ》も参加したという。

原田は甲府《こうふ》攻めの後、永倉新八《ながくらしんぱち》と共に近藤から離反し、程なく靖兵隊《せいへいたい》を立ち上げたと聞いていたのだが、一月程で離脱していたようだった。

原田がどのような心持ちで彰義隊に加わったものか、歳三には判らない。近藤が首を落とされたことも歳三が大軍を率いて戦っていることも原田は知っていたのだろうから、何か思うところがあったのだろうか。

大騒ぎではあったのだが、戦場が上野山から他に移ることはなく、戦闘自体もたったの一日で終わったという。四千の彰義隊を囲んだ薩摩《さつま》、長州《ちょうしゅう》、佐賀《さが》の藩兵は凡《およ》そ一万。寄り集まっただけの烏合《うごう》の衆《しゅう》は、新式の銃に新式の大砲を備えた軍隊の前には手も足も出なかったようである。

――いや。

数の問題ではないのだ。そして兵隊の質の問題でもない。武器の問題でもない。

彰義隊には頭がない。上に載る役目の者がいないのである。

敵は違った。

聞く限り、敵の将は知略を以て上野を制したようである。

武士道だの、忠義だの、大義名分だの、そんなものは何の役にも立たない。

一人一人の怒りや苛《いら》立ちも、統率力を弱め判断力を鈍らせるだけである。

考える者は考え動く者は動く。それだけが肝要なのだ。

原田も死んだという。

鉄砲で腹を撃たれたようだ。

鉄物《かなもの》の味を知っていた原田自慢の腹は、今度は鉛弾《なまりだま》で破られたのだ。

死に損ね左之助は、そしてやっと死んだ。

一方、原田が抜けた後の靖兵隊は、善戦し乍《なが》ら北上、岩井宿、室宿と新政府軍を降《くだ》し、鹿沼《かぬま》で伝習隊を母体とする旧幕府軍に合流した。

上野で敗残した彰義隊の生き残りも江戸を抜け出し、最終的には合流した。

他にも、草風隊《そうふうたい》や回天隊《かいてんたい》など幕臣による団体が合流、それらは皆伝習隊に組み入れられたのだが、武士と町人を一緒にする訳にも行かず、後に伝習士官隊として分離することになる。

正に離合集散——筋金入りの寄せ集めであった。

現在味方の軍を構成しているのは、伝習隊、伝習士官隊の他、旧幕臣としては、遊《ゆう》撃隊《げきたい》と仏蘭西《ふらんす》式調練を受けた衝鋒隊《しょうほうたい》、会津藩士による会津遊撃隊、仙台《せんだい》藩の洋式鉄砲隊である額兵隊《がくへいたい》、同じく仙台藩士による見国隊《けんこくたい》、南部《なんぶ》盛岡《もりおか》藩士有志による杜《と》陵隊《りょうたい》に越後《えちご》高田《たかだ》藩士有志による神木隊《しんぼくたい》、元郡《ぐ》上《じょう》藩士による凌霜隊《りょうそうたい》、他に元浦賀《うらが》奉行所役人一同等等。そこに彰義隊や靖兵隊、貫義《かんぎ》隊《たい》の生き残りも混じっていた。

混成の極みであり、実のところ歳三も把握し切れていない。

蝦夷に渡ってから参加した者もいるのだ。
総体としては大人数ではあるのだが、それぞれはこの期に及んで閥《ばつ》ごとに固まっており、命令系統だけは整理したものの凡《およ》そ統率の取れるものではない。その所為《せい》で全体として効率良く機能させられない。

志《こころざし》だの思惑だのは、それぞれである。一人一人違うのは仕方がないとしても、集団ごととなると扱い難《にく》いことこの上ない。志など微塵《みじん》も感じられない町人ばかりの伝習隊からして離反分裂を繰り返しているのだ。

どの閥にも入れない者は、新選組に加入すると言った。

そんな組はない。

伝習隊からもかなりの人数が新選組に転属を願い出ている。

転属するも何も、存在しないのだから移しようがない。そもそも閥ごとに組分けしている訳ではないのだ。

要するに何処《どこ》からも誰からも弾かれた連中が新選組なのだろう。何処にも所属しない逸《はぐ》れ者どもには呼称がない。呼びようがないからそう呼ばれ、そう括られているだけなのだ。

「新選組なんざねえんだよ」

歳三は何度も繰り返しそう言っている。

「そんなこと言わんでください」

島田は袖の票を示した。

「誠の文字は――」

止《や》めろと歳三は言う。

「いい加減に目を覚ませよ島田。近藤は板橋《いたばし》で首を刎《は》ねられた。沖田《おきた》も植木屋の小屋で野垂れ死んだ。山崎も死んだじゃねえか。原田も上野山でくたばったんだ。後は離脱した。永倉だってどうなってるか知れねえし、山口は会津に残ったんだよ。てめえ一人なんだよ島田。後は――全部死んだんだ。殺したんだよ俺が」

「いや――」

土方さんに従う者は皆新選組ですよと島田は暑苦しい顔で言う。

「今、再度入札があったなら、陸軍奉行は土方さんです。いいや、総督は無理でも、副総督くらいには」

寝言語るなと言った。

「無理だよ」

「しかし」

「しかしも糞もねえ。俺が陸軍奉行並ということ自体が、この仕組みの中じゃ異常なんだよ。てめえも知ってるだろう。俺は武士じゃねえ」

武士でしょうと島田は言う。

「誰よりも立派な武士です」

「巫山戯《ふざけ》るな。俺は」

人殺しだ。

武士なんかになりたいと思ったことはただの一度もないし、武士を気取っている訳でもない。

歳三は振られた役目を果たしているだけだ。

侍などというものは、古臭い、既に失効した、いいや、邪魔で無駄な枠組みでしかない。武士や侍に擬《なぞら》えられる凡百《あらゆる》ものは、糞だ。

武士は、莫迦だ。

武士道は莫迦の道だ。

人が歩む道の中で一番くだらない道だ。今は、本当にそう思う。

貴賤、尊卑、優劣、善悪、それはそれぞれ全く関係のない尺度である。

武士は、武士だから偉いと、この期《ご》に及んで未《ま》だ思っている。武士だから尊く、優れていると信じている。壊れたのは幕府ではなく武士という枠組みなのだということに、武士だった連中は全く気付いていない。気付く気配もない。

だから。

考えることも出来ぬくせに、上に載りたがる。しかし上に載っても上の役目が果たせない。頭が悪い。下に就けば就いたで不平を言うし、働かない。刀を魂だと吐《ぬ》かすなら、刀の使い方ぐらい知っておけと思う。

結局役に立たない。

何の役にも立たない。

武士というのは元元戦う階級だったのだろう。武家というのは戦うために整えられた階層であり、与えられる役職も戦うために振り分けられたものなのだ。

ならば戦っていればいい。

死にたければ勝手に死ねばいい。

それが——。

実際に戦っているのは、百姓町人である。死ぬのも百姓町人だ。

身分が下だから——だろう。

位などというものは決められた枠の中だけで有効なもので、枠を外れてしまえば意味を成さないものである。将軍は武門の頭領かもしれないが、武門にない者にとっては頭領でも何でもないだろう。武士は百姓町人の上に載っているものだという暗黙の諒解があって、初めて偉いということになるだけだ。

それが判らないのだ。

てめえが死ねと歳三は思う。上に載るなら載っただけの役目を果たせと思う。

敵方には、未《ま》だ武士という枠が生きている。藩という枠が有効だからだ。武士だけで構成された集団ならば、古臭くて腐ったくだらない武士道とやらも通用するのだろう。いずれ遠からず破綻するとしても、今は未《ま》だ通用しているのだ。

味方はどうだ。寄せ集めに義だの忠だのいうお題目は通用しない。ただ死ね、武士のために死ねと、それしか言わぬのだ。

莫迦な——武士共は。

上に載るなら。

下を殺さぬ術《すべ》を考えるべきだ。

戦いに勝つ策を立てるべきだ。

それが役目である。

死んだ武田《たけだ》が言っていた。戦略とは、戦を略すという意味だそうである。ならば無駄に死ねというのはただの無策だし、死を前提にした戦いなど愚の骨頂だ。それをして武士だというのなら、武士道などというものは無能愚劣な道でしかない。

歳三は上に載った。

だからそれなりのことをしただけである。

それなり、としか言いようがない。

上ではあるが天辺《てっぺん》ではない。

江戸を出て鴻之台に集結した旧幕府軍は、大手町の伝習第一大隊、小川町の第二大隊、そして旧幕軍歩兵第七聯隊、その他凡《およ》そ二千名強となった。

評議の結果、大鳥圭介が全軍の総督に選出された。

歳三が強く推したのだ。いや、大鳥を担いだ——押し付けたというのが正しいか。

二千の兵は三つに分けた。

個個の兵士の技能を吟味し再編するような余裕はなかった。

大鳥が率いて来た伝習第二大隊五百余名を中軍、歩兵第七聯隊その他五百余名を後軍、そして一番御し難《にく》いと思われる伝習第一大隊と、それ以外の有象無象——桑名藩兵や旧幕府砲兵隊その他の野合——凡《およ》そ千名を前軍、つまり先鋒とした。

大鳥には中軍と後軍を任せ、野合の先鋒は歳三が受け持つこととなった。だが、歳三が上に立つことは許されなかった。

新選組だったからだ。

第七聯隊歩兵差図役並であった秋月登之《あきづきのぼりの》助《すけ》が前軍総督に抜擢された。

会津藩士だったからである。

歳三は、前軍参謀となった。

島田他、元新選組の六名は不承知を強く訴えたが、歳三は寧《むし》ろその立場を良しとした。

歳三はそれまでも近藤という看板を挙げてやって来たのである。構成員に武士が交じっているのなら、武士を上に載せておく方がやり易いのだ。その場合、看板は役立たずでも良い。

歳三が動かし易いぼんくらの方が寧ろ良い。

ただ、秋月はぼんくらだったが些《いささ》かぼんくらに過ぎた。

結局秋月は、戦の途中でいなくなってしまったのである。脱走したのではなく、逸《はぐ》れてしまったのだと思う。

江戸城明け渡しの翌日、秋月率いる前軍は鴻之台を出陣、宇都宮《うつのみや》を目指した。

途中、下妻《しもつま》藩と下館《しもだて》藩を降した。戦闘はなかった。

いずれも極めて小さな藩であるから恭順せぬ訳には行くまいと踏んだのだが、その通りになった。下妻は兵を十人ばかり、下館は金と兵糧を供出した。両藩共に逆賊の汚名を着るのは厭《いや》だったのだろうが、下妻藩に至っては城すら持たぬ小藩であるから忤《さから》うことなど不可能である。

前軍は蓼沼《たてぬま》に陣を張り、宇都宮城を攻めた。千人を一人で率いるというのは無理がある。桑名藩兵を中心とした一団を先兵とし、伝習第一大隊を本隊、それ以外の一団を援護とし、歳三は先鋒を任された。

その時に思い知った。

桑名の藩兵は、歳三の命令を聞かなかったのだ。

連中は桑名藩の藩士——武士である。歳三が百姓上りの元新選組副長だということは能《よ》く知っている。桑名藩主松平定敬《まつだいらさだあき》は会津藩主松平容保《かたもり》の実弟であり、前《さき》の京都所司代である。謂《い》わば主筋《しゅうすじ》であり、野良犬の新選組如きに指し図される謂われはないと考えていたのだろう。

歳三は見下《みくだ》されていた。

下臈《げろう》の言葉は信じないのだ。聞く耳を持たないのである。

桑名には桑名の遣り方があると連中は主張した。

ではどんな遣り方なのかと問うても答えられる者はいなかったのだが。

桑名の兵隊達にしてみれば伝習隊の先鋒で前線に立つなどということは、以ての外だったのだろう。徳川《とくせん》直属といっても伝習隊は新参であり、しかも町人の寄せ集めである。その先兵になることに我慢がならなかったようだ。歳三には理解出来ないが連中にとってそれは屈辱であったようだ。

桑名藩士以外にも、先鋒隊には水海道《みつかいどう》で合流した回天隊が加わっていた。

回天隊は本来は八十人程いたようだが分裂し、合流したのは四十七八人であったと思う。この回天隊の連中は、隊長の相馬《そうま》左《さ》金吾《きんご》を筆頭に矢鱈《やたら》と鼻息が荒かった。志気が上がっているといえば聞こえは好いが、要は何も考えていないのだ。義は我等《ら》に有り、こんな城は自分達だけで落とせると豪語し、兎《と》に角《かく》突っ込もうとする。策も略も何もない。

これも、歳三の指し図に耳を貸すような素振りはなかった。

侍は、莫迦だ。連中を支えているのは忠義などではない。ただの自尊とくだらぬ意地だ。何ごとも上には諂《へつら》い下を蔑《さげす》めば済むという極めて幼稚で暗愚な仕組みから、いつまで経っても一歩も出られない、莫迦なのだ。

歳三は、城攻めなどしたことがなかったが、それでも理屈はすぐに呑み込んだ。

宇都宮城は落とせる。

四方を堀で囲んだ一見堅固な平城《ひらじろ》に思えたが、東南の堀は浅く、しかも水が引かれていない。搦手《からめて》から攻め入れば敵は大手門から出るよりなくなる。そこを人数の多い本隊で叩き、逃走経路に後援隊を配置しておけば、難なく勝てる。

但し、戦が長引けばこちらが不利になることは明らかであった。立て籠られているうちに江戸からの追討軍が到着してしまえば、負けだ。籠城を防ぐには先《ま》ずは乗り込むしかなく、それは先鋒の役割だったのである。

敵は弱い。押せば引く。城内に乗り込めば遁《に》げるだろうし、追い出せれば確実に勝てる。その理屈が伝わらない。桑名藩兵は一向に士気を上げず、回天隊は出て来て堂堂と勝負しろなどと怒鳴る。誘《おび》き出しても意味はないのである。

それでも堀を越えて城際まで押した。

もう一押しで城内に斬り込めるというその時――。

勢い良く立ち上がり莫迦莫迦しく勝ち名乗りを上げた回天隊隊長相馬が、額を撃ち抜かれて死んだ。

回天隊の足は止《と》まり、桑名藩兵は引いた。

進め進めとどれだけ歳三が言っても、兵は動かなかった。

先鋒隊が斬り込めなければ本隊が動く。そうなれば籠城される。

歳三は――。

逃げ出そうとした桑名の兵隊を一人、斬り殺した。

そして遁《に》げる者は全員俺が斬ると怒鳴った。

鬼に――見えたそうだ。

鬼である。

人死にが出なければ戻ることも進むこともしない。出来ない。理屈では動かない。

連中を動かすのは知性ではなく、死への恐怖だけだ。

死ぬの殺すのと、二言目には囂《かまびす》しく口にするくせに。

死にたくないなら死にたくないと言えばいいものを。

侍は、武士は、本当に莫迦である。

本当のヒトごろしには。

感情などない。

先鋒隊が少し押しただけで敵は総崩れとなり、城は落ちた。

宇都宮城は陥落した。

陥落を見届けた段階で歳三は先鋒隊全軍を引かせた。

引けと言っても今度は引かず、仕方がないので歳三は率先して城を出た。

反対に秋月が悠然と入城した。

実質、宇都宮城攻略の図面を引いたのも指揮をしたのも歳三だ。

だが表向きは違う。歳三は更にその上に大鳥圭介という看板を掲げていたのだ。そうでなくては全軍は従うまい。

二の丸は燃えていた。

城を出る際に敵将が放火を命じたのだ。

城下も炎上していた。そちらは歳三が火を付けさせたのである。外から来る敵の足止《ど》めのためであった。

歳三は、直《す》ぐに城を棄《す》てて、大鳥率いる本隊が到着する前に出立すべきだと秋月に提言した。

大鳥が率いている中軍と後軍は小山《おやま》宿で敵と交戦し、これを打ち破った後、宇都宮城に向け進軍している筈——であった。

秋月は敵将を討ち取っていない。官軍は至るところにいる。宇都宮城陥落の報を受ければ続続と集結してくるに違いない。必ず搗《か》ち合う。

城が欲しかった訳ではないのである。敵の拠点となり得る処を破壊するのが主たる目的なのだ。城下に火を放ったのには、使えなくするという意味もあったのだ。また、城下の寺に軟禁されていた元老中の板倉勝静《いたくらかつきよ》の救出も済んでいる。島田達が解放したのである。

もう、宇都宮に用はない。

そもそも宇都宮城に官軍が入っていたのは、脱走した旧幕府軍に対処するためではないのだ。

その頃、下野《しもつけ》周辺では暴徒と化した農民三万が、世直しと称する打ち壊しを続けていたのである。世直しの暴徒は城にまで押し掛けた。城の蔵を狙ったのであろう。官軍はその沈静化に出動し、そのために城に入っていただけだ。

他の旧幕軍も、徳川の廟がある日光を目指していた。

戦うのは日光というのは、暗黙の諒解となっていたのだ。

ならば——。

さっさと去るが得策だ。

しかし秋月は去らず、焼け残った三の丸に陣を張った。歳三はいつでも出立出来るように城の外に宿陣することを主張したが、従う者は少なかった。

城下は未《ま》だ、燃えていたのだ。

歳三は、紅蓮《ぐれん》の炎に包まれた宇都宮城下の情景に、芹沢鴨《かも》が燎《や》いた本庄《ほんじょう》宿を、そして日野《ひの》宿の大火を重ね合わせていた。

火焔は、いつも同じだった。

火は凡《すべ》てを滅ぼす。人の想い等無関係に、焼き尽くす。

歳三は火事に乗じて初めて人を殺し、篝火の炎に人殺しとしての道を誓った。決して炎がそうさせた訳ではない。ただ、歳三がそのヒトを超えた在りように何かを見出したことは、間違いないようにも思う。

しかし。

宇都宮を焼く炎に、歳三は何も見出すことが出来なかった。

瞑空に噴き上がる火の粉も、碧空に噴き上がる血飛沫《ちしぶき》に重なることはなかった。

夜が明ける頃には火も消えた。

燃えるものがなくなったのだ。

秋月は城が欲しかったのだろうと思う。侍だからだ。しかし、宇都宮城は城としては既に機能していない。一向に言うことを聞かぬ有象無象でも簡単に攻め落とせたのだ。本丸もなくなってしまった以上、ただの建物でしかない。

護《まも》るのは難しいし、また護る意味もない。

寧《むし》ろ徹底的に破壊した方がいい。

しかしその案は却下された。

やがて本隊が到着し、大鳥も入城した。鹿沼方面に進行中、上った火の手を見て宇都宮城攻略を知り、援軍に駆け付けたということだった。

幸いにも行軍中に敵と接触することはなかったようである。

でも——どうしても城には入りたいようだった。

武士だからだろう。

休息を取るならもっと目立たず遁《に》げ易い場所を選ぶべきだし、陣を張るならもっと攻め易く見通しの良い場所を選ぶべきである。本丸も二の丸もなく堀も涸れた平城に固執する意味は少しもない。

ここにいるから狙ってくれと言うようなものである。

やがて各々《おのおの》に日光を目指していた者共が宇都宮城に集結し始めた。

郡上《ぐじょう》藩の反新政府軍凌霜隊、古屋《ふるや》佐久左衛門《さくざえもん》率いる衝鋒隊、そして靖兵隊——永倉新八のいる隊も合流した。

歳三はその時、永倉と言葉を交している。

歳三の姿を見咎《みとが》めた永倉は、隊列を離れて歳三の前まで来ると、

近藤さんを見殺しにしたか——。

ただそう言った。

見殺しにしたよ——。

そう答えた。

それだけである。

その時永倉が何を言いたかったのか、その後に何か言葉を続けたかったのか、歳三には計れない。歳三を責めたかったのかもしれぬ。

しかし先に離反したのは永倉なのである。つまらぬところで公明正大な男であるから、そうであったとしても一方的に歳三を責めることは出来なかったのだろう。

歳三は遣る気を失った。

永倉は——。

近藤の仇を討つ気だ。歳三は咄嗟《とっさ》にそう感じた。途端に歳三の気は萎《な》えた。

くだらない。仇討ちは、一番くだらない武家の作法だ。復讐はつまらない。どんな理屈を付けても人殺しは人殺しだ。

ただ殺したいから殺す歳三に、そんな小理屈は要らぬ。

感情は目的遂行の確度を下げる意味しか持たない。

怒気や感傷は如何《いか》なる時も、何をするにも邪魔になるだけだ。

何が城だ。何が仇討ちだ。

旗だの隊服だの紋章だの、そんなものも何の足しにもならない。錦章も葵紋もただの模様だ。

しかも野暮ったい。

歳三の好みではない。そもそも揃いの陣羽織を着たり、軍旗を持ったりすることの意味も、歳三には判らない。

敵味方の区別をする以外、何の役にも立たない。

区別するだけならそんな大仰なものは要らないだろう。

加えてそんなものを魂だ誇りだと言う莫迦は、要らないと思う。

刀は武士の魂であるなどと真顔で宣《のたま》う奴は、本気で殺したくなる。

刀は人を殺す武器だ。ただ、それだけのものだ。そのうちに鉄砲やら大砲も魂だ命だと言い出すのだろうか。ろくに撃てもしないくせに——である。

莫迦共は軍議をし、新政府軍が入城したらしい壬生《みぶ》城を攻めることを決した。

何の準備もなく。

歳三は不参加を決めた。そもそも大鳥からして城を出ないというのだから、話にならぬ。連携の取れぬ有象無象が好き勝手に攻めても勝てる筈がない。勝ち続きで気が緩んでいたとしか思えない。

案の定、大敗した。

安塚《やすづか》の陣を攻めた段階では勢いで押していたものの——雨が降った途端に押し返された。

絶対に勝つ、勝てるという思い込みが、敗走の原因だ。

将の驕《おご》りは隙を生む。そして兵には大きな負担をかける。

本気で勝つつもりなら。

勝機がなければ戦わぬ。勝機が失せれば引く。当たり前のことだ。

城攻めの時、歳三が味方を斬ってまで進軍を強要したのは、進まなければ負けていたからだ。闇雲に進ませた訳ではない。

そこが、どうしても解らないのだろう。否、解りたくないのか。

武士だから。

大負けに負けて、多くが宇都宮城に逃げ込んだ。

これも、愚かだと思う。

宇都宮城は、城の体《てい》を成していないのだ。あれ程までに攻め易く護り難《にく》い陣地はなかろう。そんな場所に集結してどうなるというのか。

散るのが筋ではないのか。城が本陣だと言い張るのなら即座に本陣を移すべきだ。

それなのに、敗残兵は続続と城に集結した。

永倉は戻らなかった。

多少なりとも知恵があるのだ。

後から聞いた話だと、援軍として壬生城に入った東山道軍総督府《とうさんどうぐんそうとくふ》の救援隊二百五十の指揮官の中には、近藤の投降を促した有馬《ありま》藤太《とうた》がいたという。永倉が有馬と近藤との関わりを知っていたとは思えないが、つまらぬ因縁というのは何処までも付き纏うものである。

歳三はその後の永倉の消息を知らない。

死んでいないという風の噂は届くが、証は何もない。

結局、城は敵に攻め落とされ、大鳥以下は城を棄てた。五日も保《も》たなかったことになる。脱出の際、備蓄されていた兵糧と軍資金を持ち出したようだが、それではもう百姓の暴徒と変わりがないと歳三は思う。焼き払った城下の者に呉れてやるというなら解るが、敗走の際の持ち逃げはただの泥棒である。

勝ち戦ではないのだ。

愚かな戦いで何人もが死んだ。

しかし戦いを命じている者は己が人殺しだと思っていない。大鳥も秋月も、官軍の将どもも同様だ。官軍も百名以上が死んでいる筈である。

味方を殺したのは敵だと、互いにそう思っている。

それは違う。

兵が死ぬのは将が莫迦だからだ。

味方を殺しているのは敵ではなく、戦を命じる者だ。

人殺しのくせに人殺しという自覚を持たないのが、武士なのである。

武士など要らぬ。

城下で野営していた歳三も已むなく戦ったが、勝ち目がないことは最初から目に見えていた。

その時歳三と行動を共にしていたのは、島田以下新選組残党六名と、何処からも弾かれた半端者数十名だけであった。

折からの豪雨で視界は遮《さえぎ》られていた。のみならず雨は音も、匂いも消してしまう。

動くのは危険だ。

そう判断した歳三は、総員に竹籔《たけやぶ》に身を隠すよう命じた。

こちらから何も見えないということは、向こうからも見えないということである。

生き延びるには隠れるよりない。竹林の中の惨状は酸鼻を極める様相を呈していた。

複数の死骸が転がっていた。敵は既に城外の者を平らげ、城攻めに集中しているらしかった。

だが。

通り掛かった敵の鉄砲隊が、目標も定めずに発砲した。闇雲に撃つだけであったから身を低くしていれば中《あ》たる筈もなかったのだが——。

一発が硬い竹に弾かれ。

歳三目掛けて、飛んだ。

人の動きは読めるが跳ね弾の動きまでは読めぬ。それは背後から飛んで来たのだ。

全く人気《ひとけ》のない方向から飛んで来た弾丸を、歳三はそれでも防いだのである。

鉄砲隊の気配を察した歳三は、念のため抜刀していたのである。

弾は歳三の刀に中《あ》たって更に弾かれたが、右足の甲に着弾した。

声を出せば敵が来る。

　息を潜めて、遣り過ごした。

　その時歳三が佩刀《はいとう》していたのは選《よ》りに選って二代和泉守《いずみのかみ》であった。

　之《の》定《さだ》は、折れた。

　二度弾かれて威力を失った弾丸は足の甲を貫く程の威力を持ってはいなかったのだが、骨は砕けた。一年経った今でも瑕《きず》は完治していない。

　歳三は島田達の手で搬送され、味方が陣を張った今市《いまいち》まで下《さが》った。瑕は思いの外深く、戦線離脱は已むを得なかった。

　負傷した歳三は会津に送られることになった。護衛は島田以下六名に加え、何故か秋月も同行すると言い出した。

　秋月は手や頬、脇腹に傷を負っていたが、いずれも擦《かす》り傷であった。

　ただ、会津の入り口にある会津領田島陣屋《たじまじんや》には、秋月の父親がいるのだということだった。

　秋月の父である江上又八《えがみまたはち》は、田島代官を経て御蔵入奉行となっているのだそうである。だから何だと歳三は思ったのだが、そういうものなのかもしれぬ。

　秋月とは田島で別れた。その後のことは能《よ》く知らぬが、秋月登之助は会津領内で暫《しばら》く戦い、姿を消したと聞いている。死んだのか逸《はぐ》れたのか。遁《に》げたのか。

この時、歳三は折れた之定の代わりに死んだ兵隊が持っていた刀を佩刀《はいとう》していた。

要らぬと思ったから田島に置いて出た。

こうした戦闘で、刀は役に立たない。

歳三は丸腰で会津《あいづ》若松《わかまつ》に入った。

会津には山口二郎がいた。

甲府で負けた傷病兵を引き連れて会津に落ち延びた筈の山口は、何故か総勢百二十を超す一隊を率いていた。新選組ですと山口は言った。落ち延びた残党は、会津でその数を増やしていたのである。勿論知る顔はいなかった。それは既に歳三の知らぬ隊なのであった。

その時点で新選組は、歳三とは無関係なものになっていたのだ。

歳三に同行した六名も、その見知らぬ隊に加わった。

島田達が今以て新選組を名乗りたがるのは、この山口率いる会津の新選組があったからなのだろうと思う。

歳三は、後に数回その新選組を率いて戦っているが、隊長や副長として隊に復帰した訳ではない。そもそも怪我の具合がある程度良くなると、間もなく歳三は会津領内に入った伝習第一大隊の総督に任じられてしまったのだ。

新選組を任された訳ではない。

総督になったのも、功績が認められたからでは決してない。

大鳥と伝習第二大隊は会津領外辺で戦っていた。藩兵でも旗本でもない、会津藩では御し切れぬ無頼の一団を歳三に押し付けたというのが正しい。

それ以降、歳三は己の意思では何もしていない。歳三の上には大勢侍大将がいたから、その命に従って様様な隊の指揮を執っていただけである。ただ、上層部が立てた軍略はどれも御粗末なもので、その殆《ほとん》どが負け戦だったのだが。

だから――今も新選組があるとするならば、それは山口と共に会津に残った者達のことなのである。新選組の隊長は今も山口二郎なのだ。島田魁は、そこのところをどうしても判ってくれないのだが。

総督に任じられるまでの三月ばかりの間、歳三は若松城下で、ただ寝ていた。

刀も持たずに――である。

刀を棄てろと勝は言った。

あの時歳三は拒んだが、結局は棄てることになった。

人殺しも出来ぬというのに、刀など要らぬ。

直《す》ぐ傍で戦闘が繰り返されていたが、何の感慨も持てなかった。

その間。

歳三は同宿だった元神奈川《かながわ》奉行所定番役元締の望月光蔵《もちづきみつぞう》と会った。

歳三は戦況に就いてどう思うかを尋《き》いた。今のままでは兵を失うだけの負け戦である。もし会津で勝っても、江戸や京まで勝ち進まねば何のために戦っているのか判らない。

望月は武人ではなく文官である。しかし神奈川奉行所では歩兵隊を束ねていた筈であった。冷静に戦局を見定め先に繋げる策もありはせぬかと、歳三は考えたのだ。

文官は戦わず、策もない、ただ従うのみと望月は言った。

歳三はならば自分に従えと言った。無策な将に従えば死ぬ——と。

だが——望月はそれを松平容保に対する侮辱と受け取り、百姓上りが生意気な口を利くなと怒鳴った。

歳三は失望した。

とっとと帰れと言った。

床の上で、歳三は近藤の首が京師の河原に晒《さら》されたこと、原田が上野の戦いで彰義隊として死んだこと、沖田が病死したことを、風の噂に聞いた。

死んだか、と思った。

その後、歩けるようになってからは覚王院義観《かくおういんぎかん》にも面会を求めた。

義観は寛永寺の輪王寺宮執当《しっとう》であり、彰義隊の庇護者でもあった。

上野で彰義隊が平らげられた後、義観は自力で江戸を脱出し、会津に落ち延びていたのである。

面会は叶ったものの、何の収穫もなかった。

ただ官軍を打ち破れと言われただけである。

打ち破ればどうなるのか。

破れなければどうなるのか。

何も——。

何も考えていない。

官軍を打ち破れば帝《みかど》はこちらに付いてくれるのか。

それとも、帝ごと打ち破れとでもいうのだろうか。

徳川《とくがわ》の復権が叶ったとしてその後はどうなるのか。

徳川に弓を引いた諸藩を殲滅するとでもいうのか。

それでこの国は国として成り立つのか。今のところ諸外国は静観の姿勢を見せているが、もしここで攻められたなら、何日も保《も》つまい。

奥羽《おうう》越列藩同盟《えつれっぱんどうめい》は彰義隊同様に輪王寺宮親王を擁立し、東武《とうぶ》皇帝として即位させるという構想を持っていたようなのだが、これも、要するにそうした理に沿わぬ戦いを正当なものとするために考えられた、付け焼き刃のような企てとしか歳三には思えなかった。

そもそも、奥羽越列藩同盟は会津藩と庄内《しょうない》藩が朝敵とされたことに抗議し、赦免を願うために結ばれた奥羽諸藩の同盟だった筈《はず》だ。それすらいつのまにかどうでも良くなってしまい、北越の藩まで巻き込んで、ただ戦っている。戦いの大義名分が欲しいから親王を擁立し、別の政権を作って国を分けてしまおうという構想に至ったのだろうが、それは果たして正統と考えて良いものなのか。

歳三には判らなかった。

それでも尊王と呼べるのか。

既に尊王も佐幕もないのだ。

佐《たす》けるべき幕府はなく、尊ぶべき帝を敵に回している。攘夷《じょうい》に至ってはもう誰も口にしなくなっている。ついこの間まで攘夷攘夷と念仏のように叫んでいたのは誰なのか。軍装も軍事も洋式なのだ。味方には仏蘭西《ふらんす》の軍人も交じっている。北部政権が成った暁には、亜米利加《あめりか》国と貿易をすることを決めているという。

夷狄《いてき》を討ち払えと息巻いていたのは、何処の誰だったろう。

本気で国を分けるというならやることは別にある。

局地戦で殺し合うことで国などは作れない。同じ皇統の帝を立てる以上、いずれかを殲滅することが前提となるだろう。そうでないなら、別に帝は要らない。実際、輪王寺宮は同盟の盟主ではあったのだろうが、帝なのかどうか判らなかった。輪王寺宮のために戦っていると思っていた者はいないだろう。

何のために戦っているのか。

誰のために日日大勢が死んでいるのか。殺したいのか。殺されたいのか。そうでないなら一体何がしたいのだ、この連中は。

理由はただ一つ、攻めて来るから抵抗するというだけだった。攻める方は抵抗するから攻めるというだけである。童《こども》の喧嘩《けんか》だ。

そうなってみて能《よ》く解った。

帝のため、幕府のため、異国を討ち払うため――この何年か、この国はそうしたお題目を唱えて人殺しを繰り返して来た。

しかしそんなことはどうでも良かったのだ。現にお題目が失効した今も殺し合っているではないか。殺し合いが先にあって後講釈で理屈を捏《こ》ねているだけだ。

莫迦莫迦しい。

人殺しは人殺しだ。

理屈を付ける必要はない。理屈を優先するならば、人など殺さずとも良いことになる。殺し合いなどせずとも世の中は変えられる。

歳三は、殺したいから殺すのだ。

それだけだ。

だが、新選組を棄て刀を棄てた歳三は、人を殺すことも出来なくなってしまった。

歳三は、失望した。

だから総督着任の命にも諾諾《だくだく》と従い、言われた通りの負け戦を続けたのである。

軍議をしてもどうにもならなかった。その場凌《しの》ぎの策しか立たぬ。

目的がない。

先の見通しが立たない。

ただ只管《ひたすら》に攻めて来る敵を防ぐ。

近くにいる弱い敵を叩く。

それだけのことしか出来ないし、しない。

遠方に打って出ようにも兵馬が足りず、移動も儘《まま》ならなかった。

夏が過ぎ、江戸は東京《とうきょう》になった。

総当たりで負けていた。

このままでは冬が来る。

吉村《よしむら》が言っていた。雪に降り籠められた惨めな気持ちは知らぬ者には決して解るまいと。白一色の北の地には二度と帰りたくないのだと。

冬を迎えることはないように思えた。奥羽列藩は力尽きている。このままでは雪が降るまで保《も》たない。歳三にはそう思えた。

やがて米沢《よねざわ》藩が落ちた。

その時庄内に向かっていた歳三は領内通行を許されず、立ち往生してしまった。

しかし――。

そんな中。

榎本《えのもと》釜次《かまじ》郎《ろう》が旧幕府海軍の軍艦八隻を略奪し江戸を脱走したのは、八月十九日のことであった。榎本の乗る旗艦開陽丸《かいようまる》は二十七日仙台湾東名《とうな》浜《はま》に入港した。

勝が言っていた男だ。

榎本は奥羽越列藩同盟と通じていたらしい。輪王寺宮の江戸脱出の手引きをしたのもこの榎本であったようである。歳三はそして仙台に向かい、榎本と会った。

「あの時――」

島田の声が回想を妨げる。

「――あの時とは違います」

「あの時てェのはいつだよ」

仙台城の軍議ですよと島田は言った。

「てめえはいなかったろう。塩川《しおかわ》かどっかにいたんじゃねえのか」

その時期、島田達新選組を名乗る連中は大鳥圭介の指揮下にあったと思う。負傷者は安富才助《やすとみさいすけ》の引率で仙台城下に運ばれており、山口の隊は逸《はぐ》れて孤立していた筈《はず》だ。大鳥とは反《そ》りが合わなかったのか、尾形俊太郎《おがたしゅんたろう》他数人が脱走したとも聞いている。

話は聞いておりますと島田は言った。

「その時、榎本閣下は、土方さんを奥羽越列藩同盟総督に強く推したと聞いております。しかし土方さんは生殺与奪の権限が与えられないなら固辞すると仰ったと」

言った。

上に載る以上、それは当たり前の要求だろう。だが、その当たり前のことが判らない連中しかいなかったのだ。飾りで載るなら載らぬ方が良い。

——違うな。

上に載っても何も出来ぬ。

負けは目に見えていた。

縦《よし》んば榎本の真意が別にあったのだとしても、あの時点での総督就任は奥羽越列藩同盟瓦解に対する責任を押し付けられるという、それだけの意味しか持たなかっただろう。

それに、歳三は武士ではない。軍議の場にいるのは武士ばかりである。莫迦な武士どもは歳三を上に戴くつもりはあるまい。榎本が何と言おうと載せたくないに決まっているのだ。ならば、当たり前の要求さえも認められまい。そう踏んだ。

実際、要求は却下された。

固辞したのではなく、認められなかったのだ。

無理なんだよと言った。

いいえ違いますと島田は言う。

「ここにいる全員、土方さんに命を預ける覚悟です」

「そんなものは要らねえよ。いい加減にしろよ。俺に命預けるてェならな、その命は今すぐ俺が取る」

——俺が殺す。

「さっきからそう言ってるのが判らねえかよ。死ぬとか命懸けるとか簡単に口にするんじゃねえよ。いいか能《よ》く覚えておけ。てめえ等《ら》は」

周囲にいるのは額兵隊か。派手な軍服の仙台洋式部隊だ。

「てめえ等はもう武士なんかじゃねえんだ。異論は一切認めねえぞ。武士はもう、要らねえんだよ。ここに古い仕組みはねえ。武家も町人もねえんだよ。今、俺達は武士じゃねえ、兵隊だ。どういうことか判るかよ」

歳三は見渡す。

「兵隊はな、死んじゃ駄目なんだ」

そう。

「いいか、これからの戦はな、一兵でも多く生き残った方が勝ちなんだよ。つまり兵を殺さねえようにするのが上に載ってる者の役目だ。だから下にいる兵隊も、死なねえように努めろよ。死なねえようにすンのが、その昔で謂《い》う忠義だよ。だから、くだらねえ、黴《かび》の生えた武士道なんかを持ち込むと、必ず負けるんだ。そんな簡単なことも判らねえのかてめえ等は。この後、武士を気取るような時代遅れは、迷惑だから俺が——斬るぞ」

佩刀《はいとう》しているのは屑刀《くずがたな》だ。これでは何人も斬れないだろうが。

「俺は死に神なんだよ」

歳三はそう言った。

仙台で松本良順《まつもとりょうじゅん》に言った言葉である。

松本良順は元御典医という医者だが、徳川贔屓《びいき》の莫迦野郎である。

京にいた頃から隊士の診察をして貰っていた。近藤の傷を診たのも、沖田の治療をしたのも松本だ。豚を飼えと奨めたのもこいつだったかもしれない。松本は旧幕軍の軍医となり、仙台で奥羽越列藩同盟の協力者として活動していた。

松本は医者のくせに徹底抗戦を説いた。

負けが決まっているのに戦えと言うのは、死ねということだ。正論めいた物謂《ものいい》で死ね死ねと兵隊を焚き付けるようなものである。だから、江戸に帰れと言ったのだ。

俺と一緒にいれば。

――あんたも死ぬ。

――俺は死に神だ。

そう、歳三はヒトごろしだ。

蝦夷に渡ったのも、ヒトごろしだからだ。

榎本釜次郎は、多分一番事態を冷静に見ていた。勝てぬことも見越していた。

しかし、榎本は負けることを前提に、その先を見ていた。

榎本の頭の中には尊王も佐幕もなかった。

将軍家の再興もない。新政府打倒もない。

当然、勝ちも負けもなかった。

榎本が望むのは八万を超す徳川の家臣達の救済だったのだと思う。

徳川は将軍ではなく一藩主になったのだ。当然、将軍だった頃の家臣をそれまで通りに養うことは出来ない。路頭に迷う元武士を掬《すく》い上げる者はいない。榎本は、それを救うことを考えていたのだ。

そのために新しい州《くに》を造るのだと、榎本は言った。

勝は榎本を阿呆《あほう》だと評していたが、その通りだった。

敵を倒すのではなく、蝦夷地に別の州《くに》を造り、弾き出された者の受け皿とするのだと、榎本は言うのである。

そんなことを考えている者は慥《たし》かに他にはいなかった。

歳三の周りには、薩長が憎い徳川が偉い会津が哀れだ自分達が正しい敵を殺せ新政府を平らげろと、そういう声しかなかった。

どれもこれも、古い枠組みに囚われた物謂《ものいい》でしかない。既に壊れかけた古い枠組みを何とか温存しようと、無駄な努力をしているだけなのだ。

見苦しい。未練がましい。歳三の大嫌いな在り方である。

榎本はそれを総《すべ》て棄てると言う。そして新しい枠組みを作ると言うのである。

潔い。

元元開国派であった榎本には、攘夷運動との齟齬《そご》もない。州《くに》を分けるのだから帝に対する不敬もないし、旧幕臣を救済するのが目的であるなら、徳川に対しても恩返しということになる。

筋は通っている。

莫迦な武士共に失望していた歳三は、そして榎本を担いでみる気になった。

近藤を担いだように。

同調した訳ではない。

利用しようとしたのだ。

勝が示唆した通りである。歳三がこの後も合法的に人殺しを続けて行くつもりならば、新しい枠組みの中に身を置くしかない。その枠の中で、そうした立場を作るしかない。

奥羽越列藩同盟は必ず負ける。そうなれば歳三は死ぬことになる。

生きるためには、生きて人殺しをするためには、榎本を担ぐしかない。

だから歳三は蝦夷に渡った。

予想通り、奥羽越列藩同盟は瓦解した。

新政府軍はしかし、榎本のことも許しはしなかった。

独立は許さないということだ。榎本が引き連れていたのは旧幕軍と奥羽越列藩同盟の残党である。新政府にしてみれば、敗残兵に過ぎない。

戦は続いた。

榎本に戦う肚《はら》はなかったと思う。

甘い見通しと言われればその通りというよりない。新政府に譲渡することが決まっていた軍艦に乗って脱走したのだから、追われて当たり前でもある。

しかし、先遣隊として先乗りした旧幕府遊撃隊は、箱館府《はこだてふ》に宛てた蝦夷地開拓の嘆願書を持っていたのだ。

嘆願である。

通る訳もない嘆願なのだが、少なくともそこに戦う意志は読めない。だが、そうであっても、そんな虫の好い嘆願は喧嘩を売っているのと変わるまい。

実戦経験のまるでなかった箱館府守備隊はすぐに四散し、五稜郭《ごりょうかく》は殆《ほとん》ど戦うことなく陥《お》ちた。

しかし蝦夷地には松前《まつまえ》藩がある。

松前藩は、奥羽越列藩同盟に参加している。

しかし、それでい乍《なが》ら新政府にも恭順の姿勢を示していた。

松前藩は敵でも味方でもなかったのだ。闘うでも降参するのでもなく、様子見をしていたのである。そうした身の振り方は百姓上がりの歳三にしてみれば別段怪訝《おか》しなものではないのだが、武士にとっては凡《およ》そ許容出来るものではない。連中は敵か味方の区別しかないからだ。五稜郭が陥ちた段階では、多くの者が松前藩は味方なのだと認識していたように思う。

だが。

情勢を計り機を見極めて、松前藩は最終的に新政府側に日和《ひよ》った。

歳三は松前藩士と数度面談し折衝もしてみたのだが、藩の決定が簡単に譲れる訳もなく、交渉は決裂した。

結局は戦いになった。

矢張《やは》り——。

「俺は——死に神だ」
歳三は繰り返した。
違いますよと安富が言った。
「土方先生は優れた指揮官です。土方軍だけは連戦連勝なんですよ」
「買い被るな。俺が優れてるンじゃねえよ」
他がどうかしているだけだ。
それに、歳三は海軍のことは判らない。
否、海は得手ではない。
大き過ぎる。
岸が見えない。
いつだったか下田《しもだ》で黒船を見た。
あんなものは斬れぬ、と思った。
歳三は大江丸《たいこうまる》という輸送船に乗って蝦夷に渡った。
蝦夷の漁民達は、黒船が来たと騒いだそうである。
流山で近藤は聞こえもしない海の音を不安がっていた。
その気持ちは判る。

海が落ち着かぬのは、海が海全体として生きているからだ。

そしてその命は、決して奪うことが出来ないものだからだ。海は、それ全体が血潮のようなものなのである。

何もかも灰にする炎も、海は焼けぬ。勿論刀で海は斬れぬ。

本当に斬れないのは黒船ではなく、海だったのだ。

歳三は海を殺せない。

殺せぬものには敵わない。

歳三が戦えるのは、陸の上だけである。

慥《たし》かに、陸戦では負けない。

味方の将と同じだけ、敵将も莫迦である。歳三が上にいる限り降《くだ》すのは易い。

問題は海だ。

榎本は人品優れた学識ある人物ではあるが、軍人としては無能だ。

海戦は悉《ことごと》く失敗に終わっている。

そもそも榎本は蝦夷に渡る前、仙台到着までの間に奪取した八隻のうち二隻を失っているのである。代わりに仙台で輸送船二隻を得てはいるが、数だけ合えば良いというものではない。

榎本は蝦夷に入ってからも旗艦である開陽丸他一隻を沈めている。しかも二隻とも戦わずして座礁《ざしょう》、沈没という、最低最悪の最期なのであった。悪天候が影響した、不測の事態だというのだが、そうであったとしてもお粗末過ぎる結果ではあろう。

天候の所為《せい》ではないのだ。

明らかに榎本の失策だ。

その時開陽丸は、陸軍の松前攻め援護のために出撃したのだった。

しかし到着時に戦闘は殆《ほとん》ど終わっており、松前藩は降伏状態だったのである。

それからしてもう間抜けな話なのだが、そもそも開陽丸を出撃させた理由というのが、陸軍ばかりに戦わせていては申し訳ないという能《よ》く解らないものだったのであるから、話にならない。

松前藩との最終戦闘は江差《えさし》で行われていた。

援護に駆け付けた開陽丸は江差沖に碇泊《ていはく》した。その時点で援護の必要はなかったのだから、やることなどない。開陽丸はただ暴風に煽《あお》られ、錨が外れ、浅瀬の浜に打ち寄せられて――座礁した。

座礁するために来たようなものだ。その座礁した開陽丸を救出するために駆け付けた神速丸《しんそくまる》も故障し、結局沈没してしまった。

開陽丸は一隻で津軽海峡の制海権を握れると謂われた名艦であったらしい。

それを出る幕ではないところに引き出し、役に立てぬまま沈めてしまったのだ。

これが船でなく人だったらどうなるか。

采配の失敗で何万という軍勢を死なせたに等しいことになる。その損耗《そんもう》たるや喩えるものがない程である。悪天候だったからで済ませていいような話ではないのだ。そもそも気候の変動を計算に入れぬ野戦などあり得ない。勘定に入れるのであれば常に最悪の事態を想定しておくのが当然で、不測は通用しない。この場合の不測は、ただ指揮官がぬかった、というだけの意味である。大いにぬかったのだ。開陽丸を失ったことが新政府軍上陸を許すという結果を齎《もたら》したことは間違いないのである。

榎本の大失策である。

海戦は、凡《すべ》て負けた。

陸戦と海戦は違うと言われ、歳三はそんなものかと思っていたのだが、そうではなかった。理屈は同じなのだ。舞台と道具立てが違うだけで、考え方が変わる訳ではない。判断さえ間違えなければ、仮令《たとい》勝てずとも負けることはない。

——否。

それで当たり前だ。

必ず勝つ、勝つべきだ、勝たねばならぬ、勝って当然——そうした莫迦莫迦しい妄念に囚われているから負けるのである。戦いに信念など要らぬ。感情も要らぬ。大義も名分も要らぬ。要るのは戦況を見極める目と先を読む智慧、そして即断出来る肝《きも》だけだ。

榎本には理想がある。

だから戦いに勝てないのである。

理想を実現することと戦争に勝つことは、別だ。それは全く別のことなのだ。それが理想を実現するために始められた戦いであろうとも、そこは変わらない。ためにする戦いは、負ける。どんな高邁な理由があろうとも、戦になった段階でそんなものは不要になるのだ。

所詮は殺し合いなのだから。

死を畏れぬ戦いをする奴は大莫迦だというようなことを勝が言っていたが、その通りである。

戦に限らず凡百《あらゆる》死は無駄死にだ。

尊い犠牲などというものはない。死んで勝つなどという矛盾した言説に気付かぬ莫迦は、どんどん死んで行くだけだ。

榎本武揚《たけあき》は賢いし、人望もあるのだが、それだけに戦の大将には向かない。

榎本のために死ぬような莫迦も多く出るからだ。

それに、榎本自身は戦う気がないのである。

そもそも榎本は遁《に》げて来たのだ。遁げて、別天地に州《くに》を造ろうとしているのだ。

榎本は新政府を倒そうなどとは思っていない。新政府に棄てられた者どもで、別の枠組みを造ろうとしているだけだ。それでも攻められるから、已むを得ず防いでいるだけなのだろう。榎本は、構わないでくれと思っているのだ。

だが、実際に戦っている連中は違う。

どうであれ戦争《いくさ》であることに変わりはないのだ。

理想を実現したいのなら戦わぬ策を講じるべきだし、それが出来ぬなら理想などと無関係にきちんと戦うしかない。戦えぬなら降伏するしかない。生きるために降伏することは恥でも何でもない。死ねば終わりなのだ。

しかし、高邁な理想が降伏という道を閉ざしている。

頭の悪かった近藤と違い、榎本は担ぎ難《にく》い神輿《みこし》であったのだ。

また、榎本の周りにいる連中はものの見えない間抜けばかりだった。

戦況を見極められない。ここで勝たねばいかんのだとほざく。先が読めない。

副総裁の松平太郎《まつだいらたろう》は歳三の見る限りものの道理の解る人物ではあるだろう。

ただ、松平はそれでも矢張り武士なのだ。幕臣だった頃は陸軍奉行並として勝の下に付いていたようだが、反発している。理屈は解っていても、武士の意地が邪魔するのだろう。それだけに下の莫迦連中からは慕われている。人望はあるが、それは既に失効した仕組みの残滓《ざんし》を松平が持ち続けているからである。

箱館奉行は、あの——永井《ながい》主水正《もんどのしょう》尚志《なおむね》である。

相も変わらず負け戦にしか役に立たない永井は、そこに居るだけで負けたような気分になる。交渉上手も、交渉する相手がいなければただのお飾りに過ぎない。

陸軍奉行並である歳三の直属の上役は、陸軍奉行大鳥圭介である。

大鳥は確実に先が見えているにも拘《かかわ》らず、好戦的な連中の言いなりになっている。大鳥は賢い男だが、肝が細い。莫迦が立てる策が有効なのか無効なのかが判じられないのだ。莫迦は何でも出来ると言う。勿論、出来た方が都合が良い。だから、出来るならやれと任せてしまう。それでは駄目だ。出来た方が都合が良くても、出来ないものは出来ないのだから。

結果、ガタガタになる。

問題は海軍奉行である。

海軍奉行荒井郁之助《あらいいくのすけ》は、全く戦闘に向かない人物だった。

海軍職にも長く就いていたようだが、航海術や測量術には長《た》けているものの、戦いは全く知らない。どちらかといえば文官に向いている。そもそも荒井は泳げないのである。戦闘の現場とは最も遠い人物なのだ。戦の最中も汁粉《しるこ》ばかり喰っている。

仕方がないのだ。

榎本は戦うために蝦夷に渡った訳ではないのだから。

当然、取り巻きにも武官はいない。いずれも武士だったというだけである。

五稜郭を摂《と》り、箱館府を降《くだ》して一応蝦夷を平定したとはいうものの、実のところ榎本軍はろくに戦っていないのだ。日和見《ひよりみ》の松前藩は降伏要請に従わず、結局は新政府への恭順を決めたのだが、城攻めの際には既に藩主を含めた大半が逃げ出していたのであった。それもこれも、海峡を渡って援軍が来ることはないと考えたからだろう。

だから勝てたのだ。

制海権は榎本方にある——と誰もが思っていたのだ。

それなのに——である。

旗艦を戦わずして失うという大失策が、事態を大きく狂わせた。

軍艦など回さずとも松前は陥ちていたのだ。まさに愚挙である。

開陽丸と神速丸の二隻を無駄に沈めてしまった痛手は大きい。海峡を護ることが出来ないのであれば、もうこちらは丸腰に等しいことになるからだ。

しかし誰も、そうは思わなかったようだ。

浮かれた莫迦どもが入れ札で役職を決め、それ共和国が出来た、やれ新天地だと糠喜びをしている間に――。

新政府は亜米利加《あめりか》から新型装甲船の甲鉄《こうてつ》を購入、再編成された新政府軍艦隊を出港させていたのであった。

敵う訳がない。

敵は軍艦四隻と輸送船四隻。そのうち一隻は無敵の装甲艦である。

万策尽きたかと思われたのだが、榎本は――こともあろうに、敵軍が海峡を渡る前にこの装甲艦を奪い盗るという計画を採用した。立案したのは仏蘭西《ふらんす》人だった。

慥《たし》かに装甲艦が手に入れば開陽の穴は埋まるだろう。

埋まるだろうが。

戦争《いくさ》を舐《な》めているなと、歳三は思った。

簡単に盗れるものなら簡単に取り返されるだろう。どんなに優れた武器を手に入れようと、それで安心だなどということはない。

武器は抑止力にはならない。

強い武器、優れた武器が抑止力になり得るというのであれば、そもそもこちらが降伏している筈である。奪い盗ってやろうなどという発想が出て来る訳もない。

降伏か和睦か、さもなければ殲滅でもしない限り、戦いは終わらないのだ。

でも。

歳三は諾諾と従った。

汁粉ばかり喰う荒井の指揮下に入り、歳三は百名ばかりの兵隊と共に回天丸に乗り込んだ。

味方の船は蟠龍丸《ばんりゅうまる》と、箱館で拿捕《だほ》した高雄《たかお》丸《まる》改め第二回天の三隻であった。

敵艦隊が宮古《みやこ》湾に入港したところを狙って襲い、船から船に乗り移って奪い盗るという、子供が考えるような策だった。しかし、まあ乗り移れば何とかなると歳三は思っていた。

だが。

折からの悪天に翻弄され、三隻は散り散りになって、蟠龍は逸《はぐ》れてしまった。

回天もマストが一本折れ、第二回天も蒸気機関が故障した。

戦闘前からこの為体《ていたらく》である。

已むなく二隻は山田《やまだ》湾に入港し、艦の修理が済み次第鮫村《さめむら》沖に向かうことにした。互いを見失った際はそこで待つ取り決めになっていたのだ。蟠龍も沈没していない限り、山田湾に寄港する筈だった。

ところが。

修理中に敵艦隊が宮古湾に入ったという報せが届いたのだった。

行方の知れぬ蟠龍を待つ間はなかった。そうなると二隻で突入するしかない。

機を逸《いっ》すれば計画は遂行出来なくなる。作戦は練り直された。

先《ま》ず大型の回天が他の艦隊を攻撃攪乱《かくらん》、その隙に歳三達陸軍が速力のある小型の第二回天で甲鉄に突っ込み、総員で甲鉄に乗り移り、操舵を奪う——。

そういう手《て》筈《はず》となった。

だが。

第二回天は宮古湾に入る前に再び故障してしまったのだ。

全く動かない訳ではなかったが、速力が半減してしまったのである。鈍《のろ》い船では突っ込めない。しかし時間はなかった。

結局——。

回天は一隻で宮古湾に突入することになった。

第二回天は援護に回るということになったのだが、速度が出ないのでは当てには出来ない。回天はマストこそ一本折れていたが他は無事である。推進力に問題はない。

ただ、大型で小回りも利かないから、明らかにこの作戦には向いていない。

中止すべきだと思った。だが何も言わなかった。悪天に見舞われずとも故障しなくとも巧く行く保証はない。歳三は、何が起きても何とかしようと思っていただけだ。

それなら同じことである。

航行中、回天はずっと亜米利加《あめりか》の旗を揚げていた。そうしていれば見付かっても攻撃されないというのである。理由なく異国の船を攻撃することは出来ないという決まりがあるのだそうだ。

卑怯だと騒ぐ者もいたが、別に構わないと歳三は思った。どんな決まりがあろうとも、敵がその決まりを守るかどうかまでは判らぬことだし、そもそも嘘と知れればお終《しま》いなのである。

湾に突入する前に、旗は日章旗に取り換えられた。

白地に赤丸は船籍を明らかにするための日本惣船印《にほんそうふなじるし》であるが、それはまた新政府軍の錦の御旗に対抗し、奥羽越列藩同盟や彰義隊などが御国総標《みくにそうじるし》として用いていた旗でもあった。

要するに、白地赤丸は賊軍の旗なのである。

亜米利加《あめりか》の旗のまま攻撃すればそれは船籍詐称行為となるが、旗を換えれば良いのだということだった。そうなると、歳三には能《よ》く判らない。

敵陣にたった一隻で突っ込むのである。旗など何でも良いと歳三は思う。

狭い湾内には敵の艦隊がうようよ碇泊している筈だった。その中を賊軍の旗を掲げて進むというのはどうなのか。

そこで、元軍艦操練方だった回天艦長の甲賀《こうが》源吾《げんご》自らが舵を取ることになった。

甲賀は流石《さすが》に操舵に長けており、操り難《にく》い軍艦を実に器用に操った。回天は甲鉄目掛け、湾内を突き進んだ。

甲賀は、この一艦で敵は凡《すべ》て打ち破れると豪語した。

その驕《おご》りが、いけなかった。

奇襲は成功したかに見えた。

しかし、回天は外輪船である。

船の横腹には水車が付いている。

だから、そもそも横付けは出来ないのだった。

お粗末にも程がある。そんなことは最初から判っていたことではないのか。

回天は仕方なく舳先《へさき》から甲鉄に突っ込んだ。

船と船は丁の字の形になった。

この場合、狭い舳先から敵船に乗り込むしかない。そうなると大勢が一斉に乗り移ることは不可能である。その上、甲鉄は回天よりずっと甲板が低かったのだ。重い装甲は乾舷《かんげん》を下げる。一方、回天は船首が持ち上がっている。

突っ込んだ回天は甲鉄に乗り上げるような形になってしまった。

そのため、二隻の甲板の高低差はより広がった。一間半はあっただろう。

その高みから、順番に飛び降りて乗り移れというのである。

無理だ。

一人二人が順番に飛び降りようとし、順番に撃たれた。兵隊達は文字通り蜂《はち》の巣になって、死んだ。死体を乗り越えなければ飛び移ることは出来なかった。

後から聞いた話だが、逸《はぐ》れた蟠龍に乗船していた山内《やまうち》という男は一度甲鉄に乗ったことがあったという。山内は、甲鉄の乾舷が低いことを知っていたから、矢張り低めの蟠龍からでなくては乗り込めないと最初から主張していたそうである。

敵は容赦なく撃ち掛けて来た。

甲板に居る者も標的になった。

敵艦隊も回天をぐるりと囲み、集中砲火を浴びせて来た。沈む。

第二回天は援護どころか到着すらしていなかった。

総崩れである。

歳三は、何も出来なかった。

いや、何もしなかったのだ。

何もかも予想出来たことだったからである。

回天のみの突撃は、最初から無茶な策だったのだ。どう考えても成功という結末だけは想像出来なかった。

歳三はその時、直属である陸軍奉行添役を含め、百人の兵隊を連れていた。

陸と違って船の上では引くことも出来ない。正に、遁《に》げも隠れも出来ない。

伏せろ出るなと命じた。

どんな局面でも活路は必ずある。

ただ、負傷すればその道は狭まるし、死ねば閉ざされる。

歳三は思い出す。

土方先生ッ――。

思い出されたのは野《の》村《むら》利《り》三郎《さぶろう》の声であった。

野村は近藤投降の際に荷物持ちの従者として付添い、一緒に捕縛された男である。

近藤の処刑前に解き放ちになり、預けられていた家から抜け出して江戸を離れ、幕府陸軍隊に加わって北上、仙台で榎本艦隊と合流し、蝦夷島政府成立後は陸軍奉行添役となって歳三の下に付いた。

野村は、自分が処刑されなかったのは近藤が従者の助命を嘆願したからだと信じて疑わなかった。そんなことがあったのかどうか、歳三は知らない。加えて歳三が勝に根回しをしたことも強く影響していると野村は考えていたようだ。

それはない。

歳三は根回しなどしていない。

それらしいことがあったのだとしても、それは勝が勝手にしたことである。

だが野村はそう思ってはいなかったようだ。近藤と歳三は自《おの》が命の恩人と野村は思い込んでいたのだ。

土方先生の名誉のためにも敵に一矢も報いず死ぬことは出来ません——。

自分は土方先生のために——。

ここで死にます——。

野村はそう言うと砲弾を潜《くぐ》り抜けて舳先に至り、甲鉄の甲板に飛び降りた。

後に続こうとする者もいたが、止《と》めた。無意味だ。

だが、艦長の甲賀は進め怯《ひる》むなと叫んだ。

兎《と》に角《かく》乗り移れ乗り移れば勝つと、甲賀は怒鳴った。そして自ら舳先に向かった。

そして、死んだ。

勇ましく指揮をするつもりだったのだろうが、無謀である。四方から狙われているのだから、目立てば必ず死ぬ。作戦を発案した仏蘭西《ふらんす》人も撃たれた。

歳三は呆然としている海軍奉行荒井に対し、何でもいいから退却しろと怒鳴り付けた。

航海術に長けた荒井は、戦闘には不向きだが操舵は巧い。

甲鉄に乗り上げていた回天は何とか船体を回して甲鉄から離れた。

野村は敵船の上で孤立した。

いの一番に乗り移ったまではいいが、独りで何が出来るというのか。

置き去りにされた野村は大勢に膾《なます》に斬られて海に棄てられた。

土方先生のために死にます――。

冗談じゃない。

死なれても嬉しくも何ともない。何の役にも立っていない。

状況を見極めるなら、乗り移らないという判断の方が正しいだろう。

大莫迦である。

敵艦隊の総攻撃を掻い潜り、回天は海軍奉行自らの操舵で、まさに命からがら湾を脱出した。

僅《わず》か四半刻《しはんとき》の間に、十五人が死んだ。

策略も戦術もない。

そもそも海軍は使えない。悪天候に遭えば沈み、いざという時には故障する。全く使えない。

慥《たし》かに天候は自由にはならないのだが、天気を読み、それを利用するのは戦術の内である。生死を賭けた戦いは、地の利天の利、ありと凡百《あらゆる》ものを駆使するものだ。そうしなければ、死ぬからだ。故障するのは整備不足である。抜いた刀が錆びていたなら、勝てる立ち合いも負ける。

負ければ死ぬ。

そして、死ねば負けだ。

それが判っていないのだ。

船が沈まなかっただけましというものだ。

歳三は人殺しだ。人を殺《あや》めるのを好み、人を害することが止《や》められない人外《にんがい》だ。

だが、これまで人殺しでいるために歳三が払って来た代償は、限りなく大きい。

歳三は人殺しでいるために、何もかもをかなぐり捨て、持てる限りの知と能とを駆使し、命懸けで臨んで来たのだ。

人殺しは決して赦《ゆる》され得ない大罪であるということを、十二分に知っているからである。

それが——どうだ。

次次と、簡単に死ぬ。四半刻で十五人が死ぬ。塵芥《ちりあくた》のように死ぬ。

命がそんなに軽いものなら、歳三の苦悩や苦労は何のためにある。

莫迦が指揮しただけで何百人が一瞬で死ぬのだ。殺された者も殺した者も人殺しの意味を見出せず、剰《あまつさ》え自ら死ぬとまで言うのだ。

狂っている。

人外の歳三の方がずっとまともに思える。大勢が死に、船が沈み、海峡を護ることも出来なくなって、それでも指揮をした連中は、蝦夷島政府は成ったと浮かれ、祝賀会とやらを開いた。

榎本も松平も笑っていた。

それで――。

いいのか。

歳三は呆れた。

凡《およ》そ祝杯を上げられるような状況ではない。

暢気《のんき》に入れ札で役職を決めたりしている暇もないだろう。

敵が攻めて来なかったのは、偏《ひとえ》に北の気候のお蔭である。

雪だ。

吉村の嫌っていた雪が、湿って冷たい雪の鎧《よろい》が、新政府軍を遠ざけていただけなのである。人を容易に寄せ付けぬこの天然の示す猛威こそが、蝦夷の地の利であり天の利である。

凡《すべ》て――裏目に出た。

愚策と悪手は地の利天の利を悉《ことごと》く敵に回してしまった。

開陽が沈んだ日も大雪だった。ことの次第を聞いた歳三は、宿舎の外に出て松の木を蹴った。開陽が沈んだことよりも、必要もないのに艦を出し、何の役にも立てずに沈めた榎本の無能さに肚が立ったのだ。頭は良くても、榎本釜次郎は近藤以上に莫迦野郎である。

江戸脱走時の軍備が温存出来ていたならば、少なくとも今のこの状態はない。

本当に、戦う気がないのなら戦うべきではないのだ。賢い連中が集まっているのだから策は幾らでも練れた筈である。雪に降り籠められている間に、手を打つべきだったのだ。

実際、榎本は戦以外の場では有能だった。戦わぬならあの永井でさえ役に立つ。異国の公使などのあしらいも堂に入ったものだった。

それなのに。

わざわざこちらから宮古まで出向いて行って、艦を壊し、十五人も殺したのだ。著しい損耗である。

宮古へなど行くべきではなかったのだ。

いや、蟠龍が一隻欠けた段階で引き返すか、そうでなくとも第二回天が故障した時点で諦めていれば良かったのである。決行するにしても、奪うのは中止にして、破壊する計画に変更すれば良かったのだろうと歳三は思う。

それなら出来ぬことではない。装甲艦というのは、外からの攻撃に強いというだけの船である。内側からなら壊せた筈だ。爆裂弾でも放り込めばそれで済む。

勿論そんなものは用意していなかったのだが。

榎本は幕臣時代に亜米利加《あめりか》国と装甲艦の造船購入の交渉をしていたのだという。

その時発注した艦が、幕府が瓦解した後に完成し、新政府に納品された。

それが甲鉄――ということらしい。甲鉄は榎本が造らせた船だったのだ。

だからこそ人一倍思い入れがあったということであるらしい。

何としても甲鉄が欲しかったのだろう。

莫迦莫迦しい。

そんなものはもう、戦ではないではないか。

思い入れなど我欲以外の何ものでもない。上に立った以上は棄てるべき欲だ。そんなくだらない欲のために兵隊を殺して良い訳がない。

上に立つ者が公権を利用して我欲を満たそうとするならば、下下《しもじも》の欲求と自《おの》が欲をきっちりと重ねるか、またはそれが重なっているように見せ掛けるしかない。

それが出来ないのであれば、成功しても失敗しても愚策となり悪手となる。

可否の判断はあやふやな心情に委ねられることになるから、結局下は分断することになる。心情を汲むか汲まぬかは人次第。それは国策を計る基準とはなり得ない。

榎本に新しい枠組みは創れないと、歳三は悟った。

話を聞けば聞く程に思った。

榎本は、鰡《とど》の詰まり弾き出された徳川《とくせん》の家臣どもの受け皿となることで大名のようなものとなり、蝦夷の未開の地を開拓して藩のようなものを創る程度のことしか考えていなかったのだ。

それは新しい国なんかではない。

そうならば、この遣り方は余りにもおかしいではないか。その程度のことなら軍艦など奪わずとも話し合いで何とでもなることだ。そちらの方が得意の筈だ。

それでいて、兵隊共は皆、新政府を倒すと息巻いているのだし。

だから死ぬ。大量に死ぬ。

敵が殺しているのではない。

大将が、総裁榎本が殺しているのだ。

船を沈め、味方を殺して、祝杯を上げている。

そんなに命が軽いなら、全部歳三に呉《く》れと思う。そんなに死にたいのであれば、全員俺に殺させろと思う。

みんな殺してやる。

そう思った。

放っておいても遠からず皆死ぬことになるだろう。

土方さんが駆け付けてくれたなら百人力ですよと、島田は言う。

「俺はな、助けに来た訳じゃねえ」

歳三はそう言った。

「松前、木古内《きこない》、矢不来《やふらい》と、負け続けでしたが、勝ったのは土方さんの護った二股口《ふたまたぐち》だけです」

「勝ったのじゃねえ。負けなかったというだけじゃねえか」

勝ってはいない。否、歳三の部隊だけが勝っても意味はない。

そう――。

春になって、雪の猛威が去るなりに――案の定新政府軍は蝦夷に向けて進攻して来た。冬の間でも商船や外国船は港に出入りするのだし、敵軍の動きはそれなりに筒抜けだった。遠からず進攻して来ることは判っていた。

来る来ると言いつつも海峡の護りは甘く、港の守備もガラ空きだったから、敵は難なく蝦夷に上陸した。装甲艦など必要なかったのだ。ただの船でも十分だったろう。

進攻を遮るものは何もなかったのだ。

乙部《おとべ》に上陸した新政府軍は、予想を上回る凡《およ》そ千五百。

新政府は人員輸送用に外国船を借り受けたらしかった。

榎本は上陸を阻止すべく一聯隊百五十を派遣したのだが、到着前に上陸は終わっており、簡単に撃退されてしまった。

後手どころの話ではない。

一方、洋上にある敵艦五隻は海上から江差への砲撃を開始した。

砲台からの砲撃は敵艦にはまるで届かなかった。お粗末である。

江差は忽ち奪還されてしまった。

更に人員を補充した新政府軍は松前口、木古内口、二股口、安野《あんの》呂《ろ》口の四筋に分かれて箱館目掛けて進軍を開始した。

松前を守備していた遊撃隊と陸軍隊は江差奪還のために出陣し、松前口から海岸沿いに進軍する敵軍を江差まで押し戻したが、江差を目前にして撤退してしまう。臆したのではない。命令に従ったのだ。

大莫迦である。

木古内方面に向かった敵を討つため松前に戻らせたということだったが、これは明らかな采配違いだろう。

そうなれば当然、松前が攻撃対象となる。

海からの艦砲射撃で四十数名が死に、松前城は敵の手に落ちた。

木古内には大島自らが出陣し、伝習隊と額兵隊を中心にした五百人が護りを固めたが、勢い付いた新政府軍の猛攻に七十名以上を失って敗退、援軍を投入して木古内だけは奪還したものの、結局はそこも放棄して矢不来まで引いてしまう。

これも莫迦だと思う。

慥《たし》かに、地形を考慮するなら矢不来に陣を張った方が有利ではあっただろう。

ならば最初からそこに陣取っておけばいいのだ。慌てて砲台だの胸壁だのを拵《こしら》えている間に敵は補給を終えて態勢を立て直し、千六百の大軍で矢不来を攻めた。

大負けであった。

幹部を含む百六十余名が死に、総裁榎本自身が出張ったが立て直しは出来ず、大鳥隊はそのまま箱館に向けて敗走した。

その間。

歳三は島田が言うように二股口で戦っていた。

稲倉石《いなくらいし》から二股を抜ける江差山道は敵の上陸地から箱館に到る最短の行路である。

但し決して進み易い路ではない。峡谷沿いに進み川を渡って山を越すという行程は兵を消耗させる。二股口はその名の通り川が二筋に岐《わか》れる場所であり、敵はそこで川を渡らねばならない。進軍を阻止するには最適の場所ではあった。

策を練るまでもない。

本陣は川を見下ろす台場《だいば》山《やま》に置くしかない。川に面した山稜山腹に胸壁を段構えで複数築き、天狗《てんぐ》岳《だけ》に前哨を配す。他の布陣は考えられない。

設営は仏蘭西《ふらんす》人に任せた。指揮も任せ切りでいいような気もした。

敵が姿を現す前に陣が布《し》ければ必ず叩ける。兵隊は凡《およ》そ三百。敵は倍以上と予想した。地形的に白兵戦にはなるまい。ならば撃ち合いになるだろう。

先に弾が尽きるか、疲弊した方が負ける。

それだけのことで、戦術も何もあったものではなかった。ただ敵兵は足場の悪い一本道を進攻して来るのだ。どれだけ数が多くても圧倒的に敵の方が不利だ。

歳三は台場山には行かずに、五稜郭と二股口の中程に鎮座する大野《おおの》村市渡《むらいちのわたり》神社に控えていた。行っても役に立つ訳ではない。そもそも遣る気がなかったのである。

必ず勝てる。

しかし、勝ったところですぐ次の敵が来る。延延と来るだろう。勝ち続ければ諦めるだろうが、そうだとしても攻撃そのものを諦める訳ではない。

二股口を護るのは総本陣五稜郭を護るためである。

二股口だけ残っても何の意味もない。

戦闘開始は予想より早かった。

撃ち合いは午《ひる》に始まった。

開戦の報を受けた歳三が台場山に入ったのは深夜のことである。だが銃撃戦は未《ま》だ続いていた。二小隊が交互に撃ち掛け、撃って撃って撃ち捲《まく》った。

悪天に見舞われてもただ撃った。

払暁《ふつぎょう》、敵が先に陥ちた。

陣もなく、雨の中進軍していたのだから当然の結果である。

三万五千発撃った。

敵はまた来るだろうが、作戦は同じである。いても仕様がないから歳三は五稜郭に戻った。実際、その後も同じことの繰り返しだった。

莫迦莫迦しい。

二股口の戦は、莫迦でも勝てたのだ。歳三の手柄などではない。

しかし敵とて何処までも愚かではない。山を攀《よ》じ登り、山肌から銃を撃ち下ろすという奇襲を仕掛けて来た。場所に依《よ》っては胸壁が役に立たなくなる。それでも撃ち返すしかなかった。

大激戦となり、流石《さすが》に歳三自身が出張るしかなくなった。

歳三は加勢に来ていた伝習士官隊を夜陰に紛れて敵陣に放った。撃ち合いは続いたが、伝習士官隊の急襲を受けて、敵は陥ちた。

山中の敵も、真逆《まさか》斬り込んで来るとは思わなかったのだろう。

歳三は何もしていない。

斬り込んだ訳でもない。

強《し》いて言うなら、伝習士官隊の争いを宥《なだ》めただけである。

何に昂揚したものか、滝川《たきがわ》という男が殺した敵兵の顔の皮を剝《は》ぎ、眼を抉《えぐ》ったのである。幾ら憎き敵兵とはいうものの、それは如何《いか》にも遣り過ぎであると、他の者は大いに騒いだ。

滝川は、若い頃の沖田のような眼をしていた。

だから殺してやろうかとも思ったのだが——止《や》めた。

　くだらない。

諍《いさか》いを起こすようなことではないだろう。

そんな残忍なことをする意味は全くないが、遣り過ぎだとも思わなかった。皮を剝ごうが剝ぐまいが、殺しているのだ。殺しているのだから同じことではないか。

殺し合いの最中なのだから。

この戦いで、敵は二股口突破を断念した。

だから――慥《たし》かに勝ったといえば勝ったのだ。

だが、その間に――他は総《すべ》て負けていたのである。

新政府軍は続続と有川《ありかわ》付近に集結していた。

軍の本隊に北上されれば、二股口と五稜郭は分断され、共に孤立する。

それが不利な状況を招き入れることは確実である。しかし僅《わず》かでも勝機を呼び込もうとするのなら、拠点を分散させておくことも有効ではある。敵の兵力もまた分散出来るからだ。拠点が一箇所に集中すれば、敵は其処《そこ》に全兵力を投入して来る。

だが、二股口は捨てられた。

榎本は二股口の兵を引く命を出したのだ。二股口撤退に依って箱館に到る凡《すべ》ての口は開いたことになる。敵の進攻を妨げるものは何もなくなった。総掛かりで四方から攻め入られたなら、防げる訳はなかった。

これはもう作戦ではない。

じたばたしているだけである。

結局、五稜郭とこの弁天台場――島田の言う新選組の本陣――以外、拠点と出来る場所はなくなってしまった。

何のために戦ったのか、歳三は能《よ》く判らなくなっていた。

「いいか島田」

歳三は見渡す。

何人立て籠っているのか。

「この戦は負けだ」

「な、何を仰るんですかッ」

「見ろ。永井はもう、まるで遣る気がねえよ」

弁天台場を任されているのは永井尚志である。

永井は戦局を見るでもなく、ただ腕を組み宙を睨《にら》んでいる。

「今——話して来たからな。奴はもう、どうやって負けるが得かを考えてるぜ」

島田は顔を顰《しか》めた。

永井だけではない。榎本も、もう疾《と》うの昔に勝ちを捨てている。

最初から戦う気はないのだ。

榎本は二股口から兵を引くなり、捕虜百余名を解放し、仏蘭西《ふらんす》軍人の多くを外国船に乗せて帰国させている。負けることを見越した処置である。いや、榎本は再三、蝦夷地の借り受けと開拓許可を新政府に嘆願しているのだ。

つまり、攻めないでくれと頼んでいるのである。

順序が逆だ。

頼むなら、先《ま》ず降伏するのが先だろうと思う。

あれだけ賢い男が、何故そんな当たり前のことが判らないのか、歳三には理解出来ない。降伏すれば必ず処刑されると思っているのか。死ぬのが怖いのか。殺されるくらいなら自決しようとでも思っているか。

それは榎本の勝手だ。

だが、そのために――兵隊がどんどん死んで行くのは構わないというのか。この惨状は榎本の引いた図面が穴だらけだったという証左である。それなら永井のように負けた後のことを考える人間の方が未《ま》だましである。

新選組を名乗る島田達は、二度有川の敵陣に夜襲を掛けている。一度は歳三が命じたものである。夜襲自体は成功したが打撃を与えることは出来ず、何の成果も上がらなかった。三度目の夜襲は榎本総督自らが向かうことになった。榎本は愛馬に跨《また》がって勇ましく出陣したが、用意が遅く、敵陣に着く頃には夜が明けていた。

それは夜襲ではない。

もう、笑うしかない。遣る気がないとしか思えなかった。

やがて敵艦隊は箱館湾内に進攻して来た。

湾内での海戦が始まる前に、味方の軍艦一隻——千代田形《ちよだがた》が敵に接収されている。

千代田形は暗礁に乗り上げ、座礁したと思い込んだ艦長の命で総員退去したのだという。

だが、実は座礁などしておらず、船は自然に離礁、海上を漂っているところを拿捕《だほ》されたのである。

笑い話としか思えない。

巫山戯《ふざけ》ている。

これはもう冗談軽口の類《たぐ》いである。

但し——命懸けの冗談だ。

その後も夜襲は続けられたが、戦果はなかった。おまけに敵の間者が紛れ込み、弁天台場の大砲を壊した。

脱走する者も跡を絶たなかった。

勝てる望みは、既にして毛一筋もなかった。

歳三は死ぬ気はない。

死ぬ気はないが、このままでは死ぬだろう。

「箱館山は盗られたんだろ」

歳三は言う。

「てめえの言う新選組は、尻《から》を絡げて山から逃げ帰って来たじゃねえか。権現台場《ごんげんだいば》もあっと言う間に陥ちて、四《し》稜郭《りょうかく》も捨てられ、本陣の五稜郭も囲まれてんだよ」

「いや、しかし――」

執拗《しつけ》えなと歳三は言う。

「俺はな、助けに来たんじゃねえと言ってるんだよ。こんな処に籠ってるんじゃねえと、それを言いに来たんだよ。箱館の町はもう占領されてるんだ。出口はねえぞ」

「なら尚更ですよ。この台場は陥ちませんよ」

島田は振り返る。

慥《たし》かに、弁天台場は盛り土に孔《あな》を穿《うが》っただけのような急拵《きゅうごしら》えの堡塁《ほうるい》や砲台ではない。堅牢な要塞といってもいいだろう。

五稜郭を設計した武田《たけだ》何某《なにがし》という男が図面を引いたものだそうだ。

例えば、五稜郭を護るために大鳥が突貫で造らせた四稜郭などは土塁で囲っただけの俄《にわ》か台場で、狭い上に何もない。謂わば大きな胸壁のようなものでしかない。

しかし弁天台場は一万一千坪《つぼ》以上ある。

弾薬や兵糧を備蓄する小屋もあるし、中に井戸もある。土台も石垣も確《しっか》り造られ、壁の高さも四十尺はある。御影石で組み上げられた入り口には大きな門扉も付いている。砲眼は六十斤砲用二門に二十四斤砲用十三門の十五門。大砲自体は五十から備える予定だったと聞く。

敵は攻め難《にく》いだろう。

だが——この台場は陸を攻撃するために造られたものではない。

台場とは本来異国船を討ち払うために造られたものである。近頃は砲台を備えた陣地は凡《すべ》て台場と呼ぶようだが、この弁天台場は違うのだ。

海上の敵を攻めるにはいい。

しかし、陸に向けた砲眼はない。

そのうえ、大砲は敵の間者の工作に依って使用不能にされているのである。

砲兵隊取締となって潜入していた斉藤順三郎《さいとうじゅんざぶろう》が、朋輩の鍛冶屋を台場内に引き入れ、火門に釘を打ち込んで使用不能にしたのである。

裏切った斉藤は、蝦夷に移住した元八王子《はちおうじ》千人同心《せんにんどうしん》であり、箱館府兵であった。斉藤は工作中に捕縛され翌日には梟首《きょうしゅ》となったが、大砲の方は七門中六門が使えなくなっていた。

いや——もし使えていたとしても、民家が密集している村に向けて大砲を撃つ訳にもいくまい。敵は既に陸上にいるのだ。

台場は城ではない。

堀がある訳でも武者返しがある訳でもない。

そのうち弾も食料も尽きる。立て籠るにしても、長くは保《も》つまい。

箱館総攻撃は——凄まじいものだ。

海岸線の攻防のみならず、五稜郭も包囲された。

町も制圧された。歳三も、真逆《まさか》敵兵が箱館山の裏側を攀じ登って来るとは思っていなかった。洋上もほぼ制圧されたといっていい。主要艦である回天は蒸気機関を破壊され、今や浮き砲台と化している。

遠からず弾も撃ち尽くすだろう。

負ける。

こうした局面は当然予想出来たことであった。

一両日中に総攻撃があることは、榎本も知っていたのだ。

未明の敵襲にあたり、総裁始め幹部連中は打ち揃って築島《しま》の遊廓武蔵野《むさしの》楼《ろう》にいた。

総攻撃を迎えるにあたって別杯を交していたらしい。

戦を何だと思っているのか。判っているなら遊里などにいるのはおかしいし、別杯というのも戴けない。死ぬ気なのか。戦の前にわざわざ別れの杯を交わすというのだから、死ぬ気なのだろう。

歳三にとって、その手の行為は一様に無意味だ。そんなものは覚悟を以て戦いに臨む決意表明などでは決してない。それは、己の無能を暗に正当化し、美化しようとするみっともない催しごとでしかないだろう。戦いを放棄するか、戦うにしても負けることを前提としているからである。そうでなければ、遊んでいるのだ。兵隊の命を弄んで己を鼓舞《こぶ》しているだけだ。何が別杯だ。

胸糞が悪くなる。

歳三はそんな間の抜けた集まりには参加せず、陣屋を巡って軍備や人員の確認をしていた。

死ぬつもりなどなかったからだ。

歳三は決してこの辺境に死地を求めて来た訳ではない。武士どものように愚かではない。だからといって榎本達のように小賢《こざか》しくもないから理屈も言わぬ。歳三は、百姓上りのヒトごろしでしかない。生きて――。

生きて人を殺すために蝦夷まで来たのだ。

ただ――榎本を担いでもその望みは果たせないだろう。榎本に州《くに》は造れない。また造る気もない。もう無理だと榎本は知っている。だからといって、巻き添えを喰って死んでしまったならば元も子もない。歳三に、死ぬ気はない。

歳三は、取り敢えず五稜郭に戻った。

間もなく榎本が戻って来た。他の者は持ち場に就いたのだろう。

もう遅いと思った。

何処《どこ》も彼処《かしこ》も指揮官が到着する前に陥ちていることだろう。番兵だけで戦争は出来ない。敵の動きは速く数も多い。間に合ったところで杯を交わし負ける自分に酔っているような無能な指揮官は、何の役にも立つまい。

榎本は既に諦めていた。

そして腹を切ると言い出した。

自死を以て懇願なさば、引き連れたる幕臣一同の助命も叶うやもしれぬ――ということのようであった。松平も大鳥も黙していた。莫迦もここまで来ると処置なしだ。

歳三は呆れ、そして怒鳴った。

思いきり、怒鳴った。

あんたが死んでも変わりはねえぞ総裁。兵隊は、助からねえ。熱《いき》り立った野郎は向かって行くだろうし、戦う気を失くした連中は殺されるだろう。話が付く前に全部死ぬよ。賢いなら考えろ。頭使え。何とかしてえなら一刻も早く降伏しろよ。全軍引かせて、そして交渉しろ。それがあんた達上にいる賢い者の役目じゃねえか。それとも何か、処罰されるのが怖いのか。腹切ったって打ち首だって死ぬのに変わりはねえんだよ。それとも、そんなことに拘泥《こだわ》るのかあんた。そんな黴《かび》の生えた武士道とやらの名残を尻にくっ付けたまま、あんたは新しい国だ新しい時代だと騒いでたのかよ。おかしいじゃねえか。あんたは人を活かそうとしてここに来た。俺は人殺しを続けるためにここに来た。それなのに、あんたは人を殺し、俺は命を助けてる。こんな莫迦な話はねえぞ。敵味方の兵隊大勢殺して、てめえまで殺して、それであんた気が済むのかい――。

とんだ茶番だよ――。

歳三はそう言い残し、五稜郭を出た。

伝習士官隊が続いた。連中は未《ま》だ――勝つ気でいたようだ。

そして歳三は取り敢えずもう一つの要塞である弁天台場に向かうことにしたのだ。

弁天台場に入った永井なら、負けてくれると踏んだからだ。

しかし――その段階ですでに箱館の町は制圧されていたのだった。

未明の攻撃開始から僅《わず》か三刻で、殆《ほとん》どの味方は打ち破られていた。箱館湾からの執拗な砲撃と、箱館山からの猛攻撃には歯が立たず、味方は悉《ことごと》く敗走しているようだった。

兵隊が次次に遁《に》げ帰って来た。

五稜郭に行くつもりなのだろう。

だが、五稜郭も攻められているのである。無駄だ。

箱館の町と五稜郭の間には、柵が設えられていた。一本木《いっぽんぎ》の関門である。この関門を越えれば助かると遁げて来た者共は思っていたようだ。

それは間違いだ。

五稜郭に入る前に間違いなく全員やられるだろう。

しかし敗走兵は柵を越せば敵はいないと思っているに違いない。

そんなことはない。敵軍は箱館の町と五稜郭の両方を的《まと》に多方面で展開しているのである。既に本陣も遠巻きに包囲されているのだ。戦う気が失せた敗残兵などは、ただの鉄砲の的でしかない。

だから。

遁《に》げて来た者共を関門に留まらせることにした。

生き延びるつもりならそこで戦うしかないだろう。

伝習士官隊は血気盛んだったが、遁げて来た連中は既に死に体《たい》であり、幾ら行くなと言っても五稜郭方面に向かおうとした。

そのうち——。

箱館の町が燃え始めた。

敵が燃やしたのではない。

追って来る敵を足止《ど》めするために、味方の敗走兵が放火したのだろう。

黒煙が上がり、家家は面白いように燃えた。何かが焦げる匂いは関門にも届いた。

日野宿の火事を思い出した。

本庄宿の篝火を思い出した。

宇都宮の城攻めを思い出した。

歳三は叫んだ。

この柵から退《しりぞ》く者は——。

俺が斬る——。

無駄死にするなら殺させろ。俺はヒトごろしだ。

歳三は、人外《にんがい》だ。鬼だ。死神だ。

そして――。

洋上の敵艦、朝陽《ちょうよう》が沈んだ。

榎本の艦隊が初めて敵艦を沈めたのだ。味方は沸いた。

それを契機《きっかけ》にした。

歳三は、一本木関門を伝習士官隊に任せ、燃える箱館の町に独りで躍り出たのだ。

後に続くというものもいたが、留まらせた。

兎《と》に角《かく》関門を死守しろと命令した。

歳三は馬を駆って、硝煙に霞み黒煙と焔《ほのお》に揺らぐ町を抜け、弁天台場を目指した。

弁天台場は第二の要塞である。当然逃げ込んだ者もいるだろう。弁天台場に永井がいることは承知していた。永井なら。

負けてくれる。

もう、先に負けた方が勝ちだ。

永井は榎本のように洋風気触《かぶ》れではない。古い武士である。

髷も落としていない。しかし永井は腰抜けなのだ。それでいて頭は良い。上手に負けるためには永井に動いて貰うよりない。

市街戦は続いていたし、馬上の歳三に鉄砲を撃ち掛けて来る敵兵もいたが、流石《さすが》に猛火の町での戦闘は無理だ。一斉に撃ち掛けてくるなら逃げ場はないが、幸いにも敵味方共、兵は散っていた。逃げ惑う町人の方が多かっただろう。

歳三は弾と焔《ほのお》を潜り抜けて、この石の要塞に至ったのである。

そして歳三は永井に会った。

負け戦にのみ力量を発揮する交渉人は、難しい顔で歳三を迎えた。

歳三が進言するまでもなく、永井は早早に負ける算段を始めていたようだった。永井は停戦交渉の図面を既に引いていたのだ。

蝦夷地統治を棄てるなら、こちら側に付ける条件は何もないのだ。助命嘆願のみである。東京には勝海舟《かつかいしゅう》もいる。幾度となく負け戦を潜り抜けて来た永井にとって、新政府との折衝はそう難しいことではない筈だった。寧《むし》ろ永井の頭を痛めていたのは立て籠っている連中の方だったのだ。

外の連中と違い、弁天台場に逃げ込んだ兵隊達は――。

未《ま》だ勝てる見込があると思っているのだと、永井は言った。

信じられなかった。正気の沙汰ではない。この状況でそう思えるのなら、もう気が違っているとしか思えない。

だが、話してみると本当にそうだった。

絶対に陥ちませんと島田は繰り返した。

「土方さん。以前のように采配を振るって下さい。必ず勝てますよ。土方さんが来てくれたなら百人、いいや、千人力ですよ」

「俺は一人だよ」

縦《よし》んば千人味方が来ても負けるだろう。

歳三は厭《いや》になっている。

歳三はもうこんな場所にいるのは厭だった。

先《ま》ず以《もっ》て、歳三は籠城が大嫌いなのである。

歳三の周りには、島田を始めとして十数人が固まっている。後はそれぞれの持ち場に就いているのだろうが、覇気《はき》はない。威勢良くしている者もいるが、宿っているのは闘気ではなく焦燥である。

「ここが陥ちねえとしても、だ。本陣が陥ちたらどうする。榎本はもう永井以上に遣る気がねえぞ。総裁が取られるか腹切るかして、外が全滅して、ここだけ残ったとして——それでどうするよ、島田」

護りますよと島田は言った。

「護ってどうなる。てめえ等《ら》が護ってるものは何だ。天子様か。そりゃ敵将だ。将軍か。もういねえよ。敵は異国でも朝敵でもねえ。俺達が賊軍なんだ。なら何を護るんだよ。この莫迦でかい石の棺かよ。ここを護ると、何かいいことあるのか」

薩長の好き勝手にはさせませんと誰かが強く言った。

「我我は賊軍ではないッ」

そうなのだ。

榎本の理想に共鳴した者など、兵隊の中には一人もいないのだ。

連中にとってこの戦いは、榎本の理想を利用した私怨の闘争に過ぎない。

謂《い》わば——私闘なのだ。戦うための戦いなのである。

なら勝てる訳がない。

「最後の一兵まで戦います」

島田の横に控えていた若い兵隊がそう言った。

「一兵になった段階で絶対に勝てねえだろう。それは無駄だろ」

「ええ。それでも自分は死ぬまで戦いますよ」

オウオウと賛同する者が声を上げた。

——駄目だ。

もう、眼が。

こいつ等の眼が。

これは沖田と同じ眼か。

甲鉄で死んだ野村の眼か。

違う。

一月ばかり前に見た――あの、市村鉄之助《いちむらてつのすけ》の眼だ。

市村が新選組に入隊したのは、慥《たし》か屯所を本願寺《ほんがんじ》から不動堂村《ふどうどうむら》に移した頃のことである。

兄の辰之助《たつのすけ》と共に入隊した市村鉄之助は、その時未《ま》だ十四だった。

役に立つものではない。役立たずの若年隊士というのは幾人かいて、それは小姓と称し、幹部の世話係、雑用係として使うしかなかった。

市村は歳三付きだった。

その頃の市村は、ただの童《こども》の眼をしていた。

やがて幕臣となり、伏見《ふしみ》で負けて、将軍に打ち棄てられても尻尾を振って江戸まで下《くだ》り、勝に踊らされて甲府《こうふ》で大負けして、五兵衛新田に流れても、市村兄弟は生き残り、ずっと付いて来た。

僅《わず》か十四で幕臣となったことを鉄之助は大いに喜び、その時は眼を輝かせていた。

まるで役には立たなかったが、何を令《いいつけ》ても不平一つ溢《こぼ》さず、黙黙と働く真面目な子供だった。

だが。

五兵衛新田を出たところで、兄の辰之助が脱走した。

当然のことだと歳三は思う。自分が何を為《し》ているのか、何をさせられるのか、何を為《す》べきなのか、あの時は誰一人、全く判っていなかった筈だ。それで逃げ出さない方がどうかしている。

しかし鉄之助はそう思わなかったようだ。

兄を裏切り者と謗《そし》り、腰抜けの卑怯者と詰《なじ》り続けた。

その日から、鉄之助は変わった。

そう――。

沖田のような眼をし始めたのだ。

漸《ようや》くあの、忌忌《いまいま》しい沖田が目の前から消えたというのに。鉄之助の中に芽生えたのは、闘争心でも忠誠心でもない。ただの憎悪だった。

しかも、対象なき、捩《ね》じ曲がった憎悪だった。

何の役にも立たない感情だ。他者を傷付け、屠《ほふ》るだけの、人外《にんがい》の心根である。

それから歳三は鉄之助を遠ざけるようになった。

ところが、鉄之助は付いて来た。

流山から会津に向かった鉄之助は仙台で歳三と合流、結局蝦夷まで付いて来た。

鉄之助は、十六になっていた。

五稜郭に入り、鉄之助は歳三付きの小姓を任じられた。自ら望んだのか、何者かの配慮故なのかは、知らぬ。ただ、沖田が歳三の心の闇を嗅ぎ付けたように、鉄之助も何かを嗅ぎ取ったのかもしれない。

鉄之助は怜悧《れいり》ではあった。そして頗《すこぶ》る勝ち気でもあった。それだけに一層、荒《すさ》んでいた。

二股口での小競り合いが続いていた頃のことだ。

五稜郭に戻った歳三の許《もと》に鉄之助がやって来た。

土方先生は負けませんね——。

そう言って、鉄之助は口を曲げて笑った。

まるで——溝鼠《どぶねずみ》のようだった。歳三は無性に肚が立った。だから、俺が負けずともこの五稜郭が陥ちりゃ負けだろう、と言った。

今と同じように。

鉄之助は何も観ず、何かを見詰めたまま、
それでも私は戦います。最後の一人になっても戦います——。

そして一人でも多く官軍を殺します。殺してやるんです——。

この首が刎《と》ぶまで、殺して。殺して、殺し続けるんです——。

兄のような腰抜けではありませんよ——。

そう言って鉄之助はまた莞爾《かんじ》として笑ったのだった。その笑顔を見た刹那《せつな》、歳三は刀を抜いていた。

斬りたい。

斬り殺したい。

この小僧の生白い顔を真っ二つに割ってしまいたい。天井まで鮮血が迸《ほとばし》るだろう。

斬りたい斬りたい。抜いたのは唯一残った差し料、十一代和泉守兼定《いずみのかみかねさだ》だった。

宇都宮の戦闘以降、歳三は人を斬っていない。

大勢死んではいるが、歳三は殺していない。

鉄之助は笑ったままだった。

てめえは。

てめえは――。

歳三は何もかも呑み込み、刀を鞘に納めると、そのまま鉄之助に渡した。

そして、日野に行け、と言った。

日野宿名主佐《さ》藤《とう》彦《ひこ》五《ご》郎《ろう》の処に行けと。

鉄之助は化け物でも見るような顔をして歳三を見返した。

歳三はあの小僧に、一刻も早く目の前から消えて欲しかったのだ。身近にいれば間違いなく殺してしまうだろう。鉄之助に沖田が重なる。

鉄之助は拒《こば》んだ。

命令を聞かねば斬り殺すと歳三は言った。本気だった。何のために行くのですかと鉄之助は不服そうに言った。

私は官軍を殺すんです。蝦夷地で戦って、死ぬんですよ――。

黙れと怒鳴って歳三は刀掛けに掛けてあった別の刀を取り、再び抜きかけて。

抜きかけて――納めた。

俺の命令が聞けねえのか。小姓の分際で陸軍奉行並に意見でもする気か。

本気で。

斬り殺すぞ。

再び柄《つか》に手を掛け、そのまま歳三は刀を鉄之助に向けて突き出した。

そしてこの刀二振を路銀代わりに持って行けと言った。停泊中の異国船にでも乗れば横浜《よこはま》辺りには行けるだろう——と。

無理ですと鉄之助は言った。乗せてくれる訳がないと。

歳三は机の抽出《ひきだし》を開け、中にぞんざいに放り込んであった写真《ポトガラヒイ》を出すと、裏に一筆認《したた》めて鉄之助に渡した。入れ札で役職を決めた後、榎本に言われて写真師に撮らせたものである。皆が並んで撮ったのだが、歳三は厭だったから独りで撮った。群れるのは矢張り嫌いだ。

己がこれ程つまらない顔をしているとは思わなかった。

五兵衛新田に巣くっていた頃、近藤も松本良順に唆《そそのか》されて一度写真を撮っている。その時の写真もあの近藤の不細工な面に生き写しであったから、多分歳三も写真通りの顔なのだろう。

撮ったはいいがどうすることも出来ずに放っておいたのだ。

これを見せれば必ずどこかの船が乗せてくれると歳三は言った。その筈である。商船の関係者には歳三を知る者も多い。

鉄之助は暫《しばら》く黙っていた。

歳三は無言で——恫喝《どうかつ》した。

怯《ひる》む鉄之助に歳三は背を向けて罵声《ばせい》を浴びせた。

てめえみてえな餓鬼は何の役にも立たねえ。戦うの殺すのって偉そうな口を利くが死ぬ気でいる莫迦は足を引っ張るだけだ。死ぬなら今ここで死ね。死ねねえなら命令を聞け。

本気で——。

殺すぞ。

本気だった。

鉄之助は——怯《おび》え、刀を抱えたまま部屋を出て行った。

それきり戻って来ないところをみれば、本当に日野に向かったのだろう。

何故、義兄の処へ行けと口走ったのか、それは歳三にも判らない。沖田の狂気を半《なか》ば見抜いていた義兄に鉄之助を託そうとでも思ったか。

いや。

そんな温《ぬる》い気持ちはない。

兎《と》に角《かく》、遠くに行って欲しかっただけだ。そうでなければ——。

そうでなければ。

「ぶっ殺すぞ」

歳三は、沖田と同じ眼をした連中に向けてそう言い放った。

「最後の一兵になって、敵の兵隊と刺し違えて死んで、それで一体《いってえ》何がどうなるんだよ。てめえ達兵隊が何人何百人死んだって世の中何も変わりやしねえんだよ。てめえ等《ら》は、生きてようが死んでようが構わねえ、牛馬より下の兵隊だ。兵隊なら兵隊らしく、上の者の命に従え。いいか、従わねえ奴はここで殺す」

歳三は己を取り巻く狂人共を見回した。

そして台場中に向けて、大声で言った。

「貴様等、いいや、この弁天台場にいる者は総《すべ》て、一人残らず永井箱館奉行の指示に従え。文句のある奴は前に出ろ。俺が斬る」

歳三は、本気で斬る気だった。

「いいか、てめえ等間違っても勝手なことするんじゃねえぞ。腹も切るな。迷惑なだけだ。ちゃんと介錯出来る程腕の立つ者はここにはいねえ。切腹は痛えだけで中中死なねえぞ。いいか、籠城ってのは、援軍あっての策だ。援軍の来ねえ籠城はな、負けだ。そこの戸を閉めた段階で負けてんだよ。もう負けてるんだてめえ等はッ」

歳三は大きな扉を指差した。

上部が円弧を描いた西洋風の扉である。厚く重い。簡単に開くものではない。

その扉が僅《わず》かに動いていた。

おかしい。

小屋の中から数名が扉の方に駆け出した。敵襲ではないだろう。

砲音は響いて来るが、未《ま》だ遠い。

やがて相馬《そうま》主計《かずえ》が駆けて来た。

相馬も——新選組が未《ま》だ続いているとするならば——今や古参の隊士といえるだろう。相馬は市村兄弟と前後して入隊した男なのだ。不動堂村の真新しい屯所で新選組に入隊している筈だ。

しかし近藤投降後、相馬は会津には向かうことをせず、近藤と面識のあった幕臣松《まつ》濤《なみ》権之《ごんの》丞《じょう》と繋ぎを取って近藤宛ての書状を書いて貰うと、それを口実に近藤が囚われている板橋まで出向き助命を嘆願した。そんな嘆願が通る訳もなく、相馬はその場で官軍に捕縛された。

普通は一緒に処刑される。

しかし相馬も甲鉄で死んだ野村同様、死罪を免《まぬか》れている。

近藤が減刑を嘆願したのか勝が手を回したのか、それは判らない。

やがて相馬は、これも野村同様預けられていた家から脱走して彰義隊に加わり、上野の戦いでも生き残って、後に北上、野村と合流し、歳三達に同行することを決めている。運の良い男なのだ。

だが、相馬は市村や野村とは少しばかり違っている。勿論、今歳三を取り囲んでいる島田達とも違っている。相馬は、戦うための戦いはしない男である。

歳三は目を凝らす。

相馬の眼は、未《ま》だ狂気に染まってはいなかった。

「土方先生」

相馬は歳三の視軸を捉えて短く呼んだ。

「只今、門前で木戸を敲《たた》く怪しき者あり、人相風体卑しき者なればすわ敵の間者かと取り押さえましたところ、土方歳三の縁者であると」

「そんなもなァいねえよ」

「では――捕えますか。斬り捨てますか」

「斬るなら俺が斬る」

歳三は門に向かった。島田が引き止《と》めた。

「今出るのは危ないです」

「俺はな、土方歳三だ。慥《たし》か、負け知らずの千人力だ。そうじゃなかったのかよ」

歳三は島田を振り切り、門に向かった。

大きく厚い木戸は僅《わず》かに開いており、その隙間から何者かが頭を出している。額兵隊が数名で取り押さえているようだった。

それは——。

「おお、この莫迦連中をどけてくれよ土方。全くどいつもこいつも乱暴でいかんわ」

「てめえ——」

それは、いつぞやの老僧であった。

了湛《りょうたん》とかいったか。

「ご面識がおありですか」

「そんなものはねえ」

ご面識などという立派なものではない。

兵隊は坊主を絞め上げた。

「この乞食売僧《こつじきまいす》め、何を企むか。土方様はご存じないと仰せだッ」

「そう言うと思ったわい。このヒトでなしめが。おい、坊主殺すと七代祟《たた》るぞ」

「退《ど》け」

歳三は兵隊を僧から引き剝がすと、足蹴にして坊主を外に追い出し、自らも出た。

「土方様ッ。外は」

「心配ねえ。其処にいろ」

兵隊を裡《なか》へ追い遣る。

罰当たりだな何奴《どいつ》も此奴《こいつ》もと老僧は言った。

「随分と妙な処にいるじゃねえかよ爺《じじい》。弔《とむら》いか」

「前にも言うたであろうが。儂《わし》は弔いなどせんわ。いやはや、それにしても不恰好な戦だのう。どうだ、無駄に沢山人が死んで楽しいか土方」

「そんなことを言うために蝦夷まで来たのかてめえは。寺の門前と違ってな、ここなら斬れるぞ」

「そうかな」

僧はよたよたと立ち上がり、黒煙を上げる箱館の町を眺めた。

「全く酷《ひど》いな。火を付けたのはお前の味方だ。丸焼けだわ。だが敵も敵だぞ。遣りたい放題だ」

だから何の用だよと歳三は言う。

ふん、と鼻を鳴らして僧は枯れた顔を歳三に向けた。

「儂はな、お前を捜しているという女人と出逢《でお》うてな。何でも流山で逸《はぐ》れたとか」

──涼《りょう》か。

「どういう関わりかは聞いてねえし、知らんが、お前との関わりである以上、いずれ悪業《あくごう》悪縁には違いなかろう」

その通りだよと言った。

「何、江戸──もうそうは呼ばんようだが、あの町も今、紛乱《ごたごた》としておってな。見物に行ったのだ」

面白いからなと破戒僧は言う。

「あの女は上野で拾うた。怪我しておってな。話しておるうちに、尋ね人がお前のことだと知れてな。どうしても会うと言うのよ。その頃、お前は──何処に居《お》ったか知らんわ。だがな、そのうちに軍艦盗んだ莫迦どもが蝦夷に渡って騒いでおって、そこに新選組の副長が乗っかっておるという話が聞こえて来てな」

「そんな組はもうねえよ」

「聞こえて来たんだから仕方があるまい。女ァ自分も追って北に行くと言うのよ。だが蝦夷ってなぁ地続きじゃないからなあ。横浜まで連れて行って、外国の商船に乗せてやったのよ」

「てめえがか」

「こう見えてもな、長《など》う生きておるから顔も利くし、鈍間《のろま》に鼻薬を嗅がせるくらいの芸はあるわい。で、まあ儂も序《つい》でに乗った。お前がどんな鬼畜に成り下がったか是非観たくなってのう」

「鬼畜か」

蝦夷では――人を斬っていない。

こんなに大勢死んでいるのに。

「物好きだな爺。死ぬぞ」

「死にかけたわ。何だこの、みっともない殺し合いは」

坊主は投げ出されていた笠を拾った。

「蝦夷に着いたのは十日ばかり前だが、如何《いかん》せん動くに動けんのだ。そうこうしているうちに、町中で戦争だ」

死んだか。

あの――女は。

心配かと坊主は小莫迦にしたように言って、それからそんな柄じゃあねえなあこのヒトごろしめと続け、笑った。

「まあ、死んでなかったわい、ついさっきまではな。今は知らん。あの女ァ元より脚を怪我してたし、長旅の疲れもあって思うように遁《に》げられん。巻き添え喰って死ぬのは厭だが、見捨てるのも後生が悪いわい。ほれ。儂はこれでも」

仏弟子じゃと老人は言う。

「ただもう、何処も彼処《かしこ》も危なくて仕様がないわ。詮方《せんかた》がないから、何だ、あの療養所――箱館病院か、彼処《あそこ》に連れて行ったのよ。それがもう、怪我人で溢《あふ》れ返っておってな。何だ、彼処は敵も味方もなく治療するそうだな」

「そうらしいな」

箱館病院は敵味方の別なく負傷者を診る。

時に殺そうとした者と殺されかけた者が、肩を並べて寝かされている。ある意味、狂気の沙汰とも受け取れる。実際、何度も揉めている。患者同士殺し合いになりかけたこともあるという。しかし、その方針は貫かれた。それが院長である高松凌雲《たかまつりょううん》とかいう仏蘭西《ふらんす》帰りの医者の、医者としての矜持《きょうじ》であるらしい。

元元高松は榎本が引き入れた人物であったが、箱館病院を引き受けるに当たっては一切口出し無用という条件を出したらしい。

口は出させなかったのだ。

「まあ、だから薩長も手を出さんと決めたんだろ」

「そうなのか」

「そうだったよ。何ぞ、薩州隊改めと紙が貼ってあったわ。だが、もう廊下から玄関から兵隊で一杯だったからの。そしたら高龍寺《こうりゅうじ》へ行けと言われてな」

高龍寺は、箱館病院の分院として借りている寺である。

「行ったらこのざまだ」

坊主は衣を見せた。

焦げている。

「火事か」

「あれは松前兵かな。だんびら提げて乗り込んで来た。病院掛《がかり》の兵隊というのがまた粗暴な男でな、説明も何もせずに喧嘩腰で喰って掛かったものだから、向こうも引かず、そしたら寝てた患者が鉄砲撃った。もう、後は殺し合いだ。這《ほ》う這《ほ》うの体《てい》で逃げ出しゃ外は火事だ。寺は、焼けちまったよ」

「女は」

「逸《はぐ》れた。一面が燃えておったからな。生きておったら——五稜郭に向かったのかもしれん」

「何故だよ。戦場《いくさば》だぞ」

てめえに会うためだよと了湛は歳三を示した。

「あの女はてめえに会いに蝦夷まで来たんだよ、このヒトごろしめ」

「余計なもの連れて来るんじゃねえよ糞坊主」

市中から五稜郭に行こうとするなら――一本木の関門は必ず通り抜けねばならないことになる。彼処は、今激戦地になっている筈だ。

この弁天台場を除けば、箱館は既に敵が制覇している。

敗走した味方は、ここに来るか五稜郭に向かうかしか道はない。五稜郭に向かった兵隊は総て一本木で足止《ど》めされて戦っている筈だ。市中を攻めた敵の軍勢も、五稜郭に向かっていることだろう。一本木は、確実に決戦の場となっている筈だ。

あんな処に行けば。

死ぬ。流れ弾に中《あ》たるか大砲で吹き飛ばされるか――。

――いや。

それはいけないだろう。

――涼は。

そんな汚らしい死に方を望んではいない。そんなのは似合わない。

——あの女は。

朱《あか》く。

紅く。

赤く。

綺麗に死にてえのだろ。

綺麗に死にたいのサ。

——約束した。

その気になったら斬り殺してやると、約束した。そして。

今、その気になった。

「馬引けッ」

歳三は大声で言った。

扉が開いた。

「ひ、土方先生」

「俺が乗って来た馬出せ」

「ど、どちらへ」

「一本木に戻るンだよ」

相馬や島田が駆けて来た。

「土方さん、いったい」

鬱陶《うっとう》しい。

「引っ込め、撃たれるぞ」

「土方さんこそ、今更、こんな中をどうやって――」

莫迦にするんじゃねえと言って歳三は馬に跨がった。

ここはどうなるんですと島田が問う。

「言っただろうが。上の者に従えばいいんだよ。俺の話を聞いてねえのかよ。その悪い頭は使うんじゃねえ。莫迦は莫迦らしく永井の指示に従うんだ。おい――相馬」

此奴《こいつ》は未だ平気だ。

「後は頼んだぞ。他の連中はどうも眼が煤《すす》けてやがるからな。新選組とかいう莫迦どもの頭《あたま》は、今からお前だ。いいな」

相馬は泣き顔になった。

「判ったらさっさと閉めろよ」

歳三はそう言ったが、扉は半分開けられたままだった。永井にでも出て来られると面倒だ。

お前は上手な負け方だけを考えていろ。

俺は。

燃えさしの町を睨《にら》む。

「おい。土方よ。真逆《まさか》お前、あの女を助けに行く気か」

「違うよ」

殺しに行くのよと言って、歳三は馬を小走りにさせて門前の坂を下《くだ》り、背後の者どもには一瞥もくれずに、黒煙がもうもうと立ち昇る焦土のただ中に向け、全速力で馬を駆った。

そう。

ヒトごろしのために。

蹄《ひづめ》の音。

振動。馬の体温。戦《そよ》ぐ鬣《たてがみ》。

顔に当たる風。

硝煙《しょうえん》の匂い。舞い散る煤。

死骸。死骸死骸。

歳三は駆け抜ける。

市中にどれだけ敵が残っているかは判らない。

しかし、燃えて見晴らしが良くなったとはいえ、町中であることに変わりはない。

山や平原ではないから、鉄砲で狙うには不向きだ。障害物も多い。しかも。

辻を曲がると、そこには敵兵がいた。歳三は――。

そのまま突っ込んだ。

撃てる筈《はず》がない。鉄砲を撃つには準備が要る。準備が出来ていたとしても、接近戦で有効に使うのは難しい。銃身の長さより近づいてしまえば撃てぬ。撃ったところで同士討ちか暴発になるだろう。この戦で使われている銃は敵味方共に精度が悪い。中距離での撃ち合いにしか効果はないと思う。遠過ぎれば中《あ》たらないし、届かない。対象が動いているなら余計に難しい。

驚いている。

弁天台場方面から敵が襲って来るなど、予想だにしていなかったに違いない。

みっともない半首笠《はっぷりがさ》。

その下の眼が円《まる》くなっている。

動きが鈍い。

違う。歳三が速いのか。

馬で――。躍り込む。その段階で既に歳三は刀を抜いている。銘も何もない屑刀だが手入れはしている。

右側の男の頸《くび》を浅く斬る。

返す刀で左の男の喉を浅く突く。

抜かずに振り切り、その隣の男の顔を横に割った。大した刀ではないから脂を付けぬが良い。

柔らかい急所を。

馬に蹴られた二三人が転倒する。

声を上げ、鉄砲を構えた男に真正面から突っ込んで、通り過ぎざまに頸を軽く薙《な》いだ。駆け抜ける。

返り血一つ浴びなかった。

背後で血飛沫《ちしぶき》が上っているのが判る。血が迸《ほとばし》る音が聞こえる。

あいつ等《ら》は、雑兵《ぞうひょう》だ。

何も悪くない。敵ではあるが、怨みも憎しみもない。

これが戦争《いくさ》でなかったら――連中にも殺されるような理由はないだろう。

妻子もいるだろう。親もいるだろう。でも。

戦場《いくさば》で出合ったのが運の尽きである。いや――。

死神に往き合ったのだ。

歳三は駆ける。

黒煙と白煙。

未《ま》だ燃えている家もある。

木の焦げる匂い。肉の焼ける匂い。

熱気の籠った棘のある追い風。

また――。

殺したな――。

頭の中で声がする。

了湛の言葉か。

いや――この嗄《しわが》れ声は石翠《せきすい》だ。

そう。

初めて人を殺した時もこんな風が吹いていた。宿場は燃えていた。焼けるような熱い風が巻き起こり、歳三を鼓舞《こぶ》していた。

悪い兄《あに》さん。

俺はまた殺したぜ。あんたが出来なかった人殺しを、俺は未《ま》だ続けているよ。

今も——。

殺したぜ。

これは戦じゃない。歳三は戦などしていない。これまでも何もしていなかったようなものだ。

これからも戦をするつもりはない。

伝習隊が死んでいる。

額兵隊が死んでいる。

こいつ等《ら》を殺したのは人ではなく戦だ。戦に殺された。掛け替えのない命を、戦が奪った。

違う。

それを奪うのは俺だ。

この、ヒトごろしの、俺だ。

道幅は狭い。

右に曲がる。

居る。

判る。

そう。この感覚だ。音と、振動と匂いと、五感の凡《すべ》てが研ぎ澄まされて、見ずとも世間が知れる。先が見える。

体中にどくどくと血が行き渡る。

居る。そこに人が居る。

蹄の音に気付いたか。

警戒している。

左に折れる。

十人くらいか。

止《と》まらず、速度も落とさず。

歳三は大きく刀を振り翳《かざ》す。

半首笠は目立つ。

聞けば、あの珍妙な陣笠は、背丈を誤魔化すためのものだという。鉄砲で狙われた際に有効だという話だが、知れたものではない。いずれにしろ急拵《きゅうごしら》えの、何の役にも立たないものだ。

薄い。刀が防げる訳でもない。目立つだけだ。

指揮官の被っている赤熊《しゃぐま》や白熊《はぐま》もみっともないことこの上ない。村祭りでもしているかのようだ。あれは江戸城にあったものを接収し、勝手に被っているのだという。

いい加減なものだ。

撃って来る。

中《あ》たるものか。

構えている。十間《けん》。

三人。五間《けん》。後ろに六人。

引き鉄に指が掛かる。力が。

二間《けん》。

躱《かわ》す。馬を右に走らせ身を低く取る。そのままの姿勢で手前の一人を斬る。体を起こして残りの二人の喉を裂く。血糊を振り切り後ろの一人を突く。抜きざまに二人を斬る。馬を返して、残りの三人を威嚇《いかく》したが、既に腰を抜かしている。再び駆ける。

これだ。

歳三は思い出す。山南を追い掛けて江戸を駆けた時のことを。

あの時もこうだった。

聞こえる。

銃声を聞き付けた連中が来る。

移動し乍《なが》ら弾の装填《そうてん》は出来ないだろう。ならば恐るるに足りぬ。

殺してやる。

俺が、この俺が殺してやる。

戦争などという訳の判らない怪物に殺されるよりは、少しだけいいだろう。俺は人《にん》外《がい》だが、それでも名前はある。お前達は、土方歳三に殺されるのだ。

燃える屋敷を曲がる。

二十人程度か。馬は止《と》めない。

得物を真横にし、腕を伸ばし、そのまま突進した。

隊列は乱れた。

右に、左に打ち下ろす。

腕が飛んだ。

悲鳴が上がった。

馬を回し、更に斬る。

力を入れず、刀身の重さに従うように、刃が赴くままに振り下ろす。

面白いように急所に中《あ》たった。

雑兵共は、まるで止《と》まっているように見えた。切り裂く度に黒い血潮が噴き上がった。

「だ、誰だ――」

そう言った男の首は、飛んだ。

誰だ――か。それは死ぬ時の芹沢の言葉だ。

誰だか判るまいよ。

斃《たお》れた兵隊が燃えさしの柱に打ち当たって、炭のようになった小屋が倒壊した。

「お、おのれッ」

一人が抜刀した。

そう、この場合は銃ではなく刀を抜く方が正しい。馬の脚を斬ればいいのだ。そうすれば闘いは五分になる。

だが、雑兵は抜いただけで何もしなかった。

構えもしない。腰が引けている。

なら。

斬るぜ。

歳三は馬上から刀を振り下ろす。
みっともない尖《とが》った半首笠が二つに割れて、雑兵は血を噴き上げて後ろに倒れた。
後は——。
何処だ。
箱館の町はそう広くない。
闘いは一本木関門と五稜郭周辺に集中しているのだろうか。
大砲の音が聞こえる。
艦砲射撃は続いているか。
「煩瑣《うるせ》え」
火薬が出す音は嫌いだ。
気が乱れる。
何処に居る。呼吸。跫《あしおと》。話し声。
未《ま》だ居る。
殺す。
池田《いけだ》屋《や》に打ち込んだ時も、こんなに大勢は殺さなかった。
誠。

誠は、人の倫《みち》に非ず。

字を間違えたな、山南よ。

忠でも、義でも同じことだが。

どうであれ、人を殺さぬ道を選ぶべきだったのだろう。

近藤も、将軍も、会津も薩摩も長州も、みんながみんな間違えたのだ。

もし間違えていなければ。

歳三のような人外《にんがい》は、疾《と》うに処刑されていたことだろう。その方が良かったのかもしれぬ。

いや――。

後ろだ。

背後から撃ち掛けて来る。

歳三は馬を返す。廻る途中で敵が見える。

――鈍《のろ》いぜ。

全速力で駆ける。

身を低くする。

鉄砲の弾が。

止《と》まって見える。

これなら除けられる。

そもそもきちんと狙っていない。弾筋がぶれている。どうせこいつ等《ら》は付け焼き刃のような兵隊だ。相手に向けて撃てば良い程度の習熟度でしかないのだ。

敵は怯《ひる》んだ。

今度は十五人。

そう、数えられる人数なら相手に出来る。千だの万だのという数になると、それはもう人ではない。軍である。歳三は、人は殺せても軍は殺せない。だが、目の前にいるのは、ただの怯《おび》えた人だ。

鬼のように。

斬った。

馬上から人は斬り難《にく》いかとも思ったが、そんなことはなかった。寧《むし》ろ効率良く殺せる。

殺して。

殺して。

殺してやる。

兵隊の多くは鉄砲を放り出して遁《に》げた。鬼に見えたか。死に神か。

追うか。

「き、貴様、新選組かッ」

それは伊東甲子太郎《かしたろう》の死に際の台詞《せりふ》だぜ。

「ひ、土方――」

抜刀して向かって来た男の首を突いた。

抉《えぐ》る。

「だったら何だ」

「俺は土方だが、新選組なんかじゃねえよ。そんなもなアもうねえ。俺はな、生れてからこの方ずっと、ただの土方歳三だ」

引き抜いた。

男は何かを受け止《と》めるように両手を拡げ、後ろに崩れ落ちた。

爆音が響く。

まるで遠雷のようだ。

もう皐月《ごがつ》だというのに、日陰には残雪がある。芽吹きも遅い。一冬を過ごし、吉村の気持ちは充分に解った。歳三も雪は嫌いだ。

海と同じくらい、厭だ。

高龍寺は全焼していた。

生き残った者は何処かに遁げたのだろう。黒く焦げた死骸が転がっているだけだった。敵か味方か判らない。兵隊か町人かも判らない。

未《ま》だ生きている者もいるのかもしれないが、手の施しようはない。

骸《むくろ》の山だ。

五稜郭は陥ちたかもしれぬ。

一本木も危ないだろう。早く負けろ。負けて、このくだらない戦を止《と》めろ。

いや、俺の人殺しを止《と》めてくれ。

俺を止《と》めろ。

そうでなくては。

歳三はヒトごろしが止《や》められぬ。

轟音が轟く。

未《ま》だ陽は中天に昇っていない。

それなのに、まるで黄昏《たそがれ》のように霞《かす》んでいる。

血煙と硝煙と黒煙とが綯《な》い交《ま》ぜになって、箱館を死の色に染めている。

こんな中にいたら。

歳三は馬を止《と》め、刀に付いた血を拭《ぬぐ》った。

――未《ま》だ切れるか。

曲がってもいない。刃《は》毀《こぼ》れも少ない。この凶器は、未だ未だ人を殺せるだろう。

関門は近い。

一本木に向かうべきか。

涼が高龍寺から五稜郭に向かったのであれば、必ずや一本木で足止《ど》めを喰う筈だ。

いや、関門まで辿《たど》り着けるかどうかも怪しい。

涼を殺してやらねばなるまい。

こんな地の果てまで追って来たのだ。そんなに殺して欲しいのか。

違うのかもしれぬ。

違うのかもしれないが。

あの女は――。

箱館側から向かった兵と七重《ななえ》浜《はま》から上陸した兵を合わせれば、敵の軍勢は優に味方の三倍以上となるだろう。護れる訳がない。

まともな指揮官はいないのだ。

一本木も誰が護っているのか判らない。伝習士官隊に托しては来たものの、果たして戦えているのかどうかは怪しい。

大きく廻り、歳三は馬を駆る。

今にして思う。

沖田も殺してやれば良かったか。

沖田こそさっさと殺すべきだったのかもしれない。あの小僧も、歳三同様に人として生きることの適わぬ人外《にんがい》だったのだ。

生き物殺すのに意味なんかないですよ——。

人だって同じでしょ——。

そう。同じだよ沖田。だからてめえは殺さなかったんじゃねえか。てめえは人じゃあねえ。俺と同じ。

人外だからよ。

沖田の背負った業は、歳三以上に重かったのやもしれぬ。だが、そんな宿業を持っていようとも、死んだ方が良いということはない。生きたいならば生きるべきだ。人を殺してでも生きたいならば——。

生きるべきだろう。

そして、犯した罪の分だけ罰せられるべきなのだ。人外《にんがい》が人の世に生きようとするなら、そうするよりない。罰するのは法ばかりではない。人外にとっては、そうして生きて行くことこそが一つの罰なのだ。

歳三は生きる。

生きたい。

あの溝鼠《どぶねずみ》は風の便りに野垂れ死んだと聞かされた。

斬ってやった方が良かったか。

童《こども》のうちに。

いや、そんなことはない。

歳三は頭《かぶり》を振る。

栄国橋《えいこくばし》を渡る。

耳を澄ます。

銃声が聞こえる。

激しくはないが銃撃戦が行われている。一本木方面だろう。

大勢の人が動いている。白兵戦になっているのか。未《ま》だ遠いが、喧騒は徐徐に近づいて来る。もしかすると味方が圧《お》しているのかもしれぬ。

居る。

尖った頭が三十人ばかり。

一人が振り向く。

隙は与えない。

歳三は思い切り馬の腹を絞める。

吠《ほ》える。

兵隊共は既に撃つ用意をしていたらしく、直《す》ぐに弾が飛んで来た。

しかし突然背後から急襲されて狙いが定められる訳もない。

弾が一つ、歳三の頰を掠《かす》めた。もう一弾が、刀に当たった。

曲がったか。

いや、平気だ。

十分《じゅうぶん》に斬れるだろう。

四人立て続けに斬った。

群れの中に乱入してしまえばもう撃たれる心配はない。

四五人を馬蹄《ばてい》にかけ、残りも順次斬り殺す。刀身が歪んだ所為《せい》で多少斬り難《にく》い。それでも充分だ。相手は慌てているだけだ。

殺せずとも戦えぬようにすればいい。眼を突く。鼻を殺《そ》ぐ。腕の筋を切る。それでも、雑兵どもは戦うことなど出来なくなるのだ。ごろごろと、屍《しかばね》と死にかけが転がる。一瞬にして三十人を平らげる。

歳三はヒトでなしのヒトごろしである。だから鬼神の如く人殺しをする。

法も、天も地も人も、神も仏も赦《ゆる》さないだろう大罪を犯し続ける。

もう、止《と》まらない。

もう——。

「歳三ッ」

女の声がした。

「としぞうッ」

歳三は馬を止めた。

馬が嘶《いなな》いた。

藪の蔭に燻《くす》んだ梅染《うめぞめ》の着物が覗いた。歳三は馬上から見下ろす。

「歳三」

涼だった。這《は》うようにして藪《やぶ》から出て来た女は、彼方此方《あちこち》汚れていて煤けてもいたけれど、それでも顔は白く唇は朱かった。

歳三が今斬り殺した連中に見付からぬよう、隠れていたものか。

よたよたと立ち上がり、涼は歳三に近づいて来た。

「あんた――」

「おう。約束したからな」

殺しに来たぜ。

歳三はそう言った。

「残念だが、てめえがくれた之定は折れた」

それは、涼の母親を斬った刀でもあったのだ。母親斬ったのは、涼の父親であるという。

「もう一本の兼定も、もう手許にはねえ。このひん曲がった屑刀で良けりゃあ、望み通りに斬り殺してやるぜ」

「殺しに――来たのかい」

「他に用はねえよ」

てめえも。

殺されに来たんだろう。

涼は首を振った。

「違うんだ。違うんだよ」

涼は縋《すが》るような目になる。

「何が違うんだ。俺は人殺しで、てめえは殺されてえ女だ。何も違わねえよ。それだけじゃねえかよ」

違うんだよッと涼は声を振り絞るようにして言った。

大きな声ではなかったが、不毛の荒野には能《よ》く通る声だった。

「どう違う」

「妾《あたし》はね、あんたと、生きるためにここに来たのサ」

「生きる——だと」

そうサ生きるためだよと涼は繰り返した。

「あんた、死ぬ気はないンだろ」

「ねえよ」

「死に場所求めて戦に出るような男じゃないだろ。あんたは、侍なんかじゃあないんだろ」

「ああ」

歳三はただの歳三だ。

「ならもういいだろ。幕府は負けたじゃないか。近藤さんも首切られたんだよ。それでもあんたは生きてるじゃないか」

「死ぬ気はねえよ」

「ならさ」

「なら何だ」

歳三は刀を振り上げた。

「こんな処にいたら、死ぬしかないじゃないか。生き延びたって、近藤さんみたいに殺されるだろうさ。だから」

「だから何だよ」

連れ戻しに来たンだよと涼は今度は大声で言った。

「遁《に》げりゃいいじゃないか」

「遁げるさ」

「なら――」

てめえはどうなんだと歳三は尋《き》いた。

「死にてえのじゃなかったか。悪いがな、俺は今まで死にたいと思ったことはただの一度もねえ。だからてめえの料簡《りょうけん》は解らねえ」

そんな奴と一緒は御免だよと歳三は毒突いた。

「生きりゃ生きるだけ生き腐れるんだろ。膚《はだ》は乾き節榑《ふしくれ》立って、背骨がヒン曲がるんだろ。だから綺麗に死にてえと、だから斬ってくれとそう言ったじゃねえか」

「そうさッ」

そうだよと、涼は両足を開いて立ち、歳三を見上げた。

「でも、今は違うよ。醜く衰えて腐るまで」

あんたと一緒にいたいのさ。

「そうか」

歳三は涼の眼を見る。涼は見返す。

そんなことだろうと思ったぜと歳三は言った。

「てめえ――」

い、い、い、い、

死にたくなくなったんだなと、歳三は念を押すように問う。

「そうだよ。妾は生きたくなったんだ。土方歳三、あんたと生きたくなったのサ。悪いかい。何だい、人殺しに惚れちゃいけないとでもいうのかサ。そんなことはどうでもいいんだ。恰好付けないでお呉《く》れよ。あんたのことだ、妾の気持ちなんざ、疾《と》うの昔に察していたんじゃあないのかい」

「だから来たのよ」

「じゃあ――」

涼は眼を細めた。

そうじゃねえ。

「勘違いするンじゃねえ」

女は眉根を寄せる。

「残念だがな、俺は捻《ひね》くれているんだよ。死にてえという奴は殺す気がしねえ。だから今までてめえを殺さなかったんだ。だが――生きてえというなら」

殺すまでよと言って歳三は振り上げた凶器を振り下ろした。

涼の眼が円く剝《む》かれた。

刹那《せつな》。

涼は後ろに跳んだ。

抜《ぬ》かった。

撃たれた。

歳三は振り向く。十間程離れた処に鉄砲を構えた三人程が、身を低くして狙っていた。気付かなかった。

女にかまけて狙われていることに気付かなかったのか。そんな――。

「これは俺の獲物だッ。手ェ出すんじゃねえッ」

そう咆《ほ》えた。

哮《ほ》えて、突っ込む。

弾が飛んで来る。一発は刀で弾いた。一発は逸《そ》れ、一発は馬の首を掠めた。

鋼の凶器は更に曲がった。これではもう斬れない。

一人を突き殺す。

曲がった刀は抜けない。

突き放し、脇差を抜く。

短い。

一人を蹴り倒し、腕を伸ばし体《たい》を落として一人を斬る。

蹴り倒した男が立ち上がる前に、脇差を頸《くび》に突き立てた。

抜けない。

手を放す。

男は二度回転して斃れた。

これで――。

丸腰だ。歳三は、人を殺せる凶器を携えていない。

いないけれど。

——涼。

いけない。こんな死に方はあの女には似合わない。あんなに。

あんなに斬られたがっていたというのに。

歳三に、斬られたがっていたというのに。

そうじゃない。

もう。

——死にたくないのか。

それなのに、誰でもない、戦争とかいう化け物なんかに穢《きたな》らしく殺されていいもの
か。

見る。

未《ま》だ生きているか。

歳三は涼の倒れている処まで馬を進めた。

それでどうする気もなかったのだけれど。

来るか。

背後に大勢の息遣いがする。跫《あしおと》と武器が鳴る音。来るか。

どうする。

涼が体を起こした。

——肩を撃たれたか。

左肩が紅く染まっている。

顔を上げる。

「伏せてろッ」

そう言った。

砲撃の音。

遠雷のような。

いや、その音に紛れて。そうじゃない。近い。何だ。

腹が——熱い。恐ろしく熱い。歳三は腹に手を遣った。

掌を見る。

真っ赤だ。

返り血ではない。

これは——。

俺の血か。
ぱんぱん、と乾いた音が響く。
そうか。
撃たれたかよ。
仕方がねえなあ。
ふ、と目の前が揺らぐ。
覗き込むと、腹の真ん中がどす黒く濡れている。
何だ、俺の血も汚《きたね》えな。矢《や》っ張《ば》り。
鉄砲はいけねえ。
くるりと空が裏返った。
黒い煙と、薄汚れた雲と、朦朧《ぼんやり》とした日輪が回る。森が、地面が浮き上がる。
衝撃があった。
顔の横に草が生えている。
頬に当たっているのは地べただ。
起きようとしたが力が入らない。
馬の脚。

落馬したか。

眼を細めると、数十人の敵兵が取り囲んでいるのが確認出来た。

一本木方面から駆け付けたのだろう。

相当暴れたからな。

何人殺しただろう。

未《ま》だ。

未《ま》だ足りねえ。

首を上げようとした途端、目の前が塞がれた。これは——。

袖だ。

歳三は女に抱かれている。

邪魔だよ、姉さん。そんなに強く抱いちゃ痛いじゃないか。それにこれじゃ見えないよ。袖に隠れて何も見えないじゃないか。

俺は見たいんだよ。

天高く噴き上がる、あの綺麗な綺麗な血潮が。女の肩先から迸《ほとばし》る紅く光った血飛沫《ちしぶき》が。

こんな綺麗なものは見たことがないよ。

淵《ふち》に落ちる瀧《たき》の飛沫よりずっと綺麗だ。両国の花火よりもうんと綺麗さ。

あれは血なのかな。

擦り剝けば血は滲む。

切れば、血は垂れる。

傷が深ければ流れる。

でも。

こんなに高く噴き上がる程、人の身体《からだ》の中には血が流れているものなんだ。

あの光る鋭いものは鋼《はがね》なのか。

あれは刀だ。

鍬《くわ》も鋤《すき》も、菜切り庖丁も、あんなに光ることはない。どれだけ研ごうが磨こうが、

あのような輝きを見せることはない。

鍛えられ研ぎ澄まされた鋼は、美しく強靱《きょうじん》になる。かつ鋭利に、そして凶暴になる。

それが刀だ。刀で斬れば人は死ぬんだ。

血を噴き上げて、人は死ぬんだ。

知っているよ。

何度も殺したから。

隠したって駄目だ。ちゃんと隙間から見えているさ。

見たからな。

覚えているから。

青い空に——。

立ち昇っているのは、血《ち》飛沫《しぶき》ではなく、黒い煙だ。空も青くない。

薄曇りの空に、もうもうと煤が舞い上がっている。

変だな。

視軸を地べたに移す。

ほら。噴き出た血が土に染み込んで黒い模様を作っている。あの時と同じだ。

地べたの模様の中心は血溜まりになっていて、その表面は生きているかのように蠢《うごめ》いている。

未《ま》だ血が溢れ出ているんだよ。どくどくと流れ出た血を大地が吸い取り続けているんだ。

でも染み入る量より溢れる量の方が多いから、血溜まりは波打つ。

血溜まりは波打ち乍《なが》ら広がって行く。

変だ。

これは――。

――俺の血だ。

己から流れ出ている血だ。

この袖は。

涼。

涼が、満身創痍《まんしんそうい》の女が、歳三を護るように抱いているのだ。

袖の蔭から見えるのは、戦火に煙る蝦夷の空と、歳三の血を吸い続ける蝦夷の大地だ。そして。

みっともない半首笠。

官軍――否、新政府軍か。

そう、歳三は腹を撃たれて落馬したのだ。多分、一本木関門で味方が善戦し、新政府軍をこの付近まで押し返したのだろう。歳三はそこに居合わせたのだ。

起き上がろうとしたが、全く力が入らない。

涼が押さえているからではない。腹が――。

血の道が断たれたか。

「巫山戯《ふざけ》るンじゃないよ」

涼の声だ。

顔は見えない。

「寄るなよ三一《さんぴん》。それ以上近寄ったらただじゃおかないよ。この人はお前達みたいな下っ端が手出し出来るような相手じゃないんだよ」

止《よ》せ。

お前も撃たれる。

せめて。

せめてお前はこの俺が。

歳三は地面に手を這わせる。

得物はないか。

脇差でも屑刀でもいい。小柄《こづか》でも何でもいい。

何もない。歳三の指先は自分の血で濡れた、未《ま》だ生えたばかりの短い草を摑《つか》んだだけだった。

——いけない。

お前を、鉄砲なんかで殺させはしない。お前は俺が斬り殺す。

お前の呉れた刀は能《よ》く切れた。何人も殺したぜ。

「涼」

歳三はそう言ったのだが、漏れたのは息で、声にはならなかった。

手を伸ばす。

女の白い頸《くび》に右手をかける。

浅黒い指が、柔らかい肌に喰い込む。張りがある皮膚《はだ》には皺《しわ》が寄ることがない。ただ腹や乳房《ちぶさ》のような弾力がある訳ではない。

筋がある。幾本もの筋が束になっている。その束の中心には空洞があるのだ。そしてその背後には骨がある。四本の指は骨を感じている。

親指は筋を掻き分けるようにして喉にめり込んで行く。

駄目だ。絞め殺すのは汚らしい。

滑稽だ。見てくれが悪い。穢《きたな》いのは好まない。この女は、矢張り斬り殺してやらなければ。

歳三は手を放した。

「歳三ッ」

涼が更に覆い被さる。

「あんた、死ぬンじゃないよ。いいかい、あんた妾《あたし》を殺すンだろ。いいさ、それならそれでいいよ。妾はあんたに殺されるンなら、それであんたが生きるなら、殺されようじゃないか。その代わりあんたは死んじゃいけないよ。生きるんだよ。あんた生きるためにここまで落ちて来たのだろう。ねえ、何とかお言いよ」

顔に。

何かが当たる。

雨か。

血か。

いや、女の涙か。

似合わねえことだ。

発砲する音が聞こえた。

「止《よ》しなッ。妾の言うのが聞こえなかったのかい。この人はね、何だか知らないけど何とか奉行だよ。偉いんだよ。お前達は足軽みたいなものだろが。今日日《きょうび》、武将の首級《しるし》なんか獲ったって出世なんかしやしないだろ」

関係ねえよ。偉いとか、偉くねえとか。人の死は、普《あまね》く無駄死にだ。

袖の蔭から。

幾つもの銃口が見える。

妙なものだと思う。

鋼の刃。鉛弾。

そんなものが命を奪う。誇りだか意地だか、忠義だか正義だか、武士道だか維新だか知らないが、結局あんなものに倚《よ》り掛かるしかないというのなら。

――いや。いいさ。

「さあ、散りなよ。この人はね、誰あろう、あの、新選組副長――」

俺は。

「ただのヒトごろしだ」

歳三はそう言った。

もう、何も見えなかった。

（了）

参考にした主な文献・資料

『土方歳三、沖田総司全書簡集』菊地明 編　新人物往来社
『新選組日誌 上／下』菊地明・伊東成郎・山村竜也 編　新人物文庫
『土方歳三日記 上／下』菊地明 編・著　ちくま学芸文庫
『箱館戦争全史』好川之範　新人物往来社
『箱館戦争史料集』須藤隆仙 編　新人物往来社
『新撰組顚末記 新装版』永倉新八　新人物往来社
『聞きがき新選組』佐藤昱　新人物往来社
『新選組始末記』子母澤寛　中公文庫
『新選組遺聞』子母澤寛　中公文庫
『新選組物語』子母澤寛　中公文庫
『新選組始末記 付録 西村兼文「新撰組始末記」』子母澤寛・西村兼文　新人物文庫
『続日本史籍協会叢書 会津戊辰戦史』日本史籍協会 編　東京大学出版会
『日本史籍協会叢書 會津藩廳記録』日本史籍協会 編　東京大学出版会
『日本史籍協会叢書 維新日乗纂輯』日本史籍協会 編　東京大学出版会
『海舟日記』東京都江戸東京博物館都市歴史研究室 編　東京都
『日野宿叢書 日野宿関係史料集一～五／日野宿関係論考一～三／佐藤彦五郎日記一～二』日野市
『日野市立新選組のふるさと歴史館叢書 第二輯～第十輯』日野市立新選組のふるさと歴史館
『日野市史 通史編／史料集／別巻』日野市史編さん委員会　日野市
『東本願寺史料』東本願寺宗学院 編　名著出版
『新撰京都叢書』新撰京都叢書刊行会 編　臨川書店
『京都守護職始末 1～2』山川浩　東洋文庫

※本作は史実を元にしたフィクションです。

連載全百回の挿画を担当して

池上遼一（談）

僕は、中学を卒業後、大阪の看板店に就職し、そこで働きながら漫画を描いていたのですが、なかなか思い通りにいかなくて意気消沈していた頃、同僚に勧められて、大藪春彦《おおやぶはるひこ》のハードボイルド小説や山田風太郎の忍法帖《ちょう》シリーズを読んでみたところ、気分がスカッとしました。その頃から本格的に小説を読み始めるようになったんです。貸本漫画家としてデビューし、投稿した漫画「罪の意識」が「ガロ」に入選したのを機に、一九六六年に上京し、水木しげる先生のアシスタントになります。そこで知り合ったつげ義春《よしはる》先生が、純文学の面白さを教えてくださったんですね。影響を受けて、それからしばらくは純文学ばかり読んでいました。大江健三郎、開高健《たけし》、安部公房、三島由紀夫などの作家に夢中になりました。つげ先生は、戦中派の梅崎春生《はるお》とか椎名《しいな》鱗三《りんぞう》なども推奨して下さり、改めて文学の奥深さを知ることになりました。

近松門左衛門の世話物に興味をもったのは、二十五歳のとき、篠田《しのだ》正浩《まさひろ》監督の「心中天網島」を観《み》て、不義密通の後に心中に至る男女の心理、死を意識した濃密な性愛描写に魅《ひ》かれたからです。岩下志麻の墓場でのセックスシーンに鬼気迫る迫力を感じました。自分でも漫画にしてみたいなあと思ったのですが、成就《じょうじゅ》していません。

劇画家として独り立ちしてからは、少年誌で『男組』など現代物を中心に描いていたので、いわゆる時代小説を本格的に読むようになったのは三十代以降です。柴田錬《れん》三郎《ざぶろう》、司馬遼太郎《りょうたろう》などを読んでいました。その時に『燃えよ剣』とも出会っています。

初めて読んだ京極夏彦先生の小説は『魍魎《もうりょう》の匣《はこ》』。弁当箱みたいな厚さだったので、まさに挑戦するという気持ちでした。冒頭から、江戸川乱歩を彷彿《ほうふつ》とさせる猟奇的な雰囲気を醸《かも》し出す探偵小説に魅了されると同時に、水木プロに身をおいた身としても妖怪の知識には圧倒されました。京極堂は飄々《ひょうひょう》としていて好きですね。

『ヒトごろし』の「週刊新潮」連載の挿画を担当させて頂くことが決まって、京極先生がどのように土方歳三《ひじかたとしぞう》と新選組を書くのかを、楽しみに待っていました。

編集者から渡された原稿を読み始めた途端、引き込まれました。

冒頭から土方の狂気が描かれている。一般的な小説では読者の共感を得るような主人公をつくるのがセオリーだと思うのですが、この小説では、自らの論理に徹底的に従う人間を主人公に据えていて、かなり実験的な作品だと感じました。

月岡芳年《よしとし》の無《む》惨《ざん》絵や伊藤晴雨《せいう》の作品などが好きで、画集も持っています。この作品の土方歳三が体現しているのは残酷さには違いないんだけど、ふたりの表現したようなものとは異なりますよね。この土方の冷酷な行動の源にはニヒリズムが流れ、独特の美学があります。挿絵の描き手としては彼の求める美を表現しなければならない。僕自身、美は観念的に理解するのみだったのですが、『ヒトごろし』には凄惨《せいさん》なシーンが幾度も描かれ、深く精緻《せいち》に美の概念を追求しているように思えました。

そのためか、この作品には問答が多い。対話によって人間の内面をとことん追究してゆく。土方の透徹した論理性には感動すら覚えます。半面、人物自体は動かなくなるわけで、絵を描くことで苦労した面もあります。会話の緊張感をいかに絵として表現できるかに心を砕きました。背後に黒々とした波を入れてみたり、人物ではなく語られている内容を絵にしてみたり、「自分なりにこの美を現すことができればいいな」と思いながら描き続けました。

土方歳三が、回を追うごとに、男として魅力的になっていった。読者にそう言われました。組織人として責任を背負う立場になり、さらに論理の実践躬行《じっせんきゅうこう》、責任ある地位につくことで、人の顔は自《おの》ずと変わってゆきますよね。成熟した男には相応の容貌《ようぼう》と色気が滲《にじ》み出てきます。歳三には別の意味で凄《すご》みが加わったと思います。最後の方の回では哀《かな》しみも出てきました。

他の登場人物としては、沖田総司《そうじ》にも凄みを感じました。描いていて楽しい。彼の心の中にある快楽殺人者ともいえる陰湿な凶暴性を表現しました。土方の対極のような、芹沢鴨《せりざわかも》も描いていて筆が乗りました。

涼《りょう》という女性は土方と惹《ひ》かれ合う関係です。僕自身、美しい女を描くのは好きですし、こういった一本筋が通った女性は描き甲斐《がい》があります。蓮《はす》っ葉《ぱ》なところも魅力的で、時代小説には、このような女性は必要なのではないですかね。

同じ創作者として感じるのは、主人公以外の登場人物それぞれには役割と意義が必要だということ。土方を頼りにする近藤勇《いさみ》しかり、武士道を奉じる山南《さんなん》敬助しかり。優れた作品には主人公を照射する登場人物たちが必ず存在します。

最終回では、美と論理に憑《つ》かれた男が、死に立ち向かう顔を描きたかった。そのために、百回の中で一回も描かなかった、土方の顔のアップを、顔中に血しぶきを浴びたかたちで表現しました。達成感がありましたね。ただ、自分の未熟さも痛感させられた仕事でした。この機会を与えて下さった京極先生と編集部の方々に感謝申し上げます。

水木プロにいた二十四歳の頃に「暗殺」という幕末を舞台にした漫画を描いたので

すが（池上りょう一名義、『池上遼一本』所収）、まだ若かったので、この時代や新選組については深く考えていませんでした。

黒船出現で幕府の屋台骨の弱さが露呈したことを受けて、叛旗《はんき》を翻《ひるがえ》した者どもがいた。彼らによって新しい波が起こされる。新選組の面々はその波に乗れなかった。土方歳三たちは〝時代の迷《まよ》い子〟だったのではないかと現在は捉《とら》えています。幕末に侍になりたいと志すのはアナクロニズムでしょう？　時代の迷い子だからこそ、一筋に貫くような美学を持っていたのではないか、と考えています。

京極先生には、いつか京極版『宮本武蔵《むさし》』を描いてほしいですね。多くの作家がこれまで武蔵を書いてきましたが、稀《まれ》にみる戦術家としての武蔵をどう表現するか、独特の論理をどう文章にするか、そして佐々木小次郎との対決をどう描くかに興味があります。

かっこいい男に憧《あこが》れて漫画家を志しました。水木プロでアシスタントをしていた頃は、「水木先生はカッコ悪い人間を描きたい漫画家だ。僕の求める世界とは正反対だな」と思っていました。もともと、先生の貸本時代の『墓場鬼太郎』『悪魔くん』が好きだったのは、作品から溢《あふ》れるユーモアがその理由なのだと感じていました。しかし、年齢を重ねてから読み直してみたところ、そこにニヒリズムと死の匂《にお》いを発見したんです。「奥深い作品だったのだな」と感じました。若い頃には思考の表層に上がってこなかったんだけど、きっとそのような面にも惹かれていたのだろうと思います。作品のスタイルは異なりますが、『ヒトごろし』にはニヒリズムと死の匂いがあって、京極先生が水木先生に共鳴した理由がここにあったのではないかと感じました。

（二〇二〇年六月、劇画家）

「週刊新潮」2017年8月17・24号掲載 挿画より

解説

呉座勇一

京極夏彦が、土方歳三《ひじかたとしぞう》を、書く。最初に知った時、これはまた難しいテーマに挑んだなあ、と思った。土方歳三のイメージは、司馬遼太郎《りょうたろう》の『燃えよ剣』（一九六四年）で確立してしまった観があり、それを打破するのは並大抵のことではないからだ。

良く知られているように、新選組は幕末の京都において過激な尊王攘夷《そんのうじょうい》運動の取り締まりに従事した。そして尊王攘夷の志士たちと敵対し、最終的に敗れ去った新選組は、明治維新後も〈歴史の敗者〉として逆風にさらされてきた。

新選組再評価の機運が生じたのは、作家子《し》母《も》澤《ざわ》寛《かん》の『新選組始末記』（一九二八年）・『新選組遺聞』（一九二九年）・『新選組物語』（一九三一年）、いわゆる「新選組三部作」の刊行による。子母澤は幼少期、祖父の梅谷十次郎（通称斉藤鉄五郎）に育てられたが、この祖父は彰義隊に加わり新政府軍と戦い、五稜郭《ごりょうかく》で捕虜になった経歴を持つ。子母澤は徳川に殉じたがゆえに明治の世に「賊軍」と蔑《さげす》まれた旧幕府側の名誉回復の一環として「新選組三部作」を著し、新選組隊士たちの人間味あふれるエピソードを発掘した。

しかしながら子母澤の労作は、新選組にまとわりつくマイナスイメージを完全に払《ふっ》拭《しょく》するには至らなかった。勤皇《きんのう》の剣士である鞍馬《くらま》天狗《てんぐ》（倉田典膳《てんぜん》）が幕末に活躍する様を描いた、大佛《おさらぎ》次郎の時代小説『鞍馬天狗』シリーズが大ヒットしていたからである。一九二四年に第一作が世に出た『鞍馬天狗』は人気を博したため次々と新作が発表され、映画化された。特にアラカンこと嵐寛寿郎《あらしかんじゅうろう》が主演を務めたシリーズは爆発的な人気を誇り、戦前戦後を通じて四六本も制作された。これらの作品で新選組は鞍馬天狗の敵役に配されたため、大衆から愛されることはなかった。新選組局長の近藤勇《いさみ》だけは節義を知る豪傑として好意的に描かれるが、副長の土方歳三は陰険な策士という位置づけだった。

こうした新選組イメージを劇的に転換したのが、子母澤の新選組三部作を十二分に活用して新選組の興亡を活《い》き活《い》きと描写した司馬遼太郎の『新選組血風録』（一九六四年）、そして『燃えよ剣』である。特に土方歳三を主人公に据えた『燃えよ剣』は司馬の代表作の一つと評される傑作である。両作はＮＥＴ（現在のテレビ朝日）でテレビドラマ化され、土方歳三役を演じた栗塚旭《くりづかあさひ》が大好評を得て、長きにわたって当たり役となったことは周知の事実であろう。

ただし言うまでもなく、『燃えよ剣』の土方歳三と、歴史上に実在した土方歳三は別物である。『新選組血風録』『燃えよ剣』に大きな影響を与えた子母澤の「新選組三部作」とて、全幅の信頼を置けるものではない。「新選組三部作」は時代小説研究ではあたかもノンフィクション文学であるかのようにその実録性が高く評価されることもあるが、これは甚だしい誤解である。確かに子母澤は新選組関係者への聞き取り調査を行っているが、既に江戸幕府がなくなってから半世紀以上を経ているのである。概して老人の昔話には記憶違いや誇張、脚色が多く含まれるが、子母澤は彼らの証言を深く吟味したわけではない。子母澤は歴史学の手法に則《のっと》って歴史的事実を解明しようとは考えておらず、物語としての面白さを追求しているので、当然の帰結である。

子母澤は証言だけでなく史料も利用しているが、これにも同様の問題がある。子母澤が主に依拠したのは、幕末に京都西本願寺の寺侍を務めていた西村兼文《かねふみ》の『新撰組始末記』（一八八九年脱稿）である。本作『ヒトごろし』でも叙述されているように、新選組は一時期、西本願寺に屯所を置いていた。同時代の京都で活動していた西村の評伝を子母澤は一級史料と捉《とら》え、同書の記述を史実としてそのまま採用している。

けれども本作『ヒトごろし』でも触れられているように、西村は西国の尊王攘夷の志士たちとの交流のため長らく京都を離れていた。西村が京都にいなかった時期の記述は、後から調べて書いたと思われるので、注意が必要である。

一例を挙げよう。本作でも取り上げられている大和屋《やまとや》庄兵衛《しょうべえ》店（葭屋《よしや》町《まち》の生糸商）放火事件について、西村は新選組局長芹沢鴨《せりざわかも》の犯行であると断言する。ところが歴史学者の宮地正人《まさと》氏は西村の記述に疑問を投げかけている。右の放火事件は当時の京都で大きな話題になったようで、多くの同時代史料に記録されているが、犯人が芹沢鴨であると記されているものは一つもないというのだ。元新選組幹部の永倉新八が一九一三年に小樽《おたる》新聞社の記者に語った回顧録『新撰組顛末《てんまつ》記』も芹沢の問題行動を列挙しているが、大和屋放火には言及していない。宮地氏は、芹沢暗殺事件の伏線として芹沢の横暴を強調するために、西村が芹沢の犯行を捏造《ねつぞう》した可能性を指摘している（『歴史のなかの新選組』岩波書店）。

子母澤の「新選組三部作」は研究書でもノンフィクションでもなく、あくまで小説である以上、同書を〈聖典〉と崇《あが》め、子母澤―司馬の新選組像、土方歳三像に執着する必要はない。小説として発表する限りにおいては、自由に書いて良いのだ。実際に京極夏彦は、本作の巻末に「本作は史実を元にしたフィクションです」と明記している。〈土方歳三の真実〉に迫る気など端《はな》からないのだ。その心意気は潔《いさぎよ》い。

しかし。そうは言っても。さすがにここまで容赦なく、『燃えよ剣』的な土方歳三のイメージを斬《き》り刻むとは、私にも予想できなかった。旧来の新選組ファンが卒倒しかねない破壊力である。

司馬遼太郎が生み出した『燃えよ剣』の歳三は戦うことに己の生きる意味を見出《みいだ》しているが、本作『ヒトごろし』の歳三は戦いというより、人を斬り殺すことに生きがいを感じている。『燃えよ剣』の歳三は武士以上に武士らしくあらんとするが、本作の歳三には武士へのこだわりはない。武士道などバカバカしいと思っている。人を殺すのに都合が良いから武士の真似事《まねごと》をしているにすぎない。『燃えよ剣』の歳三は新選組を最強の集団とすべく心血を注ぐが、本作の歳三は新選組に思い入れを一切持たない。それどころか、近藤勇・永倉新八・原田左之助ら試衛館の面々に対しても友情や同志的な絆《きずな》を感じていない。沖田総司に対しては嫌悪《けんお》を通り越して憎悪を抱いている有り様だ。『燃えよ剣』的な熱血漢の歳三に慣れ親しんだ私たちから見れば、本作の歳三は怪物に映る。

もっとも客観的に見れば、本作の設定は、それほど突飛なものではない。心に虚無を抱えた剣客という人物造形は、むしろ時代小説の伝統に沿ったものである。

時代小説とは近代の産物であるが、時代小説（ひいては大衆小説）の祖とされるのが中里介山《なかざとかいざん》の未完の大長編『大菩薩峠《だいぼさつとうげ》』（一九一三〜一九四一年）である。『大菩薩峠』は幕末を舞台にした小説で、主人公は「音無しの構え」の使い手である机竜之助《りゅうのすけ》である。竜之助は美男子で優れた剣客だが、残忍この上なく、罪なき人を平然と斬り殺す。この狂気を孕《はら》んだ虚無的な剣士の登場によって、いわゆる「ちゃんばら」作品は講談調の勧善懲悪と決別し近代的な小説へと昇華したと言える。

これに触発され、大佛次郎『赤穂《あこう》浪士』の堀田《ほった》隼人《はやと》、土師《はじ》清二『砂絵呪縛《しばり》』の森尾重四郎、林不忘《ふぼう》『新版大岡政談』の丹下左膳《さぜん》などのニヒリスト剣士が、不条理に満ちた現実を斬り伏せんとするがごとく、大衆小説の世界で次々と生み出された。その後、ストイックな剣豪を描いた吉川英治の『宮本武蔵《むさし》』が一世を風靡《ふうび》するが、戦後に柴田錬三郎《れんざぶろう》が眠《ねむり》狂四郎を創造し、ニヒリスト剣士の系譜を復活させている。

なお中里自身は、『大菩薩峠』は大衆小説ではなく「大乗小説」であると語っている。すなわち人間の業《ごう》を正面から見据えることで仏教的救済の道を探ろうとしたというのだ。本作『ヒトごろし』が『大菩薩峠』を強く意識していることは間違いあるまい。

では京極夏彦は、いつの頃からか流行《はや》らなくなったニヒリスト剣士を、現代に再生させたにすぎないのか。否《いな》である。右に見たようなニヒリスト剣士たちは――本作の沖田総司がそうであるように——しばしば理由なき殺人、辻《つじ》斬りに手を染める。しかし本作の土方歳三は、合法的に人を殺すことに固執する。歳三は自分が人でなしであると認識している。そして人の世に人殺しの居場所など本来あってはならないと理解している。分かった上で、歳三は人殺しが許される状況を作ることに腐心する。歳三の答えは、「幕府の刀」になることだった。アウトロー剣士たちが反体制の剣をふるうのとは対照的である。だがそれは、歳三が「幕府の犬」であることを意味しない。事態は逆で、歳三の方が幕府を利用しているのである。

自分は人外《にんがい》である。衝動的に人を斬らない。その自覚と自制が、稀代《きたい》の悪漢の残虐《ざんぎゃく》な殺人に独特の美学を感じさせる。

歳三は義理人情に流されず、体面に縛られない。ゆえに社会矛盾の本質を見極めることができる。歳三の美学は次第に思想へと発展し、その鋭い言葉の刃《やいば》は人々の欺瞞《ぎまん》や詭弁《きべん》を切り裂いていく。人を殺してはならぬという人の世の理《ことわり》を根本から問い直そうとする歳三は、前作『ヒトでなし』の尾田慎吾《しんご》に通じる徹底性を備えており、従来のアウトロー剣士よりもはるかに危険な反逆児である。

もう一つ指摘しておきたいのは、〈社会と折り合いをつけようとする人斬り〉という卓抜な設定によって、歳三が生きる修羅の世界が、私たちの日常と地続きであることが明瞭《めいりょう》に示されている点である。

　京極夏彦は、デビュー作『姑獲鳥《うぶめ》の夏』から一貫して、表面的なおどろおどろしさを売り物にする見世物小屋的な作品と一線を画してきた。百鬼夜行シリーズの初期作『魍魎《もうりょう》の匣《はこ》』で京極堂は言う。「行き過ぎた動機の詮索《せんさく》は、偏見に根差し差別を助長するような行為と変わりないと云《い》いたいんだ。犯罪と云《い》う忌まわしいケガレを、日常から排除しようとする行為に外ならないからだ。そもそも犯罪を個人の問題と断定するのは一方的だ」「犯罪と云うのはね、社会が作るものなんだ。ひと昔前まで合法的殺人だった仇討《あだう》ちは、今や報復殺人事件だ。どちらが正しい世の中なのか、そんなことは判らないが、同じ行為に対する法的な扱いが百八十度違っていることは間違いない」(『文庫版　魍魎の匣』、九九年刊)と。

　京極作品には、異常な状況下で異常な人間が異常な行動を起こしているかに見える場面が頻出する。けれどもそれは、私たちとは無関係の、異世界での怪奇幻想ではない。私たち自身の歪《ゆが》んだ鏡像なのだ。正常と異常の線引きは社会の側が勝手に行っているだけで、そこに絶対的な差異はないのだ。現に、本作を含め京極作品の猟奇的で非倫理的で凄惨《せいさん》な場面には、倒錯した美しさが宿っているではないか。

　本作の歳三は確かに恐ろしいし、狂っている。しかし、「正義」のためなら躊躇《ちゅうちょ》なく人を殺せる連中の方がよほど恐ろしいし、狂っているのではないか——歳三の醒《さ》めた視線の先には、血風すさぶ幕末の日本だけでなく、私たちが生きる現代も横たわっている。

（二〇二〇年七月、歴史学者）